中公文庫

ホワイト・ティース（上）

ゼイディー・スミス
小竹由美子 訳

中央公論新社

母と父へ
そしてジミ・ラーマンに

感謝の言葉

リサならびにジョシュア・アピニャネシに感謝したい。もっとも必要だったとき、二人は自分たちのあいだに場所を空けて私を受け入れてくれた。トリスタン・ヒューズならびにイヴォンヌ・ベイリー＝スミスには、この本と著者のために二つの幸せな家庭を提供してくれたことを感謝する。また、つぎの人々には、その炯眼（けいがん）ときらめくアイディアに大いに助けられた。友人であり良き相談相手であるポール・ヒルダー、専門バカ（イディオサヴァン）、ニコラス・レアード、何事においても綿密なドナ・ポピー、望めるかぎり賢明なる編集者であるサイモン・プロサー、そして最後に私のエージェント、なにものをものがさないジョージア・ギャレット。

目　次

アーチー　1974, 1945

1　アーチー・ジョーンズの風変わりな二度目の結婚　11
2　生えはじめの歯の悩ましさ、または初期の苦労　49
3　二つの家族　80
4　三人やってくる　114
5　アルフレッド・アーチボルド・ジョーンズと
サマード・ミアー・イクバルの歯根管　140

サマード　1984, 1857

6　誘惑に悩むサマード・イクバル　205
7　臼　歯　265
8　有糸分裂　301
9　反乱！　346
10　マンガル・パンデーの歯根管　402

下巻　目次

アイリー　1990, 1907

11　アイリー・ジョーンズにおける教育の誤り
12　犬歯：糸切り歯
13　ホーテンス・ボーデンの歯根管
14　イギリス人よりイギリス的
15　チャルフェニズム対ボーデニズム

マジド、ミラト、マーカス　1992, 1999

16　帰ってきたマジド・メヘフーズ・ムルシェド・ムブタシム・イクバル
17　緊急会談と崖っぷちの駆け引き
18　歴史の終わり対最後の男
19　最終空間
20　ネズミと記憶と

訳者あとがき

文庫版訳者あとがき

ホワイト・ティース　上

「過去は序章にすぎない」

——アメリカ国立公文書館の碑文（『テンペスト』第二幕第一場）

アーチー

1974, 1945

ほんの些細(ささい)なことすべてが、今日はなぜかしら計り知れなく重要に思われ、あなたが「なにも影響はない」などとおっしゃるのを聞くと、なんだか冒瀆(ぼうとく)のような気がするのです。けっしてわからないのですから——どう言ったらいいのでしょう——つまり、わたしたちがなにかしたりしなかったりしたときに、それが影響をあたえないかどうかなどということは。

——『天使も踏むを恐れるところ』Ｅ・Ｍ・フォースター

1　アーチー・ジョーンズの風変わりな二度目の結婚

二〇世紀も後半、早朝のクリックルウッド・ブロードウェイ。一九七五年一月一日の六時二十七分、アルフレッド・アーチボルド・ジョーンズは、コーデュロイの服を着て、排気ガスの充満する自分の車、キャバリエ・マスケッティーア・エステイトのなかで、ハンドルに顔を伏せ、神の裁きがあまり重くないことを願っていた。前のめりの体はへたばった十字形をなし、あごは締まりなく、両腕は墜ちた天使のように左右に伸びている。両のこぶしに握りしめているのは、軍隊でもらったメダル（左）と結婚許可証（右）。過ちもいっしょに持っていこうと決めたのである。小さな緑の光が点滅し、右へ曲がれと合図するが、右へは曲がらないと決めたのだ。もうあきらめた。覚悟はできている。コインを投げた結果に忠実に従うのだ。これは覚悟の自殺である。実際、これは新年の決意なのであった。

だが、呼吸が苦しくなり、目が霞んでくるのを覚えながらも、クリックルウッド・ブロードウェイというのはおかしな選択に思われるだろうなあとアーチーは考えていた。フロントガラスを透かしてぐったりした体を最初に発見する人も、報告書を書く警官も、五十語で記事をまとめなくちゃいけない地元の記者も、それを読む近親者もそう思うだろう。一方の端はコンクリートのどでかい複合型映画館、もう一方は大きな交差点になっているこのクリックルウッドは、およそそれらしい場所ではない。人が死にに来るようなところではない。ここは人がA41号線を経由してほかの場所へ行くために来る場所なのだ。だが、アーチー・ジョーンズは、どこか遠くの気持ちのよい林だの、きれいなヒースの咲く崖っぷちだので死ぬのはいやだった。アーチーの考えによれば、田舎の人間は田舎で、都会の人間は都会で死ぬべきなのだ。当然じゃないか。生きてきたように死ぬ、そういうことだ。したがって、アーチボルドがこの汚らしい町中の通りで死ぬのは道理にかなっているのである。終の住処となった場所、寂れたフィッシュアンドチップス屋の上の一間の部屋で、四十七にもなってひとり暮らしをしているその街で。アーチーは入念な計画を立てるほうではない——遺書とか、葬儀の指示とか——ややこしいことはいらない。ただ、わずかばかりの静寂がほしいだけだ。集中できるように、ちょっと静かにしていてくれたらそれでいい。完璧な静寂のなかで逝きたいのだ。がらんとした告解室のなかのような、あるいは考えを言葉にする前の、頭に一瞬生じるような静寂のなかで。店が開く前に片をつけてしまいたかった。

頭上では、ここらあたりを根城にする羽の生えた害獣どもの一団がどこかの止まり木から飛び立ち、アーチーの車の屋根めがけて襲いかかってくるように見えたが——結局最後の瞬間、見事なUターンを決め、カーブボールのような優雅なラインを描いたかと思うと、名高いハラール肉屋（イスラムの律法にのっとった肉屋）、フセイン゠イスマイルの店に舞いおりた。死にかけているアーチーにはどうでもよいことで、ただ内省的な笑みを浮かべて見つめていると、鳥どもは糞をひって白い壁に紫の筋をつけた。それから頭を伸ばして、フセイン゠イスマイルの排水溝をのぞきこむ。店のぐるりにコートのようにフックからぶら下げてある死体、トリやウシやヒツジの死体からゆっくりとたえまなく流れでてくる血を見つめているのだ。不幸な動物たち。このハトどもは、不幸なものを本能的に見つける。だからこそ、アーチーを見過ごしたのだ。なぜなら、アーチー本人は知らなかったし、助手席に置かれたフーヴァーの掃除機のホースから排気ガスが肺に送りこまれてはいたけれど、その朝、アーチーは運に恵まれていたのである。幸運が、朝露のようにうっすらとアーチーを覆っていたのだ。アーチーの意識がはっきりしたり薄れたりするあいだに、惑星の位置が、星々の音楽が、中央アフリカにいるヒトリガの幻妙なる羽のふるえが、そしてその他もろもろの「運命というやつを司る」なにかが、アーチーにもう一度チャンスをやろうと決めたのである。どういうわけか、どこかで誰かが、アーチーを生かしておこうと決めたのだ。

＊

フセイン゠イスマイルの店のオーナーはモウ・フセイン゠イスマイル、前髪をひさしのように張り出させ、両サイドを後ろになでつけた巨漢である。ハトに関しては、問題の根底を考えねばならない、というのがモウの信念だった。問題は排泄物ではなく、ハトそのものなのだ。**クソがクソなのではない**（と、これがモウのマントラだった）、**ハトがクソなのだ**。アーチーが死にかけていた朝も、フセイン゠イスマイルにおけるいつもの朝が同じようにはじまった。巨大な腹を窓の下枠に押しつけて外へ身を乗り出したモウが、肉切り包丁を振り回して紫の糞の筋がしたたり落ちるのを阻止しようとする。

「やめろ！　消えっちまえ、このクソ製造器どもめ！　ほら！　六羽！」

基本的にはクリケットである――イギリス人のスポーツの移民バージョンで、六羽というのが一振りでやっつけられるハトの最大数であった。

「ヴァリン！」モウは血まみれの肉切り包丁を得意げに振りかざしながら、下の通りに向かって呼びかける。「ほら、おまえが打つ番だぞ、準備はいいか？」

下の舗道に立っているのはヴァリン――でっぷり太ったヒンドゥーの少年で、角の向こうの学校の誤解によってここへ労働体験学習によこされたのだが、モウの体が描くクエスチョンマークの下のしょぼくれた巨大な点のように、上を見ている。はしごをよじのぼってハトの断片を拾い集め、クイックセーヴ（食品雑貨安売りのチェーン店）の小袋に入れて口を縛り、通りの向こう端のゴミ箱に捨ててくるのがヴァリンの仕事だった。

「ほら、行けよ、ふとっちょさんよ」店の調理人の一人が、一言ごとに箒（ほうき）でヴァリンのケツを突きあげながらどなる。「おらおら、その太ったヒンドゥーのガネーシャ（ヒンドゥーの象面の神）みたいなおケツを上へ持っていきな、ゾウさんよ、つぶれたハトの残骸をひろってくるんだよ」

　モウは額の汗を拭(ぬぐ)って鼻をならすと、クリックルウッドを見渡す。捨てられた肘掛け椅子、カーペットの切れはし、近隣の飲んべえ連中のための路上の飲み屋、スロットマシーンセンター、薄汚れた安食堂、小型タクシー、すべてが糞まみれだ。モウは信じている、いつの日かクリックルウッドとその住民が、モウが毎日行う虐殺に感謝する日が来ると。いつの日か、この通りの男も女も子供も、二度とふたたび洗剤一に酢を四の割合で混ぜ合わせて、世界に降り注ぐ糞を洗い落とす必要などなくなる日が来るだろう。**クソがクソなのではない**、モウは厳粛な面(おも)もちでくり返す、**ハトがクソなのだ**。この界隈(かいわい)で本当にわかっているのは自分ただ一人だ。モウはこの件に関して、なんだかひどく禅っぽい気分だった――まさに世に善行を施しているような――アーチーの車を見つけるまでは。

「アルシャド！」

　痩せた機敏そうなカイゼルひげの男が店から出てきた。四種類の濃淡の茶でまとめた服を着て、手には血がついている。

「アルシャド！」モウは我慢ならない様子で車のほうを指さした。「いいか、一度しか言わんぞ」

「なんです、父さん？」アルシャドは片方の足からもう片方へ重心を移し替えた。

「いったいあれはなんだ？　ここでなにをやってるんだ？　六時半には配送が来るんだぞ。六時半には、ここに死んだウシが十五頭来るんだ。それをちゃんと奥に運びこまないと。それがおれの仕事なんだからな。そうだろ？　肉が来るんだ。それにしても、わからんのだが……」と、無邪気な困惑の表情を浮かべてみせる。「はっきり『配達ゾーン』の表示がしてあるのになあ」モウは、かの有名な警告「いかなる場合も車両の駐車を禁ず」が記された年代物の木の箱を指さした。「どう思う？」

「そう言われてもわからないよ、父さん」

「アルシャド、おまえはおれの息子だ。わからないなんてことを言わせるためにおまえを働かせているわけじゃない。こいつはわからなくてもかまわんがな」――モウは窓から手をのばすと、綱渡りのように排水溝を危なっかしく渡っているヴァリンをぴしゃりとはたき、頭の後ろを一発やられた少年は危うく足を踏み外しそうになった――「おれは物事をわからせるためにおまえを働かせているんだ。情報を検討させるために。神のつくりたもうた説明のつかない世界という大いなる闇を光明へと導かせるためにな」

「父さん？」

「あそこで何をやってるのか確かめて、どかせるんだ」

モウの姿が窓から消えた。アルシャドは瞬く間に報告にもどってきた。「父さん」

モウの頭が、スイス製の時計の意地悪カッコーのようにまた窓から突きだす。

「あの男、排ガス自殺してるんだよ、父さん」

「なんだって？」

アルシャドは肩をすくめた。「窓越しに車を動かせって怒鳴ったら、『排気ガスで自殺しようとしてるんだから、ほっといてくれ』ってさ」

「うちの敷地じゃあ、誰にも排ガス自殺なんかさせんぞ」モウは下へ降りていきながら、きっぱり言った。「そんなことは許可されていないからな」

通りに出ると、モウはアーチーの車に突進し、運転席の窓の隙間に詰めてあったタオルを引っぱり出して、窓を馬鹿力で五インチばかり押しさげた。

「あんた、聞こえるかね？　ここじゃあ、自殺は許可されていないんだ。この店はハラールなんだよ。コーシャ（イスラム教の律法に従って調理された清浄な食物を扱う店）だ、わかるかね？　ここで死ぬんなら、まずいちばんに、完全に血抜きしなきゃいけない」

アーチーはハンドルから頭を起こした。茶色の肌をしたエルヴィスといった風貌の暑苦しい巨漢に目の焦点があい、それからまだ生きていると気づくまでの一瞬のあいだに、アーチーはなにかを悟った。生まれてはじめて生の女神がこのアーチー・ジョーンズにイエスと言ってくれた、アーチーはそう思ったのだ。ただ単に「いいんじゃないの」とか「はじめちゃったんだから、そのままやれば」とかいうのではなく、はっきりと肯定してくれたのだ。生の女神がアーチーを望んでくれた。生の女神は、取られてなるものかとばかり死のあぎとからアーチーを奪還し、ふたたびその胸に抱きしめてくれたのだ。アーチーはあまり良き生者の見本とはいえなかったけれど、それでも生の女神はアーチーを望み、そしてアーチーも、自分でも驚いたことに、「生」を望んでいた。

アーチーはあわてて両側の窓を開け、肺の底から酸素をむさぼった。喘(あえ)ぎながらもモウになんども感謝を述べ、頬に涙を流しながら両手でモウのエプロンを握りしめた。

「わかった、わかった」アーチーの指をもぎ放し、エプロンをはたきながら肉屋は言った。「さあ、行ってくれ。肉が来るんだ。うちは血抜きをするのが商売でね、カウンセリングはやってない。もっと人気(ひとけ)のない通りのほうがいいんじゃないか。なにしろここはクリックルウッド通りだからな」

アーチーはまだ感謝の言葉に喉を詰まらせながら、車をバックさせて路肩を離れ、右へ曲がった。

*

アーチー・ジョーンズが自殺を図ったのは、妻のオフィーリア、うっすら口ひげが生えたスミレ色の瞳のイタリア人妻に、最近離婚されたからだった。しかし、新年の朝にフーヴァーのホースを使って窒息しそうになっていたのは、妻を愛していたからではない。というよりはむしろ、こんなにも長く妻と暮らしてきたからであった。愛してもいなかったのに。アーチーの結婚は靴を買うのと似ていた。家へ持って帰ってみるとあわなかったのだ。体面を考えて、アーチーはその靴で我慢した。ところが、三十年もたってから突然に、靴は昂然と家を出ていってしまった。妻は去った。三十年もたってから。

アーチーの記憶にあるかぎり、ほかのみんなと同様、はじめは良かった。一九四六年の春、アーチーは戦争の闇のなかからまろびでて、フィレンツェの喫茶店に足を踏みいれた。出てきたウェイトレスはまるで太陽のようだった。これがオフィーリア・ディアジロ、黄一色の服装で、情熱とセックスへの期待を振りまきながら、泡立つカプチーノをアーチーに差しだした。二人は目隠しされた馬のような状態で突き進んだ。アーチーの人生では、女は日光のままではいられないということを、オフィーリアは知る由もなかった。心のどこかでアーチーは女を嫌い、信用せず、女が光輪を背負っていないかぎり愛せないということを。ディアジロの家系にはヒステリーのおばが二人、ナスに話しかけるおじが一人、服を後ろ前に着るいとこが一人いるということを、誰もアーチーに教えてはくれなかった。かくして二人は結婚し、イギリスへもどり、すぐさまオフィーリアは過ちを悟り、すぐさまアーチーはオフィーリアを怒らせ、光輪は屋根裏へ押しこまれて、ほかのがらくたやアーチーがいつか直すと約束した壊れた台所器具などといっしょに埃をかぶることになった。がらくたのなかには、フーヴァーもあった。

ボクシング・デイ（十二月二十六日、クリスマスの贈り物をする日）の朝、モウのハラール肉屋の前にアーチーが車を止める六日前、アーチーは二人が暮らしていたヘンドンの二戸建て住宅にフーヴァーを探しにもどった。この四日で、屋根裏にあがるのは四回目。結婚生活のがらくたを新しいアパートに運んでいたのだ。例のフーヴァーは、本来アーチーがおよそ所有権を主張したいなどとは思わない代物だった。完全に壊れていてどうしようもなく、家をなくしてやけくそにでもなっていなければ要求するような品ではない。これが離婚というものだ。もはや愛してもいない人間から、もはやほしいとも思わない物を分捕(ぶんど)る。

「あら、まただ」ドアを開けたスペイン人ヘルパーが言った。サンタ・マリアかマリア・サンタか、そんな名前だ。「ミースター・ジョーンズ、こんどはなんです？　台所の流しですかねぇ？」

「フーヴァーだ」アーチーは不快げに答える。「掃除機だよ」

ヘルパーはアーチーに意味ありげな目を向けると、ドアマットの上、アーチーの靴から数インチのところに唾(つば)を吐いた。「さあ、どうぞ、セニョール」

この家は、アーチーを嫌う人間のたまり場になっていた。ヘルパーのほかにも、オフィーリアのイタリア人親族、精神病患者専門の看護婦、役所から派遣されてきた女、それにもちろん、このおかしな人間たちの集まりの真ん中で、胎児のようにソファに丸まりベイリーズ（アイルランド産リキュール）の瓶の口に向かってうなっているオフィーリア本人とも、アーチーは戦わねばならなかった。敵の戦線を突破するだけでも一時間十五分かかった。だが、なんのために？　あまのじゃくのフーヴァーのため。掃除機本来の目的と反対のことしかやろうとしないので、数ヶ月前にご用済みになったやつだ。なにしろ、埃を吸いこむ代わりに吐き出すんだから。

「ミースター・ジョーンズ、ここに来たって気分が悪くなるだけなのに、どうして来るんですか？　馬鹿なことはおよしなさい。それをどうしようっていうんです？」ヘルパーが洗剤液のようなものを持って、屋根裏までくっついて上ってくる。「壊れてるんですよ。こんなもの、必要ないでしょうに。ほら。ほら」ヘルパーはコンセントにプラグをつないで、スイッチを入れても動かないのを試してみせる。アーチーはプラグを引き抜くと、黙ってフーヴァーにコードを巻きつけた。壊れているっていうんなら、持って帰ってやる。壊れているものはすべて、持って帰ってやる。この家の壊れているものはすべて、直してやる。おれだって役に立つこともあるって見せてやるためだけにでもな。

「役立たず！」サンタだかなんだかが、下へ降りるアーチーの後を追う。「奥さんが頭の病気だっていうのに、こんなことしかできないなんて！」

アーチーはフーヴァーを胸に抱え、混みあった居間へ持ってはいると、いくつかの非難の眼差(まなざ)しを浴びながら道具箱を取り出して直しはじめた。

「見てごらん」イタリア人のばあさんの一方が言う。大きなスカーフを身につけて、もう片方よりほくろの数も少ない、見栄えのいいほうのばあさんだ。「あの男ったら、なんでも持ってく、ね？　あの子の心でしょ、ミキサーでしょ、あの古ぼけたステレオでしょ——床板以外はなんでも。気分が悪いったらありゃしない……」

役所の女は、乾燥した日でもびしょぬれの毛長ネコみたいに見える女だが、やせた顔を振って賛意を示す。「そうですよね、わかります。ほんと、不愉快だわ……残ってこのゴタゴタをなんとかしなきゃいけないのはわたしたちだっていうのに。ほんとうはあのバカな男が……」

そこへ看護婦の言葉が重なる。「奥さんがここで一人で暮らすなんて、無理なのにね……あの旦那ときたら、さっさと出てっちゃって。かわいそうな奥さん……あの人には、ちゃんとした居場所が必要なのに、ちゃんとした……」

「おれはここにいるんだぞ」とアーチーは叫びたい思いにかられる。「ここにいるんだ、わかってんのか。ちゃんとここにいるんだぞ。それに、あれはおれのミキサーだ」

だが、このアーチーという男は、もめごとを起こすたちではない。それから十五分というもの、アーチーは皆の言うことを聞きながら、細かくした新聞紙を使って掃除機の吸塵力を黙々とテストした。そのうち、人生は巨大なリュックサックだという思いが胸にこみあげてきた。これじゃああまりに重すぎるから、たとえすべてを失うことになろうとも、こんな荷物は道端にほっぽりだして闇のなかへ歩み去ったほうがずっと楽なんじゃないだろうか、という思いが。「なあアーチー、ミキサーなんかいらないじゃないか、フーヴァーなんかいらないじゃないか。みんなあまりに重荷だ。リュックサックを置いちまえよ、アーチー、そして空の上の幸せなキャンパーたちの仲間入りをするんだ」こんな考えは間違ってるだろうか？　元妻と妻の親戚の言うことを一方の耳で、もう片方では掃除機のブウブウいう音を聞いていると、アーチーには「終わり」の接近は避けがたいように思えた。神もなにも関係ない。ただ単に、この世の終わりだという気分だった。そしてアーチーには、安物のウィスキーや新趣向のクラッカー、ケチくさいクオリティー・ストリート（ネッスルのキャンディー）の箱——ストロベリーのはとうに食べられてしまっている——以上のものが、新たな年を迎える名目として必要だった。

　アーチーは辛抱強くフーヴァーを修理すると、きちんと始末をつけるぞとでもいうように、届きにくいすみずみにまでノズルをつっこんで居間に掃除機をかけた。厳粛な面もちで、アーチーはコインを投げた（表なら生、裏なら死）。そして、踊るライオンを見つめることになったものの、とくになんの感慨も浮かばなかった。アーチーは黙って掃除機のホースを外すと、スーツケースに詰め、こんどこそ最後と、家をあとにした。

だが、死ぬのはそう簡単ではない。自殺というのは、オーブンの焼き皿を洗うとかソファの脚の下に煉瓦を入れてがたがたしないようにするとかいった「やらなきゃいけないこと」リストには入れられない。やるのをやめるという決定なのだ、やったことを取り消そうという。忘却への投げキスだ。誰がなんと言おうと、自殺するには勇気がいる。英雄や殉教者といった見栄っ張りの連中にふさわしい行為だ。アーチーはそういったタイプではない。アーチーは「この世の成り立ち」におけるその存在意義が、よくある対比で表されるような人間だった。

小石：浜辺
雨の一滴：大洋
針：干し草の山

そこで数日のあいだ、アーチーはコインの決定に目をつむり、車にフーヴァーのホースをつんで、ただ走りまわった。夜になるとフロントガラスごしに果てしなく広がる空を眺め、宇宙の広大さを改めて認識しながら、ちっぽけで頼りない自分という存在を嚙みしめる。自分が消えたら世界にどういう影響をおよぼすだろう、とアーチーは考えてみた。ほとんど取るに足らない、算定できない程度のものだろう。残された時間をアーチーは、「フーヴァー」というのは掃除機を表す普通名詞になっているのだろうか、それとも一部の人が言うように、単なる商標名なのだろうか、といったくだらないことを考えて過ごした。そして、そのあいだじゅう、フーヴァーのホースは、だらんとした巨大なペニスのごとく後部座席に横たわって、アーチーの密かな恐怖心をあざけり、死刑執行人に近づこうとするアーチーのへっぴり腰を笑い、アーチーのどうしようもない優柔不断さをバカにしていた。

十二月二十九日、アーチーは古い友人のサマード・ミアー・イクバルに会いに出かけた。こんな友だちがいるというのはちょっと不思議に思われるかもしれないが、アーチーにとっては一番古い友人である。ベンガル人のムスリムで、昔、戦わねばならなかったときにともに戦った、あの戦争の思い出につながる友人だ。あの戦争といえば、脂身の多いベーコンやストッキングの代用に色を塗った脚を思い出す人もいるが、アーチーの思い出にあるのは、銃撃とトランプゲームとキレのある外国の酒の味だった。

「なあ、アーチー」サマードは愛情のこもった暖かな口調で言った。「もう、この女房がらみのゴタゴタは、すっぱり忘れるんだ。人生をやり直せよ。おまえに必要なのは、それだ。もうたくさんじゃないか。おまえの五ペンスにもう五ペンスだ」

二人は最近通いはじめた「オコンネルズ・プールハウス」にすわりこんで、三本の手でポーカーをやっていた。二本はアーチーの、一本はサマードの――サマードの右手は使えない、土気色で動かない。なかで循環する血液以外はいっさい死んでいる。二人がすわっているこの店、毎晩いっしょに夕飯を食べるこの店は、半分カフェで半分賭博場、イラク人一家の経営で、この家族は構成員の多くが同じ皮膚疾患を抱えている。

「おれを見ろよ。アルサナと結婚したおかげで、こうやって新しい人生が開けた。わかるか？　あいつがおれのために新たな可能性を切り開いてくれたんだ。あいつはまだ若くて活力にあふれている――新鮮なそよ風みたいだ。おれの意見を聞きたいって？　じゃ、言ってやろう。古い人生は捨てろ、あんなのはろくでもない人生だよ、アーチボルド。いいことなんか一つもないじゃないか。なにもいいことなんかない」

サマードは思いやりに満ちた目をアーチーに向けた。アーチーには、本当に暖かい気持ちを抱いているのだ。二人の戦時の友情は、三十年ものあいだ大陸を隔てて離ればなれになっていたため絶たれていたのだが、一九七三年の春、サマードがイギリスへやってきたのである。中年男になって、二十歳の新婦、小柄で丸顔の利口そうな目をしたアルサナ・ベーガムを連れ、新たな人生を求めて。懐かしさに駆られ、またこの小さな島国で唯一の知りあいだったこともあり、サマードはアーチーを探し出し、ロンドンの同じ自治区に移ってきた。ゆっくりと、しかし着実に、二人の男の間にはふたたび友情らしきものが甦りつつあった。

「おまえのゲームのやり方は、ホモみたいだな」サマードは勝ち札のクィーンを、背中あわせに置いた。左の親指で優雅にはじくと、カードは扇のようにテーブルに広がる。

「おれはもう若くない」アーチーは自分のカードを投げ出した。「もう若くない。こんなおれを、誰が相手にしてくれる？　最初のときでさえ、誰もなかなかその気にさせられなかったんだぞ」

「そんなことはないよ、アーチボルド。おまえはまだ、正しい相手に巡りあってさえいないんだ。あのオフィーリアはな、アーチー、正しい相手じゃなかった。おまえに聞いた話から考えると、彼女、正しい時代にも生きていないんじゃないか――」

サマードはオフィーリアの妄想のことを言っている。彼女は、自分が高名な十五世紀の芸術愛好家、コジモ・デ・メディチのメイドだと半ば思いこんでいるのだ。

「要するに、彼女は間違った時代に生まれ育ったんだ！　いまは彼女の時代じゃないんだよ！　彼女の千年期（ミレニアム）でもないかもしれない。現代の生活にびっくり仰天、泡くっちまったんだ。正気をなくして、へばっちまった。で、おまえは？　クロークで間違った人生を受け取ってしまった、だから返さなきゃならない。それに、彼女は子供も産まなかったじゃないか……子供のいない人生なんて、なんの意味があるんだ、アーチー？　でもなあ、チャンスはまだある。そうさ、人生にはまだまだチャンスがある。ほんとうだぞ。おまえは」とサマードは使えないほうの手で十ペンスをかき寄せながらつづけた。「彼女と結婚すべきじゃなかったんだ」

それはあと知恵ってやつだよ、とアーチーは思う。後から振り返るなら、なんだってお見通しだ。

この会話から二日たって、元日を迎える夜半、苦しみはついに刺し貫くような強さに達し、アーチーはもはやサマードの忠告にしがみついていられなくなった。アーチーは肉体から解脱しようと心を決めた。自殺しようと。何度も自分を間違ったほうへ導いてきた人生の道、荒野の奥深く連れこんだあげく、最後は細くなって完全に消え失せる、パン屑の目印は鳥に呑みこまれてしまう、そんな人生の道から自由になってやろうと決心したのである。

＊

排気ガスが充満しはじめると、いやでも今までの人生が脳裏に甦ってきた。それは短く、あまり啓発的ではない視覚体験で、娯楽価値も低く、形而上学的にいえばあの女王のスピーチと同じものだった。さえない子供時代、不幸な結婚、将来性のない仕事――昔からある三点セットだ――これらすべてが、ひっそりと、ほとんどセリフもなくさっと通りすぎ、当時と同じ気持ちが甦った。アーチーは運命などあまり信じるほうではないが、なんだか、宿命なるものが自分の人生を、あくまで会社のクリスマスプレゼントを選ぶように決めようとしたのではないかと思えた——早めに、みんなと同じやつに。

もちろん、戦争はあった。アーチーは戦争に行った。最後の一年だけ。たった十七歳だったが、べつに大したことはなかった。最前線とか、そういうのではない。アーチーとサマード、あのサム、サミーのヤツには、いくつか思い出話がある。アーチーは、誰かが見たいというのなら見せてやれる銃弾の破片さえ、腿に残している——でも、誰も見たがりはしない。もう誰も「あのこと」については話したがらない。クラブフット（ホッケーのクラブに似た形の十八世紀風家具の脚）とか醜いほくろみたいなもんだ。あるいは鼻毛か。みんなそっぽを向く。もしアーチーが誰かから、「あなたはこれまでの人生で何をしましたか？」とか、「一番大切な思い出はなんですか？」と聞かれたとしても、戦争のことを口にするなんてとんでもない。相手の目からは興味が失せ、指がいらいらとリズムを刻み、またこんど聞かせてもらうよと言われるのがオチだろう。誰も本当に聞きたいなんて思っちゃいないのだ。

一九五五年の夏、アーチーは、ロンドン中央部の新聞社が並ぶフリート街へ、先のとがったよそ行きの靴をはいて従軍記者の仕事を探しに出かけた。ちょび髭を生やしたか細い声のにやけた男がこうたずねた。「経験はあるんですか、ミスター・ジョーンズ」そこでアーチーは説明した。サマードのことをいろいろ。チャーチル・タンク（イギリスの歩兵戦車）のことをいろいろ。すると、気取った様子で机に身を乗り出していたにやけ男はこう言った。

「ただ単に戦争で戦ったとかいう以上の経験が、なにかありませんとねえ、ミスター・ジョーンズ。戦争経験なんて、大して意味ありませんからね」

それはそうだ、確かに。戦争なんて、意味はない——五五年にもなかったし、現在の七四年ではなおさらのこと。当時アーチーがやったことは、今では何にもならない。身につけた技能は、今風に言えば、意味がない。使いものにならないのだ。

「なにかほかにないんですか、ミスター・ジョーンズ?」

もちろん、なにかほかにあるわけがない。英国の教育システムからは、もう何年も前にあざけりとともにはたき落とされている。とはいえ、アーチーにはものを見極める目があった、ものの形をちゃんと見ることができた。それで結局「モーガンヒーロー」で職にありつくことができたのだ。ユーストン通りの印刷会社で二十年この方、さまざまなものの折りたたみ方を工夫してきた——封筒、ダイレクトメール、パンフレット、チラシ——たいした業績ではないかもしれない。がしかし、ものは折りたたまなくてはいけない。折り重ねる必要がある。そうしなければ、人生は新聞紙みたいになってしまうだろう。風にはためいて道路に舞い落ち、重要な欄が失われてしまう。べつに、アーチーが新聞にちゃんと時間を費やしているというわけではないが。向こうがきちんとたたもうとしないなら、アーチーがわざわざ読む必要がどこにある?(教えてほしいもんだ)

ほかになにか?　そうだ、アーチーは紙をたたんでばかりいたのではない。昔々、アーチーは自転車トラック競技の選手だった。アーチーがトラック・サイクリングのどこを気に入っていたかというと、ぐるぐる回るところだ。ぐるぐると。もっとうまくやるチャンスがつぎつぎ巡ってくる。この一周はもっと速く。もっとちゃんと。もっともアーチーときたら、けっして速くなることがなかった。六二・八秒。これはきわめていいタイムだ。世界的な水準とすら言える。だが、三年間というもの、アーチーはどの一周においても六二・八秒をキープした。ほかのサイクリストは休憩を取ってアーチーが走るのを眺めたものだ。自転車を勾配（こうばい）にもたせかけ、腕時計の秒針でアーチーのタイムを計る。毎回六二・八秒。これほど進歩がないというのも珍しかった。これほど一貫しているというのは奇跡的だった、ある意味では。

　アーチーはトラック・サイクリングが好きだった。ずっと得意としていて、アーチーにとっては唯一すばらしい思い出である。一九四八年、アーチー・ジョーンズはロンドンで開かれたオリンピックに出場し、ホルスト・イーベルガウフツというスウェーデン人の婦人科医と十三位（六二・八秒で）を分けあった。不幸にもこの事実は、いい加減な事務員がある朝コーヒーブレークからもどった際にほかのことを考えていて、リストをべつの紙に書き写すときにアーチーの名前を落としたため、オリンピックの公式記録から洩れてしまった。マダム「後世」はアーチーをソファの腕にのっけておいて忘れてしまったのである。あれが本当にあったことだという唯一の証明は、長年にわたってアーチーが受け取っているイーベルガウフツからの手紙だけだ。たとえば。

一九五七年五月十七日

親愛なるアーチボルド

愛する妻と私がうちの庭で、ちょっと見苦しい建築現場を背景に撮った写真を同封します。田園の理想郷とまではいかないかもしれませんが、この場所に、私は粗末な自転車競技場を作っているのです——君と二人で走った競技場とは比べものになりませんが、私には充分なものを。あれよりずっと小さな規模で、じつは、これから生まれる子供たちのためのものです。子供たちがペダルをこいで回っている姿を夢に見ては、にこにこ顔で目を覚ますのですよ！　完成したら、ぜひ遊びにきてください。このトラックをはじめて使ってもらうのに、君ほどふさわしい人がいるでしょうか？

君と真剣に競いあった、ホルスト・イーベルガウフツ

つぎの葉書は、アーチーが死にかけたまさにこの日、ダッシュボードに置いてあったものだ。

一九七四年十二月二十八日

親愛なるアーチボルド

ハープをはじめようと思っています。じつは、新年の決意というやつなんです。ちょっと遅いのはわかっていますが、なにかをはじめるのに遅すぎるなんてことはありませんよね？　ハープというのは重い楽器で、肩で支えるのですが、音色はまるで天使の調べのようで、おかげで妻は私のことを美的感覚が鋭いと思ってくれています。自転車好きについては、とてもこんなことは言ってもらえません！　でもまあ、自転車競技というのは、アーチー、君や、そしてもちろんこの葉書を書いている男のような人間にしか、わからないものですからね。

君の昔のライバル、ホルスト・イーベルガウフツ

あの試合以来、アーチーはホルストに会っていない。だが、大柄でストロベリー・ブロンドの髪、茶色の雀斑（そばかす）に左右の位置がずれた鼻腔、世界を股に掛けるプレイボーイみたいな服装で、自転車が小さく見えるあの姿は、懐かしく記憶に残っている。試合のあと、ホルストはアーチーにさんざん飲ませ、それからお馴染みらしいソーホーの娼婦を二人、調達してきた（「このすばらしい君の国の首都へは仕事でよく来るんですよ、アーチボルド」とホルストは説明した）。アーチーがホルストの姿を目にしたのは、オリンピックの宿泊施設の隣部屋で巨大なピンクの尻を上下させているところを不用意にも見てしまったのが

最後だった。翌朝、フロントには、以後ずっとつづくことになる文通の最初の一通が待っていた。

　親愛なるアーチボルド

　仕事や競技の骨休めとして、女というものは本当に手軽ですばらしい元気回復の源ですね？　飛行機の時間があるので、朝早く発たなくてはなりません。でも、忘れないでください、アーチー。このまま縁のない他人になるのはごめんです！　ぼくたち二人は、ぼくたちの試合結果同様、分かちがたい関係になったのだと思っています！　十三という順位がラッキーじゃないなんて言うヤツは、このぼく以上の大バカです。

君の友、ホルスト・イーベルガウフッ

　追伸　ダリアとメラニーが無事に家へ帰るよう気をつけてやってください。

　ダリアはアーチーの相方だった。恐ろしくやせこけていて、ロブスターのかごのように肋骨が浮き出し、胸はないが、可愛い子だった。優しくて、甘いキスをする。長いシルクの手袋——少なくとも衣料クーポン四枚分はする——をはめた手首の関節が恐ろしくよく曲がるのを見せたがった。「君が好きだ」手袋をはめ、ストッキングをはく彼女に、せっぱ詰まった気持ちでそう言ったのをアーチーは覚えている。ダリアは振り向くと微笑んだ。相手がプロなのにもかかわらず、向こうも自分を好きなんだ、とアーチーは感じた。あのときあのまま、ダリアといっしょに行ってしまうべきだったのかもしれない、逃げてしまえばよかったのかも。だが、あの頃は、とてもそんなことはできない、あまりにむずかしすぎると思えた。妊娠中（結局、ヒステリーによる想像妊娠で、ガスで腹が大きくふくらんでいただけだった）の若妻はいるし、足には問題があるし、逃げ場所はないし。

おかしなことに、意識が薄れる寸前、最後にアーチーの頭をよぎったのはダリアのことだった。二十年以上前に一度会っただけの娼婦の思い出、ダリアと彼女のあの微笑み。肉屋に命を助けられたアーチーが肉屋のモウのエプロンを歓喜の涙でぬらしたのは、あの思い出のためだった。アーチーは心のなかでダリアの姿を見た。ドアのところで、いらっしゃいいなと誘う表情を浮かべた美しい女。そして、自分が行かなかったのを後悔していると悟ったのだ。もう一度、あんな表情に出会うチャンスがあったなら、アーチーはつぎのチャンスも望むだろう、時間延長を求めるだろう。つぎのチャンスだけでなく、つぎも、そのまたつぎも――生きているかぎりずっとチャンスを求めつづけるだろう。

アーチーはその朝それから、有頂天のまま車に乗ってスイス・コテージの環状交差路を八周した。頭を窓からつきだして、吹き流しのように開いた口の奥歯まで風になぶらせながら。アーチーは思った。「ちくしょうめ。これが命びろいしたときの気持ちなんだな。まるで時間をどさっともらっちまったみたいな気分だぜ」アーチーはバカみたいに笑いながら、自分のアパートをどんどん通りすぎ、道路標識（ヘンドン3¾）もどんどん通りすぎた。信号のところで、アーチーは十ペンスコインを投げ、運命が自分をべつの人生へ導こうとしているということにコイン投げの結果も同意しているらしいのを見て、笑みを浮かべた。まるで引き綱に引っ張られて角を曲がる犬だ。女にはたいていこんなことはできない。だが、男は家庭や過去を捨て去る能力を太古から保持している。男はただつけひげを外すように自分を外し、そっと世間に逃げ帰るのだ、生まれ変わった人間として。見つからないように。こういう具合に、新しいアーチーが生まれようとしていた。われわれはその現場を押さえたというわけだ。なにしろいまアーチーは、過去形（パースト・テンス）／過去は不安でもあり、未来完了形（フューチャー・パーフェクト）／未来は完全でもあり、こうかもしれないしああかもしれないというような状態なのだ。道の分岐点に来るとアーチーは速度を落とし、その平凡な顔をフェンダーミラーでチェックしてから、恐ろしくいいかげんに今まで行ったことのない方面を選ぶ。クィーンズ・パークというところへ通じる住宅街だ。「そのままどんどん行け！」だ、なあアーチー、と自分自身に言い聞かす。二百もらって（モノポリーで、一周回ってスタート地点を通過すると二百ドルもらえる）、後ろを振り返ったりするんじゃねえぞ。

＊

ティム・ウェストリー（通称マーリン）は、しつこく鳴りつづける玄関のベルにようやく気づいた。台所の床からなんとか身を起こし、ぐったりした体の海のあいだをぬって玄関のドアを開けると、目の前に、上から下までグレイのコーデュロイで身を固め、広げた手のひらに十ペンスコインをのせた中年男が立っていた。あとになってこの出来事を語りながらマーリンは思うのだが、一日のどんな時間帯であってもコーデュロイというのは威圧的な素材だ。集金人が着ているし、税務署員も着ている。歴史の教師が着ているのには肘に革があててある。こんなものの塊と、朝の九時に、それも元日に向きあうと、その否定的な雰囲気の分量からだけいっても、死をもたらす幻影のように見えた。

「あんた、なんの用だ？」マーリンは玄関で、冬の太陽に照らされてドアの外にたたずむコーデュロイの男に目をしばたたかせた。「百科事典かい、それとも宗教かなんか？」

出てきた若者には、言葉を強調したいとき右肩から左肩へ頭で大きく円を描くという気になる癖があることに、アーチーは気がついた。円を描き終わると、こんどは何度か頷（うなず）く。

「百科事典ならもう充分あるよ、情報だのなんだのってやつはね……宗教なら、あんた、訪問先を間違えたな。オレたちはここで楽しくやってるんだから。わかるだろ？」マーリンはそう言うと頷いてみせ、ドアを閉めようとした。

アーチーは頭を振り、にこにこしながら動かない。

「えーと……あんた、どうかしたのか？」マーリンはドアのノブに手を置いたままたずねた。「なにか用？　それとも、なんかでハイになってるとか？」

「あの垂れ幕が見えたんだ」アーチーは答えた。

マーリンはマリファナを一服しながら、興味をひかれた顔をした。「あの垂れ幕？」マーリンはアーチーの見ているほうへ顔を向けた。二階の窓から白いシーツが垂れている。そこには大きな七色の文字でこう書かれていた。〈１９７５『世界の終わり』パーティーへようこそ〉

マーリンは肩をすくめた。「ああ、悪いな、終わりにはならなかったみたいだよな。ちょっとがっかりだけど。それとも、ありがたいことなのかな」そして、愛想よくつけ加える。「あんたの見方によるけどね」

「ありがたいことだよ」アーチーは熱意をこめて答える。「一〇〇パーセント、正真正銘、ありがたいことだよ」

「じゃ、あんたあの垂れ幕を見たんだね？」マーリンはそう問いかけながら、この男、頭がおかしいだけじゃなく凶暴だったら困る、と一歩ドアから後ずさった。「ああいうのに興味があるわけ？　冗談だったんだ、それだけだよ」

「目に飛びこんできた、って言ったらいいかな」アーチーはなおも頭のおかしい人間のようににこにこしている。「ただ、車でどんどん走ってたんだ、どこかないかと探しながらね。つまり、もう一杯やれる場所を探してってことだよ。元日だろ、迎え酒とかね。それに、なにしろ大変な朝だったたんだ。そしたら、なんとなく目に飛びこんできた。コインを投げて、思ったんだ。そうだ、行ってみようってね」

マーリンは会話のなりゆきにとまどった顔をした。「いやあ……パーティーは、とっくに終わったんだけど。それに、あんたじゃちょっと、年齢が上すぎるし……わかるかなあ……」マーリンは言いにくそうな様子だ。ダシーキ（アフリカの民族衣装を模したゆったりした上着）の下のマーリンの内実は中産階級の若者で、年長者への敬意は身にしみついていた。「つまり」ちょっと言い方に悩んだあと、マーリンはつづけた。「あんたが知ってるようなパーティーじゃなくて、若向きなんだよ。コミューンって感じの」

「——だけど、あの頃ぼくはもっと年とってた」アーチーはお茶目に十年前のディランの曲を歌ってみせながら、ドアのなかをのぞきこむ。「——いまはそれより若いんだ」

マーリンは耳に挟んでいたタバコを取り、火をつけ、眉をしかめた。「あのなあ……通りがかりの人間を誰でもなかに入れたりはできないんだよ、わかるだろ？　あんた、お巡りかもしれないし、ヤク中かもしれない、もしかすると……」

だが、アーチーの顔——大きくて邪気のない、楽しそうで期待に満ちた顔——のなにかが、疎遠になっている父親が日曜ごとに、スネアブルックの教区牧師として説教壇から説くクリスチャンの博愛精神についての言葉を、ティムの胸に甦らせた。「ああ、そうだ。今日は元日だったよなあ。さあ、入ってくれ」

アーチーはマーリンの横を通り抜けて、ドアの開いた四つの部屋につながる長い廊下に足を踏み入れた。二階へあがる階段があって、奥には庭がある。さまざまなもの——動物、鉱物、植物——の堆積が床に並んでいる。人がもぐって寝ているらしい寝具の巨大な塊が、廊下の端から端へのび、紅海のごとく、アーチーが前へ足を踏み出すたびにしぶしぶ分かれる。部屋のなかや隅のほうでは、体からさまざまな液体が流出するのが見られた。キス、授乳、性交、嘔吐（おうと）——アーチーが新聞の日曜版でコミューンについて仕入れた知識に出てくるようなものはすべて。自分もあのハチャメチャに参加してみようか、ほかの体の間に埋もれてみようかとしばし楽しく考えてみてから（アーチーは両手でがっしりとこの新しい時間を、ものすごい量の時間をつかみ、指の間からしたたらせていた）、やっぱり強い酒を一杯やるほうがいいやと思い直した。廊下を苦労して進み、家の向こう端までたどり着くと、アーチーは底冷えのする庭に出た。そこには、暖かい家のなかで場所を探すのをあきらめて、寒い芝生を選んだ者が何人かいた。ウィスキー・トニックを飲みたいなあと思いながら、アーチーがピクニック・テーブルのところへ行くと、ジャックダニエルズと形も色も同じものが、砂漠の蜃気楼（しんきろう）のように空のワインボトルの間に屹立（きつりつ）していた。

「かまわないかな……？」

二人の黒人の男、トップレスの中国人の女の子、それにトーガを着た白人の女が、木のキッチンチェアーにすわってトランプをやっている。アーチーがジャックダニエルズに手を伸ばすと、白人の女が頭を振って、タバコをもみ消す動作をして見せた。

「タバコエキスになってるんじゃないかなあ。どっかのバカが、タバコを消すのにこの上物のウィスキーにつっこんじゃったんだ。ベビーシャム（洋ナシの発酵酒）かなんか屁みたいなヤツならここにあるけど」

アーチーは警告と親切な申し出に感謝の笑みを浮かべた。そして腰をおろすと、代わりにリープフラウミルヒ（上等のラインワイン）を大きなグラスに注いだ。

さんざん飲むうちに、アーチーは、思い出せるかぎり昔からクライヴやレオ、ワンシーやペトローニアと親しい友人だったような気がしてきた。くるりと後ろを向いたって、デッサン用の木炭を持てば、ワンシーの乳首のまわりの鳥肌だった毛穴の一つ一つ、お喋りするペトローニアの顔にかかる後れ毛の一筋一筋を、アーチーは描くことができただろう。午前十一時になる頃には、アーチーは彼ら全員を心から愛していた。彼らは、アーチーがとうとう持つことのできなかった子供たちだった。お返しに、彼らはアーチーのことを、その年齢にしてはユニークな心の持ち主だと言ってくれた。アーチーの内部にも周囲にも、強烈に力を発散するカルマのエネルギーのようなものが流れている、と皆が口を揃えた。

あわやというときに、肉屋に車の窓を押しさげさせるほどの力を持ったエネルギーだ。四十をすぎた人間でこのコミューンの仲間に入れてもらえたのは、アーチーがはじめてだということがわかった。そしてまた、変わったことがやってみたいタイプの女を満足させるために、年輩の男を性の相手として仲間に加えることも必要ではないかという意見がずっとあったのだということも。「それはいい」アーチーは言った。「すばらしい。じゃあ、ぼくがその役だな」アーチーはすっかりみんなと仲良くなったつもりでいたので、昼頃になって彼らとの関係が突如おかしくなり、二日酔いの上に、よりにもよって第二次大戦に関する議論のなかで身動きがとれなくなっている自分に気がついたときには、まごついた。

「いったいどうしてこんな話になっちゃったのよ」ワンシーがうんざりした口調で言う。家のなかに入ろうという今になって、やっと体をおおっている。アーチーのコーデュロイを小さな肩にはおっているのだ。「この話はやめようよ。こんな話をするよりは、寝たい」

「話すんだ、話すんだよ」クライヴがわめく。「これがあの世代の問題なんだ。あいつらは、戦争体験を高々と掲げられると思ってる、まるでなんかの――」

レオがクライヴをさえぎり、議論をもとのテーマから派生的な問題へと引っぱっていってくれたので、アーチーはほっとした。アーチーはそんな話題（四十五分前に口にしたバカげた言葉、軍隊経験が若者をしっかりした人間にするといったようなこと）を持ちだしたものの、合間合間で自分を弁護しなければならなくなり、すぐさま後悔していたのだ。

やっと弁明の義務から解き放たれたアーチーは、階段に腰をおろして頭を両手に埋め、頭上で口論がつづくにまかせた。

なんてこった。気持ちよくコミューンの一員になれていたかもしれないのに。議論なんかはじめたりせずちゃんとうまくやっていたら、この家のあちこちでフリーセックスだの裸のおっぱいだのにありつけたかもしれないのに。ひょっとしたら、生鮮食品生産のための家庭菜園だってもらえたかもしれない。しばらくのあいだ（午前十一時頃、ワンシーに子供時代の話をしていた頃だ）新しい生活はすばらしいものになりそうだったのに。これから先は、つねに正しいときに正しいことを言うようにしよう、そうすれば、どこへ行っても誰からも気に入られるだろう。誰が悪いんでもない、自分の失敗をあれこれ考えながらアーチーは思った。誰が悪いんでもなく、おれの責任だ。もっといいやり方がなかったものか、とアーチーは思った。おそらく、正しいときに正しいことを言うような人間もかならずいるのだろう。テスピス（「悲劇の発明者」とされる古代ギリシャの伝説的悲劇詩人）のように、歴史における正しい瞬間に一歩前へ踏み出すことのできる人間が。そしてまたアーチー・ジョーンズのように、員数（いんずう）あわせのためにだけ居合わせる人間も。あるいはさらに悪く、せっかくのチャンスが、ちょうど来合わせてその場で死ぬだけに終わってしまうような人間も。まんなかのステージで、皆が見ている前で。

もしも、人間が変わり得るすべての点においてアーチー・ジョーンズを変えてしまうことになる出来事が起こっていなければ、今ごろは、この事件全体に黒いアンダーラインが引かれることになっていただろう、この惨めな日全体に。しかもそれは、何らアーチー自身の努力によるものではなく、まったくの偶然、たまたま一人の人間がべつの人間と出くわしたことによって起こったのだ。偶然あることが起こった。その偶然の出来事とは、クララ・ボーデンであった。

だが、まず最初に描写といこう。クララ・ボーデンは、あらゆる意味で美しかった。とはいえ黒人であるからして、古典的美人とは言えないかもしれないが。クララ・ボーデンはとても背が高く、黒檀かクロテンのように黒く、髪をU字形に編んでいて、幸せなときは髪の先が上を、そうでないときは下を向いている。このとき、髪の先は上を向いていた。それが意味のあることであったかどうかは判断の難しいところだが。

クララはブラなど必要とせず――彼女は自由だった、引力からさえも――胸の下までの赤いホールターネック、その下には自前のおへそを身にまとい（優雅に）、またその下はぴちぴちの黄色いジーンズ、という格好だった。いちばん下はストラップのついた薄茶のスエードのハイヒールで、これをはいて階段を大股で降りてくる姿は、まるでなにかの幻影か、あるいは振り返ってその姿を見たときアーチーが思ったように、後ろ足で立ったサラブレッドのようだった。

さて、アーチーは気づいたのだが、映画やなにかでは、非常に印象的な人物が階段を下りてくると皆が静まり返るというのがよくある。だが、現実の世界でそんな光景を目にすることはない。ところが、クララ・ボーデンにはそれが起こったのだ。クララは夕方のぼやけた光に包まれてゆっくりと階段を下りてきた。クララはアーチーがこれまで目にしたうちでもっとも美しいというだけではなく、今まで出会ったなかでいちばん心を慰めてくれる女性でもあった。彼女の美しさは冴え冴えとした冷たいものではなく、お気に入りの服みたいな、ちょっと古びた優しいにおいがした。体の動きに調和のとれていないところはあるものの——手や足が中枢神経とはちょっと違った言葉使いをしているようだ——そのひょろひょろした物腰もまた、アーチーの目には比類なくエレガントに見えた。クララは大人の女の落ち着いた風格を漂わせ、(アーチーがこれまで出会った大半の女の子がそうであったように)扱いにくいハンドバッグのような、どうやって持ったらいいのか、どこへ掛けたらいいのか、どんなときに下へ置いておけばいいのか見当がつかないといった類の女ではなかった。

「元気出しなよォ」クララは調子のいいカリブ訛(なまり)で言った。アーチーは例のジャマイカ人のクリケット選手を思いだした。「気にするほどのこと、ないかもしんないしィ」

「もう気にするような事態になっちゃったみたいなんだ」

アーチーがほとんど端まで吸ったタバコを下に落とすと、クララはすぐさま足でもみ消した。クララはアーチーに向かってにっこりしたが、おかげで彼女の欠陥と言えるものが露呈した。前歯がぜんぜんなかったのだ。

「あのさァ……折れちゃったんだァ」アーチーの驚いた顔を見て、クララは舌足らずな口調で説明した。「でも、思うんだけどォ、世界の終わりには、神シャマはあたしの歯なんかいっこもなくても、気にしないよねェ」クララは穏やかに笑った。

「アーチー・ジョーンズだ」アーチーはクララにマールボロを差し出した。

「あたし、クララ」クララはうっかり口笛のような音をたてて微笑むと、タバコを吸った。「ねえ、アーチー・ジョーンズ。あんたの気持ち、よォくわかる。クライヴとかみんなに、くだんないことばっか言われたんでしョ？　クライヴ、あんた、気の毒にこの人のこと、いじめたんだねェ？」

クライヴはうなり——アーチーに関する記憶はワインの作用でほとんど消えていた——それまでやっていたことをつづけた。政治的な犠牲と物資的な犠牲の違いを間違ってとらえていると、レオを責めたてていたのだ。

「ああ、いや、べつにどうってことはないんだ」クララの美しい顔を前にぼうっとしながらアーチーは呟いた。「ちょっと意見があわなかった、それだけだ。クライヴとぼくとでは、ものの見方が違うところがあってね。ジェネレーション・ギャップってやつかなあ」

クララはアーチーの手をたたいた。「やめてよォ！　あんた、そんな年のわけ、ないよォ。年のいった人なら知ってるけど」

「ぼくはけっこうな年だよ」アーチーはそう言ってから、ふとクララに話しておきたくなった。「信じてもらえないだろうけどね、ぼくは今日、死にかけたんだ」

クララは眉を上げた。「まさかァ。とにかく、ここの仲間に入んなよォ。けさはいっぱい人がいる。へんなパーティーだよねェ」クララは大きな手でアーチーのハゲの部分をなでた。「あんた、天国の門のすゥぐそばまで行ったわりには、元気そうだねェ。あたしのチユーコク、聞きたい？」

アーチーは熱心に頷いた。いつだって忠告はほしい。人の意見は大歓迎だ。だから、十ペンス硬貨なしではどこへも行けないのだ。

「家に帰って、休みなよォ。あしたが来たら世界は新しくなる、毎回ねェ。でも、そうだよねェ……生きていくって、たいへんだよねェ！」

家だって？　とアーチーは思った。アーチーは古い生活を手放して、見知らぬ領域へ足を踏み入れるのだ。

「そうだよねェ」クララはアーチーの背中をたたきながらくり返した。「生きていくって、たいへんだよねェ！」

クララはまた長い口笛の音を発して、憂わしげに笑った。頭がおかしくなりでもしないかぎり、あの誘いかけるような表情は見て取れる。ダリアの表情と同じだ。どこか悲しげな、あきらめの気配が漂っている。なんだか、ほかに選択肢はあんまりないんだとでもいうような。クララは十九歳だった。アーチボルドは四十七歳。

六週間後、二人は結婚した。

2　生えはじめの歯の悩ましさ、または初期の苦労

が、しかし、アーチーはクララ・ボーデンを真空から引き抜いてきたわけではない。それに、今は美しい女について真実が語られる時代だ。美しい女は光にゆらめきながら階段を下りてきたりはしない。昔思われていたように、羽だけをつけて高いところから舞い下りてきたりはしない。クララはある場所からやってきた。ちゃんとルーツがある。もっと具体的に言えば、クララはロンドン自治区のランベス出身で（ジャマイカ経由）、思春期の暗黙の了解によりライアン・トップスなる人物と結ばれていた。クララは、美しくなる前は醜かった。クララとアーチーがカップルになる前は、クララとライアンの組合せだった。したがって、ライアン・トップスを避けて通るわけにはいかない。良き歴史家にとって、ヒトラーの西欧における英国侵攻への躊躇（ちゅうちょ）を理解するためには、彼の東欧におけるナポレオン的野望を認識することが必要であるように、ライアン・トップスは、なぜクララがあんな行動をとったかを理解するためには欠くことのできない要素なのである。ライアンを省くわけにはいかない。クララとアーチーが階段の上と下から引き寄せられる前の八ヶ月間というもの、クララとライアンはカップルだった。そしてもし、クララができる

かぎりすみやかにライアン・トップスから逃げようとしていなかったなら、アーチー・ジョーンズの腕のなかに駆けこむこともなかっただろう。

かわいそうなライアン・トップス。彼は好ましからざる身体的特徴の塊だった。極端に細くて背が高く、赤毛、扁平足で、雀斑じゃないところのほうが少ないくらい雀斑だらけ。ライアンは自分をモッズ系だと思っていた。着ているのは体にあわないグレイのスーツに黒のタートルネック。もう誰も履かなくなったチェルシーブーツを履いている。時代はシンセサイザーに喜びを見いだしているというのに、大きなギターを抱えた小男たちに忠誠を誓っている。キンクスやスモール・フェイセス、フーに。ライアン・トップスはグリーンのヴェスパGSスクーターに乗っていて、日に二回赤ん坊のオムツで磨き、乗らないときは特注の波板ですっぽり覆っていた。ライアンの考えによれば、ヴェスパは単に交通の手段というだけでなく、イデオロギーであり、家族であり、友だちであり、恋人であり、これらすべてが四〇年代後半の機械技術に結実したものなのであった。

察しはつくだろうが、ライアン・トップスに友人はほとんどいなかった。

十七歳のクララ・ボーデンは、ひょろっとして反っ歯（そっぱ）の「エホバの証人」であったが、ライアンのなかに同類の魂を見た。十代の女性に見られる典型的な情報収集力というやつで、クララはライアン・トップスと口をきくよりずっと前に、彼について心得ているべきことはすべて知っていた。基本はちゃんとおさえてある。学校は同じ（ランベスの聖ユダ・コミュニティー・スクール）、背の高さも同じ（六フィート一インチ）。ライアンも自分同様、アイルランド人でもなければローマカトリックでもないことも知っていた。郵便番号のおかげでここに入学させられてしまった二人は、聖ユダ校というカトリックの大洋に漂う二つの小島のような存在となり、教師からも生徒からも攻撃を受けていたのだ。クララはライアンのバイクの名前も知っていた。ライアンのバッグからのぞいていた成績表の上の方を見てしまったこともある。本人が知らないことまでいくつか知っていた。たとえば、ライアンが「この世で最後の男」であることも。どの学校にもこうした存在がいるものだが、聖ユダでもほかの学舎同様、あだ名を選んで囃し立てるのは女の子たちだった。もちろん、さまざまなヴァリエーションがある。

　百万ポンドもらってもいやなヤツ
　母親の命を救うためでもいやなヤツ
　世界の平和と引き替えでもいやなヤツ

だが、だいたいにおいて、聖ユダの女子生徒たちは、この充分効果の立証された決まり文句を採用していた。ライアンは学校の女子更衣室での会話に関知することなどなかったが、クララは知っていた。自分が好意を向ける相手がどう言われているか、ちゃんと知っていた。クララは聞き耳をたて、その話になると、汗やスポーツブラ、うち振られるぬれタオルのなかで、ライアンがどんなふうに言われるか知っていた。

「なによ、あんた聞いてなかったんじゃないの。あたしはね、もしあいつがこの世で最後の男だったらって言ったのよ！」

「それでもいやよ」

「そんなことない、やっちゃうよ！」

「でもね、聞いて。世界中が爆弾でやられちゃうんだよ、日本みたいにさ、いい？　かっこいい男がぜんぶ、あんたのニッキー・レアードみたくいい相手がみんな死んじゃう。みんなカリカリに焦げちゃう。そいでさあ、残ったのはライアン・トップスとゴキブリの群だけだったら」

「それでもぜったい、あたしならゴキブリと寝るな」

聖ユダにおけるライアンの不人気ぶりに匹敵するのはクララだけだった。はじめて登校する日、クララは母親に、今から悪魔の巣窟へ足を踏み入れるのだと聞かされ、『ものみの塔』をカバンに二百部詰めて持たされて、行って神の仕事をするようにと指示された。毎週毎週、クララは学校で頭を垂れてこそこそ歩きながらそのパンフレットを手渡し、「エホバだけが救ってくださるのです」と呟いた。学校というところでは、できものがひどくったって仲間外れにされる。六百人のカトリック信者を「エホバの証人」に改宗させようと試みるハイソックスをはいた六フィートの黒人宣教師は、社会の病原菌も同然だった。

というわけで、ライアンはビートの根っこのように赤かった。クララは誰かさんの長靴のように黒かった。ライアンの雀斑ときたら、陣取りゲーム好きなら夢に見るほど。クララは舌が触れないうちに前歯をリンゴに丸く食いこませることができた。だが、いくらカトリック教徒といえども、そんなことで二人を許しはしなかった（カトリック教徒が許しを与えるのは、政治家が約束を与えたり娼婦が客と寝るのとほぼ同じくらいの割合だというのに）。はるか一世紀の昔に絶望的な人々の守護聖人の役割を背負いこんだ（Jude（ジュード）（十二使徒の一人、聖ユダ）とJudas（ジューダス）（イエスを裏切ったイスカリオテのユダ）という発音の相似のために）聖ユダでさえ、関わろうという気にはなれないようだった。

毎日五時、クララが家で福音のメッセージに耳を傾けたり、輸血などという、教えに背く行為を非難するパンフレットを作ったりしているときに、家に帰る途中のライアン・トップスが開け放した窓の外をスクーターで通りかかった。ボーデン家の居間は通りより低くなっていて、窓には桟（さん）があるので、すべては断片的にしか見えなかった。だいたいにおいて、クララの目にはいるのは足や車輪、車の排気ガス、揺れる傘などだ。ちらりと見えるそういったものが多くを語ることはままあった。生き生きとした想像力を働かせれば、ほつれたレースや継ぎのあたった靴下、低いところで揺れる使い古されたバッグなどから、落ちぶれた悲哀を読みとることができる。だが、ライアンのスクーターの排気管が去っていく光景ほどクララの心を深く捉えるものはなかった。こういったときに下腹部で起こる密やかなうずきをどう名付けていいかわからず、クララはそれを主の息吹と呼んだ。自分が何らかの形で異教徒ライアン・トップスを救うことになるような気がした。クララはこの少年を胸に抱きしめ、周囲にひしめく誘惑から守り、救済の日に備えさせるつもりでいた。（そして、腹部よりも下のどこかに——口にするのは憚られる下半身のどこかに——ライアン・トップスが自分を救ってくれるかもしれないという、はっきりとは形をなさない望みがあったのではなかったか？）

ホーテンス・ボーデンは、なにかに焦がれる顔で桟のある窓のそばにすわり、「新世界訳聖書」のページを風がめくるにまかせながら去っていくエンジン音に聞き入っている娘に気づくと、娘の頭をひっぱたいて、「エホバの証人」のうちでも十四万四千人だけが審判の日に主の裁きの庭にすわることができるんだということを思い出すんだね、と言った。その油そそがれた者のなかに、バイクに乗ったどこかの薄汚い男が入りこむ余地などないんだから。

「でも、もしあたしたちで救ってあげたら……」

「人間のなかには」ホーテンスはふんといった顔で答えた。「うんとこさァ罪を重ねてるのがいるんだ。そういう連中は、いまさらエホバにおべっか使ったってェ、ダメなんだ。エホバに近づくには、努力しなきゃ。献身や寄付をしなきゃねェ。『心の純粋な人たちは幸いです。その人たちは神を見るからです』マタイ伝五の八。そだよね、ダーカス？」

クララの父親ダーカス・ボーデンは、よだれを垂らしながら悪臭を放つ死にかけの老人で、虫のわいた肘掛け椅子に埋没したままそこから身を起こすことはない。カテーテルのおかげで、外にあるトイレへ行く必要もないのだ。ダーカスは十四年前にイギリスへやってきてからずっと、居間のすみっこでテレビを見て過ごしてきた。もともとは、まずダーカスがイギリスで充分金を稼いでから、クララとホーテンスを呼び寄せ、家族で落ち着くはずだった。だが、到着するやいなや、ダーカス・ボーデンは不可解な病気で衰弱していった。どの医者も、なんらこれといった肉体的症状を見つけることのできない病気だったが、恐ろしい無気力を引き起こすのは明らかで、おかげでダーカスは――確かに、もともと活力に満ちた男ではなかったが――終生、失業手当と肘掛け椅子とイギリスのテレビを愛するようになった。一九七二年、十四年も待たされて腹を立てたホーテンスは、とうとう自分の力でイギリスへ渡ることを決意した。力なら、ホーテンスにはたっぷりある。十七歳になる娘のクララを連れて玄関口に立ったホーテンスは、怒りにまかせてドアをぶち破り、そして──伝説はセント・エリザベスまで響きわたった──ダーカス・ボーデンのありさまをさんざん罵った。この猛攻撃は四時間つづいたという者もあれば、ホーテンスが聖書を片っ端からそらで引用し、丸一昼夜つづいたという者もいる。確かなのは、すべてが終わったとき、ダーカスが椅子の奥にさらに深く沈みこみ、かくも理解しあい気持ちの通じる関係──ひどく単純で、無邪気な愛情──を築いてきたテレビの方を悲しげに見やったということである。すると涙が一粒涙腺からわきあがり、目の下のごつごつしたところで止まった。それから、ダーカスはたった一言呟いた。「ふむ」

「ふむ」というのがダーカスの口にしたすべてで、その後もそれしか言わない。ダーカスになにかたずねてみるといい。日中でも夜でも、どんな時間にどんなことをたずねても、問いただしても、お喋りをしかけても、懇願しても、愛を告白しても、告発しても弁護しても、返ってくる答えはただ一つだ。

「そだよね、って聞いたんだヨ、ダーカス？」

「ふむ」

「それに」ダーカスがうなったのを賛成ととり、ホーテンスはまたクララのほうに向き直ってわめいた。「あんたァ、あの男の子の魂が気になってやきもきしてるわけじゃないだろ！　何回言ったらわかんだァ──男の子にかかずらわってる時間なんか、ないんだよォ！」

ボーデン家では、時間は尽きようとしていたのだ。今は一九七四年、だからホーテンスは世界の終わりに向けて準備を進めていた。世界の終わりは、ホーテンスがきちんと青いバイロのボールペンで印をつけているカレンダーによると、一九七五年一月一日であった。これはべつにボーデン家単独の心の病ではない。八百万人の「エホバの証人」がともに世界の終わりを待っているのである。ホーテンスは、風変わりではあるが大きな集団の一員だった。ホーテンスの元には（王国会館ランベス支部の書記をしていたので）、アメリカ、ブルックリンにあるもっとも大きい王国会館から、ウィリアム・J・レインジフォースと印刷の署名が入った手紙が、日付の確認のため親展で届いていた。「世界の終わり」は、金色のレターヘッドを刷りこんだ手紙で正式に認められたのだ。ホーテンスはその手紙を美しいマホガニーの額に入れるという処置をとった。そしてそれを、テレビの上の、舞踏会へ向かうシンデレラのガラス像と十戒を刺繡したポットカバーの間に、ドイリーを敷いて麗々しく飾った。ホーテンスはダーカスに、きれいに見えるかどうか聞いてみた。ダーカスは、ふむと同意を示した。

「世界の終わり」は近い。そしてこれは――「エホバの証人」教会ランベス支部は確信していたが――一九一四年や一九二五年のような間違いではない。彼らは罪人のはらわたが木の幹に巻かれると聞かされてきたが、こんどこそ、罪人のはらわたが木の幹に巻かれるのを目にするだろう。本当に長い間、血が川になって大通りの側溝にあふれるのを待ち望んできたが、今こそ、彼らの渇きは満たされるだろう。時が来たのだ。これこそ正しい日付だ。これこそが唯一の日付。過去にいくつか提示されてきたかもしれないが、それらはすべて計算間違いだった。誰かが足し忘れたり引き忘れたり桁を繰り上げるのを忘れたりしたのだ。だが、今こそその時だ。本物だ。それは、一九七五年一月一日なのだ。

ホーテンスはそうと知って嬉しかった一人である。一九二五年の元日の朝、目覚めて——雹も硫黄も世界の破滅もなく——日々の生活が続いている、バスも電車も変わりなく走っていると知ったときには、赤ん坊のように泣いたものだった。結局むだだったんだ、つぎのような光景を待ち望んで、前夜あれだけ悶々としながら過ごしたのは……。

> こういった隣人たち、あなたの警告を聞かなかった隣人たちは、ごうごうと燃えさかる灼熱の炎の下に沈み、皮膚は骨から剝がれ、目は眼窩で溶け、母親の胸で乳を吸う赤子も焼かれるのです……その日は非常に多くの隣人たちが死に、その死体を並べたら地球を三百周するまでになるでしょう。それら黒こげの死体の上を歩んで、真の主の証人は御許へ行くのです。
>
> ——『喇叭の響き』二四五号

どれほどホーテンスはがっかりしたことか！　だが、一九二五年の傷は癒され、ホーテンスは今一度、かの聖なるレインジフォース氏が説くように、黙示録の世界はすぐそこまで近づいていると信じようとしていた。一九一四年の世代の約束はまだそのままだ。「これらすべての事が起こるまで、この世代は決して過ぎ去りません」（マタイ伝二四の三四）一九一四年に生きていた者は、ハルマゲドンを見ることになるのだ。それは約束されている。一九〇七年生まれのホーテンスは、年を取る一方だ。だんだん疲れてくるし、同世代の者はハエのように死んでいる。一九七五年は最後のチャンスのように思えた。

二百の教会における最高の識者たちが二十年を費やして聖書を調べてきた、そのあげく、この日付が全員一致の結論とされたのではなかったか？　ダニエル書の行間を読みとり、ヨハネの黙示録の隠された意味を探り、天使によって語られる期間「一年、二年、また半年の間」はアジアの戦争（朝鮮とベトナムの）のことであるとちゃんとつきとめたのではなかったか？　ホーテンスは、これらがしるし中のしるしであると確信していた。今が終わりの時なのだ。世界の終わりまであと八ヶ月。ほとんど時間がない！　旗も作らなくてはならないし、文章も書かなくてはならない（「主は自慰をする者をお許しになるか？」）。戸別訪問をして、ベルを鳴らしてまわらねばならない。ダーカスのことも考えなければ——手助けがなければ冷蔵庫までも歩けない——この人がどうやって神の王国へ行けるだろう？　すべてのことに、クララの手が必要だ。男の子に割いている時間はない。ライアン・トップスに割く時間など。こそこそと思春期の苦悩にひたる暇はないのだ。何しろ、クララはほかのティーンエイジャーとは違うのだから。クララは神の子、ホーテンスの奇跡の赤ん坊なのだ。一九五五年のある朝、モンテゴ・ベイで魚の腹わたを出しているときに神の声を聞いたのは、ホーテンスが優に四十八歳を越えたときだった。ただちにホーテンスはマカジキを投げだし、市街電車に飛び乗って家へ帰ると、神が求めた子供を懐妊すべくもっとも気の進まない行為に甘んじて身を投げだしたのであった。なぜ神はかくも長いあいだお待ちになったのだろう？　もちろん、神がホーテンスに奇跡を示そうとなさりたかったからだ。なんといっても、ホーテンス自身が奇跡の子供だったのだから。一九〇七年の伝説的なキングストン大地震の最中、ほかの誰もが死ぬのに忙しかったときにホーテンスは生まれた――奇跡は一家の伝統だ。ホーテンスはこのことを、こういう具合に考えていた。大地が揺れ動く最中、モンテゴ・ベイの幾分かが海にすべりこみ、山から火が降る最中に生まれてくることだってできるのだから、何がどうしたからといって、言い訳にはならない。ホーテンスは好んでこう言った。「焼かれるのがいちばんキツイ！　それがすんじまえば、どうってこたァない」というわけで、クララは今こうして、戸別訪問や事務管理、スピーチの原稿書きといった「エホバの証人」教会のさまざまな仕事を充分に手伝える年齢となってここにいるのだから、仕事に精を出さなければならない。男の子にかかずらわっている暇などない。この娘の仕事はまだはじまったばかりだ。ジャマイカ壊滅の最中に生まれたホーテンスは、十九歳の誕生日の前に世界が終わってしまうからといって、それがぐずぐずする言い訳になるとは認めなかった。

ところが不思議なことに、というか、おそらくは文書で充分に裏付けられている、不可解な行動をとるというエホバの性向によるものだろうが、クララをついにライアン・トップスに引きあわせるという業を、神は為されたのである。ランベス王国会館の青年グループは、日曜の朝、「羊をやぎから分けるように」（マタイ伝二五の三一～四六）と、戸別訪問に派遣される。クララは、エホバの証人の男の子たちの趣味の悪いネクタイやもの柔らかな話し方が嫌いで、一人でスーツケースを下げ、クライトン通りに沿って戸別訪問にまわることにした。最初の数軒では、いつもの困ったような顔に迎えられた。感じの良い女の人たちがつとめて丁重に追い払おうとする、なるべく距離を保とうとしながら。伝染病みたいに、宗教に感染するんじゃないかと恐れているのだ。通りのはずれの貧しい地区に入ると、反応はさらに攻撃的になった。窓や閉ざされたドアの向こうから罵声（ばせい）が飛んでくる。

「あのエホバの証人だったら、消えっちまいな！」

あるいは、もっと機知に富んだやつ。「あのさあ、悪いけどねあんた、今日が何曜日かわかってんの？　日曜でしょ？　おれは疲れてんだ。この一週間ずっと陸や海を作ってたんだぜ。今日はおれの休息の日なの」

七十五番地では、コリンという十四歳の物理の天才がクララのスカートを見上げながら神の存在を論理的に否定しようとするのに、一時間つきあわされた。それから、クララは八十七番地のベルを鳴らした。すると、ライアン・トップスが出てきた。

「はい?」

例の赤毛頭に黒のタートルという格好で、唇をへの字に曲げて、ライアンは突っ立っている。

「あたし……あたし……」

クララはなんとかして自分の服装を意識から追い払おうとした。のど元までひだ飾りのある白のブラウス、格子縞（こうしじま）の膝丈スカート、それに「神よ、あなたのおそばに」と誇らしげに記したたすき。

「なんか、用かよ?」ライアンは消えかけのタバコを深く吸いこんだ。「なんだい?」

クララはできるだけにこやかに出っ歯を見せて微笑み、自動操縦に切り替えた。「おはようございます。あたしは、ランベス王国会館からまいりました。あたしたちエホバの証人は、そこで、神が今一度あたしたちの元に聖なるお姿を現してくださるのを待ってるのです。少しのあいだ――悲しいことに目には見えませんでしたが――一九一四年、あたしたちの父親の時代においでになったように。神がその御名を名乗られるときは、ハルマゲドンの地獄の三重の業火（ごうか）をもたらされ、その日、救われる者はごくわずかなのです。あなたは興味が――」

「なんだよお？」

クララは恥ずかしくて泣き出しそうになりながら、もう一度くり返した。「あなたはエホバの教えに興味がありますか？」

「なんだって？」

「エホバです――神の教えです。あのォ、階段みたいなもんです」クララは、最後にはいつも母親の聖なる階段のたとえに頼る。「あなたは、階段をおりて行きます。でも、段が欠けているところがあります。いいですか。足元に気をつけなさい！　あたしはただ、あなたもともに天の王国に行けたらと思うのです。あなたが足を折るところなど、見たくないのです」

ライアン・トップスは戸口にもたれ、赤い前髪をすかしてクララをしげしげと見つめた。クララは自分が望遠鏡みたいに小さく畳みこまれていくような気がした。このままではすぐに消えてしまう。

「読んでいただきたいものがいくつかあります――」クララは不器用な手つきでスーツケースの鍵を開け、親指で留め金を外したが、反対側を押さえるのを忘れていた。五十部もの『ものみの塔』が玄関口に散らばった。

「やァだ。今日はロクなこと、しでかさない」

クララは慌ててパンフレットを拾い集めようとして転び、左膝をすりむいた。「痛っ！」

「あんた、クララってんだろ」ライアンがゆっくりと言った。「おれとおんなし高校だよなあ？」

「ええ、そう」自分の名前を覚えてくれていたのが嬉しくて、クララは痛みを忘れた。「聖ユダ校よ」

「自分の高校の名前くらい、知ってらあ」

クララは黒人に可能なかぎり赤くなり、下を向いた。

「絶望的な連中。そいつらの守護聖人だもんな」ライアンはなにやらもそもそ鼻からほじり出すと、植木鉢に飛ばした。「ＩＲＡだぜ、あいつらみんな」

ライアンはもう一度、クララのすらりと背の高い姿をながめた。かなり大きい両の胸、白いポリエステルの布地を透かしてはっきりわかるつんと立った乳首の輪郭を、しげしげと見つめる。

「入ったらどうだ」視線を下げて血の出ている膝を見やったライアンは、とうとうそう言った。「そこに、なんか当てといたほうがいい」

まさにその午後、ライアンの家のソファではこそこそとぎこちなくなにかが行われ（クリスチャンの少女の行動として考えられるよりはずっと先のところまで、事態は進行した）、そして、またも神とのポーカーゲームで、悪魔がやすやすと勝利をおさめたのである。ねじったり、押したり、引いたり。月曜日に学校で授業終了のベルが鳴る頃には、ライアン・トップスとクララ・ボーデンは（学校全体が、なんとおぞましいと思ったことには）、カップルらしきものになっていた。聖ユダ校の語法で言うならば、二人は「つきあって」いたのだ。汗くさい思春期の幻想のなかでクララがあれこれ思い描いたのは、こんなことだったのだろうか？

ところで、ライアンと「つきあう」ということは、三つの主要な過ごし方からなるということが判明した。（重要度の順に）ライアンのスクーターを誉める。ライアンのレコードを誉める。ライアンを誉める。だが、ほかの女の子なら、場所はライアンのガレージで、それもライアンがその複雑さを称賛しながらエンジンを入念にチェックするのをただ見ているだけ、というようなデートはごめんだと言うかもしれないが、クララにとっては、これほどわくわくすることはなかった。クララはすぐさま、ライアンが恐ろしく口数が少なく、ごくまれに交わされる会話は本人に関することに限られるということを悟った。ライアンの望み、ライアンの心配（どれもスクーターに関連したことだ）、そして、自分もスクーターも長生きはしないというライアンの奇妙な確信。なぜかライアンは老いに向かう五十代のモットー「人生太く短く生きよう」を信奉していて、スクーターは下り坂でも時速二十二マイル以上は出ないのに、なにかというと冷たい声音でクララに警告する。おれに「あんまり夢中に」なるな、なにしろ、おれはこの世に長くはいないんだから。「バン」とぶつかって、さっさと「おさらば」するんだ。血を流すライアンを両腕にかき抱き、最後にやっと永遠の愛を告げる彼の言葉を聞き取ろうとする自分の姿を、クララは思い浮かべる。モッズスタイルの未亡人になるんだ、とクララは思う。一年のあいだ黒のタートルを着て、ライアンの葬式では「ウォータールー・サンセット」（キンクスのヒット曲）をかけてくれと要求する。クララのライアン・トップスに対する不可解な献身ぶりにはかぎりがなかった。それはライアンの見栄えの悪さも、退屈な人柄も、見苦しい癖も超越していた。本質的には、ライアンをも超越していた。なぜなら、ホーテンスがなんと言おうと、クララはほかの女の子たちと変わらない十代の娘であり、その情熱の対象は情熱それ自体の付属物にすぎなかったからだ。長い抑圧を経て、今や強烈な欲求をほとばしらせて自己主張している情熱の。つづく数ヶ月で、クララの考え方は変わり、クララの服装も変わり、クララの歩き方も変わり、クララの魂も変わった。この変化は世界中の女の子たちに、ダニー・オズモンドとかマイケル・ジャクソンとかベイ・シティー・ローラーズとか呼ばれている。クララはこれをライアン・トップスと呼ぶことにしたのである。

通常の意味でのデートはなかった。花もレストランも、映画もパーティーも。ときたま、もっとマリファナが必要になると、ライアンはクララを連れてノース・ロンドンの大きな空き家を利用したたまり場に行った。そこでは八分の一オンスが安く手に入り、ヤクでラリッて人の顔もわからなくなった連中が親友扱いしてくれる。ここでライアンは、ハンモックに落ち着き、マリファナを何度か吸うと、いつもの素っ気なさが高じて完全な無反応に陥る。クララは、マリファナはやらず、ライアンの足元にすわってうっとりと見つめながら、周囲で交わされる世間話についていこうと努める。クララには、ほかの連中のような話題がなかった。マーリンやクライヴやレオやペトローニアやワンシーやほかのみんなが話すような。LSDでトリップした経験談もなければ、警官に暴行を受けたことも、トラファルガー広場でデモ行進をしたこともない。でも、クララはみんなと友だちになった。機知に富んだ娘であるクララは、手持ちの知識を使って、ヒッピーや奇人変人、麻薬常習者やファンキーといった寄せ集め集団を楽しませたり怖がらせたりしたのである。違う種類の窮境で。地獄の業火や永遠の断罪の話。悪魔が糞を好む話。悪魔がどれほど皮を剝いだり真っ赤に焼けた火かき棒で目玉を突いたり性器をむしり取ったりするのが好きか——魔王ルシファーの入念なたくらみのすべて。かの堕天使のなかでも最大の悪党の。それは一九七五年一月一日に向けて用意されているのだ。

当然のことながら、ライアン・トップスと呼ばれるものによって、「世界の終わり」はクララの意識のなかでどんどん奥へと押しやられはじめた。そのほかにもたくさんのものがクララの前に現れた。人生に新しいものがいっぱい！　こんな風に言っていいものなら、クララは今まさに、まさにこのランベスで、油そそがれた者になったような気分だった。地上で恵まれていると感じれば感じるほど、クララは天の王国を思うことが少なくなった。

つまるところ、クララがとても理解できなかったのは、かの雄大なる計算式だった。救われない人があまりに多い。八百万のエホバの証人のうち、たった十四万四千人しか天の王国のキリストの許に行くことはかなわないのだ。良き女と十二分に良き男は地上の楽園を得るだろう――どう考えても、なかなか悪くないご褒美だ――だが、及第点に達しえなかった二百万もの人たちはあとに残されることになる。それに異教徒を加えたら、ユダヤ教徒やカトリック教徒やイスラム教徒を加えたら、子供時代のクララが胸を痛めたアマゾンのジャングルで暮らす貧しい人たちを加えたら、救われない人が多すぎる。エホバの証人は自分たちの神学体系に地獄がないということを誇りに思っている――罰は責め苦だ、最後の日における想像を絶する責め苦、そして、あとはただ死んで横たわるだけ。だが、クララには、これはなおひどく思えた――責めさいなまれ手足を切断された罪人たちの骸（むくろ）が表土のすぐ下に埋もれているのに、地上の楽園で楽しむ大群衆を想像すると。一方には地球上のおびただしい数の人々がいる。『ものみの塔』の教えを知らず（郵便受けに放りこんでもらえなかったりとか）、ランベス王国会館に連絡をとって救済への道を説くありがたい読み物を受け取ることができない人たちだ。もう一方にはホーテンスがいて、髪をすっかり金属のカーラーで巻きあげ、ベッドのなかで寝返りを打ちながら硫黄の雨が罪人の上に降り注ぐのを楽しみに待っている、とくに五十三番地の女の上に。ホーテンスは説明する。「神を知らずに死ぬ者は、甦っ（ヽ）て（ヽ）もう一回チャンスをもらえるんだよ」

でも、クララにとっては、それはなおも不公平な等式だった。差引勘定のあわない帳簿だった。信仰は、到達するのは難しく、失うのはたやすい。クララは王国会館の赤いクッションに膝の跡を残すのを次第に嫌がるようになった。たすきを身につけたり、旗を持ったり、パンフレットを配ったりしようとしなくなった。段が欠けた階段の話を人にすることもなくなった。クララはタバコを発見し、階段を忘れてエレベーターを使いはじめた。

一九七四年十月一日。居残り。放課後、四十五分間残され（音楽の時間に、ヨハン・セバスチャン・バッハよりロジャー・ダルトリー（ロックグループ「フー」のリードヴォーカル）の方が優れた音楽家だと主張したため）、その結果、四時にライアンとリーナン通りの角で会うことになっていたのに、クララは間にあわなかった。クララが外へ出た頃には、凍えるように寒く、暗くなりかけていた。クララは腐りかけた落ち葉の堆積のなかを走り回ってリーナン通りをくまなく探したが、ライアンの姿はなかった。自分の家の玄関へ近づくクララの心は、不安でいっぱいだった。心のなかで神にさまざまな約束をした（けっしてセックスしません。もうマリファナは吸いません。膝より上のスカートは二度とはきません）、ライアン・トップスが風を避ける場所を求めてクララの家のベルを鳴らしたりはしていない、と神が請けあってくださりさえしたら。

「クララ！　寒いからはいりなさい」

それはホーテンスが、誰か人がいるときにする話し方だった——子音がどれもはっきりしている——牧師や白人女性に話すときの口調だ。

クララは玄関のドアを閉め、おそるおそる居間を進んだ。泣くイエス（それから泣いていないイエス）のそばを通って、台所へ行く。

「おやおや、あの子ったら、惨めったらしい顔して。ねえ？」

「うん」小さな台所テーブルの一方にすわって満足げにアキー（熱帯アフリカ産の果実）と塩漬けのタラをかっこんでいたライアンが頷く。

クララは一瞬言葉につまった。出っぱった前歯で下唇を噛む。「ここ、ここでなにしてんのよォ？」

「ふん！」ホーテンスが勝ち誇ったような声をあげた。「あんたは、友だちをずゥっとあたしから隠しておけるとでも思ってたのかい？　この子が寒がってたから、入ってもらったんだ。二人で楽しくお喋りしてたんだよねェ？」

「うん、ミセス・ボーデン」

「そんなにびっくりするこたァないだろうに。あんたァ、あたしがこの子を食べっちまうとでも思ってんだろ、ねえライアン？」ホーテンスの顔は、クララがこれまでに見たことがないほど輝いている。

「うん、そんなとこだろう」ライアンがにやっとする。そして、ライアン・トップスとクララの母親はいっしょに笑いはじめた。

恋人が自分の母親と親しげな関係を結ぶことほど、恋路の輝きを減退させることがあるだろうか？　夜がいっそう暗く日が短くなるにつれ、毎日三時半になると校門の外でたむろする群のなかにライアンはなかなか見あたらなくなり、クララはがっかりしながら、かなりの距離を歩いて家へ帰る。すると、またも恋人が、台所でホーテンスと楽しげにしゃべりながら、ボーデン家のたっぷりしたご馳走、アキーと塩漬けタラ、ビーフジャーキー、ライスと豆を添えたチキン、ジンジャーケーキにココナツアイスといったものをがつがつ食べているのを発見するのだった。

二人の会話は、クララが玄関の鍵を回すときには弾んで聞こえているのに、クララが台所に近づくといつも止まってしまう。いたずらが見つかった子供のように、二人はむすっとし、ばつの悪そうな顔になり、そしてライアンは言い訳しながら帰ってしまう。それにあの目つきも、クララには気になった。二人から向けられるようになったあの、哀れむような、見下すような目つき。そして、それだけではなく——二人はクララの服装を批判しはじめた。クララの服装は着実に若者らしいカラフルなものになっている。だがライアンは——ライアンはどうなってしまったのだろう？　——タートルネックを脱ぎ捨て、学校ではクララを避け、ネクタイを買ったのだ。

もちろん、麻薬中毒患者の母親や連続殺人鬼の隣人のように、クララは最後まで知らなかった。以前はライアンのことをすべて知っていたのに――ライアン本人が知るより先に――クララはライアンの専門家だったのに。今では、アイルランド人の女の子が、クララ・ボーデンとライアン・トップスはつきあっていない――ぜったい、ぜったい、つきあってなんかいない、と断言するのを小耳に挟んで、ええっ、もうつきあっていなかったんだ、と思うありさまだ。

何が進行しているかはわかっていても、クララは信じまいと努めた。台所のテーブルにすわっているライアンの前にパンフレットが並んでいるのを見ても――そして、ホーテンスが急いでそれをかき集めてエプロンのポケットにつっこむのを見ても――クララはそれをあえて忘れた。その月の後半になって、うっとうしい顔をするライアンをせっついて、身障者トイレのなかでお義理で相手をしてもらったときも、クララは目を細めて、見たくないものを見ないようにした。だが、それはちゃんと存在した。ライアンが洗面台の上にのけぞったとき、ジャンパーの下に、銀色に輝くものがあった。その輝きは暗い灯りの下ではほとんど見えなかったが――そんなことあり得ない、だがそれは現実だった――小さな銀の十字架の輝きであった。

そんなことあり得ない、だがそれは現実だった。これは奇跡について人が語る言葉だ。どういうわけか、ホーテンスとライアンという正反対の人間が、論理の極端さという点で一致したのである。二人に共通する他人の苦しみや死への偏った嗜好が、病的な地平を透視する一点のように重なってしまったのだ。突然、救われた者と救われざる者が不思議なことに逆転した。今やホーテンスとライアンがクララを救おうとしているのだった。

「バイクに乗れよ」

クララが学校を出て夕闇のなかへ一歩踏み出すと、ライアンがいた。ライアンはスクーターをぴたりとクララの足元で止めた。

「クラッズ、バイクに乗れったら」

「うちの母さんとこ行って、バイクに乗らないかって聞けばいいじゃない！」

「頼むよ」ライアンは予備のスクーター用ヘルメットを差し出した。「大事なことだ。話がある。もうあんまし時間がないんだ」

「なんで？」クララは厚底靴の上でいらいらと体を揺らしながらぶっきらぼうにたずねた。

「あんた、どっか行くの？」

「おまえもおれも、二人とも」ライアンはぼそぼそと答える。「いい場所へ、できれば」

「いやよ」

「頼むよ、クラッズ」

「いいや」

「頼む。大事なことだ。生きるか死ぬかなんだ」

「そう……わかった。だけど、あたしは、そォんなもんかぶんないからね」──クララはヘルメットを突っ返し、スクーターにまたがった──「髪がぺちゃんこになるもん」

ライアンはクララを乗せてロンドンをつっきり、ハムステッドヒースへ行ってプリムローズヒルの一番上までのぼった。そこで、頂上からうす気味の悪いオレンジ色の光に包まれた街を見おろしながら、慎重にまわりくどく、借り物の言葉を使って、ライアンは言いたいことを述べた。要点はこういうことだった。世界の終わりまで、あと一ヶ月しかない。

「そいで、あの人とおれは、おれたちは──」

「おれたち！」

「おまえのお母さんは──おまえのお母さんとおれは」ライアンはぼそぼそとつづける。「心配してるんだ。おまえのこと。終わりの時がきたら、それほどたくさんは生き延びられない。おまえは悪い仲間とつきあってるだろ、クラッズ──」

「あのねェ」クララは頭を振り、口元を引き締めた。「あたしはあんなの信じてない、ないの。それに、あの人たち、あんたの友だちだったでしょ」

「いや、ちがう。もう友だちじゃない。マリファナは──マリファナは悪だ。それにあいつらもみんな──ワンシー、ペトローニア」

「あの人たちはあたしの友だちだよォ！」

「ちゃんとした女の子じゃないよ、クララ。あの子たちは家族のところにいるべきなんだ。

あんな恰好してあんなとこで男とあんなことしてちゃいけないんだ。おまえだってあんなことしちゃだめだ。それにあの服装も、まるで、まるで、まるで――」

「まるで、なんなのよォ？」

「まるで娼婦みたいだ！」吐き出してほっとしたとでもいうように、ライアンはその単語を叫んだ。「まるでふしだら女みたいだ！」

「さあ、これで話はぜんぶ聞いた……家へ連れて帰ってよ」

「あいつらにはあいつらの運命が待ってる」ライアンは一人頷いて手をのばし、ロンドンをチズウィックからアーチウェイまで指し示した。「おまえにはまだ時間がある。おまえは誰といっしょにいたいんだ、クラッズ？　誰といっしょだ？　天の王国でキリストとともに世界を統治する十四万四千人か？　それとも、地上の楽園で暮らす大群衆の一人になるのか、それもいいかもしれないけど……それとも、さんざんひどい目にあわされるやつら、拷問されて殺されるうちの一人になるつもりか、ええ？　おれはヤギとヒツジを分けてるんだ、クラッズ、ヤギとヒツジを。マタイ伝だよ。おまえはヒツジだとおれは思ってるんだけど、ちがうか？」

「いっとくけどォ」クララはスクーターのところへもどって後ろにすわりながら言った。「あたしはヤギだよ。ヤギでいたいんだ。ヤギになりたいんだ。あたしはねェ、友だちといっしょに硫黄の雨に焼かれるほうがずっとまし、退屈でたまんない天の王国でダーカスやうちのお母さんやあんたといっしょにいるよりはね！」

「そんなこと言っちゃいけない、クラッズ」ライアンは厳粛な面もちでそう言うと、ヘルメットをかぶった。「おまえがそんなこと口に出さなきゃよかったのにと、心から思うよ。おまえのためにね。おれたちの話は神に聞こえてるんだから」

「もうあんたの話を聞いてるのはうんざり。家へ連れて帰ってよ」

「ほんとうだよ！　神には聞こえてるんだ！」ライアンはエンジンの回転をあげて丘を走り降りながら後ろを振り向き、排気管の騒音に負けじと声を張り上げた。「神はすべてお見通しなんだ！　おれたちをちゃんと見てるんだ！」

「前をちゃんと見てなさいよ」ハシド派のユダヤ人の集団を蹴散らして進みながら、クララは怒鳴り返した。「ちゃんと道を見なさいったらァ！」

「ほんの少しだけなんだ――そう書いてある――ほんの少しだけ。みんなやられる――シンメーキにそう書いてある――みんなひどい目にあうけど、ほんの少しの人間だけが――」

ライアン・トップスがとくとくと聖書を説いていた最中、偽りの元偶像、ヴェスパＧＳは、樹齢四百年の樫の木に正面衝突した。機械技術の思いあがりに自然が勝った。木は生き残り、バイクは死んだ。ライアンは一方へ投げ出され、クララはべつの方へ転がった。キリスト教の原則と「こんなもんさ」の法則（またの名をマーフィーの法則とも言う）

は同じである。すべてが私の身に起こる、なんでも私に起こるんだ。だから、もしトーストを落っことしたとき、バターを塗った方が下になったら、この不幸な出来事は不運というものに関する絶対的な真実の証明であると解釈される。あなたに証明するために、トーストはそういうふうな落ち方をしたのだ、ねえ、ミスター・アンラッキー、宇宙には明確な力が存在して、それが不運ってものなんだ。偶然ではない。うまく落ちてくれることなんか、絶対ないんだ、という具合に論は進む。なぜなら、それが「こんなもんさ」の法則なんだから。つまり、「こんなもんさ」の法則が存在するということを証明するために、「こんなもんさ」の法則はあなたの身に降りかかるのだ。ただし、引力とは異なり、どんなことが起ころうとも存在する法則ではない。トーストがうまい具合に落ちると、「こんなもんさ」の法則は不思議にも消滅する。かくして、クララは転げて前歯をへし折ったのにライアンのほうはひっかき傷一つなく立ちあがったとき、ライアンは、これは神が自分を救われる人間として、クララを救われない人間としてお選びになったからだ、と思ったのであった。片方はヘルメットを着用し、もう一方は着用していなかったからではなく。もし逆に、引力がライアンの歯を要求し、それらを小さなほうろう引きの雪玉みたいにころころとプリムローズヒルの坂に転がしていたとしたら、そう……かならずやライアンの心のなかで神は消え失せていたことだろう。

　しかし事態はこういうなりゆきとなり、これはライアンが必要としていた最後のしるしとなった。大晦日がやってきたとき、ライアンはあの居間でホーテンスとともにロウソクの輪のなかにすわってクララの魂のために熱心に祈っており、傍らではダーカスが管に尿を垂らしつつBBC1の「ジェネレーション・ゲーム」（番組）を見ていた。一方クララは、黄色い裾広がりのパンツに、上は赤いホルターネックという恰好で決めると、パーティーに出かけていった。クララはパーティーのテーマを提案し、垂れ幕を作って窓から垂らすのも手伝った。ほかの連中とダンスをしたりタバコを吸ったりしながら、遠慮なく言わせてもらえば、自分はこのたまり場のなかではなかなかの美人なのではないか、とクララは思った。がしかし、必然的に真夜中となり、黙示録の騎士が現れることなく時が過ぎていくにつれ、自分でも驚いたことに、クララの気持ちは沈みこんだ。なぜなら、信仰を捨てるというのは塩を得るために海水を沸かすようなものなのだ——なにかは得られるが、なにかは失われる。友人たち——マーリンやワンシーやほかの人たち——はクララの背中を叩いて、破壊と救済の燃えさかる悪夢を振り払うことができてよかったねと言ったが、クララはこの十九年間待ちこがれたもっと暖かい手を思って、ひっそりと嘆いた。救世主の、アルファでありオメガでもある、初めと終わりの存在にすっぽり抱きしめられることを思って。自分をこういうもろもろから、ランベスのアパートの一階での物憂い現実から救い出してくれるはずだった存在を思って。今のクララに何がある？　ライアンはまたべつの気まぐれの対象を見つけるだろう。ダーカスが必要としているのはテレビのチャンネルを変えることだけだ。ホーテンスには、もちろんまた新しい日付が具体化してくるだろう。より多くのパンフレットと、さらに強まった信仰を伴って。だが、クララはホーテンスとは違う。

がしかし、消失した信仰のかけらはまだ残っていた。クララはなおも救世主を求めていたのだ。自分を連れ去ってくれる人を。「白い衣を着て、わたしと共に歩くであろう。「彼女は」それにふさわしい者だからである」（黙示録三の四）として、大勢のなかから自分を選んでくれる人を。

してみると、それほど不可解というわけでもないかもしれない、翌日、クララ・ボーデンがとある階段の下でアーチー・ジョーンズに会ったとき、体にあわないスーツを着た、背が低めで太り気味のただの白人中年男性という以上のものをアーチーのうちに見いだしたのも。クララはアーチーを灰緑色の喪失の眼を通して見た。クララの世界は消滅したところだった。クララが生きがいとしてきた信仰は引き潮のように後退し、そしてアーチーは、偶然にもかのジョークに言われるところの男となったのだった。「この世で最後の男」に。

3　二つの家族

「情欲に燃えるよりは、結婚するほうがよい」と「コリント人への第一の手紙」第七章九節には書いてある。

よい忠告だ。もちろん、コリント書はまた、「脱穀している牛に、口籠(くつこ)をかけてはならない」とも説いている——まったく、どうなってるんだか。

一九七五年の二月までに、クララはアーチボルド・ジョーンズのために教会も原理主義も捨てたが、それでもまだ、祭壇のそばで笑ったり、聖パウロの教えをまったく否定できるほどの気楽な無神論者になったわけではなかった。第二の言葉は問題ない——牛などいないから、クララは除外される。しかし第一の言葉については、幾晩も眠れずに悩んだ。結婚するほうがよいのだろうか？　相手が異教徒でも？　知る方法はなかった。今やクララは支えなしで暮らしているのだ。セイフティーネットなしで。神より心配なのは母親だった。ホーテンスはこの関係に断固反対した、年齢よりは肌の色を理由として。ある朝、話を聞くやいなや、娘をドアの外へ追放したのである。

それでもなおクララは、罪深くも同棲したりするよりは、不似合いな男であっても結婚するほうを母親が本心では喜ぶような気がして、衝動的に結婚し、ランベスからなるべく遠くへ、モロッコでもベルギーでもイタリアでも、財力の許すかぎり遠くへ連れていってくれとアーチーに頼んだ。アーチーはクララの手を握って頷き、意味のない甘い言葉を囁き（ささや）ながらも、自分の財力で行ける一番遠いところは、ずっしり重いローンを背負いこんで新たに手に入れたウィルズデン・グリーンの二階建ての家なんだとちゃんと自覚していた。でも今はそんなことを言う必要はない、とアーチーは考えた、こんなときに言わないほうがいい。なんていうか、徐々に納得させればいいじゃないか。

三ヶ月後、クララは徐々に納得させられ、そして二人はここへ移ってきた。アーチーは階段を磨きあげ、例によって毒づきながら、クララが一度に難なく二つか三つ運べる箱の重さにへたばった。クララは一休みし、目を細めて暖かい五月の陽光を透かし見ながら、周囲の状況をつかもうとした。上半身は紫の下着だけになって門にもたれる。ここはどんなところなんだろう？　こういったことは、ご承知のとおり、なかなかつかみにくい。引っ越し荷物運搬車の助手席にすわって、クララは大通りを見た。汚らしく貧しい、見慣れた光景だ（もっとも、王国会館や監督教会派の教会はなかったけれど）。だが、角を曲がると突然緑が広がり、美しい樫の木が並び、家々は丈の高い、広い一戸建てが多くなり、公園や図書館が目にはいる。それからいきなり、木々は消えてバス停にもどる、真夜中の鐘でも鳴ったかのように。家々もまた合図に従って、小さく低い平屋になり、さびれたシヨッピング・アーケードの向かいに屋根を並べる。そういったアーケード特有のならびには、かならずつぎのようなものがある。

朝食のメニューが出たままの、閉店したカウンター式のサンドイッチ屋。

ろくに宣伝する気などなさそうな（鍵をお作りします）錠前屋。

下手な語呂合わせを麗々しく店名として掲げた（「アッパーカット」「フリンジ・ベニフィット（付加給付。フリンジには前髪の意味も）」「カットは今日、お出かけは明日（ヘア・トゥデイ、ゴーン・トゥモロウ）（ひとところに居つかない、ヒア・トゥデイ、ゴーン・トゥモロウのもじり）」）閉まったままの男女両方を対象とする床屋（ユニセックス・ヘアーサロン）。

そんなふうに車で走るのは、くじ引きみたいなものだった。これからの人生を木々の間で過ごそうとしているのか、それともクソの間なのかわからないまま、外を眺める。すると、ようやく車が一軒の家の前で止まろうとする。木々とクソの中間にある、いい家だ。クララは感謝の念に満たされた。いい家だ。期待していたほどいい家じゃないけれど、恐れていたほどひどくもない。前と後ろに小さな庭があって、ドアマットに玄関の呼び鈴、トイレは家のなかにある……。おまけに、クララはべつに高い代価を支払ったわけではない。ただ愛だけ。ただの愛だ。そしてコリント書がなんと説こうと、愛を手放すのはそれほど難しいことではない。本当の愛を感じたことがなければ。クララはアーチーを愛してはいなかったが、階段で出会った最初のときから、連れ去ってさえくれるのならアーチーに自分を捧げようと心を決めていた。そしてアーチーはこうして連れ去ってくれた。モロッコでもベルギーでもイタリアでもないけれど、ここはいい。約束の地ではない――だが、いいところだ、クララが今まで暮らしたどこよりもいいところだった。

アーチボルド・ジョーンズがロマンチックなヒーローとはほど遠いことは、クララもちゃんと了解していた。クリックルウッドの恐るべき一間の部屋で三ヶ月もいっしょに暮らせば、充分わかる。もちろん、アーチーには優しいところがあるし、魅力的に見えることだってある。朝起き抜けに口笛で澄んだ明るい旋律を吹くことができるし、運転は落ち着いて慎重、それにびっくりするほど料理がうまい。だが、ロマンスとは縁遠い。情熱なんて、考えられない。こんな並の男に捕まったんだから、とクララは思った、少なくとも相手は完全に献身的であるべきだ――クララの美に、若さに――いろいろなことの埋めあわせに、最低限そのくらいのことはなくっちゃあ。ところが、アーチーはそうじゃなかった。結婚して一ヶ月で、アーチーはもう、男が妻を見るときの、目に入っていないかのような奇妙な無表情を身につけた。そして、独身時代の生活にもどってしまった。サマード・イクバルと一杯やる、サマード・イクバルと晩飯を食べる、サマード・イクバルと日曜の朝飯を食べる、空いている時間はいつもサマードと、あのオコンネルズとかいうところで、あの怪しげな店で過ごすのだ。クララは物わかりのいい妻でありたいと思った。「どうして家に居着かないの？　なぜあのインド人とばかりいっしょにいるの？」クララは聞いてみた。でも、よしよしとクララの背中を叩き、頬にキスすると、アーチーはコートをひっつかみ、玄関を出ていく。答えはいつも同じだ。「おれとサム？　ずっと昔からのつきあいなんだ」クララはそれ以上なにも言えない。あの二人のつきあいは、クララが生まれるより前にさかのぼるのだ。

　というわけで、このアーチボルド・ジョーンズという男は、白馬の騎士などではなかった。なんの目的も、希望も、野心も持っていない。一番の楽しみはイギリス風朝食と日曜大工、という人間だ。面白みのない男である。それにおじさんだし。でも……善良だ。アーチーは善良な人間だった。善良さなんて大したことではないかもしれないし、人生を明るくしてはくれないかもしれない。だが、それなりの価値はある。階段で会ったあの最初のときに、クララは苦もなく、すぐさまアーチーのなかに善良さを見いだした。ちょうどブリクストン市（ロンドンのエレクトリック・アベニューにたつ市、西インド諸島産の野菜や果物を商う）の露店で、皮に触ってみなくても美味しいマンゴーを見つけだせるように。

　クララはこういったことを考えながら、結婚式の三ヶ月後、庭の門にもたれていたのである。クララは黙って、アコーディオンのようにきゅっとしかめられた夫の眉や、ベルトの上に妊婦のように垂れた腹、肌の白さ、静脈の青さ、休憩のお茶を飲みくだす様子を眺めた――人生が終わりに近づくにつれて男の喉に現れる（とジャマイカでは言われている）あの二本の筋がある。

　クララは眉をひそめた。結婚式のときは、こんな徴候には気がつかなかった。なぜだろう？　アーチーは笑顔だったたし、それに白のとっくりを着ていた。でもちがう、そのせいじゃない——クララはあのとき、そんなものに目が向いていなかった、だからだ。クララは結婚式の当日、ほとんど自分の足ばかり見ていたのだ。あの日は暑かった。二月十四日だというのに異常に暖かくて、おまけに待たされた。あの日は、そこらじゅうの人間がラドゲイト・ヒルの小さな登記所で結婚したいと思ったらしい。クララは履いていた小さな茶色のハイヒールを脱ぎ捨てて、裸足の足でひんやりした床を踏みしめ、タイルの黒っぽい隙間をぜったい踏まないようバランスを取ることで、将来の幸せを当てずっぽうに賭けたりしていた。

一方、アーチーは上唇の湿り気を拭いながら、内股にちょろちょろ伝う塩っぽい水の元凶である照りつける日差しを呪っていた。二度目の結婚に際して、アーチーはモヘア織りのスーツと白いとっくりセーターを着ることにしたのだが、どちらもまずい選択であったことがわかってきたのである。熱気のおかげで体中から汗がちょろちょろ流れだし、とっくりセーターからモヘアのスーツにまでしみとおって、湿ったイヌのような臭いをぷんぷん振りまく羽目になった。クララはもちろん、ばっちりだった。茶色いウールのジェフリー・バンクスのロングドレスを着て、きれいに揃った義歯を装着していた。ドレスは背中が開いていて、歯は白く、全体にネコを思わせる。イブニングドレスを着たヒョウだ。どこまでがウールの布地でどこからがクララの肌なのか、裸眼でははっきりわからない。そしてクララは、待機中のカップルたちを苛む高い窓から照りつける埃っぽい陽光に、ネコのように反応した。むき出しの背中を陽に温めながら、クララはいまにも手足を大きく投げ出しそうに見えた。いままでいろいろ見てきている——ウマのような女とイタチのような男のカップルとかゾウのような男とフクロウのような女のカップルとか——登記官でさえ、デスクに近づいた二人を見て、このあまりに不自然な組合せに眉を上げた。ネコとイヌだ。

「やあ、神父さん」アーチーは挨拶した。

「この人は登記官だよ、アーチボルド、このバカ者が」友人のサマード・ミアー・イクバルが口をはさむ。それまで小柄な妻のアルサナとともに追いやられていたゲストルームから、結婚の立会人となるために呼ばれてきたのだ。「カトリックの神父さんじゃないよ」

「そうだな、もちろん。すいません。緊張してるもんで」

登記官は不機嫌な顔で言った。「はじめましょうか？　今日は手続きする人がたくさんいるんでね」

このあとちょっとした儀式が続いた。アーチーがペンを渡され名前を書く（アルフレッド・アーチボルド・ジョーンズ）、国籍（イギリス）、年齢（四十七）。「職業」の欄でアーチーはしばしペンを止めてから「広告（印刷物）」と書きこむ。そして署名をし、自分を売り渡す。クララも自分の名前を書く（クララ・イフィジェナイア・ボーデン）、国籍

（ジャマイカ）、年齢（十九）。クララの職業に興味を示す欄は見あたらないので、署名の場所を示す問題の点線部分にまっすぐ飛び、ペンを走らせてから、体を起こす。これでジョーンズ家の一員である。これまでのジョーンズ家の誰とも異なった一員だ。

それから皆で外の階段に出た。そよ風が古い紙吹雪をすくい上げては新しいカップルの上へまき散らす。クララはそこで、結婚式のたった二人のゲストにはじめて正式に紹介された。二人ともインド人。どちらも紫のシルクを身にまとっている。サマード・イクバルは背が高くハンサムで、真っ白な歯が目立ち、片手が不自由だ。使えるほうの手でクララの背中をぱたぱた叩く。

「私の考えなんですよ」とサマードは何度も繰り返した。「この結婚そのものがね。私はこいつと……いつだっけ？」

「一九四五年だよ、サム」

「そうだ、君の可愛い奥さんにそう言おうとしたんだよ。一九四五年——こんなに長いつきあいで、いっしょに戦った仲なんだから、こいつが幸せでなかったら幸せにしてやるのが私の務めでしょう。ところが、こいつは幸せじゃなかった！　あなたが現れるまで、幸せの対極にいたんです！　クソの山でのたうちまわってたんですよ、下品な言い方ですがね。ありがたいことに、あの女はもう完全に消え失せた。頭のおかしい人間の居場所はただ一つです。それにあそこなら、同じようなお仲間もいるし」サマードの言葉は途中から勢いがなくなった。クララにはどうもなんの話かわかっていないらしいと見て取ったのだ。

「まあとにかく、長話はやめときますが……でも、私の考えなんですよ、これはね」

それから、サマードの妻のアルサナがいた。小柄で無口。なんだかクララがあまり気に入らないようだ（年はせいぜいクララより二、三歳上というところだろう）。クララに対しては「そうですね、ミセス・ジョーンズ」とか「いいえ、ミセス・ジョーンズ」としか言わず、おかげでクララは落ち着きなくおどおどしてしまい、靴をまたはき直さなくてはいけないような気分になった。

もっと大きな披露宴が開けなかったのを、アーチーはクララにすまないと思った。だが、ほかには誰も招待する人がいなかったのだ。親戚も友人も、皆が結婚式の招待を断ってよこした。素っ気なく断る者もいれば、嫌悪を露（あら）わにする者もいた。沈黙が一番と決め、この一週間、手紙も見ない、電話にも出ないようにして過ごす者もいた。唯一幸せを祈ってくれたのはイーベルガウフツで、招待もしておらず結婚式を挙げると知らせもしなかったのに、なぜか不思議なことにこんな手紙がその日の午前の配達で届いたのだ。

一九七五年二月十四日

親愛なるアーチボルド

いつもなら、結婚というのは、私にとってどこか厭世的な気分を引き起こすものがあるのですが、今日、ペチュニアの花壇が枯れかけているのをなんとかしようと手入れしていたときのこと、一人の男と一人の女が生涯をともに暮らすという考えに、なにか非常にあたたかいものを感じたのです。われわれ人間がそんな不可能に近い偉業を企てるなんて、まさに驚くべきことだと思いませんか？　でもまあ、冗談は別として。ご存じのとおり、私の職業は、「女性」の奥深くをのぞきこみ、精神分析医と同様、患者が完全に健康であるという証明、あるいは逆の証明を与えることです。そこでね、友よ、（メタファーを拡大するならば）君は未来の妻となる女性を、もうちゃんとかくのごときやり方で心の面でも頭の面でも探査し、とくになにも欠けたところはないとおわかりなのでしょう、だとしたら、君の真摯なるライバルに言えるのはただ一つ、心からの「おめでとう」だけです。

ホルスト・イーベルガウフツ

なにかほかに、一九七五年を形成するほかの三百六十四日からあの日を浮きあがらせてユニークなものにしてくれる思い出があっただろうか？　若い黒人の男がリンゴ箱の上に立ち、黒のスーツを着て汗を流しながら、ブラザーやシスターたちにむかって訴えはじめたのを、クララは覚えている。ホームレスの老女がゴミ箱のカーネーションを拾って髪に挿したっけ。でも、これぐらいだ。クララが作った、ラップでぴったりくるんだサンドイッチはバッグの底に忘れられたまま、空は曇ってきて、みんなで丘の上の「キング・ラッド・パブ」へと、土曜日で一杯やっているフリート街の連中にやじられながらのぼっていくと、アーチーが駐車違反の呼び出し状を食らっていることが判明したのだった。

というわけで、クララは結婚生活の最初の三時間を、チープサイド警察署で靴を両手に持ち、自分の救世主が日曜日の駐車ルールのアーチー流解釈を理解してくれない交通係の警部と激しくやりあうのを見つめて過ごすことになった。

「クララ、おい、クララ」

アーチーだ。クララの横を通って玄関へ行こうと奮闘している。ティーテーブルで前がよく見えないのだ。

「イックボール夫婦が今夜来るからな、この家を多少はきちんとしときたいんだ——だから、どいてくれないかなあ」

「手伝おうか？」クララは穏やかにたずねる、まだ半分ぼうっとしたままで。「なんだったら、なにか運ぶけど——」

「いやいや、いいよ——おれがやる」

クララはテーブルの一方へ手をのばす。「ちょっと手伝うってば——」

アーチーはなんとか狭い戸口をくぐり抜けようと、テーブルの脚と取り外しのできる大きなガラス製の上板の両方を抱えこんで苦労している。

「これは、男の仕事だよ」

「でも――」クララは羨ましいほどやすやすと大きな肘掛け椅子を持ち上げて、玄関の階段のところでへたりこんでぜいぜい喘いでいるアーチーのそばへ運んだ。

「べつになァんでもないいんだからァ。手伝うほうがよかったら、そう言ってよォ」クララは優しくアーチーのおでこを撫でた。

「ああ、ああ」アーチーはいらいらと、ハエでも追うようにクララを振り払った。「おれは大丈夫だったら、わかってるだろ――」

「わかってるけど――」

「これは男の仕事なんだ」

「うん、わかってる――あたしはただ――」

「なあ、クララ、頼むからじゃましないでくれ。これはおれがやるから、いいな？」

クララが見ていると、アーチーは決然と袖をまくり上げ、ふたたびティーテーブルと格闘をはじめた。

「もしなにか手伝いたいんなら、自分の服をぽつぽつ運ぶといいよ。なんだかんだと、戦艦がしずんじまうくらいあるじゃないか。いったいどうやってこの狭いところへぜんぶ詰めこんだらいいんだろう」

「前に言ったけど――いくらか捨てれば。あんたがいいんなら」

「おれにそんなこと押しつけないでくれよ、おれが決めることじゃないだろ？　そうだろ？　で、コートスタンドはどうする？」

　こういう男なのだ。ぜったいに物事を決められない。思っていることをはっきり口に出せない。

「だから言ったでしょ。あんたが気に入らないってんならァ、返したらいいよ。あんたが気に入ると思って買ったんだもん」

「あのなあ」クララが声を張り上げたので、アーチーはちょっと用心深くなった。「買ったのはおれの金だろ――ちょっとはおれの意見を聞いてくれたってよかったんじゃないか」

「なにさァ！　たかがコートスタンドじゃない。赤いってだけでしょ。確かに、赤は赤だし赤だよ。なんだって急に赤がいけないってことになるのォ？」

「おれはただ」とアーチーは声を低めて、かすれた不自然なひそひそ声をだした（結婚生活の武器庫ではよく使われる声の武器だ。「ご近所（子供）の前じゃないか」）。「家のなかの色調をちょっとましにしたいだけだよ。このあたりはけっこういい住宅地なんだ。せっかくの新しい生活なんだし。なあ、けんかはやめよう。コインで決めようよ。表なら置いとく、裏なら……」

本物の恋人同士の諍いなら、つぎの瞬間にはお互いの腕に身を投げかけているだろう。もっと練れた恋人同士なら、階段をあがるか隣の部屋へ行くかして心を静め、またやりなおす。破綻寸前の関係ならば、なにかに引っ張られて、責任とか、思い出とか、あるいは子供の手とか心の琴線とかに引っ張られてもう一方のところへわざわざもどろうという気になるより先に、片方がとっくに道路の二ブロック先か、東へ国二つばかり向こうへ行ってしまっているだろう。震度でいうと、そのときクララが起こしたのはほんの小さな振動だった。クララは門の方に向き直り、たった二歩歩いただけで立ち止まったのだ。

「表だ！」アーチーは見たところ、べつに気にしていない顔つきだった。「置いとこう、いいね？　簡単だろ」

「あたしね、けんかはしたくないの」アーチーへの恩義を忘れてはならないと心中新たな決意を固めて、クララはアーチーと向きあった。「イクバルさんたちが夕食に来るって言ったでしょ。でもねえ……あの人たちがカレーを期待してるんなら——あたしだってねえ、カレーは作れるよ——でも、あたし流のカレーなんだけど」

「とんでもない、あの二人はそういったタイプのインド人じゃないよ」クララの言い方に気分を悪くして、アーチーは不機嫌に答えた。「サムはみんなと同じく、日曜日にはローストを食べる。あいつはいつもインド料理を客に運んでるんだ、このうえ食べたいなんて思わないよ」

「あたし、ただ気になって——」

「なあ、クララ、やめてくれよ、頼むからさ」

アーチーはクララのおでこに優しくキスした。クララはちょっとかがんでそれを受けた。

「サムとは長いつきあいなんだ。奥さんも静かな人みたいだし。あの二人はべつにロイヤルファミリーじゃないんだから。あの夫婦はそういったタイプのインド人じゃないんだよ」アーチーはそうくり返すと頭を振った。なにかひっかかるものがある。完全にはほぐれないしこりが残っていた。

＊

サマードとアルサナのイクバル夫婦はそういった類のインド人ではなかったし（アーチーにとってクララがそういった類の黒人ではないように）、ほんとうはインド人ですらなくバングラデシュ人で、アーチーたちの四ブロック先、ウィルズデン大通りのそれほど良くない区画に住んでいた。夫婦はここへ来るのに一年かかった。ホワイトチャペルの良くない区域からウィルズデンの良くない区域に移るという大事を成し遂げるには、一年の間、おそろしく懸命に働かなければならなかった。アルサナは一年間、台所で古いシンガーミシンをがんがん踏んで、ソーホーの「ドミネーション」という店に納める黒いビニールの切れ端を縫いあわせなければならなかった（アルサナは毎夜のように、与えられた型紙どおりに縫いあげた衣類を持ちあげては、いったいこれはなんなんだろうと首をひねったものだ）。サマードは一年間、きちんと敬意を表するにふさわしい角度に首を傾け、左手に鉛筆を持ち、イギリス人やスペイン人、アメリカ人、フランス人、オーストラリア人などのとんでもない発音を聞き取らねばならなかった。

「ゴーバイエッロゥサグ（ゴヴィアローサッグ、カリフラワー、ポテト、ほうれん草の料理）を頼む」

「チキン・ジェイルフレットシー（チキン・ジャルフラジー、スパイシーなソースをからめた鶏肉料理）、フライドポテトつきでな、ども」

　夕方六時から真夜中の三時まで。あとは毎日眠るだけ。陽の光が、一般的なチップの額同様わずかになるまで。だいたい、どういうことなんだよ、ミントキャンディー二つとレシートをどけて、下にある十五ペンスを見ながらサマードは思う。願いごとのために噴水に投げこむ金とチップが同額だっていうのは、どういうことなんだ。だが、その十五ペンスを、ナプキンを持つ手にこっそり握ってしまおうなどというよこしまな考えが浮かぶより先に、ムクルが、片方の目は優しげに客に向け、もう片方の目では厳しく従業員を監視しながら、しなやかで強靭（きょうじん）な体でこの「パレス」を切り回すアルデーシル・ムクルが、サマードに近づいてくる。

「サアアマアアド」ムクルのしゃべり方は甘ったるくねちっこい。「今夜はうまくお客様のお尻にキスできましたかね（へつらうの意）、イトコくん」

サマードとアルデーシルは遠い従兄弟になる。サマードのほうが六歳年上だ。去年の一月、手紙を開いたアルデーシルはどれほど喜んだことだろう（まるで有頂天！）、あの自分より年上で頭も良く、ハンサムな従兄弟が、イギリスで職探しに困っているというのだ、そして、できたら……。

「十五ペンスでした」サマードは手のひらを見せる。

「少しずつでも足しになる。少しずつでも足しになる」アルデーシルは分厚くとんがった口を横に広げてニタリと笑う。「『小便壺』に入れておくんですね」

「小便壺」というのはカシミール産の黒い壺で、従業員用トイレの外の台座に置かれている。チップはぜんぶそのなかへ貯めておき、毎晩終了時に分けるのだ。若くてぱりっとした、ルックスのいいシヴァのようなウェイターにとっては、これははなはだ不公平だ。シヴァは従業員のなかでたった一人のヒンドゥー教徒である。この事実は、彼のウェイターとしての技能が優れていることを立証している。つまり、シヴァの技能は宗教の違いをも超克しているということだ。片隅に、ぽってりした白人の離婚女性が孤独な心を抱えてすわっていたりすると、長いまつげを効果的にぱちぱちやって見せれば、シヴァは一晩に四ポンドもチップを稼ぐことができた。シヴァはまた、とっくりのセーターを着たディレクターやプロデューサーたちからもチップをせしめた（「パレス」はロンドンの劇場街のまんなかに位置していて、この頃はロイヤルコート劇場がまだ全盛、すてきな男の子やリアリズム演劇がもてはやされた時代だった)。彼らはシヴァにお世辞を言い、カウンターへ行き来するシヴァのくねくね挑発的に揺れる尻を見つめては、『インドへの道』が舞台化されるようなことがあれば、シヴァなら気の向く役をどれでもやれるのに、と言うのだった。というわけで、シヴァにとって「小便壺」システムは明らかな強奪であり、自らの並ぶもののないウェイター技能に対する侮辱でしかなかった。しかし、サマードのような四十も後半の人間、あるいはもっと年上の白髪を頂くムハンマド(アルデーシルの大おじ)、どう見ても八十にはなっていて、若いときの笑いじわが今や口の両横に深い溝を刻んでいる、こういった人間には、「小便壺」に不満を持ついわれなどなかった。十五ペンスを着服して見つかる(そして一週間チップがもらえなくなる)危険を冒すよりは、みんなでまとめておいたほうがずっといい。

「あんたたちはみんなしておれに負ぶさってるんだ!」終了時にしぶしぶ五ポンド取り出して壺のなかへ入れながら、シヴァはわめく。「みんなおれを食い物にしてるんじゃないか! この負け犬どもを背中から払いのけてほしいよ! これはおれの五ポンド札だっていうのに、六千五百万等分されて負け犬どもへの施しになるなんて! なんだよこれは、共産主義か?」

するとあとのみんなはシヴァの怒りに燃えた眼差しを避けながら、ひっそりとほかのことに精を出す。だがある晩、ある十五ペンスの晩、サマードが口を開いた。「黙れ」と小さな声でそっと。

「なんだよ！」翌日のダールにする大桶いっぱいのレンズ豆をつぶしていたシヴァが、サマードの立っているほうへ振り向いた。「このなかで、あんたが一番ひどいぞ！　あんたなんか、今まで会ったうちで最低のウェイターだ！　客に襲いかかったって、チップなんか手に入りゃしないよ！　あんた、客に、生物学がどうとか、政治がどうとかって話そうとしてただろ。ただ、料理を運んでりゃいいんだよ、あほんだら。あんたはウェイターなんだぞ、わかってんのか。マイケル・パーキンソン（トークショーの名ホスト）じゃないんだ。デリーとおっしゃいましたか？」――シヴァはエプロンを片腕に掛け、気取って調理場を歩きはじめる（下手くそな物まねだ）――「じつは私もそこにおりました。デリー大学でございます。じつに魅力的なところで、はい。――で、私、戦争にも行ったんでございますよ。イギリスのために戦いました。はい。――そうです、そうです、すばらしい、すばらしい」シヴァは調理場をぐるぐる回り、首を傾げてユライア・ヒープのようにもみ手をくり返しながら、料理長や、冷凍室に巨大な肉のかたまりを並べている年取った男や、オーブンの下を磨いている少年にぺこぺこ頭をさげてみせる。「サマードよ、サマードよ……」かぎりない憐れみをこめたつもりらしい声でそう言うと、シヴァは突然立ち止まり、エプロンを腕から外して腰に巻きつけた。「あんたって、かわいそうなヤツだよなあ」

ムハンマドが磨いていた鍋から目を上げ、何度も首を振った。誰にともなく、ムハンマドは言う。「この頃の若い連中ときたら——なんだね、あの口のきき方は？　なんてもの言いだ？　敬意ってもんはどうなった？　あの言い方はなんだね？」

「ふん、あんたなんか、消えっちまえ！」シヴァはお玉をムハンマドの方へ振りかざした。

「バカな老いぼれめ。おれのオヤジでもないくせに」

「おまえの母親のおじの又従兄弟だよ」後ろからぶつぶつ声がする。

「くそっ」とシヴァ。「知るか」

シヴァはモップをつかむとトイレに向かおうとしたが、サマードのそばで立ち止まり、モップの柄をサマードの口から数インチのところへ突きつけた。

「キスしろよ」シヴァはせせら笑いを浮かべ、アルデーシルの、母音をのばしたゆっくりした口調をまねてつづける。「そうしたらねえ、イトコくん、給料上げてもらえるかもしれませんよ」

毎晩ほとんどこんな調子だ。シヴァやほかの従業員にいじめられ、アルデーシルには恩着せがましい顔をされ、アルサナとは顔もあわせず、太陽を拝むこともない。十五ペンスを握りしめ、そして手放す。看板でもぶら下げておきたいと心の底から願いながら。大きな白いプラカードに、こんなふうに書いておくのだ。

> 私はウェイターではありません。私には学歴があります。科学を勉強し、戦争にも

行きました。妻はアルサナといいます。イースト・ロンドンに住んでいますが、ノース・ロンドンへ移りたいと思っています。私はムスリムですが、アッラーに見放されたものか、あるいは私がアッラーを捨ててしまったのか、よくわかりません。私には友だちがいます。アーチーといいます。それにほかの友だちも。いま四十九歳ですが、街ではまだ女が振り向いてくれます。ときには。

だが、こんなプラカードは存在しない。だから代わりに、誰にでも話しかけたくなる、話したくてたまらない。「老水夫」（コールリッジの詩より）のように、いつも説明したくなる、いつもなにかを、なにもかもを、改めて主張しておきたいと願いながら。これは大事なことじゃないか？　だがしかし、辛く残念なことに——頭を傾けて、ペンを構える、これが大事なことなんだ、とても大事な——よいウェイターになるのが大事なことなのだ。ちゃんと聞くのが大事なことなのだ、客の言葉を。

「ラム・ドーンソック（ラム・ダンサック、甘酢味のラム料理）とライス。フライドポテトつき。たのんだよ」

そして十五ペンスが皿にちゃりんと置かれる。ありがとうございます。まことにどうも、ありがとうございます。

＊

アーチーの結婚式のつぎの火曜日、サマードは皆が帰るまで待ってから、白い幅広のズボン（テーブルクロスと同じ生地で作られている）を真四角にたたむと、アルデーシルのオフィスにあがっていった。頼みごとがあったのだ。

「やあ、イトコくん！」ドアのところでもじもじしているサマードの姿を見て、アルデーシルは顔を愛想よくくずした。サマードが給料を上げてくれと頼みに来たのはわかっている。従兄弟には、自分がこの頼みごとを、少なくともよくよく親身になって考えたあげく断ったのだと思わせるようにしなければ。

「さあ、どうぞ！」

「こんばんは、アルデーシル・ムクル」サマードは部屋へ入った。

「さあさあ、腰掛けて」アルデーシルの口調は暖かい。「ここでしゃちこばる必要はないでしょう？」

サマードはこの言葉にほっとして、謝意を表した。そして、しばし、しかるべき賞賛とともに部屋を見回す。どこもかしこも金ぴかだ。毛足の長い絨毯（じゅうたん）。黄と緑の濃淡で整えられた調度。アルデーシルのビジネス感覚は高く評価されるべきだ。彼はインド風レストランを単純な発想ではじめ（小さな部屋、ピンクのテーブルクロス、やかましい音楽、趣味の悪い壁紙、インドには存在しない料理、ドーナッツ形の回転ソーストレイ)、それをただ大きくしただけだ。なにも改良してはいない。どこもかしこも相変わらずぞっとしない。だが、なにもかも前より大きい。建物も大きくなって、ロンドン一観光客の金を吸い上げるレスター・スクェアにある。このことは、そしてこの男自身も、高く評価されてしかるべきなんだろう。目の前に、害のないイナゴのようにすわっているこの男。ほっそりした昆虫のような体を黒い革張りの椅子に沈め、机の上に身を乗りだし、にっこり微笑んでいる。博愛主義者のふりをする寄生虫だ。

「で、どんなご用ですか?」

サマードは息を吸いこんだ。じつは……。

サマードが事情を説明するにつれ、アルデーシルの目からは輝きがやや失せる。机の下で細い足を小刻みに揺らしながら、アルデーシルは書類のクリップをいじって、ちょうどAのような形にした。アルデーシルのAだ。じつは……どうしたんです? 家のことなんですが。サマードはイースト・ロンドン(あそこじゃあ、子育てはできない。確かにできない。子供たちが傷つけられたりしてもかまわないというんでなければね、とアルデーシルはうなずく)から引っ越す。国民戦線の右翼がたむろするイースト・ロンドンからノース・ロンドンへ。北西部の、もっと……もっと……偏見のないところへ。

こんどはこっちがしゃべる番かな?

「いやあ……」アルデーシルの顔が引き締まる。「おわかりだとは思いますがね……従業員全員に家を買ってやるなんてことはできないんですよ、従兄弟だろうと、従兄弟でなかろうと……私は給料を払うだけ……これがこの国のビジネスなんです」

こう言いながら、まるで、「この国のビジネス」にはまったく不満なのだがそういう状況なんだとでも言いたげに、アルデーシルは肩をすくめる。仕方なくやらされているんだ、とその顔は言っている。イギリス人に強いられて、仕方なく大金を稼いでいるんだ。

「勘違いしてるんじゃないですか、アルデーシル。家の手付け金は用意してます、家はもう私たちのものなんですよ、引っ越しもして――」

いったいどうやって工面したんだろう、きっと女房を奴隷みたいにやたら働かせたにちがいない、とアルデーシルは思いながら、下の引き出しからまたクリップを取り出した。

「新しい家へ移ったものですから、暮らしを支えるのに給料を少しだけあげてもらいたいんです。生活が少しは楽になるように。それに、アルサナがねえ、妊娠したんです」

妊娠。これは大変だ。この件には相当な駆け引きの腕がいるぞ。

「誤解しないでほしいんですがね、サマード、私たちはどちらもインテリだ。お互い率直な人間だし、私も率直に言おうと思うんだが……あなたがファッキン・ウェイターでないのはわかってますすよ」――アルデーシルはこうつけ足してから、この卑語がさもお互いの親密度を増す下品な内緒ごとででもあるかのように、寛大な笑みを浮かべた――「あなたの状況はわかる……もちろんね……でも、こちらの状況もわかってほしいんです……雇う親戚全員に手当を支給していたら、わたしはあのガンジーみたいに歩き回ることになる。小便をする壺一つ持たずにね。月の光で糸を紡がなきゃならなくなる。たとえばね、ちょうど今だって、あのろくでなしの太っちょエルヴィス、私の義兄フセイン＝イスマイルが――」

「肉屋の？」

「あの肉屋が、あいつのボロ肉に払う代金の値上げを要求している！　『なにしろアルデーシル、おれたちは義理の兄弟なんだから！』ってあいつは言うんだ。で、私は、だけどモハメッド、これは小売りの……」

目から輝きが失せるのは、こんどはサマードの番だ。サマードは妻のアルサナのことを考えた。結婚する際に思っていたほど大人しい女ではないあの妻に、悪いニュースを伝えねばならない。怒りっぽい、というか、怒りの発作を――そう、発作と言ってもいいくらいだ――起こしやすい女なのに。いとこや、おばや、兄弟たちは、良くない徴候だと言う。アルサナの家族に「変な神経の系統」があるんじゃないかと心配する。最初思っていたより走行距離も多い盗難車を買ってしまった男に寄せるような同情を、みんなが寄せてくれる。サマードは単純にも思っていたのだ、これほど若い女なら……扱いやすいだろうと。だが、アルサナは違った……全然扱いやすくなんかない。これは、とサマードは思う、最近の若い女の風潮だな。アーチーの花嫁だって……先週の火曜日、彼女の目のなかにも、扱いやすくなさそうなものが見えた。今どきの若い女の新しい風潮だな。

アルデーシルは、我ながら完璧だと思ったスピーチを終え、満足して椅子にもたれかかり、ひざの上のアルデーシルのAの隣に、作ったばかりのムクルのMを置いた。

「ありがとうございました」サマードは言った。「まことにどうも、ありがとうございました」

その夜はひと騒ぎ持ちあがった。アルサナは、縫いかけの鋲を打った黒いホットパンツごと、ミシンを床へぶん投げた。

「役立たず！　ねえサマード・ミアー、いったいなんだって、こんなところへ引っ越してきたの——そりゃあ、いい家だわ。たしかに、とってもいい家だわよ——だけど、食べるものはどこにあるの？」

「だって、ここはいい地区じゃないか。友だちもいるし」

「友だちって誰よ？」アルサナは小さなこぶしでキッチンテーブルをどんと叩く。塩と胡椒が吹っ飛び、空中で派手にぶつかる。「わたしはあんな人たちなんか知らないもの！　そりゃあ、あなたは、誰も覚えていないような昔の戦争でどっかのイギリス人といっしょに戦ったのかもしれないけどね……黒人と結婚した男よ！　あんな人たちが友だちだなんて。うちの子供はあんな人たちのいるところで育つの？　あの人たちの子供、白黒半々の子供と？　それにしても」叫びつづけながら、アルサナはいつもの話題にもどる。「食べ物はどこにあるのよ？」芝居がかった身振りで台所の戸棚をつぎつぎと開け放つ。「どこにあるの？　食器でも食べる？」皿が二枚、床に砕け散る。アルサナは生まれてくる子供を示すべく腹を叩き、破片を指さす。「お腹へった？」

サマードは、こちらもまた激すると芝居がかるたちで、フリーザーをぐいっと開けると、肉を山ほど取り出して部屋のまんなかへ積み上げた。おれの母親は夜通し家族のために肉を料理したものだ、とサマードは言う。おれの母親はな、おまえみたいに、ヨーグルトや缶詰めのスパゲッティみたいな出来あいのものに金を使ったことはないぞ。

アルサナはサマードの腹にまともにパンチを食らわせた。

「伝統を守るサマード・イクバルってやつね！　わたしに、通りにしゃがみこんでバケツでごしごし洗濯しろとでも言うの？　ええ？　ところでさ、この服はどうかしら？　食べられる？」

サマードが痛む腹を押さえている間に、アルサナは台所で、着ているものを縫い目からぜんぶ引き裂いて切れ切れにし、レストランのお余りの冷凍ラム肉の上に盛り上げた。まだ小さな腹部の膨らみを見せつけてサマードの前にしばし裸で立ったアルサナは、茶色のロングコートを羽織ると、家を出ていった。

とはいっても、と乱暴にドアを閉めながらアルサナは思う。本当だ。ここはいい地区だ。大通りの方へずんずん歩きながら、それは否定できないとアルサナは思う。今はこうやって木をよけているけど、前のホワイトチャペルでは、投げ捨てられたマットレスやホームレスをよけて歩いていたものだ。確かに、子供にはいいかもしれない。アルサナには、緑のそばで暮らすと子供の心にいい影響を与えるという揺るぎない信念がある。このちょうど右手にあるのは、グラッドストーン・パークだ。自由党の首相（アルサナは由緒あるベンガルの旧家の出で、ちゃんとイギリスの歴史も学んでいる。だけど、今のわたしを見てちょうだい。どれほど知識が深まったか……！）にちなんで名付けられた、見渡すかぎり緑したたる空間だ。そして、自由党の伝統ゆえに、とがった金属の柵のあるリッチなクィーンズ・パーク（ヴィクトリア女王にちなんだ）などと違って、この公園には柵がない。ウィルズデンはクィーンズ・パークほどきれいではないが、いい地区だ。たしかにそうだ。ホワイトチャペルとは違う。あそこじゃあ、あの頭のおかしいイー・ノックだか誰だかの演説のせいで、地下室へ避難しなきゃならなくなるし、若い子たちが爪先にスチールを張ったブーツで窓をがんがん割るし。流血沙汰やバカ騒ぎばかりだ。なにしろ妊娠しているんだから、なるべく穏やかに静かに暮らしたい。でも、ここだっておなじこともある。こちらに向けられる物珍しげな視線、豊かな髪を振り乱して大通りを大股に歩く、レインコートを着た小柄なインド人女性に。「マリのケバブ」「ミスター・チャンの店」「ラージの店」「マルコヴィッチ・ベーカリー」通りすがりの見慣れない看板を、アルサナは読んでいく。アルサナは賢い。これがどういうことか、ちゃんとわかっている。「偏見がないだって？　ばかばかしい！」どっちにしろ、どこかの誰かがほかのどこかの誰かより偏見がない、なんてことはない。ただ、ここウィルズデンじゃあ、地下室へ避難しなきゃならなかったり、窓が割られたりするほどのぶつかりあいがないっていうだけだ。

「要は、負けずに生きていくってことなのよね！」アルサナは声高に結論を下し（お腹の赤ん坊に話しかけているのだ。一日に一つは賢くなるような話を聞かせてやらなくちゃ）、ベルの音を響かせながら「クレージー・シューズ」のドアを開ける。アルサナの姪、ニーナがここで働いている。昔ながらの靴の修理屋だ。ニーナはスパイクヒールの修理をしていた。

「アルサナったら、ヘンな格好ねえ」ニーナがベンガル語で声をかけてくる。「そんなコート着て、どうしたのよ？」

「あんたの知ったこっちゃない、ってとこね」アルサナは英語で答える。「わたしはね、うちの主人の靴を取りにきたの。『恥っさらしの姪』と無駄口たたきに来たんじゃないわ」

ニーナはこれにはもう慣れっこだ。アルサナがウィルズデンへ移ってきたからには、これからはますます耳にすることになるだろう。前はもっとセンテンスが長かった。「あんたってば、恥っさらしなことしかしないんだから……」とか、「わたしの姪がねえ、恥ずかしいったらありゃしない……」とか。でも、今やアルサナは、毎度必要なだけの憤激を心にかきたてる時間もエネルギーも持ちあわせなくなったので、「恥っさらしの姪」という短縮形、そういった感情をすべてまとめてくれる万能のレッテルを使うようになったのだ。

「この靴底、見てよ」ニーナは目にかかるブロンドに染めた前髪を払いのけ、棚からサマードの靴を取って、アルサナに小さな青いチケットを渡した。「この靴、とことんすり減ってたわよ、アルシおばさん。底の底から修理しなきゃならなかったんだから。底の底からね！　お宅のご亭主、この靴はいて、なにやってんの？　マラソンでもやってるわけ？」

「働いてんのよ」アルサナは素っ気なく答える。「お祈りもするけどね」と付け加える。ちゃんとした人間だというところを見せておかなくちゃ。それに、アルサナは実際きちんと伝統は守るほうだし、戒律にも真面目に従う。ただ真の信仰心がないというだけだ。

「それから、わたしのこと、おばさんと呼ぶのはやめてね。あんたより二つ年上なだけなんだから」アルサナは靴をビニールの買い物袋にしまいこみ、店を出ようと背を向けた。

「お祈りは膝をつくんだと思ってたけど」ニーナがふふと笑う。

「どっちでもいいでしょ。寝てたって、起きてたって、歩いてたって」アルサナはぴしゃっと言い返しながら、チリチリ鳴るベルの下をもう一度くぐる。「わたしたちは、つねに創造主の目にさらされているんだから」

「ねえ、新しい家はどう？」ニーナが後ろからたずねる。

でも、アルサナは行ってしまった。ニーナは頭を振ってため息をつきながら、若い叔母が茶色の弾丸のように通りを歩み去るのを見送る。アルサナって。若いところと年寄りじみたところが同居している人だ、とニーナは思う。えらく分別くさい。あいそのない長いコートで、まるで味も素っ気もないじゃない。でも、なんとなく、ちょっと……。

「おい、お嬢さん！　こっちで靴が待ってるよ」倉庫部屋から声が飛んでくる。

「ちょっと待って」ニーナは答えた。


通りの角で、アルサナは郵便局の後ろへ回って、きついサンダルをサマードの靴にはきかえた（これはアルサナの変わったところだ。小柄なのに足がとても大きい。アルサナを見ると、もっと成長するんじゃないかとつい思ってしまう）。ついで、髪をうまくまとめあげると、風が入らないよう体にコートをきつく巻きつけた。ふたたび歩きはじめたアルサナは、図書館の横を抜け、これまで歩いたことのない長い緑の通りを進む。「生き抜くってことがすべてなのよ、ちっちゃなイクバルちゃん」アルサナはお腹の出っ張りにまた話しかける。「生き抜くの」

半分ほど行くと、アルサナは通りを横切った。左へ曲がって、ぐるっと大通りへもどろうと思ったのだ。ところが、後部の開いた大きな白いヴァンに近寄って、なかに積まれた家具を羨ましい思いで見ていたら、庭の柵に黒人の女がもたれているのが目に入った。夢見るように図書館の方角を眺めている（だけど、半分裸じゃないの！　あの、けばけばしい紫のシャツ。下着同然じゃない）。まるでその方角に自分の未来があるとでもいうように。顔をあわさないようにもう一度道を渡ろうとした矢先、女の目がこちらを向いた。

「ミセス・イクバル！」クララは手を振っている。

「あら、ミセス・ジョーンズ」

二人の女は、一瞬自分の服装を恥ずかしいと思ったが、お互いを見て安心した。

「ねえ、不思議だと思わない、アーチー？」クララは子音をどれもはっきり発音している。すでに訛もかなりとれ、どんな場合も努めて話し方には気をつけているのだ。

「なにがだい？」玄関から、本棚に手こずっているアーチーの声がした。

「あたしたち、ちょうどあなたがたのことを話していたの――今晩、お夕食にいらっしゃるでしょう？」

黒人って愛想のいい人が多いわね、アルサナはそう思いながらクララににっこりして見せ、「黒人女性の好きなところ嫌いなところリスト」の短い「好きなところ欄」に、この事実を無意識に加えた。アルサナは、自分の嫌いなそれぞれの人種のなかから容赦してもいい人間を選び出すのが好きだ。ホワイトチャペルには、そういった救われた人間がたくさんいた。中国人の足治療医ミスター・ヴァン、ユダヤ人の大工ミスター・シーガル、アルサナを安息日再臨派（セブンスデー・アドベンティスト）に改宗させようとしょっちゅうやって来るドミニカ人女性のロージーは、厄介でもあれば嬉しくもあった——こういった幸運な面々はアルサナから輝かしき一時救済の恩恵を与えられ、北京のトラのように、その皮から魔法のごとく引き出してもらえたのである。

「ええ、サマードから聞いてるわ」アルサナは答えた。サマードは言わなかったのだけれど。

クララはにっこりした。「よかった……よかったわ！」

会話がとぎれる。どちらも言うことが思い浮かばない。二人とも下を向いた。

「その靴、とってもはきやすそうね」とクララ。

「ええ。だって、わたし、よく歩くでしょ。それに、これだから——」アルサナはお腹をたたいた。

「あなた、妊娠してるの？」クララは驚いた。「やァだ、あんた、ちっこいんだもん、わからんかったよォ」

言ったとたん、クララは赤くなった。なにかで興奮したり嬉しくなったりすると、どうしても訛ってしまう。アルサナは、何を言われたのかいまいちよくわからないまま、愛想よく微笑んだ。

「とても気がつかないわね」クララは声のトーンを落として言い直した。「あらいやだ」アルサナは無理にはしゃいだ声を出した。「うちの亭主どもったら、お互い、なにも話さないのかしら？」

だが、その言葉が終わったとたん、べつの可能性が二人の年若い妻の脳裏にずしっとのしかかった。亭主どもはお互いなんでも話しあっているのかもしれない。なにも聞かされていないのは、自分たちの方なのかもしれない。

4　三人やってくる

そのニュースを聞いたとき、アーチーは仕事をしていた。クララが妊娠二ヶ月半だというのだ。

「まさか、嘘だろ！」

「ほんとよ！」

「まさか！」

「ほんとだってば！　そいでね、お医者さんに聞いてみたんだ、どんな子になるだろうって。半分黒人半分白人で、どうなるんだってね。そしたら、どんな可能性もあるんだって。青い目になる可能性だってあるんだってよ！　想像できる？」

アーチーには想像できなかった。自分のどこかの部分が遺伝子のプールのなかでクララのどこかの部分と戦って勝つなんて、とても想像できない。だが、なんて可能性だ！　どんなことになるんだろう！　アーチーはオフィスを飛び出すと、ユーストン通りへ葉巻を一箱買いに走った。二十分後、インド菓子の大箱を抱えて威風堂々とモーガンヒーローへもどってくると、アーチーは部屋をぐるっとまわりはじめた。

「ノエル、このべとべとするやつを一つとってくれ。それがうまいぞ」

部下のノエルは、油っぽい箱を疑わしげにのぞきこむ。「いったいなんだっていうんです?」

アーチーはノエルの背中を叩いた。「子供が生まれるんだよ、な? 青い目だとさ、信じられるか? これはお祝いなんだ! なにしろ、豆(ダール)は十四種類買えても、ユーストン通りじゃあ、葉巻は愛をもってしても金をもってしても手に入らないんだよ。さあ取れよ、ノエル。こっちのはどうだい?」

アーチーは、半分白くて半分ピンクの、なにやら変なにおいがするやつをつまみあげた。

「いやあ、ジョーンズさん、それはどうも……。ですが、どうもこの手のは苦手で……」

ノエルは書類の方にもどろうとした。「やってしまわないと……」

「さあ、取ってくれよ、ノエル。ぼくに子供ができるんだ。四十七歳にして赤ん坊の父親になるんだ。ちょっとはお祝いしなくっちゃ。さあ……食べてみなけりゃ味はわからんぞ。ちょっとだけでもかじってみろよ」

「いやあ、どうもこのパキスタンの食べ物っていうのは……腹がおかしく……」

ノエルは腹を叩いて、とてもだめだという顔をして見せた。ダイレクトメールの仕事をしているのに、ノエルはダイレクトになにか言われるのがいやだった。モーガンヒーローにおける仲介人でいるのを好んでいたのだ。電話を取り次いだり、誰かが言ったことをべつの誰かに伝えたり、手紙を転送したりするのが好きだった。

「まったくもう。おい、ノエル……ただの菓子じゃないのかい？」ぼくはただ、祝いたいだけなんだよ。君たちヒッピーは、甘い物とかは食べないのかい？」

ノエルの髪はみんなよりほんのちょっと長い。それに、一度お香のスティックを一本買ってきて、オフィスでくゆらせたことがある。ここは小さな会社で、話の種になるようなことはほとんどない。そこで、この二つによって、ノエルはジャニス・ジョプリンにつぐ存在となった。ちょうど、二十七年前オリンピックで十三位になったアーチーが、白人のジェシー・オーエンス（ベルリン・オリンピックで四つの金メダルを取った米国の黒人陸上選手）であり、顧客のゲイリーはフランス人の祖母を持ちタバコの煙を鼻から吹き出すからモーリス・シュバリエであり、アーチーの同僚の紙折り係エルモットは、『タイムズ』のクロスワードを三分の二解けるのでアインシュタインであるように。

ノエルは困った顔をした。「アーチー……ぼくがミスター・ヒーローから頼まれたメモは見ましたか、折り方の件ですが、あの……」

アーチーはため息をついた。「マザーケアー（子供用品を扱うチェーン店）のだろ。ああ、切り取り線を動かすように、エルモットに言っといたよ」

ノエルは感謝の表情を浮かべた。「あのう、おめでとうございます……ぼくはやることがあるので……」ノエルはデスクに向き直った。

アーチーは受付のモーリーンのところへ行ってみた。モーリーンは年の割に見事な足をしていて——皮にぱんぱんに詰まったソーセージみたいな足だ——いつもアーチーに好意的だった。

「じつはね、モーリーン。ぼくは父親になるんだ！」

「まあ、ほんと？　良かったわね。女の子、それとも——」

「まだそんなことわからないよ。でも、青い目なんだ！」アーチーは言った。目の色の件は、アーチーの頭のなかでは、わずかな遺伝的可能性から確固たる事実へと変貌していた。

「信じられないだろ！」

「青い目って言ったの、アーチー？」モーリーンは言い方を選ぶようにゆっくりと答えた。「変なことを言うつもりじゃないんだけど……おたくの奥様って、黒人だったわよね？」

アーチーは驚嘆の面もちで頭を振った。「そうなんだ！　彼女とぼくに子供ができる。遺伝子が混じりあって、そして青い目になるんだ！　自然の驚異だよ！」

「ほんと、驚異だわね」モーリーンは、この言葉なら失礼には当たるまいと思いながら素っ気なく言った。

「お菓子はどう？」

モーリーンは、どうかしらという顔をした。白いタイツに包まれた、くぼみのあるピンクの太股を叩いて見せる。「あら、アーチー、いただけないわ。そのまま足やお尻についちゃうもの。だってねえ、あたしたち二人とも、もう若くはなれないんだから、でしょ？　そうでしょ？　時をもどすことは誰にもできないもの、ね？　あのジョーン・リヴァーズ（米国のエンターテイナー）、あの人がどうやってるんだか、知りたいもんだわ！」

モーリーンはしばらく笑いつづけた。この笑い声はモーガンヒーローではモーリーンのトレードマークになっている。甲高く大きいが、口はあまり開けない。笑い皺を極度に恐れているのだ。

モーリーンは菓子の一つを真っ赤な爪で疑わしげにつついた。「インドのね？」

「そうだよ」アーチーは意味ありげににやっとした。「スパイシーで、おまけに甘い。ちょっとばかり、君みたいだね」

「あら、アーチーったら。おかしな人ね」モーリーンは物思わしげに言った。アーチーにはずっと、少しばかり好意を持っている。だが、少しばかりを超えることはない。アーチーには変わったところがあるからだ。違いに気がついていないみたいにパキスタン人やカリブ人に話しかけるし、こんどはそんな連中の一人と結婚してしまい、その上、相手の肌の色のことなんかあらかじめ話す必要もないと思ったらしく、オフィス・ディナーのときに現れた新妻が真っ黒なのを見て、モーリーンは危うくエビのカクテルを喉に詰まらせるところだった。

モーリーンはデスクの上で鳴っている電話を取ろうと体を伸ばした。「せっかくだけど、遠慮しとくわ、アーチー……」

「お好きなように。でも、おいしい物を逃しちゃったかもしれないけどね」

モーリーンは弱々しく微笑むと受話器を取り上げた。「はい、ミスター・ヒーロー、ちょうどここにいます。父親になるってわかったところなんだそうです……はい、赤ん坊はどうも青い目になるらしいです……はい、わたしもそう言ったんです。きっと遺伝子の関係なんでしょうが……はい、わかりました……伝えます。行くように言います……はい、ありがとうございます、ミスター・ヒーロー。ご親切に」モーリーンは受話器を手で覆うと、アーチーにわざとらしく囁いた。「アーチー、ミスター・ヒーローが会いたいって。急ぎの用だってよ。なんか、おイタでもしたの？」

「まさかね（アイ・シュッド・ココア）！」アーチーはそう言って、エレベーターに向かった。

ドアにはこう書いてあった。

ダイレクトメール専門　モーガンヒーロー
取締役　ケルヴィン・ヒーロー

その威嚇的な雰囲気にアーチーは素直に反応し、ドアをそっと叩いてみてから、こんどは強く叩きすぎたあげく、モールスキンの服を着たケルヴィン・ヒーローがアーチーを招じ入れようとノブを回したとたん、なかへ倒れこんでしまった。

「やあアーチー」規則正しいブラッシングと言うよりは高価な歯科技術の成果である真珠のような二列の白い歯並びを見せて、ケルヴィン・ヒーローは言った。「アーチー、アーチー、アーチー、アーチー」

「ミスター・ヒーロー」とアーチー。

「君はどうもわからん男だなあ、アーチー」とミスター・ヒーロー。

「ミスター・ヒーロー」とアーチー。

「まあ、そこにすわってくれよ、アーチー」とミスター・ヒーロー。

「はい、ミスター・ヒーロー」とアーチー。

ケルヴィンはシャツの襟首あたりに伝う垢じみた汗を拭うと、手のなかで銀のパーカーの万年筆を数回転がしてから、立てつづけに深く息を吸った。「さて、これはまことに言いにくいんだが……いや、私はけっしてこれまで人種差別主義者ではなかったつもりなんだがね、アーチー……」

「ミスター・ヒーロー？」

ちくしょうめ、とケルヴィンは思う、顔に比べてこの目の大きさはどうだ？　なにか言いにくいことを言うときは、顔に比べて大きすぎるこういう目で見つめられるのは困る。

子供か赤ん坊アザラシみたいな、大きな目だ。無邪気な顔つき――アーチー・ジョーンズを見ていると、いつでも頭をこづきまわしてくれと言われているようだ。

ケルヴィンはもの柔らかに切り出してみることにした。「言い方を変えてみよう。いつも、こういった扱いにくい問題が起こったら、君も承知のとおり、私は君とじっくり話しあってきた。君のためならいつだって充分に時間をさいてきたよな、アーチ。私は君を重んじている。君にはぱっとしたところはないけどなあ、アーチー、ぱっとしたところは一つもないが――」

「堅実だ、でしょう」アーチーがあとをつづける。毎度お馴染みの言葉なのだ。

ケルヴィンは笑った。太った男がスウィングドアをくぐり抜けるような突然の力が顔に加わり、深い皺が現れて消える。「そのとおり、そう、堅実だ。君は人に信頼される、アーチー。確かにそろそろトシだし、足の故障もある。だが、だがな、この会社の経営者が代わったときも、私はな、アーチー、君を残した。だって、すぐわかるものなあ、君は人に信頼されるって。だから君はこのダイレクトメール業界に、こんなに長くいられるんだ。私だって君を信頼してる、アーチー、だから、言わなきゃならんことをはっきり言うよ」

「ミスター・ヒーロー？」

ケルヴィンは肩をすくめた。「嘘をつくことだってできたんだ、アーチー。予約の手違いで、君の席がないと言うことだってできた。ケツの穴をほじくってジューシーなヤツを引っぱり出すこともできたってわけだ——だがな、君はれっきとした大人だ、アーチー。レストランに電話もできる。君は間抜けじゃないからな、アーチー。しっかり脳味噌がつまってるんだ。きっとやってみるだろう、二と二を足して——」

「四にする」（あれこれ総合して推論する）

「四にする、そのとおりだよ、アーチー。四を導き出しただろう。私が何を言っているかわかるかね、アーチー？」

「いいえ、ミスター・ヒーロー」

ケルヴィンは断りつける腹を決めた。「先月のオフィス・ディナーだがね——あれはまずかったな、アーチー、どうも収まりが悪かった。ところでこんどは、毎年恒例のサンダーランドの提携先とのやつがあるだろう、こっちは三十名くらい、べつに大したことはない。知ってのとおり、カレーにラガービールにそんなところだ……言っとくが、私はべつに人種差別をするつもりじゃないんだよ、アーチー……」

「人種差別……」

「私は、あのイーノック・パウエルなんか、唾を吐きかけてやるさ……しかしだ、あいつもいいところは突いているよな？　ある状態に、飽和状態に達すると、みんないささか不快感を感じはじめる……つまり、あいつが言っているのは——」

「あいつって？」

「パウエルだよ、アーチー、パウエル――ちゃんと聞いてろったら――あいつが言っているのは、ある状態までいったらもうたくさんだ、ってことだよな？　つまりだな、月曜の朝はいつも、ユーストンがまるでデリーみたいじゃないか。で、ここにはな、アーチ――私はちがうがね――君のやっていることはちょっと変じゃないかと思ってる人間もいるんだ」

「変って？」

「つまり、奥さん方は気に入らないわけだ、そのう、率直に言うとだな、彼女はつまり、いや本当にきれいだ――見事な脚だよ、アーチー、あの脚については、君におめでとうを言いたいね――それに男連中のほうも、うん、男連中も困っている。女房といっしょのオフィス・ディナーの席でほかの女に気を引かれるなんてまずいからね。おまけに、彼女は……わかるだろ……みんなどうしたもんかと困ってるんだ」

「誰がです？」

「なんだって？」

「いったい誰の話なんですか、ミスター・ヒーロー？」

「なあ、アーチー」ケルヴィンはいまや汗みずくだ。あの胸毛ではさぞ不快だろう。「これを取ってくれ」ケルヴィンは昼食券の分厚い束をテーブル越しに押しやった。「くじをやったときの残りだ――ほら、あのビアフラ救済の」

「いや――ぼくはあのときちゃんとオーブン用の手袋が当たってますから、ミスター・ヒーロー、そんな必要は――」

「とっといてくれ、アーチー。五十ポンド分ある。全国五千以上の系列店で使えるんだ。取ってくれよ。私のおごりで何度か食事してくれ」

アーチーはそれがまるで五十ポンド紙幣の束ででもあるかのように指をはわせた。ケルヴィンは、一瞬アーチーの目に喜びの涙が浮かんだように思った。

「いや、なんとお礼を言っていいか。ぼくが行く店があるんです、行きつけってかんじの。そこでこの券が使えるなら、一生もちますよ。どうも、ありがとうございます」

ケルヴィンはハンカチを額に当てた。「礼を言うにはおよばないよ、アーチ」

「ミスター・ヒーロー、もういいですか……」アーチーは身振りでドアのほうを示した。

「じつは、何人かに電話したいんです。赤ん坊のことを報せなきゃならないんで……お話がこれで終わりならば」

ケルヴィンはほっとして頷いた。アーチーは椅子から立ちあがった。アーチーがドアの取っ手に手を伸ばしたとき、またパーカーの万年筆を手にしたケルヴィンが声をかけた。

「ああ、アーチー、もう一つ……例のサンダーランドの連中との会食の件だがね……モーリーンに話してちょっと人数を減らそうってことになったんだ……帽子に名前を書いて入れたら、君があたっちまった。だけど、べつにそれほど惜しくはないだろう？　ああいうのはどうしても退屈だしな」
「そうですね、ミスター・ヒーロー」アーチーは上の空で答えた。オコンネルズが「系列店」でありますようにと神に祈っていたのだ。我知らずにこにこしながら、昼食券が五十ポンド分もあると知ったときのサマードの顔を、アーチーは思い描いた。

*

ミセス・ジョーンズがミセス・イクバルのすぐあとに妊娠したこともあり、また日々の生活における近接もありで（この時点で、クララはパートタイムで、スカ（ジャマイカのポピュラー音楽）の民族音楽バンドが十五人勢揃いしたみたいな——六インチのアフロヘアー、アディダスのトラックスーツ、茶色のネクタイ、マジックテープ、サングラス——キルバーンの少年グループの世話人をしており、アルサナはキルバーン大通りの角のアジア女性のための母親学級に出席していた）、二人の女はだんだんとつきあいはじめた。初めのうちはためらいがちに——あちらこちらで何度かお昼を食べたり、ときどきコーヒーを飲んだり——亭主どもの友情に対抗しようとはじめたものが、すぐに発展していった。二人は亭主どもの男のつきあいを、仕方がないと認めることにしたのだ。おかげでできる自由時間は、けっして悪いものではないし。ピクニックやお出掛け、議論したり自分の勉強をしたりする時間ができる。古いフランス映画を見る時間が。アルサナは裸らしきものが出てくるたびに目を覆って叫び（やめてちょうだい！　ぶら下がったものなんか、見たくもないわ！）、クララは自分とは違う女の生活を垣間見る。ロマンスや情熱、生の喜び（ジョワ・ド・ヴィーヴル）に生きる女。セックスする女。ある晴れた日、アーチボルドが下で待ち構えているどこかの階段の上に立ったりしなければ、クララのものだったかもしれない生活だ。

そして、二人の出っ張りが大きくなりすぎて映画館の座席に収まらなくなると、こんどはキルバーン公園でいっしょにお昼を食べるようになった。「恥っさらしの姪」もよく加わって、三人はゆったりしたベンチに身を寄せあい、アルサナはPGティップス（ブルックボンドの紅茶、消化によいとされる）の魔法瓶をクララの手に押しつける。ミルクではなく、レモン入り。幾重かに包まれたラップを開くと、本日のお楽しみが現れる。風味の良い練り粉状のダンゴ、万華鏡のような色鮮やかなほろほろ崩れるインド菓子、スパイスの利いたビーフをはさんだ薄いペーストリー、タマネギ入りのサラダ。アルサナはクララに向かって言う。「しっかり食べなさい！　ちゃんと詰めこまなくっちゃだめよ、おばかさん！　お腹のなかじゃあ、赤ちゃんが転げ回りながらご飯を待ってるんだから。ね、赤ちゃんを苦しめちゃだめ！お腹の赤ちゃんにひもじい思いをさせたいの？」見たところはわからないが、なにしろベンチには六人の人間がいるのだ（この世で生活しているのが三人、これから生まれるのが三人）。クララには女の子が一人。アルサナには男の子が二人。

アルサナ曰く、「誰も文句なんか言わないわよ、断っとくけど。子供は天の恵みだもの、多ければ多いほどいいでしょ。でもねえ、頭を動かして、あのものすごいウルトラビジネスなんたらかんたらを見たときには……」

「超音波(ウルトラサウンド)よ」クララがライスを頬張りながら訂正する。

「そうそう。わたし、もう少しで心臓発作を起こして死にかけたわ！　二人もいるなんて！　一人食べさすだけでもたくさんなのに！」

クララは笑って、それを見たときのサマードの顔が想像できると答える。

「とんでもない」大きな足をサリーの下にたくしこみながら、アルサナは非難がましく言う。「あの人はなにも見てないわ。いっしょじゃなかったもの。あんなところをあの人に見せたりしないわよ。女っていうのは隠すところは隠しとかなきゃ——夫に関係させる必要はないでしょ、体のことには、女性の……ああいった部分についてはね」

二人の間にすわっていた「恥っさらしの姪」が口をへの字にする。

「あらやだ、アルシ、あの人、あんたのあの部分と関係を持ったことがあるはずよ、それとも、処女懐胎だとでもいうの？」

「礼儀知らずねえ」アルサナはクララに、横柄なイギリス式の口調で言う。「もうこんなふうに礼儀知らずでいていい年じゃないんだけど、かといって、分別をわきまえるには若すぎるのよね」

それから、アルサナとクララは、二人の人間が同じ経験を分かちあっているときに起こることだが、偶然にも同じ動作で両手を腹の膨らみに置く。

ニーナは立場を回復しようとする。「あのさあ……ええっと……名前はどうするの？　なんか考えた？」

アルサナはきっぱりと答える。「ミーナとマラーナ、女の子ならね。男の子なら、マジドとミラト。Mはいいのよ。Mは強いの。マハトマ、ムハンマド、あのおかしなミスター・モーカム、モーカム・アンド・ワイズ（イギリスのコメディーコンビ）の――頼りになる文字だわ」

だが、クララはもっと用心深い。名前をつけるなんて、責任重大でなんだか恐い。ただの人間がやることというより、神の仕事に近いように思える。「もし女の子なら、あたし、『アイリー』がいいと思うんだ。あたしの国の言葉なんだけど。すべてオーケー、うまくいってて平穏だって意味なの、わかる？」

クララが言い終わるより早く、アルサナはとんでもないという表情になる。「オーケーですって？　それが子供の名前？　それじゃあ、『ウッドサーライクエニーポッパダムズウィズザット（なにかインド菓子をおつけしましょうか）』とか『ナイスウェザーウィーアーハヴィング（いい天気ですね）』なんて名前にするのと同じじゃないの」

「――でもね、アーチーは『サラ』が好きなの。あのね、サラって名前に文句をつけるわけじゃないけど、かといって、もひとつピンとこないのよね。いくら、アブラハムの妻の名前だったからって――」

「イブラーヒムでしょ」アルサナが、コーランの知識をひけらかすというよりはむしろ、本能的に訂正する。「百歳のときに赤ん坊を産んじゃうのよね、アッラーの恵みによって」

するとニーナが、向きが逸れかけた会話をさえぎる。「あのさ、あたしはアイリーって好きだな。ちょっとファンキーじゃない。ありきたりじゃないよ」

アルサナが待ってましたとばかり嚙みつく。「だいたいねえ、アーチボルドにファンキーなんてことがわかるわけないでしょ。ありきたりじゃないって感覚にしたって。わたしならね」とアルサナはクララの膝をたたく。「サラって名前にしとくわ。男の気の済むようにさせてやらなきゃいけないときもあるのよ。何事もしばらくの間は――英語ではなんて言ったっけ？　しばらくの間は」――アルサナはきゅっと結んだ唇に指をあてる、門番みたいに――「しーっ、よ」

だが、「恥っさらしの姪」がきつい訛でそれに答える。濃い睫毛をパチパチやって、カレッジ・スカーフをベールのように頭に巻きつけながら。「ああそうそう、おばさんったら、カワイイ従順なインド女性だもんね。おばさんはご亭主に話をしない、ご亭主はおばさんに一方的になにか言うだけ。お互い叫んだり怒鳴ったりするだけで、コミュニケーションってもんがない。で、最後にはいつもご亭主が勝つ、あの人はなんでも好きなときに好きなようにするからね。おばさんは、ご亭主がどこにいるか、何をしてるか、何を思っているか、そんなことさえわかってないことが多いんだから。いまは一九七五年だよ、アルシ。もうそんな夫婦関係じゃやってらんないんだから。ここはバングラデシュとはちがう。西洋じゃねえ、男と女の間にはコミュニケーションがなくっちゃいけないんだ。お互いの話を聞かなくちゃいけない。でないと……」ニーナは手で小さなキノコ雲が炸裂(さくれつ)する真似をして見せる。

「まったく、バカなことをぐだぐだと」アルサナは大きな声で言うと目を閉じ、頭を振る。「ちゃんと聞かないのはあんたじゃないの。アッラーにかけて、わたしはいつだって、ちゃんと言うことは言うわよ。だけど、あの人が何をしてるか、わたしが気にかけてるとあんたは思ってるんでしょ。わたしが知りたがってると思ってるんでしょ。でもね、結婚生活をつづけていこうと思ったら、そうやって話して話して話しあう必要なんかないの。『わたしはこうだ』とか『わたしは本当にこうなのよ』とか、よく書いてあるみたいな、ああいう、ぶちまけあいなんて必要ないの——夫が年とってて、皺だらけでよれよれの場合はとくに——ベッドの下の汚らしいものとか、洋服ダンスでガタガタいってるもののことなんか、知りたくないじゃない」

ニーナは眉をしかめ、クララはさしたる異議を唱えもせず、ライスがもう一度まわされる。

「それにね」一息入れたアルサナがつづける。えくぼのようなくぼみのある両腕を胸の下で組み、この見事な胸の内の思うところをぶちまけるのがさも嬉しそうだ。「うちの一族のような家の出なら、沈黙、つまり口に出さないことが、家庭生活の最良の秘策だってことは、わかってるはずよ」

なんといっても、三人とも、厳格で信仰心の篤い家庭で育っているのだ。食事ごとに神が登場し、子供時代のゲームにはすべて神が浸透しており、布団の下では神が蓮華座を組んですわりこみ、怪しからぬことが起こらないよう懐中電灯を照らして見張っている、そんな家庭で。

「つまり」ニーナが小馬鹿にしたように答える。「抑圧という薬をたっぷり飲んでおけば結婚生活を健やかに保てるってわけね」

すると、誰かがボタンでも押したように、アルサナが爆発する。「抑圧だって！　ばかばかしい！　わたしはただ良識ってことを言ってんのよ。わたしの夫はどんな人間？　あなたの夫は？」とアルサナはクララに目を向ける。「わたしたちが生まれる前に、あの人たちはすでに四半世紀も生きていたのよ。あの二人はどんな人間？　なにができる？　誰か殺してるの？　秘密の部分にどんなねばねば臭いものを隠してるの？　そんなこと、誰にわかる？」アルサナは両手を上へ伸ばしてキルバーンの汚い大気のなかへ質問を放ち、スズメの群もいっしょに追い立てる。

「あんたがわかってないのはね、『恥っさらしの姪』さん、あんたたちの世代がみんなわかっていないのは……」

こんな言葉を聞いては、ニーナは口からタマネギが飛び出るのもかまわず異議を申し立てないではいられない。「あたしの世代？　冗談じゃない、あんた、あたしより二つ年上なだけじゃないさ、アルシ」

だがアルサナは気にもせずに言葉を継ぐ、「恥っさらしの姪」の「いまいましい舌」をナイフでぶったぎる真似をしながら。「……みんながみんな、他人の汗くさい秘密の場所をのぞきこみたいなんて思っちゃいないってことよ」

「だってねえ、おばさん」ニーナの声が高くなる。これこそ、本当に話題にしたいことなのだ、二人の間でいちばん問題になる部分、親同士が決めたアルサナの結婚について。「どうやったら、まったく見ず知らずの男といっしょに暮らすなんてことを我慢できんのよ？」

返事は挑発するようなウィンク。相手がかっかしだすと、アルサナはいつも、楽しくてたまらないという顔をしてやるのだ。「それはねえ、お利口なお嬢さん、そうするほうがずっと簡単だからよ。イブだってアダムとは見ず知らずだったのに、ちゃんと万事うまくいったじゃないの。いい？　確かにわたしはサマード・イクバルとはじめて会ったまさにその晩に結婚したわよ。確かにあの人のことは全然知らなかった。でも、わたしは充分あの人が好きになったわよ。わたしたち、デリーの蒸し暑い日に居間で会ったの、そしたら、あの人、『タイムズ』で扇いでくれた。顔立ちもいいし、声もいいし、腰高で、年の割にはお尻の格好もいいって思った。上等じゃないって。いまじゃね、あの人のことがわかればそれだけ、あまり好きじゃなくなる。だからね、知らなかった頃のほうがよかったのよ」

　ニーナは屁理屈に苛立（いらだ）って足を踏みならす。

「だけど、これからも、あの人のことを充分わかるなんてことはないでしょうね。あの人からなにか引きだそうとするのは、石（ストーンド）になってる（ラリッてる）のを絞り上げて水を出そうとするようなもんよ」

　ニーナは思わずにやっとする。「石（ストーン）から水を、でしょ」

「それそれ。あんたはわたしのことバカだと思ってるでしょ。でもね、わかってることもあるのよ、男のこととかね。あのね」――アルサナは最終弁論に入る態勢を整える、何年も前、デリーでつややかな髪を横分けにした若い弁護士たちがやるのを見たように――「男っていうのは、最後までわからないものなのよ。男と比べたら、神の方が簡単だわね。さ、哲学はもうたくさん。サモサは？」アルサナはプラスチック容器の蓋を取り、自分の結論に満足してどっしりとにこやかに構える。

「赤ん坊は、がっかりよねえ」ニーナはタバコに火をつけながら、おばに言う。「男の子だなんてね。男の子が生まれてくるなんて、ほんとにがっかり」

「どうして？」

とたずねたのはクララであるが、クララは内緒で（アルサナとアーチーには内緒で）ニーナの本を借りていて、ここ数ヶ月で、グリーアの『去勢された女性』、ジョングの『飛ぶのが怖い』、それに『第二の性』を読んでいる。これはクララを「誤った意識」から解き放とうとするニーナの密かな試みなのであった。

「だってさ、男は今世紀、もう充分ゴタゴタを引き起こしてきたじゃない。世のなかには、男はもう充分いるんだしさ。もしあたしに、男の子が生まれるってわかってるとしたら」

――ニーナは、二人の間違った意識を持つ友人に新しい概念を受け入れる心の準備をさせようと、ちょっと間をおく――「真剣に中絶を考えなきゃならなくなりそう」

アルサナは叫び声をあげ、自分の片耳とクララの片耳の上で手を叩き、危うくナスを喉に詰まらせそうになる。なぜかわからないが、その言葉は一方でクララにはひどく滑稽に聞こえる。めちゃめちゃに可笑しい。死にそうなくらい可笑しい。かくして、あいだにすわる「恥っさらしの姪」は困惑の表情、卵形の二人のご婦人は体を折り曲げる仕儀となる。一方は笑い転げ、もう一方はぞっとしたのと息が詰まったのとで。

「みなさん、大丈夫ですかい？」

ソル・ジョゼフォウィッツだ。ずっと以前に公園管理の仕事を引き受けていた老人で（予算削減で公園管理人の仕事はもうとっくになくなっているのだが）、三人の前に立ち、いつものように、必要ならば助けの手を差し伸べようとしている。

「ねえミスター・ジョゼフォウィッツ、その子のことを大丈夫だなんて言ったら、わたしたちみんな、地獄の火で焼かれちゃうわ」アルサナが気を取り直しながら言う。

「恥っさらしの姪」が目をむく。「好きなこと言ってなさい」

だが、やり返すとなると、アルサナはどんな狙撃手より素早い。「言わせてもらうわよ、言わせてもらいますとも――ありがたいことに、アッラーのお許しいで、ちゃんと好きなことが言えるからね」

「こんにちは、ニーナ、こんにちは、ミセス・ジョーンズ」ソルはそう言って、二人にきちんと頭を下げる。「本当に大丈夫ですか、ミセス・ジョーンズ？」

クララの目からはどうしても涙が止まらない。いまや、泣いているのか笑っているのか本人にもわからない。

「大丈夫です……大丈夫、ご心配かけてすいません、ミスター・ジョゼフォウィッツ……ほんとうに、大丈夫ですから」

「何がそんなにおかしくてたまらないのか、わたしにはわからない」とアルサナは呟く。「罪のないものを殺す――それがおかしい？」

「私の経験では、違います、ミセス・イクバル、違います」態度ですべてを語るとでもいうような沈着さで、ソル・ジョゼフォウィッツはクララにハンカチを渡す。三人の女たちははっとする――歴史が甦る、どぎまぎするほどなんの予告もなく、かっと血が上るような具合に——元公園管理人の経験がどのようなものであったかを思って。みんな黙りこむ。「まあ、ご婦人がたが大丈夫だっておっしゃるなら、私はもう行きましょうかねえ」ソルはそう言うと、クララにハンカチはあげるからと身振りで示し、昔風の礼儀正しさで脱いでいた帽子をまたかぶる。もう一度きちんとお辞儀をすると、ソルはゆっくりときびすを返し、公園を時計と逆回りにまわりはじめる。

ソルが話の聞こえない距離に遠ざかってから。「わかったよ、アルシおばさん、あたし謝る、謝るから……これでも、まだなにか足りないっていうの？」

「あら、なーにもかもよ」アルサナの声は闘志を失い弱々しくなっている。「はっきりわかる世界がほしい——こぢんまりとして簡単な。わたしにはもう、物事の一つもわからないの。まだはじめたばかりなのに。わかる？」

アルサナはため息をつき、答えは待たず、ニーナの方は見ずに、道の向こうの、背を丸めたソルの姿がだんだん小さくなりながらイチイの木々の間に見え隠れするほうへ目をやる。「サマードのことはあんたの言うとおりかもしれない……ほかのことだって。まともな男なんていないのかもしれない、このお腹のなかの生まれてくる二人にしたってね……わたしはうちの人とあまり話をしてないのかもしれない、知らない人と結婚したのかも。あんたのほうがわたしより真実をわかってるのかもしれない。わたしに何がわかるの……裸足の田舎娘……大学だって行ってないし」

て、後悔している。「あたしがそんなつもりで言ったんじゃないことくらい、わかってるでしょ」

「アルシったら」とニーナ。タペストリーに織りこむようにアルサナの言葉に取りこまれ

「だけどね、わたしはそんなにいつも真実を気にしてばかりはいられない。わたしが気にしなきゃならない真実は、受け入れられる真実だけ。それが分別をなくして塩辛い海の水を飲むのと、川の水を飲むのとの違いよ。わたしの『恥っさらしの婭』は、話すことの有効性を信じているのよね？」アルサナはにやっとする。「話して話して話せば、良くなる。正直に、心臓を断ち割って赤い血をぶちまけなさいって。でもね、過去は言葉だけでできているわけじゃないのよ。わたしたちは年のいった男と結婚した。この子たちは——とアルサナは二つの膨らみをたたく——足長おじさんを父親に持つの。片足は現在、もう片方は過去につっこんでる。いくら話しても、これは変わらない。この子たちの根っこはいつももつれあうことになる。そして根っこは掘り起こされるの。わたしの畑を見てごらんなさい——鳥がコリアンダーをつついているから、毎日ね……」

ずっと向こうの門に着くと、ソル・ジョゼフォウィッツは振り向いて手を振り、三人の女も手を振り返す。クララはちょっと芝居がかった気分になって、ソルのクリーム色のハンカチを頭上でひらひらさせる。汽車に乗って国境を越えていく人を見送りでもするように。

「あの二人、どうして知りあったの？」このピクニックになぜか垂れこめてきた雲を追い払おうと、ニーナがたずねる。「つまり、ミスター・ジョーンズとサマード・ミアーのことよ」

アルサナは頭を後ろにぐいと反らす、侮蔑の身振りだ。「ああ、戦争でね。殺さないでもいいようなかわいそうな人たちを殺してたのよ、きっと。そして、苦労のあげく何を手に入れたと思う？　サマード・ミアーは手が使えなくなって、もう一人は足が具合悪い。結構なことよね、結構なことよね、こんなものを手に入れて」

「アーチーの右足はね」クララは静かに言いながら、自分の腿で当該箇所を指し示す。「金属片だと思うんだけど。でも、あの人、あたしにはなんも教えてくんないの」

「あら、かまわないじゃない！」アルサナが叫ぶ。「わたしなら、あんな男たちの言うことを一言でも信じるくらいなら、スリの神さまみたいな、手のいっぱいあるヴィシュヌ（ヒンドゥーの三主神の一つ）のほうを信用するわ」

だが、クララは若い兵士であるアーチーのイメージを大切に心に抱いている、とくに、老けてたるんだダイレクトメール屋のアーチーが自分の上にのっかっているときには。

「まあねえ……あたしたちにはわからないけど、どうして――」

アルサナは無造作に芝生に唾を吐く。「ばかばかしい！　もしあの人たちが英雄だっていうんなら、どこに英雄性があるのよ？　どこに英雄らしいところがある？　英雄っていうのはね——なにかを持ってる。英雄らしいなにかをね。十マイル向こうからだってわかるようなものを。わたし、メダルなんて一つも見たことないわよ……それに写真だって」

アルサナは喉の奥でいやな音をたてる、疑念を表すシグナルだ。「だからね、現実を見てごらんなさい——だめよ、これは必要なことなんだから——しっかり見てごらんなさい。結局どうなったかを見るの。サマードは片手しか使えない。神を求めていながら、実際は神に逃げられちゃった。そしてあの人はあのカレー屋でもう二年、もの知らずの白人客に筋だらけのヤギを運んでる。そしてアーチボルドは——ね、現実をしっかり見てごらんなさい……」

　このまま話をつづけてもクララの気分を害したり不必要に傷つけたりしないかどうか確かめようと、アルサナは言葉を切ったが、クララは目を閉じて、もうすでに現実をしっかり見ている。年のいった男をしっかりと見つめる若い娘。アルサナの言葉を受けて、クララは顔に笑みを広げる。

「……紙を折って暮らしを立ててる、やれやれ」

5　アルフレッド・アーチボルド・ジョーンズとサマード・ミアー・イクバルの歯根管

提案：これは非常に良いことである、物事をしっかり見ろというこのアルサナの指示は。両の目でまっすぐに見る。目を逸らさずきちんと見つめる。物事の核心を越えて心髄へ、心髄を越えて根元へと進む詳細な検分——だが、問題はどこまで行きたいか、どこまで行けばよいかだ。よくあるアメリカ人の質問：何が知りたい？——血筋か？　たいていは血筋以上のものが求められる。陰で囁かれたこと。忘れられた会話。メダルや写真。リストや証明書。変色した日付がかすかに残る黄ばんだ紙。過去へ、過去へ、過去へ。よろしい。では。アーチーが唾をつけてピカピカに磨き上げたようなピンク色の顔だった頃へもどろう。鉛筆と巻き尺を持った医局の係官をごまかせる程度には大人びて見えた十七歳のあの頃に。サマードがそれより二歳年上で、焼いたパンのような暖かみのある顔色だったあの頃へもどろう。二人が最初に出会った日へ。サマード・ミアー・イクバル（二列目、こちらへ！）とアルフレッド・アーチボルド・ジョーンズ（急げ、急げ、急げ）が。アーチーが思わず、もっとも基本的な英国流マナーの原則を忘れてしまったあの日へ。アーチーはまじまじと見つめてしまったのだ。二人はロシアの大地の黒い未舗装道路に並んで立っていた。同じ小さな三角の帽子を紙のヨットみたいにちょこんと頭に乗せ、同じちくちくする軍服を身につけ、足先は同じ埃にまみれた同じ黒のブーツのなかで冷たくかじかんでいた。だが、アーチーは見つめないではいられなかった。そして、サマードはじっとそれに耐えた。いつ終わるかいつ終わるかと思いながら、一週間タンクに詰めこまれて、換気が悪くて蒸し暑く、息詰まるなかで、しつこく見つめられつづけたあげく、激しやすい頭が耐えられる限界に達した。

「なあ、おれのどこが、そんなにいつもじろじろ見るほど変わってるんだ？」

「君の、なんだって？」アーチーは面食らった。軍務に就いているときにプライベートな会話を交わすようなタイプではなかったのだ。「誰も、いやつまり、べつになにも——いやその、どういう意味だい？」

二人ともひそひそ声である。この会話は、またべつの意味でプライベートなものではなかった。ほかに二人の兵卒（プライベート）および大尉一名とともに、五人乗りのチャーチルでアテネを通過してテサロニキへ向かう途中だったのだ。一九四五年四月一日のことだった。アーチー・ジョーンズは操縦士で、サマードは無線通信士、ロイ・マッキントッシュも操縦士、ウィル・ジョンソンは砲手として小さな囲いに身を縮め、そしてトーマス・ディキンソン＝スミスは椅子をちょっと高くしてすわっている。天井に頭がつかえるのだが、新たに付与された指揮官という地位のメンツにかけて、そうしないではいられなかったのだ。全員がこの三週間というもの、そこにいるお互いの顔しか見ていなかった。

「おれが言いたいのは、ただ、あと二年はこうしてなきゃならないだろうってことだよ」

無線からがあがあ声が出た。サマードは、任務を怠っていると思われてはならないとばかり、迅速に要領よく応答する。

「で？」サマードが自分たちの位置を知らせ終わると、アーチーが先を促した。

「じろじろ見られて黙っているにも限度があるからな。君はなにかい、無線通信士の研究でもしているのか、それともおれのケツに情熱を燃やしてるってわけか？」

指揮官のディキンソン＝スミスは、じつはサマードのケツに情熱を燃やしており（ケツだけではなく、その心にも、恋人を抱くためにあるようなほっそりした筋肉質の腕にも、魅惑的な明るいグリーン・ブラウンの目にも）、即座に会話をやめさせた。

「イックボール！　ジョーンズ！　油を売るな。ほかの者を見ろ、誰も無駄口なんかたたいてないぞ」

「私は文句を言っていただけであります、大尉どの。フォックストロットのFだのゼブラのZだのドットだのダッシュだのに集中しなきゃならないときに、じゃまになるんでありかます、大尉どの、パグ犬みたいな戦友にこちらの動きをいちいちパグ犬みたいな目で見つめられると。ベンガルだったらみんなが思いますよ、そんな目つきをする男はきっと――」

「黙れ、スルタン、ホモ野郎」ロイが叫ぶ。サマードのいかにも無線通信士っぽい軟弱なところが嫌いなのだ。

「マッキントッシュ」とディキンソン＝スミス。「まあまて。スルタンにしゃべらせろ。つづけろ、スルタン」

サマードをひいきしていると思われないよう、ディキンソン＝スミス大尉はサマードにことさら厳しくするのをつねとし、悪意に満ちたスルタンというニックネームをむしろ奨励していたが、彼自身は悪意をこめて口にすることはけっしてなく、いつも柔らかな発音で、サマードの魅惑的な母国語にそっくりの言い方をしたので、かえって、ロイならびに自分の指揮下にある他の八十名のロイたちに嫌われ、嘲られ、あからさまにないがしろにされる結果となった。一九四五年四月には、みなすっかり大尉を軽蔑し、そのなよなよしたオカマ指揮官ぶりにうんざりしていた。アーチーは英国陸軍工兵隊第一突撃連隊では新参で、こういったことがわかりはじめたところだった。

「おれは黙れって言ったんだ。自分がどうすべきかわかっているんなら、黙るだろうよ、あのインド人スルタンのやつ。大尉どのをないがしろにしてるわけじゃないですよ、もちろん」ロイは、一応敬意を表するように付け加えた。

ディキンソン＝スミスは、ほかの連隊やほかのタンクでは、上官にたてつくどころか、上官に話しかけることさえしないのを知っていた。敬意を表するロイの言葉ですら、ディキンソン＝スミスが上官失格であるしるしなのだ。ほかのタンクでは、ヨーロッパの荒野に点在する威勢のいいゴキブリみたいなシャーマンや、チャーチルや、マティルダでは、敬意を表するか否かなどということは問題にならない。ただ従うだけ、従わなければ、罰せられる。

「スルタン……スルタン……」サマードはつぶやく。「言っておくけど、おれはべつにあだ名は気にしないよ、ミスター・マッキントッシュ、少なくともそれが正確ならばね。でも、これは歴史的に正確じゃないだろう。地理的にだって正確じゃない。おれはベンガル出身だって言ってあるはずだ。『スルタン』という言葉はアラブ諸国のある種の男を指して使われる――ベンガルよりは何百マイルも西だ。おれをスルタンと呼ぶのは、距離の点から言うと、つまり、おれが君のことをジェリー・フン（ドイツ兵のあだ名）のクソ野郎と言うようなもんだぞ」

「おれはおまえをスルタンと呼んできたし、これからもそう呼ぶ、わかったか？」

「ああ、ミスター・マッキントッシュ。こんな君とこのおれとが、こうしてイギリスのタンクに詰めこまれてイギリス国民として戦おうとするなんて、あまりに複雑な、思いもよらない事態じゃないかい？」

いささか単純なウィル・ジョンソンが、「イギリス」という言葉を聞くといつもするように帽子をとった。

「なに文句言ってんだよ？」ビール腹をたくしこみながらマッキントッシュが問い返す。
「べつに」とサマード。「おれはなにも『文句』なんか言ってない。ただ、話をしているだけだよ。世間話ってやつをしようとしているだけだ。それと、ここにいるジョーンズ工兵隊員に、人のことをぎょろ目で見つめるのをやめてもらおうとね。ただそれだけなんだよ……だけどどうも、どちらも失敗しちまったみたいだな」

サマードは本当に傷ついているように見え、アーチーは突然その痛みを取り除きたいという兵士らしからぬ思いに駆られた。だが、いまこの場所では無理だ。

「よし。もうたくさんだ。ジョーンズ、地図を調べろ」ディキンソン＝スミスが命じた。

アーチーは地図を調べた。

それはうんざりするような長旅だった。ほとんどなにも起こらない。アーチーのタンクは架橋車両で、イギリスの州単位での、あるいは兵器の種類別での構成には縛られずに、軍全体のために働く工兵師団に属しており、国から国へと、損傷を受けた設備を修復したり橋を架けたり、戦闘のための道を造ったり、道路が破壊されたところに新たな道を造ったりしていた。このタンクの任務は、戦いよりもむしろ戦いを円滑に行わせることにあった。アーチーが戦闘に参加した頃には、冷酷で血にまみれた決定は空から下されることがはっきりしていた。ドイツ軍の徹甲弾とイギリスのそれとの三十ミリの幅の違いにあるのではなく。本物の戦争、都市を屈服させ、壊滅規模や爆発、死者の予測をしたりする戦争は、アーチーのはるか頭上で行われていたのである。一方の地上では、アーチーたちの乗った重い装甲板を装着したスカウト・タンクは、もっと単純な任務を遂行していた。山間部の内戦——戦争のなかの戦争——ギリシャ民族解放戦線とギリシャ人民解放軍との——を回避しつつ、死者の統計や「無駄死にした若者たち」のうつろな目のあいだを縫って進み、地獄の一方からべつの端へとつながる後方連絡線の道路がちゃんと利用できるようにするという。

「爆撃を受けた爆薬工場は二十マイル南西の方向であります、大尉どの。われわれはできるかぎりのものを回収することになっております、大尉どの。イックボール兵卒が十六時四十七分に受信した無線連絡によりますと、その区域は上空から見るかぎりでは占領されていない模様であります、大尉どの」アーチーが報告する。

「こんなのは戦争じゃない」サマードが呟いた。

二週間後、アーチーがソフィアへ向かう道を調べていたときのこと、誰にともなくサマードが言った。「おれはこんなところにいるはずじゃなかった」

この発言は、いつものように無視される。とりわけ徹底して、断固無視しようとするのはアーチーだが、じつはそれとなく耳を澄ませている。

「おれには教育がある。訓練も受けている。英国空軍で飛び回って空から爆撃してるはずだったんだ！　おれは士官だ！　革のサンダルをすり減らしてきつい任務に明け暮れるインド兵じゃない。おれの曾祖父マンガル・パンデーは——当然その名前をみなが知っているはずと周囲を見回すが、イギリス人たちがぽかんとした顔をするばかりなのを見て、サマードはつづける——セポイの反乱の偉大なる英雄だったんだ！」

沈黙。

「一八五七年だよ！　憎むべきブタの脂にまみれた銃弾の最初の一発を放ち、この世から消し去ったのは彼なんだ！」

沈黙はより長く、深い。

「このクソいまいましい手さえなかったら」——サマードは心の内で、イギリス人どもの金魚なみの歴史の知識を罵りながら、死んだ五本の丸まった指を、いつも置いている胸のところから持ち上げる——「無能なインド軍で事故にあって、手がこんなロクでもないことにならなかったら、おれは彼に匹敵することを成し遂げていただろう。いったい、なんでおれは不具になっちまったんだ？　それは、インド軍が、戦闘の熱気や汗よりゴマスリのほうに長けているからだ！　インドなんか行くもんじゃないぞ、ジョーンズ工兵、我が戦友よ、あそこはバカかそれ以下の人間のための場所だ。バカ、ヒンドゥー教徒、シーク教徒それにパンジャブ人。そしていまや独立という言葉がそこらじゅうでざわめいている

――ベンガルに独立を。なあアーチー、これがおれの意見だ――インドはイギリスと寝かしといてやればいいんだ、そう望んでるんならな」

腕がどすんと脇にぶつかり、怒りの発作を起こしたあとの老人のように、そのままそこに落ち着いた。サマードはいつも、アーチーと自分が残りの乗務員に対抗する同盟を結んでいるかのようにアーチーに話しかける。アーチーがどれほどサマードを避けようと、四日間見つめつづけたことで、二人の間には絹糸のような絆が生じ、それをサマードは機会あるごとにぐいと引くのだった。

「なあジョーンズ」とサマードが話しかける。「総督のおかした本当の過ちは、シーク教徒に権力の座なんかを与えたことだ、わかるか？　あいつらがアフリカで黒人(カフア)相手に多少の成功を収めたからってさ。うん、よしお前、太った汗くさい顔にバカげたイギリス人まがいの口ひげをはやし、頭のてっぺんに大きなウンコみたいなターバンをのっけたお前を将校にしてやろう。軍隊をインド人化するんだ。行け、行ってイタリーで戦え、騎兵隊長パグリー少佐、ダッファーダル・パグリーよ、わがすばらしき英国軍とともに！　失敗だ！　で、やつらはおれを選ぶ、第九北ベンガル騎馬ライフル部隊の英雄、ベンガル航空部隊の英雄であるおれを。そしてこう言う。『サマード・ミアー・イクバル、サマード、おまえにすばらしい名誉を授けよう。おまえはヨーロッパ本土で戦うんだ――エジプトやマレー半島で飢えに苦しみ、自分の小便を飲んだりするんじゃなく――おまえはドイツ兵(フン)

のいるところでやつらと戦うんだ』ドイツの玄関口で、ジョーンズ工兵、まさにやつらの玄関口だ。そうさ！　おれは行った。イタリアへ。おれは思ったさ、ここでイギリス軍に、ベンガルのムスリムはどんなシーク教徒にも引けを取らないくらい戦えることを見せてやるんだって。もっと戦えるぞ！　もっと強いんだぞ！　最高の教育を受け、血筋のいいおれたちこそ真に将校の器にふさわしいんだってな」

「インド人の将校だって？　冗談じゃないぜ」ロイが混ぜっ返す。

「着いた最初の日」とサマードはつづける。「おれはナチの隠れ家を空から破壊した。ワシのように急降下したんだ」

「ふん！」とロイ。

「二日目には、敵がゴシックライン（ドイツ軍が築いた防衛戦）に近づくところを空から攻撃して、アルジェンタ・ギャップを突破し、連合軍がポー川まで進めるようにした。マウントバッテン卿がみずからじきじきにおれに祝意を述べるはずだった。この手と握手するはずだったんだ。だけど、みんなだめになった。三日目に何が起こったかわかるか、ジョーンズ工兵？　おれがどうして不具になったか知ってるか？　人生真っ盛りの若さで？」

「いや」アーチーが静かに答える。

「シーク教徒の野郎だよ、ジョーンズ工兵、大バカ野郎だ。塹壕（ざんごう）に並んで立っていたとき、そいつの銃が暴発しておれの手首を撃ち抜いたんだ。だがおれは手を切り落とさせなかった。おれの体のどの部分もアッラーからもらったものだ。どの部分もそのままアッラーの元へ返さなきゃならない」

　そういうわけで、サマードは、結局ほかの落ちこぼれとともに、注目を集めることのない架橋師団に落ち着くこととなった。アーチーのような男やディキンソン＝スミスのような男（政府のファイルには「同性愛の恐れあり」と記されている）、マッキントッシュやジョンソンのような頭にいささか問題がある連中。戦争の不適格者たちだ。ロイがいみじくも言ったように「掃き溜め部隊」だった。部隊の問題の大部分は第一突撃連隊の指揮官にあった。ディキンソン＝スミスは兵隊向きではなかった。そして、明らかに指揮官にも向いていなかった。指揮を執る遺伝子は持っていたのだが。彼は意志に反して父親の大学から引きずり出され、父親のガウンから振り払われ、「戦争で戦う」ことを強要された。父親がしてきたように。そのまた父親も、そのまた父親も、無限にさかのぼってそうしてきたように。若きトーマスはあきらめて運命に従うことにし、猛烈な努力を長いあいだ（もう四年になる）積み重ねて、リトル・マーロウ村の細長い墓石に刻みこまれた、どんどんのびていくディキンソン＝スミス家のリストに自分の名前を付け足すべく、歴史ある教会墓地を誇らかに占拠して一族がイワシの缶詰のように詰めこまれている墓の一番上に葬られるべく、頑張っていたのである。

　ドイツ兵（フン）に殺された者、アラブ人（ワグ）に、中国人（チンク）に、黒人（カファ）に、フランス人（フロッグ）に、スコットランド人（スコッツ）に、スペイン人（スピックス）に、ズールー族に、インディアン（インド人（サウス）、東インド諸島人（イースト）、そしてアメリカ先住民（レッド））に殺された者、ナイロビで大物狩りをしていたスウェーデン人（スィード）にたまたま突進してきたオカピ（キリン科の哺乳類）と間違われた者。ディキンソン＝スミス一族は、伝統的に、異国の土にディキンソン＝スミス家の血が流れるのを見たいという飽くことなき欲望を抱いていた。戦争がないときは、ディキンソン＝スミス一族はアイルランド問題で忙しい。ここはいわばディキンソン＝スミス一族の死のホリデーリゾートで、一六〇〇年以来、状況が静まる気配は見えていない。だが、死ぬというのは簡単なことではない。そして、すべての種類の殺人兵器の前に我が身を投げ出すという機会は、これまで各世代を通じて一族を磁石のように魅惑してやまなかったのであるが、このディキンソン＝スミスには、とてもそんなことはできそうになかった。哀れなトーマスは、異国の地に対してべつの種類の欲求を抱いていたのだ。彼は異国を知りたいと思い、その発展に手を貸し、そこから学び、愛したいと望んでいた。彼は戦争ゲームにおいては、純然たる火消し役であった。

　サマードがどういう次第でベンガル部隊での軍功の頂点から「掃き溜め部隊」へ落ちることになったのかという長い物語は、アーチーに繰り返し繰り返し語られた。さまざまな筋立てで、つぎつぎ細部が付け加えられながら、つづく二週間というもの、一日に一回、アーチーが聞いていようがいまいが語られたのである。うんざりはしたものの、サマードきらめきった心境に浸らせるほかの挫折談のあとに来る呼び物だった。さんざん繰り返される定番の話には、たとえばこんなのがあった。「ロイの婚約者の悲劇的な死」、すなわちへアカーラーで足を滑らせ流しで首を折った美容師の物語。「グラマー・スクールへ進学できなかったアーチー」、なぜなら母親に制服を買う余裕がなかったから。「殺された数多くのディキンソン゠スミス一族の者たち」。ウィル・ジョンソンは、起きている間はなにもしゃべらないで睡眠中に哀れっぽくなにか訴えるのだが、その顔つきがあまりに辛い心の痛みを雄弁に語っているので、誰もあえてわけを知ろうという気にはなれなかった。「掃き溜め部隊」はしばらくの間こういう調子で、不平不満に満ちたドサ回りのサーカスのようにに東ヨーロッパをあてもなくうろついていた。お互いしか見物客のいない見せ物集団だ。お互いに演技をしてはそれを見物しあう。だがついに、タンクはとある日にたどり着いたが、「歴史」はその日を記憶してはいない。「記録」はその日を留めおくためのなんの努力も払ってはいない。すっと水中に没する石。ひっそりとコップの底に沈む義歯。一九四五年五月六日のことである。

一九四五年五月六日、十八時頃、タンクのなかでなにかが爆発した。爆弾の音ではなく、エンジンになにかが起こったような音で、タンクはゆっくりと止まった。そこはギリシャとトルコに国境を接するブルガリアの小さな村で、戦争からはとうに見限られて、住民はほぼ普通の日常生活にもどっていた。

「わかった」故障を点検していたロイが言った。「エンジンがやられちまってキャタピラーが片方いかれてる。無線で助けを求めて、ここで待つしかないな。どうしようもないよ」

「自分たちで修理してみないのか？」サマードがたずねる。

「いや」ディキンソン＝スミスが答える。「マッキントッシュ兵卒の言うとおりだ。われわれが持っている装備では、こういった種類の損傷は修理できない。助けが来るまでここで待つしかない」

「助けが来るのにどのくらいかかるんです？」

「丸一日だな」ジョンソンが言う。「おれたちは本隊とちょっと離れているから」

「スミス大尉どの、われわれはその二十四時間のあいだ、タンクのなかにいなければならないのでありますか？」サマードがたずねた。ロイの衛生状態にうんざりしており、蒸し暑い夜を静止状態でともに過ごすのはたまらないと思ったのだ。

「そうに決まってんだろ――おまえいったい、何だと思ってんだ、一日休みがもらえるってか？」ロイが怒鳴る。

「いや……べつに少しぐらいぶらぶらしても悪いことはないだろう――全員がここにいる

必要もないからな。まず、おまえとジョーンズが出かける、帰ってきたら、つぎにマッキントッシュ兵卒、ジョンソン、それにおれが出かける」

そこでサマードとアーチーは村へ行き、三時間、サンブーカ（イタリア製の薬草リキュール）を飲みながら、カフェのオーナーが二人のナチによる小規模の侵略について語るのに耳を傾けたが、現れた二人は店の食料を食い尽くし、二人のふしだらな村の女の子とセックスし、隣の町へ行く道をさっさと教えなかった男の頭を撃ち抜いたのだという。

「なんにつけても、やつらは気が短いからな」老人はそう言って頭を振った。サマードは金を置いた。

歩いてもどりながらアーチーは言った。「まったく、征服して略奪するのに人数はいらないなあ」なにかしゃべらなきゃ、と思ったのだ。

「強い男が一人に弱いのが一人いれば、それで植民地だよ、ジョーンズ工兵」サマードは答えた。

アーチーとサマードが戦車にもどると、マッキントッシュ兵卒とジョンソン、それにトーマス・ディキンソン＝スミス大尉が死んでいた。ジョンソンはチーズ・ワイヤーで絞殺され、ロイは背中を撃たれていた。ロイの口はこじ開けられ、銀の充填材（じゅうてん）がなくなっていた。口のなかにはペンチが突っこまれたままで、まるで鉄の舌みたいだった。トーマス・ディキンソン＝スミスは、襲撃者が向かってきたとき、自分の寿命に見切りをつけて我が手で顔面を撃ち抜いたらしく思われた。イギリス人の手で死にいたらしめられた唯一のディキンソン＝スミスというわけだ。

＊

アーチーとサマードがこの状況をあれこれ検討していた頃、ヨードル大将（ヒトラーの側近でドイツの降伏条約に調印、戦犯として処刑された）はランスの小さな赤い校舎のなかにすわって、万年筆を振っていた。一回。二回。そして点線に沿ってインクを厳粛に導き、自分の名前で歴史を書いた。ヨーロッパにおける戦争の終結である。書類が横にいた男の手に渡ると、ヨードルは頭を垂れ、自分の行ったことの意味を丸ごと嚙みしめた。しかし、アーチーやサマードがこのことを耳にするには、このあとたっぷり二週間が必要であった。

奇妙な状況だった。おかげで、イクバルとジョーンズのあいだには友情が育った。あの日、ヨーロッパじゅうが浮かれ騒いでいるときに、サマードとアーチーはブルガリアの道端に立ち、サマードはいいほうの手に針金と樹脂合板と金属のケーシングを握りしめていた。

「この無線機は裸にひんむかれちまった」とサマード。「おれたちは最初の最初からやらなきゃならないんだ。これはかなりひどいよ、ジョーンズ。ひどいよなあ。通信手段も交通手段も防御の手段もなくなっちまった。最悪だ。指揮してくれる人間もいなくなった。指揮官のいない兵隊なんて、まったく最低だよ」

アーチーはサマードに背を向けると、藪のなかに勢いよく吐いた。マッキントッシュ兵卒はつねづね偉そうなことばかり言っていたくせに、聖ペテロの門（天国の門）でウンコを垂れていて、その臭いはアーチーの肺へ侵入し、神経をつつき、恐怖感と朝食を引っぱりだしたのだった。

無線の修理に関しては、サマードはどうすれば
いいかは知っていた。理論はわかっていた。だが、アーチーには両手があり、針金や釘や接着剤といった物について一種のコツを心得ていた。自分たちを救ってくれるかもしれない小さな金属片を継ぎあわせる二人のあいだで進行したのは、知識と実際的な能力との滑稽な苦闘だった。

「3オームの抵抗器をとってくれないか？」

アーチーは真っ赤になる。サマードが言っているのがどれのことなのかわからないのだ。針金やなにやかやが入った箱の上をアーチーの手がさまよう。小指が正しい部品のほうへひょっこり向いたところで、サマードがそれとなく咳をする。どうもやりにくかった、インド人がイギリス人に指図するなんて——だが、状況の静謐さゆえか、男っぽさゆえか、二人はなんとかそれを乗り越えた。アーチーが、ドゥー・イット・ユアセルフの真の価値を学んだのはこの期間だった。名詞や形容詞の代わりに釘や金槌がどれだけ役に立つか。

作業を通してどれだけ気持ちが通いあうか。アーチーは生涯この教訓を忘れはしなかった。

「よし」電極を渡したアーチーにサマードは言う。だが、針金を扱ったり無線のボードに取り付けたりするのに片手では無理だと見て取ると、電極をアーチーに返し、どこへ取り付けたらいいか指示をした。

「二人でやればすぐだな」アーチーが朗らかに言った。

「風船ガムちょうだい！　おくれよ！」

四日目に、村の子供たちの一団が戦車の周りに集まりはじめた。身の毛のよだつ殺人や、サマードの緑の目の魅力や、アーチーのアメリカ製風船ガムに引かれてやってきたのだ。

「兵隊さん」栗色の肌をしたスズメほどの重さしかなさそうな男の子が、注意深く英語を口にしてせがむ。「風船ガムをください」

アーチーはポケットに手をつっこみ、五枚の薄いピンクのガムを引っぱり出す。男の子はそれを偉そうに友だちに配った。子供たちは騒々しくかみはじめる、目を見開いて懸命に噛む。やがて味が薄くなり、子供たちは黙って突っ立って、畏敬の念をこめて慈善家をじっと見つめた。数分後、さっきと同じやせぎすの男の子がもう一度「人民代表」として派遣されてくる。

「兵隊さん」男の子は片手を差し出す。「風船ガムをください」

「もうないよ」アーチーは苦心して身振りで告げる。「もう持ってないんだ」

「お願いです。ください。お願い」男の子はせっつく。

「おい、よせよ」サマードが口をはさむ。「おれたちは無線を直してこいつを動かさなきゃならないんだ。急ごうぜ、な？」

「風船ガム、兵隊さん、風船ガム」それはほとんど呪文のようになってきた。子供たちは知っているいくつかの単語を混ぜあわす、順序はお構いなしだ。

「お願い」男の子は腕を精一杯伸ばし、爪先立ちになっている。

突然、子供は手を開き、取引をほのめかしてコケティッシュににやっとした。開いた手のひらには、四枚のドル紙幣が草のように丸く束ねられていた。

「ドルだよ！」

「どこで手に入れたんだ？」サマードがたずねながら紙幣を奪い取ろうとした。男の子はさっと手を引っこめる。絶えず体を左右に揺らしている――子供たちが戦争で身につけるお茶目なダンス。油断のない身構えの基本だ。

「風船ガムが先だよ」

「これをどこで手に入れたか、言うんだ。おれを甘く見るなよ」

サマードは手をのばすと男の子のシャツの袖をぐいと摑んだ。子供はなんとかふりほどこうと身をもがく。仲間の子供たちはまずいことになりそうなリーダーを見捨て、そっと後ずさりしはじめた。

「この金のために人を殺したのか？」

サマードの額の静脈が、皮膚を突き破ろうと激しくあばれている。サマードは、自分の国でもない国を守りたいと、普通の市民として街で会ってても挨拶もしてくれなかったであろう男たちの死に対して復讐したいと思っているのだ。アーチーは驚いた。アーチーには自分の国だ。このちっぽけで冷淡で平凡な自分こそ、あの国の背骨のあまたある椎骨の一つなのだが、サマードの熱意に匹敵するようなものは、アーチーの心にはなにもなかった。

「違うよ、兵隊さん、違う、違う。あの人からだよ。あの人」

男の子は自由なほうの腕を伸ばして、卵を抱く肥えた鶏のように地平線にうずくまったあばら屋を指し示した。

「あの家のやつがおれたちの仲間を殺したのか？」サマードが大声を上げる。

「なんて言ったの？」男の子がきいきい声で聞き返す。

「あそこには誰がいるんだ？」

「医者だよ。あの人、あそこにいる。でも病気（シック）。動けない。ドクター・シック」

残っていた二、三人の子供たちが興奮したように名前を繰り返す。ドクター・シックだよ、兵隊さん、ドクター・シック。

「どこが悪いんだ？」

男の子は、いまや関心を引くのを楽しんでいて、芝居気たっぷりに、その男が泣く真似をしてみせる。

「イギリス人か？　おれたちみたいな？　ドイツ人か？　フランス人？　ブルガリア人？ギリシャ人？」サマードは男の子を放した。行き場を間違えたエネルギーの噴出に疲れはてて。

「あの人、どこの人でもない。あの人、ドクター・シック、それだけ」男の子はぶっきらぼうに言った。「風船ガムは？」

数日たっても、助けは来なかった。こんな居心地のいい村では、つねに戦時の心構えでいなければならないという緊張感もゆるみはじめ、アーチーとサマードは次第に民間人気分になっていった。二人は毎晩ゴーザン老人のキッチン・カフェで食事した。水っぽいスープが一人前タバコ五本。魚はすべてランクの低いブロンズのメダル一枚。いまではアーチーは、ディキンソン＝スミスの軍服を着ている、自分のは破れてしまったのだ。だから、死んだ男のメダルを何枚か持っていて、それで贅沢品や必需品を買う。コーヒー、石鹸、チョコレート。豚肉と交換に、アーチーは入隊以来うしろのポケットにつっこんで尻でぺちゃんこにしていたドロシー・ラムーアのブロマイドを差し出した。

「いいじゃないか、サム――金の代用になるんだ。食料キップみたいなもんだ。金ができれば買いもどせる。買いもどしたいんならね」

「おれはムスリムだ」サマードは豚肉の皿を押しやる。「それに、おれのリタ・ヘイワースを手放すときはおれの魂もいっしょだ」

「なんで食わないんだ？」アーチーは二枚のポークチョップを狂ったようにがつがつとむさぼる。「おかしな話だぜ、おれに言わせれば」

「おれがブタを食わないのは、おまえたちイギリス人が女をほんとうに満足させることができないのと同じ理由だ」

「どうしてだ？」食事の手を止めてアーチーがたずねる。

「おれたちの文化のせいだよ」サマードはちょっと考える。「もっと深いかもしれない。きっとおれたちの骨に染みこんでるんだ」

夕食がすむと、殺人犯を追って村の掃討作戦を行う真似ごとをする。村を駆けめぐり、いつも同じ三軒のいかがわしいバーを探り、きれいな女のいる家の奥の寝室をのぞきこむ。だが、少しするとこれもやらなくなり、代わりに二人はタンクの外ですわりこんで、安物の葉巻を吸いながら茜色（あかねいろ）の残照を楽しみ、新聞配達少年（アーチー）や生物学を学ぶ学生（サマード）だった娑婆（しゃば）での生活のことをしゃべりあった。二人はアーチーには十分理解できないようなことを語りあい、そしてサマードはそれまではっきり口にしたことのない秘密をひんやりした夜の闇にうち明けた。古いつきあいの女同士のあいだに訪れるような、長い、心地よい沈黙が二人のあいだをよぎった。二人は見知らぬ国に輝く星を見上げたが、どちらもとくに故郷を恋しく思ってはいなかった。つまるところ、これはまさに、イギリス人が休暇で培う類の友情、休暇でしか培えない類の友情だった。階級も肌の色も越えた友情、物理的に近いところにいるということを基盤にした友情、そしてその物理的に近いという状況がつづくものではないとイギリス人が思っているからこそ、成り立つ友情なのである。

無線が直ってから一週間半たっても、誰かが聞いてくれることを願って放つ助けを求める信号には、なんの応答もなかった（この頃には、村人は戦争が終わったことを知っていたが、二人の訪問者にこの事実を告げる気はあまりなかった。二人による毎日の物々交換が地域経済を大いに活気づけていたからである）。やることがないと、アーチーがキャタピラーの各部分を鉄の棒でこじ開け、サマードが故障部分を調べたりした。大陸の両端では、二人の家族が二人を死んだものと思っていた。

「ブライトンには、女はいるのか？」キャタピラーと戦車の獅子のあぎとに頭をつっこんだサマードがたずねる。

アーチーは見栄えのするほうではない。写真に親指をあてて鼻と口を隠したら、なかなか颯爽としているかもしれないが、そうでもしなければ、ぜんぜん冴えなかった。大きくて悲しげなシナトラの青い目は女の子を引きつけるかもしれない、だが、ビング・クロスビーの耳とW・C・フィールズ（特徴のある鼻で有名な米国のエンターテイナー）のようなふくれたタマネギ形の鼻が遠ざけてしまう。

「何人かいるよ」アーチーは平然と答える。「あちこちにな。おまえは？」

「もう決まった人がいるんだ。ミス・ベーガムだ――ベーガム夫妻の娘だよ。『義理の両親』というわけさ。じつはね、この夫婦はベンガルの支配層の直腸からずっと上にあがった位置にいて、総督閣下でさえ、この一家からディナーの招待が届くのを哀れっぽく待ちわびるくらいなんだぜ！」

　サマードは大きな笑い声をあげ、アーチーもいっしょに笑うのを待ったが、アーチーは、サマードの言葉の意味がさっぱりわからず、いつものポーカーフェイスのままだった。

「うん、最高の一家なんだ」いささか水を差された気持ちでサマードはつづける。「まさに最高。ものすごくいい血筋で……おまけにもう一ついいことに、この一族の女の傾向として――伝統的に、どの世代も、つまりその――ほんとに胸がでかいんだ」

　サマードは適切なジェスチャーをしてみせてから、キャタピラーの突起を溝にあわせて組みなおす作業にもどった。

「で？」アーチーがたずねる。

「で、なんだ？」

「彼女の胸も……?」アーチーもジェスチャーをしてみせるが、こちらは解剖学的に誇張され過ぎていて、これでは宙に描かれた女はまっすぐ立っていられないだろう。

「いや、もう少し待たなくちゃならないんだよ」サマードは残念そうに微笑む。「あいにく、ベーガム家にはおれの世代の女の子はまだ生まれていないんだ」

「つまり、おまえの女房はまだ生まれてないってことか?」

「それがどうした?」サマードはアーチーの胸ポケットからタバコを一本引き抜き、戦車の横腹でマッチを擦って火をつける。アーチーは油まみれの手で顔の汗を拭った。

「おれの国では」とアーチー。「男は結婚する前に、まず相手の女の子と知りあいになりたがるけどな」

「おまえの国では野菜がぐちゃぐちゃになるまで茹でるのが習慣だろ。習慣だからといって」とサマードは素っ気なく返す。「いいやり方とは限らない」


村における二人の最後の夜は、じつに暗く、静かだった。蒸し暑いせいでタバコを吸う気にもなれず、アーチーとサマードは、用途がなくなった指で教会の冷たい石の階段をコツコツ叩いていた。そのとき、黄昏(たそがれ)のなかで、アーチーは戦争を忘れていた。どのみち実際にはもう存在していなかったのだが。過去形(パースト・テンス)／過去は不安、未来完了形(フューチャー・パーフェクト)／未来は完全といった夜だった。

サマードがアーチーとの友情を確かなものにしようと心を決めたのは、この、二人がまだ平和の訪れを知らなかったとき、まだ知らずにいた、この最後の夜だった。この種のことは、ちょっとした情報の伝達で成されることが多い。何らかの性的な過ち、心の秘密や隠された情熱といった、知りあったばかりのうちは遠慮が先に立って話すのが憚(はばか)られていたようなことだ。だが、サマードにとっては、自分の血筋ほど身近で重要な話題はなかった。というわけで、神聖なる土地に腰をおろしながら、サマードが自分にとって神聖なことについてしゃべったのは、しごく当然のことであった。サマードの体を流れる血とその血が何世紀にもわたって染め上げた大地の記憶を呼び起こすには、曾祖父の物語以上のものはなかった。そこで、サマードはアーチーに、ほとんど忘れられている百年前のマンガル・パンデーのかびの生えた物語を聞かせたのである。

「じゃ、その人がおまえのじいさんってわけか？」物語が終わり、月は雲に隠れ、それ相応に感銘を受けたアーチーはたずねた。「おまえの本当の、血のつながったじいさんなのか？」

「ひいじいさんだ」

「ふーん。そいつは大したもんじゃないか。そういえば、学校で習ったのを覚えているよ——確かに——『植民地の歴史』、ジャグズ先生。ハゲで出目で、いやなジジイだった——ジャグズ先生が、だよ、おまえのじいさんじゃなくて。まあでも、生徒にちゃんとわからせてはいたけどな、手の甲を物差しで叩きながらにしても……だけど、軍隊じゃあ、いまでも誰かをパンディーって呼ぶじゃないか、その、ちょっと反抗的なやつがいると……この言葉がなにからきているかなんて考えもしなかったけど……パンデーは反逆者だ、イギリス人を嫌ってて、反乱の最初の一発を放った。これで思い出したよ、はっきりと。そしてそれがおまえのじいさんだったんだ！」

「ひいじいさんだ」

「うんうん。とにかくすごいことだよなあ？」アーチーは両手を頭の後ろで組んで仰向けに寝ると、星を見上げた。「自分と血のつながる人間が歴史に名を残してるんだ。おまえには刺激になるよなあ。おれなんてジョーンズだぞ。『スミス』みたいなもんだ。平々凡々だよ……うちの親父がよく言ったもんさ。『おれたちゃゴミだ、なあお前、おれたちゃゴミなんだ』べつにそれがいやだったってわけじゃない。それなりに誇りは持ってる。善良で正直なイギリス国民だよ。でも、おまえの一族には英雄がいるんだもんなあ！」

サマードは誇り高く答える。「そうだ、アーチボルド、まさにそのとおりだよ。当然、ケチなイギリスの教師どもは彼を貶めようとするだろう、インド人を正当に評価するなんて、あいつらには我慢できないことだからな。だけど、彼は英雄だったし、おれはこの戦争で、いつも彼の例に倣いたいという気持ちで行動してきたんだ」

「確かにそうだな」アーチーは考えながら答える。「国じゃあ、インド人のことをよく言わない。インド人のことを英雄だなんて言ったら反感を買うだろうな……みんなに変な目で見られるだろう」

いきなり、サマードはアーチーの手を握りしめた。熱い、というか熱っぽい手だ、とアーチーは思った。男に手を握られるのははじめてで、最初は本能的に押しのけるかパンチをくらわすかしようと思ったが、思い直した。インド人ってのは感情的だもんな？　ああいったスパイシーな食べ物なんかみても。

「お願いだ。ジョーンズ、おれのこの頼みを聞いてくれないか。もし誰かが言うのを聞いたら、国に帰ってからだぞ——もしおまえが、おれたちが、それぞれの国に帰れたら——誰かが東洋のことを話すのを聞いても」ここでサマードの声は急に低くなり、胸がいっぱいのような悲しげな調子になった。「すぐに判断を下さないでくれ。『あいつらはみんなこうだ』とか『あいつらはこんなことをする』とか『あいつらの考えはこうだ』とか聞かされても、おまえが自分でいろんな事実を確かめるまでは、判断を下さないでくれ。あの連中が『インド』と呼ぶ国には千通りも名前があって、大勢の人間が住んでいるんだ。そのものすごい数の人間のなかに同じやつを二人見つけたような気になったとしても、それは思い違いだ。月の光のいたずらにすぎない」

サマードはアーチーの手を放すとポケットを探り、白い粉を入れておいた容器を取り出して指をなかへ突っこむと、慎重に口に入れた。そして壁にもたれ、石に指先を走らせた。

ここは小さな伝道教会で、病院として使われていたのだが、二ヶ月後、砲弾が窓枠を揺るがすようになって放棄されたのだ。サマードとアーチーは、薄いマットレスと大きな風通しのいい窓に引かれて、そこで寝るようになっていた。そこにはサマードの興味をひいたものもあった（寂しさのせいだ、と彼は自分に言い訳した、メランコリーのせいだ）、建物のあちこちに散らばっている保管用キャビネットにあるモルヒネの粉末、中毒患者のイースターの卵だ。アーチーが小便しに行ったり、もう一度無線を試してみようと出かけると、サマードはいつも教会じゅうをうろついて、キャビネットをつぎつぎとあさった、告解室から告解室へと渡り歩く罪人のように。そして、小さな瓶に入った罪を見つけると、素早くちょっと歯茎になすりつけるかパイプで吸って、ひんやりしたテラコッタの床に仰向けになり、見事な丸天井を見上げるのだ。この教会は言葉で覆われていた。三百年前の反抗者たちが残したものだ。コレラ流行期に埋葬税を払うのを拒み、あくどい領主によって教会に押しこめられ、死ぬまで放置されたのだ――だが、彼らは死ぬ前に壁という壁を、家族への手紙や詩、永遠の反抗を宣言する言葉などで埋め尽くしたのである。サマードははじめてこの話を聞いたときもけっこう気に入ったのだが、モルヒネが効いてくると、本当に心に迫ってきた。体中の神経が甦って、情報が、この世にあるすべての情報が、壁に記されたすべての情報が、コルク栓をポンと開けて、電気がアース線を伝って流れるようにサマードを伝ってあふれ出すのだ。すると頭がデッキチェアーのように開く。そしてサマードはしばしそこにすわって、自分の世界が回るのを眺める。今夜は、十二分に摂取したこともあって、サマードはとりわけ頭の澄みきった気分だった。舌はバターを塗ったようだし、世界は磨かれた大理石の卵のようだ。サマードは死んだ反抗者たちに親近感を覚えた。彼らはパンデーの兄弟だ――反逆者はすべて、と今夜のサマードには思える、自分の兄弟だ――彼らが世界に残した印について彼らと語らうことができたらいいのだが、とサマードは思った。それで充分だったのだろうか？　死が訪れたとき、ほんとうにそれで充分だったのだろうか？　彼らは自分たちが後に残すたくさんの言葉で満足していたのだろうか？

「あのなあ」サマードの目が教会の丸天井を捉えているのを見て取って、アーチーが口を開く。「もし人生にあと数時間しか残されていないなら、おれなら壁に絵を描いたりしないな」

「じゃあ言ってみろよ」せっかくの気持ちよい瞑想から引きずり出されてむっとしながら、サマードがたずねる。「死を目前にして、おまえならどんなすばらしいことをやってみようっていうんだ？　フェルマーの定理でも解いてみるか？　アリストテレス哲学をマスターするか？」

「なんだって？　誰だ、それ？　いや……おれなら――その……寝るね――女と」未経験のアーチーはちょっと口ごもる。「つまりさ……最後のお楽しみってやつだ」

サマードはげらげら笑いだした。「はじめてのお楽しみ、だろ」

「よせよ、おれは真面目に言ってるんだ」

「わかった。で、もし近くに女がいなかったら？」

「うーん、ならばいつもの」と、ここでアーチーはポストのように真っ赤になった。アーチーもまた、こうして友情を固めようとしていたのである。「ＧＩの言う、『サラミをしごく』ってやつだ！」

「しごく」サマードが軽蔑するように繰り返す、「サラミを……つまり、あれかい？　この煩わしき浮き世と別れを告げる前に最後にやりたいことが『サラミをしごく』。オーガズムに達するだって」

アーチーはブライトン出身だが、そこでは誰も、間違ってもオーガズムなどという言葉を口にすることはなかったので、気恥ずかしさのあまりヒステリックに笑いはじめた。

「誰もおかしいことは言ってないだろ？　なにかおかしいか？」サマードはぼうっとしながら、熱を感じないようにタバコに火をつける、モルヒネで心がよそへ飛んでいるのだ。

「誰もおかしくなんかない」アーチーがとぎれとぎれに答える。「なにもおかしくない」

「あれが見えるか、ジョーンズ？　見えるか……」寝そべったサマードの体はドアから半分外へでて、両腕は天井へ伸びている。「……あの意図が？　彼らはサラミをしごいちゃいなかった――白いものをまき散らしたりしてない――なにかもっと永久不変のものを求めていたんだ」

「正直言って、おれには違いがわからないけどな」とアーチー。「どっちみち、死んだらおしまいだ」

「いや違うよ、アーチボルド、違う」サマードがメランコリックに囁く。「そんなふうに考えちゃいけない。じぶんの行動はあとに残るんだとはっきり自覚して生きなきゃだめだ。おれたちは因果関係の産物だ、アーチボルド」サマードは教会の壁のほうを示す。「彼らにはそれがわかっていた。おれのひいじいさんもわかっていた。いつの日か、おれたちの子供にもそれがわかるだろう」

「おれたちの子供！」アーチーはただおかしくて、クスクス笑った。子供を持つ可能性など、あまりに突拍子もない気がした。

「おれたちの子供はおれたちの行動から生まれる。おれたちの偶然が子供の運命になるんだ。そうさ、行動はあとに残る。つまりは、ここだってときに何をするかだよ。最後のときに。壁が崩れ落ち、空が暗くなり、大地が鳴動するときに。そのときの行動がおれたちの人間性を明らかにするんだ。そしてそれは、おまえに視線を注ぐのがアッラーだろうがキリストだろうがブッダだろうが、あるいは誰の視線も注がれていなかろうが、関係ないんだ。寒い日には自分が吐いた息が見える。暑い日には見えない。でもどちらの場合も、息はしてるんだ」

「あのなあ」しばしの沈黙のあと、アーチーが口を開く。「フィーリクストウ（イングランドの港町）を出るちょっと前、新しい型のドリルを見たんだけどな、二つに分かれるようになってて、端にいろんなのをつけられるんだ――スパナ、ハンマー、栓抜きまで。これってときには役に立つと思う。おれもあんなのが一つ欲しいなあ」

サマードはじっとアーチーを見つめ、それから頭を振った。「おい、なかへ入ろうぜ。このブルガリア料理ってやつは。どうも胸がむかつくよ。おれはちょっと寝る」

「おまえ、顔が青いぞ」アーチーは立ちあがるサマードに手を貸す。

「それはおれの罪のせいだ、ジョーンズ、罪のせいだけど、おれは犯した罪以上に非難されてるんだ（シェークスピア『リア王』の台詞）」サマードは一人でクスクス笑った。

「おまえが、なんだって？」

アーチーはサマードの片側を支え、なかへ入った。

「食べた物がさあ」サマードは気取ったイギリス風のアクセントで言う。「どうもあわないみたいだ」

サマードがキャビネットからモルヒネをくすねているのをアーチーはちゃんと知っていたが、サマードが気づかれたくないと思っているのもわかっていた。だから「もう寝ろよ」とだけ言って、サマードをマットレスのところへ連れていった。

「これが終わったら、イギリスでまた会おう、いいな？」マットレスに沈みこみながらサマードは言った。

「ああ」アーチーはブライトンの桟橋をサマードと歩く自分を思い浮かべようとした。

「おまえはめったにいないタイプのイギリス人だもんな、ジョーンズ工兵。おまえのことは友だちだと思ってる」

自分はサマードのことをどう思っているのかよくわからないまま、アーチーはサマードの感情の吐露に対して穏やかなほほえみを返した。

「一九七五年になったら、おまえはおれたち夫婦と食事するんだ。その頃には、おれたちは腹を突きだして、稼いだ金の山にすわっているぞ。とにかく、会おうぜ」

外国の食べ物がいまいちのアーチーは、おずおずと微笑む。

「おれたちは生涯を通じて友だちだぞ！」

アーチーはサマードを寝かしつけ、自分もマットレスに横になると眠る体勢を整えた。

「おやすみ、友よ」サマードの声には満足感が満ちていた。

＊

朝になると、サーカスの一団が村へやってきた。叫び声やにぎやかな笑い声で目を覚ましたサマードは、あわてて軍服を着こむと片手で銃を握った。陽光に満ちた中庭に出てみると、灰褐色の軍服を着たロシア兵たちが、交代で馬になって馬飛びをしたり、お互いの頭に乗せたブリキ缶を撃ち落としたり、棒に突き刺したジャガイモめがけてナイフを投げたりしていた。ジャガイモはみな、短い黒の小枝の口ひげをはやしている。事情を呑みこんでがっくりきたサマードは正面の階段にくずおれ、吐息をつくと、顔を陽光のほうに向け、両手をひざに置いてすわりこんだ。一瞬のち、アーチーがよろめき出てきた。ズボンを半分ずりあげただけで、敵を求めて銃を振り回し、慌てふためいて空中に一発放ってしまった。それに気づきもしないで、サーカスはつづく。サマードは気怠（けだる）げにアーチーのズボンの片足を引っ張ると、すわるようにと身振りで示した。

「いったいなにが起こってるんだ？」目をしばしばさせてアーチーがたずねる。

「なにも。まったくなにも起こってない。本当のところ、もう終わっちまったんだ」

「だけど、こいつらはひょっとしたら――」

「ジャガイモを見ろよ、ジョーンズ」

アーチーはしげしげとサマードを見つめた。「ジャガイモが、なんの関係があるんだ？」

「あれはヒトラー・ポテトだよ。野菜の独裁者だ。元独裁者だ」サマードは棒から一個引き抜いた。「ほら、小さな口ひげがあるだろ？　終わったんだよ、ジョーンズ。誰かが終わらせちまったんだ」

アーチーはジャガイモを手に取った。

「バスといっしょだよ、ジョーンズ。おれたちは戦争に乗りそこなったんだ」

アーチーはヒトラー・ポテトを突き刺していたひょろっとしたロシア兵に向かって怒鳴った。「英語話せるか？　終わってどのくらいになるんだ？」

「戦争がか？」兵隊は信じられないというように笑った。「二週間だよ、同志！　もっとやりたいなら、日本に行くんだな！」

「バスといっしょだ」サマードはまたそう言って、頭を振った。とてつもない怒りがこみ上げてきて、苦いものが喉を塞ぐ。この戦争は、サマードにとってチャンスになるはずだった。栄光に包まれて帰郷し、それから意気揚々とデリーにもどるはずだった。つぎのチャンスがいつあるというのだろう？　こんな戦争はもうないと、みんな知っている。アーチーと話をした兵士が近づいてきた。しょたっとした帽子をかぶっている。ソ連軍の夏の軍服を着ている。薄い生地で襟はハイネック、ぶかぶかだ。がっしりした腰にはベルトを締めていたが、バックルが陽光を反射してアーチーの目を射た。ぎらぎらする光が去ると、大きな開けっぴろげな顔が目の前にあった。左の目が斜視で薄茶の髪がいろんな方向へはねている。全体として、明るい朝に現れた陽気な幽霊といった印象で、口を開くと、ぴちゃぴちゃさざ波のように耳を打つ流暢なアメリカ英語が流れ出した。

「戦争が終わってもう二週間になるのに、知らなかったんですか？」

「無線が……だめで……」アーチーの言葉はとぎれてしまう。

ロシア兵はにこにこしながら、二人それぞれの手を握りしめて威勢よく振った。「平和な時代へようこそ！　ぼくたちロシア人こそ情報が少ないと思ってたのに！」彼はまた大声で笑った。それから、サマードに向かってたずねる。「ところで、ほかの仲間はどこですか？」

「ほかの仲間はいないんだ、同志。タンクのほかの仲間は死んじまったし、大隊本部はどこにいるのかわからない」

「目的があってここにいるんじゃないんですか？」

「いや……違う」アーチーは答えながら、突然恥ずかしくなった。

「目的かあ」サマードはひどく胸がむかついてきた。「戦争も終わっちまったし、おれたちはここで、べつになんの目的もないってわけだ」サマードはゆがんだ笑顔を浮かべると、いいほうの手でロシア兵と握手した。「おれはもうなかへ引っこむよ。太陽で」サマードは目を細める。「目が痛いんだ。君に会えてよかったよ」

「ああ、ぼくもです」ロシア兵はサマードの姿が教会の奥へ消えるまで目で追い、それからアーチーへ向き直った。

「変わった男ですね」

「ああ」とアーチー。「君たちはどうしてここに来たんだ？」ロシア兵が差し出した手巻きのタバコを受け取りながらアーチーはたずねた。ロシア兵と七人の仲間はポーランドへ、ひそひそ囁かれるのを耳にすることがある強制収容所を解放しにいく途中だとのことだった。ここ、トカトの西方で止まったのは、ナチを捕まえるためだった。

「だけど、ここには誰もいないよ」アーチーが愛想よく教える。「おれとあのインド人と、年寄りが何人か、それに村の子供たちくらいだ。あとはみんな死ぬか逃げるかしちまった」

「死ぬか逃げるか……死ぬか、逃げるか、か」ロシア兵はマッチ棒を指でくるくる回しながら、ひどく面白がって繰り返した。「いいフレーズだな、これは……面白い。あ、いや、ぼくだってそう思ってしまうところだったでしょうが、こっちには確かな情報があるんです――じつはあなたの国の情報部から入ったんですがね――ナチの高級官僚が、いままさにあの家に隠れているというんです。あそこにね」ロシア兵は地平線に見えている家を指さした。

「あのドクター？　子供からそいつの話は聞いてるけど。君たちみんなに追っかけられたら、恐怖のあまり糞を漏らすだろうな」アーチーはお愛想のつもりで言う。「だけど、子供たちの話じゃあ、ただの病気の男みたいだぜ。あの子たちはドクター・シックって呼んでる。おい、イギリス人じゃないんだろうな？　売国奴かなんかか？」

「え？　いや違う。そうじゃない。ドクター・マーク゠ピエール・ペレ。若いフランス人です。天才ですよ。ものすごく頭がいい。彼は科学者として戦前からナチのために働いてきた。不妊計画と、のちには安楽死政策にも関わっていて。ドイツの国内政策です。ナチに忠誠を尽くしていたんです」

「ちくしょうめ」相手の言っていることをぜんぶ理解できればいいんだが、と思いながら、アーチーは言う。「で、どうすんだ？」

「捕まえてポーランドへ連れていきます。そこで当局がしかるべく処置するでしょう」

「当局か」アーチーはまたも感心するが、かといってさほど関心を持ったわけではない。

「ちくしょうめ」

アーチーの関心が持続する時間はいつも短いうえに、同時に二つの方向を見るという、この大柄で人のいいロシア兵の変わった癖に気をとられていたのだ。

「この情報はお国の情報機関から得たものですし、ここではあなたがいちばん階級が上だ、大尉……大尉どの……」

ガラスの目だ。ガラスの目が、後ろの筋肉のせいでおかしな動きをしているのだ。

「お名前も階級も知らないもんで」ロシア兵は片目をアーチーに向け、もう片方は教会のドアにからみつくツタのほうへ向けながら言った。

「誰が？　おれか？　ジョーンズだ」アーチーはくるくる動く目の向きを追う。木、ジャガイモ、アーチー、ジャガイモ。

「では、ジョーンズ大尉。丘への遠征を指揮していただければ光栄なのでありますが」

「大尉だと——なんだって？　とんでもない、違うよ、君は誤解してる」目の磁力を振り払い、改めてディキンソン＝スミスのボタンが輝く軍服を着た自分の姿を眺めながら、アーチーは答えた。

「違うよ、おれは――」

「中尉とおれは喜んで指揮をとるよ」背後から声がした。「しばらく戦闘行為とはご無沙汰だったからな。そろそろ、戦いのまったただなかってやつにもどってもいいころだ」

サマードが正面の階段にひっそりと影のように姿を現した。これまたディキンソン＝スミスの軍服を着て、口からはさりげなくタバコが、洒落た言葉のように突きだしている。サマードはいつも見栄えがよいが、ボタンの輝く威信に満ちた軍服を身にまとうと、なおさら見栄えがした。ぎらつく陽光のなか、教会のドアにはめこまれたサマードの姿は、畏敬の念を起こさせるに充分なものだった。

「おれの友人が言おうとしたのは」サマードはいつもの魅力的なインド風イギリス英語の軽快な口調で説明する。「彼は大尉じゃないってことだ。おれが大尉なんだよ。サマード・イクバル大尉だ」

「同志ニコライであります――ニック――ペソツキー」

サマードとロシア兵はともに楽しげな笑い声をあげ、また握手した。サマードはタバコに火をつけた。

「彼はおれの部下の中尉だ。アーチボルド・ジョーンズ。さっきは変な態度をとって悪かった。どうもここの食べ物があわないんだよ。ところで、出発は今夜、暗くなってからでどうだい？　中尉？」サマードはアーチーをお互いにだけ通じる意味をこめて見つめる。

「ああ」アーチーはぶっきらぼうに答える。

「ところで、同志」マッチを壁にすりつけて火をつけながらサマードが言う。「失礼だけど——その目はガラス製かい？　本物そっくりだなあ」

「そうなんです！　サンクトペテルブルグで買ったんです。自分のはベルリンでなくしましてね。じつに本物そっくりでしょう？」

気さくなロシア兵は目を眼窩から取り出し、ぬるぬるした球を手のひらに乗せてサマードとアーチーに見せた。戦争がはじまったとき、とアーチーは考える、おれたち男はグレーブル（米国のピンナップ女優第一号）の足が写ったブロマイドに群がった。戦争が終わったら、こんどはどっかのかわいそうなやつの目玉に群がってる。ちくしょうめ。

しばらくの間、目玉はロシア兵の手のなかを右へ左へ転がり、そのうちやや長めの生命線のまんなかに安住した。目玉はアーチー中尉とサマード大尉を瞬きもせずに見つめた。

＊

その夜、ジョーンズ中尉ははじめて本物の戦争を味わった。アーチー、八人のロシア兵、カフェの主人のゴーザンとその甥が、二台の軍用ジープに分乗して、サマードの指揮のもと、ナチを捕らえるべく丘へ向かって出発したのだ。ロシア兵たちはサンブーカをがぶ飲みしたあげく、誰もが自分たちの国歌の出だしすら思い出せなくなり、ゴーザンはローストチキンを一番高い値を付けた者に売りさばき、サマードは前のジープの上に突っ立って、白い粉末で凧のように高く舞いあがり、両腕を振り回して夜の闇を切り裂きながら、へべれけになった指揮下の部隊の耳には入らず、ぶっ飛びすぎた本人にも理解できない命令をつぎつぎわめいていた。

アーチーは後ろのジープの後部にすわり、しらふで黙ったまま、友だちに畏敬の念を覚えていた。アーチーにはそれまで英雄がいなかった。父親が、よくあるようにタバコを買いに出かけてそのまま帰ってこなかったのは、アーチーが五歳のときだったし、大して本も読まなかったので、少年に頭が空っぽの英雄を提供するために書かれた多くの恐るべき本にも遭遇することがなかった——がむしゃらな暴れん坊とも片目の海賊とも恐れを知らぬ悪党とも無縁だった。だが、サマードの、将校のボタンを願いごとの泉に沈むコインのように月の光に輝かせて突っ立つその姿は、十七歳のアーチーを直撃した。顎に食らわされたアッパーカットだった。ここに、いかなる人生の急坂をものともしない男がいる、というメッセージを伴って。ここにジープに突っ立ってわめく狂人がいる、ここに友人がいる、ここに英雄がいる、アーチーが思いもしなかったようなタイプの。だが、道のりを四分の三進んだところで、たどっていた道は思いがけず細くなり、ジープはいきなり止まってしまい、英雄的な大尉どのは投げ出され、尻を宙に舞わせて後ろ向きに宙返りすることになった。

「長い、長い間、ここにはだれも来てないからなあ」ゴーザンの甥が鶏の骨をしゃぶりながら平然として言った。「これ？」彼はサマードの顔を見て（隣に着地していた）自分たちがすわっているジープを指し示す。「無理だね」

そこでサマードは、いまやアルコールそのものになったような状態の部隊を率い、自分が曾祖父の偉業を聞かされてきたようにいつの日か孫に話してやれる戦いを求めて、徒歩で丘を登っていった。進軍は、以前の砲撃の振動で丘から崩れ落ち、道のところどころにそのままになっている大きな土塊（つちくれ）に阻まれた。多くの土塊から木々の根がぐったりしなびて飛び出しており、通り抜けるには、ロシア兵たちの銃剣でなぎ払わねばならなかった。

「まるで地獄だ！」酔っぱらった足取りでそんな根っこのかたまりをくぐり抜けながら、ゴーザンの甥が腹立たしげに言う。「なにもかもが地獄みたいだ！」

「あいつを許してやってほしい。若いから、感じやすいんだ。だけどなあ、あいつの言うとおりだ。これは――なんと言ったらいいか――わしらの争いではなかったんだよ、ジョーンズ中尉」ゴーザンは友人たちの突然の昇進について口をつぐんでいる代わりにブーツを二足もらっていた。「これをいったいどうすればいいんだ？」酔いと気持ちの高ぶりから、ゴーザンは涙を拭った。「わしらはどうしたらいいんだ？　わしらは平和な民族だ。

戦争に巻きこまれるのはごめんだ！　この丘は——以前は美しかった、花や小鳥の鳴き声、わかるか？　わしらは東の人間だ。西の戦争がなんでわしらに関係ある？」

アーチーは本能的にサマードのほうを向いた、またなにかしかるべきことを言ってくれるだろうと思ったのだ。だが、ゴーザンの言葉が終わらないうちに、サマードはいきなり歩調を早め、一瞬ののちには走り出して、銃剣を振り回す酔っぱらったロシア兵たちを追い越していってしまった。ものすごい早さだったので、すぐにサマードの姿は見えなくなった。角を曲がって夜の闇に吸いこまれてしまったのだ。アーチーはちょっと迷ったが、ゴーザンの甥にぎゅっと摑まれていたのを振り離すと（彼はちょうどアムステルダムで会ったキューバ人の娼婦の話をはじめたところだった）、銀のボタンがきらめくのが最後に見えた場所、山道が気ままに形づくる急な曲がり角の一つへ向かって走りだした。

「イックボール大尉！　待ってくれ、イックボール大尉！」

アーチーは走りつづけた。何度も呼びかけ、懐中電灯を振ったが、照らし出されるのは次第に奇怪なものの姿に見えてくる下草ばかり。ここには男が、こちらにはひざまずいた女が、こんどは三匹のイヌが月に向かって吠えている。アーチーはしばらくの間、こんなふうによろよろと闇をさまよった。

「懐中電灯をつけてくれ！　イックボール大尉！　イックボール大尉！」

答えはない。

「イックボール大尉！」

「なんでおれをそんなふうに呼ぶんだ」すぐ近く、右手のほうで声がした。「おれがそんなもんじゃないって、知ってるくせに」

「イックボール？」そう聞き返したときに、アーチーの明かりが偶然サマードを捕らえた。丸石にすわり、頭を両手に埋めている。

「なんで——おまえはそこまでバカじゃないだろ——ちゃんと知ってるじゃないか、おれが本当はイギリス軍の兵卒だって、知ってるじゃないか」

「もちろん。だけど、これでやっていかなきゃならないだろ？　おれたちの偽装だもんな」

「おれたちの偽装？　なんとまあ」サマードはクスクス笑ったが、その笑い方はアーチーに不気味な印象を与えた。顔を上げたサマードの両目は充血して、いまにも涙があふれそうだった。「これをどう思う？　おれたちはバカな真似をしてるだけなんだろうか？」

「いや、おれは……大丈夫か、サム？　なんだか変だぞ」

サマードは自分が変であることに薄々気づいていた。その夕方早く、両目の瞼に例の白い粉末を一筋ずつ入れたのだ。モルヒネは頭をナイフの刃のように鋭くし、切り開いた。効果が続いている間は派手やかに雄弁になったが、そのあと、解き放たれた思考はアルコールの澱みでのたうつにまかされ、サマードをまがまがしい谷間に落としこんだのである。

サマードは今夜の自分の姿を顧みたが、それは醜かった。自分がいる場所を顧みた――ヨーロッパの終焉を見送るお別れパーティーだ――そして、東の世界に焦がれた。目を落として、役立たずの五本の付属物がついた役立たずの手を見る。肌を見る、日に焼けてチョコレート色になった肌を。頭をのぞきこむ、バカげた会話でバカになり、よどんだ死の刺激で鈍くなった頭を。そしてかつての自分に焦がれた。博識でハンサム、色白のサマード・ミアーを。とても大事にされて、母親は息子を陽の光にもあてないようにし、いちばん良い師につけ、日に二度、亜麻仁油（あまにゅ）を体中に塗りこんでくれた。

「サム？　サム？　おまえ、まともじゃないみたいだぞ、サム。頼むよ。あいつらがすぐやってくるぞ……サム？」

　自己嫌悪に陥ると、いちばん手近な人間に当たり散らすものである。しかしながら、それがアーチーであったということ、およそ感情を表すには向いていない不細工な顔に優しい気遣いを浮かべて、不安や怒りがごっちゃになった表情を浮かべてこちらを見おろしているアーチーであったということは、サマードにとって、とりわけ苛立たしかった。

「おれのことをサムと呼ばないでくれ」サマードはうなるように言った。アーチーが聞いたことのない声音だ。「おれはおまえのイギリス人のオトモダチじゃないんだ。おれの名前はサマード・ミアー・イクバルだ。サムじゃない。サミーでもない。それに――断じて――サミュエルでもないぞ。サマードなんだ」

アーチーはすまなそうな顔をした。

「まあ、とにかく」サマードは感情的な場面を避けたくなり、急にきっぱりした口調になった。「ちょうどおまえに聞いてもらいたかったんだ、おれは疲れてるってことを、ジョーンズ中尉。おれは、おまえが言うようにちょっと変なんだ。ひどく疲れてるんだよ」サマードは立ちあがったが、よろめいてまた丸石にすわりこんだ。

「立てよ」アーチーが怒鳴りつける。「立てったら。いったいどうしちまったんだ?」

「そうだ、おれはひどく疲れてる。で、考えてたんだ」サマードは銃をいいほうの手でつかんだ。

「銃をしまえ」

「おれはもうめちゃめちゃだって考えてたんだよ、ジョーンズ中尉。なんの未来もない。おまえは驚くかもしれないけど——もうとても強気にはなれない——事実は事実だ。おれに見えるのはただ——」

「そいつをしまえよ」

「闇だけだ。おれは不具だ、ジョーンズ」サマードが体を揺するのにあわせて、銃はいいほうの手のなかで陽気に踊った。「おれの信仰も不具になった、わかるか? おれにはいま、なにもぴったりくるものがない、慈悲深き全能のアッラーでさえもだめなんだ。おれはどうしたらいい、この戦争が終わったら、もうすでに終わっているこの戦争のあとは

——どうしたらいい？　ベンガルへもどるか？　それともデリーへ？　でも誰がいったいこんなイギリス人を雇うだろう？　イギリスへ行くか？　誰がこんなインド人を雇う？　彼らはおれたちのアイデンティティーと引き替えに独立を約束する。だけどそれは悪魔の取引だ。おれはどうしたらいい？　ここに残るか？　どこかへ行くか？　どこの研究所が片手の男をほしがるだろう？　おれに何ができる？」

「いいか、サム……おまえのやってることはバカげてるぞ」

「そうかい？　で、こうなるわけか？」サマードは立ちあがり、石に躓いてアーチーに倒れかかった。「おまえをクソ兵卒からイギリス軍中尉に昇進させてやったのに、これが礼か？　いてほしいってときに、どこにいるんだよ？　ゴーザン！」サマードは太ったカフェの主人に怒鳴る。ちょうど角を曲がろうとひどく汗をかいて苦労しているところだ。「ゴーザン、我がムスリムの友よ——いったいこれは正しいのか？」

「やめろ」アーチーがさえぎる。「みんなに聞かせるつもりか？　やめとけよ」

サマードの銃を握った腕が闇から飛び出してきてアーチーの首に巻きつき、銃と二人の頭がいっしょくたにくっつきあうというおぞましいことになった。

「おれに何ができる、ジョーンズ？　この引き金を引いたとしたら、おれがこの世に残す痕跡はなんだ？　インド人、裏切り者の、イギリス人みたいなインド人、片手の利かないホモみたいな軟弱男、遺体といっしょに国に送ってもらうメダルもない」サマードはアーチーを離して、代わりに自分の襟を鷲摑みにした。

「これをとっといてくれ、頼むから」アーチーは自分の下襟から三個取り、サマードに放った。「どっさりあるんだから」

「それに、あのちょっとした問題はどうする？　おれたちが脱走兵だってわかってんのか？　事実上脱走兵だって？　まあちょっと振り返って、友よ、自分の姿を見てみろよ。おれたちの指揮官は死んだ。おれたちは彼の軍服を着て、士官たちを指揮してる。おれたちより上の位の連中を。どうやって？　嘘をついて、だ。これでおれたちは脱走兵だってことにならないか？」

「戦争は終わったんだ！　それに、おれたちは部隊と連絡をとろうとしたじゃないか」

「したか？　なあ、アーチー、したかな？　本当か？　おれたちは脱走兵みたいにただべんべんと、周囲で世界が崩壊しているというのに教会に隠れてたんじゃないのか、戦場で人が死んでるというのに？」

アーチーがサマードから銃を取り上げようとして、二人は取っ組みあいになり、サマードは半端ではない力でアーチーに殴りかかった。向こうのほうから、仲間のごちゃ混ぜ集団が角を曲がって来るのがアーチーの目に映った。黄昏のなか、灰色の大きなかたまりが右へ左へよろめきながら「刺青(いれずみ)の女リディア」を歌っている。

「ほら、声を落とせ。落ち着けよ」アーチーはサマードを放した。

「おれたちはペテン師だ。他人のコートを着た裏切り者だ。おれたちは義務を果たしたか、アーチボルド？　果たしたか？　ほんとうに誠実に？　おれは自分といっしょにおまえまで引きずりおろしちまった、アーチー、そのことに関してはすまないと思ってる。本当のところ、これがおれの運命だったんだ。ずっと昔からすでに定められていたことなんだ」

——おおリディア、おおリディア、おお、君はリディアに会ったかい、

おおリディア、刺青のぉぉぉぉ女！

サマードはうつろな表情でピストルを口に突っこみ、撃鉄を起こした。

「イックボール、聞いてくれ」とアーチー。「大尉や、ロイや、ほかのやつらと、あのタンクに乗っていたとき」

——おおリディア、刺青の女王！　その背中には、ワーテルローの戦いが……

「おまえはいつも英雄になることがどうとかって、話してたじゃないか——おまえの大伯父さんみたいにさ、ナントカって名前だったよな」

——その横には、ヘスペラス号の残骸も……

サマードは銃を口から出した。

「パ、ン、デー。曾、祖、父だ」そしてまた銃を口にもどす。

「で、やってきたんじゃないか——チャンスが——目の前にあるんだぞ。おまえはバスに乗り遅れたくなかったんだろ。おれたちは乗り遅れないよ。これをまともにやれば、乗り

遅れないですむんだ。だから、そんなバカなまねはやめろよ」

――そして波の上には誇らしげに、赤、白、青の三色旗がぁぁぁぁ
　リディアはたくさんのことを教えてくれる！

「同志！　いったいどうしたんだ？」

　二人が気づかないうちに、あの愛想のいいロシア兵が背後に来て、おびえた顔でサマードを見つめていた。棒つきキャンディーみたいに銃を口に突っこんでいるところを。

「掃除してたんだ」サマードは口ごもりながらそう言うと、明らかに狼狽（ろうばい）した様子で銃を口から出した。

「こういうふうにするんだ」アーチーが説明する。「ベンガルじゃね」


　十二人の男たちが丘の上の大きな古い家で遭遇することを期待していた戦争は、瓶詰めにして孫に自分の青春の記念として手渡したいとサマードが思っていた戦争は、そこにはなかった。ドクター・シックはまさにその名のとおり、薪の燃える火の前で肘掛け椅子にすわっていた。病人（シック）。膝掛けをかぶって体を丸めている。顔色が悪い。痩せこけている。軍服は着ていない。白の開襟シャツに黒っぽいズボン。年も若い、二十五は越していないだろう。そしてドクターは、みなが銃を構えて押し入っても、たじろぎもしなければ抗議しようともしなかった。まるで気持ちのいいフランスの農家に、みんなしてちょっと立ち

寄ったような感じだった。軽率にも招待なしに押しかけた、しかもディナーの席に銃を持って、といった具合。部屋は女性をかたどった小さなかさをかぶせたいくつものガスランプでくまなく照らされ、明かりの踊る壁面にはブルガリアの田園を描いたひとつながりの八枚の絵が掛けられていた。五枚目に、自分の教会があるのにサマードは気づいた、地平線に小さく薄茶で描かれている。絵は間隔をあけて掛けられ、部屋をパノラマのようにぐるっと囲んでいる。額縁もない、お粗末な現代調絵画の九枚目は、暖炉のすぐ際のイーゼルに置かれ、まだ絵の具が乾いていなかった。十二の銃が画家に向けられた。皆のほうへ向き直った画家のドクターの顔には、血がにじんだような色合いの涙が伝っていた。

サマードが前へ出た。サマードは銃を口に突っこんで度胸試しをすませていた。途方もない量のモルヒネを摂取してモルヒネの作り出す穴に落ちたが、生き延びた。恐いものなしだ、とサマードはドクターに近づきながら思った、いったん絶望をかいくぐったら。

「ドクター・ペレットかね？」サマードの英国風の発音にフランス男はびくりとし、また も頬に血の涙を流した。サマードは銃を男に向けている。

「私がそうですが」

「それはどうしたんだ？　おまえの目だよ」サマードが聞く。

「糖尿病からきた網膜症なんです、ムッシュー」

「なんだって？」サマードは銃を構えつづけながら、せっかくの栄光の瞬間をおよそ英雄的ではない医学問答で損なわないようにしなくては、と思った。

「つまり、私はインシュリンを摂取しないと、血を流すんですよ、友よ。目からね。おかげで私の趣味に」ドクターは周囲の絵を身振りで示した。「少なからぬ困難が生じます。五十枚になる予定だったんです。百八十度の眺望ですよ。だが、どうもあなた方にじゃまされそうだ」ドクターはため息をついて立ちあがった。「で、私を殺すつもりですか、友よ？」

「おれはおまえの友だちじゃない」

「いや、あなたが友だちだとは思っていません。で、あなたは私を殺すつもりなのですか？　こんな言い方は失礼ですが、あなたはハエを叩きつぶせるほどの年には見えませんがね」ドクターはサマードの軍服を見た。「おやおや、ずいぶんとお若いのに、その年でよくそこまで昇進なさいましたね、大尉(モン・デュー)」サマードは、アーチーのぎょっとした顔を目の隅で見ながら、落ち着かなげに身じろいだ。そして、両足の間隔を少し広げてしゃんと背筋を伸ばした。

「すみません、しつこいと思われるかもしれませんが……あなたは、やはり、私を殺すおつもりですか？」

サマードの腕はしゃんとして、銃はぴくりとも動かない。この男を殺せる、この男を冷酷に殺せる。サマードは闇の被(おお)いも戦争という口実も必要としなかった。サマードはドクターを殺すことができたし、双方ともそれはわかっていた。ロシア兵が、インド人の目の表情を見て取って、前へ踏み出した。「失礼ですが、大尉どの」

サマードが黙ったままドクターと向きあっているので、ロシア兵はもっと前へ進み出た。

「われわれはこの件に関してどんなつもりもない」ロシア兵はドクター・シックに向かって言った。「われわれはあなたをポーランドに護送するよう命令を受けている」

「で、そこで私は殺されるのですか？」

「それは当局が決めることだ」

ドクターは首を傾げて目を細めた。「こういうことは……こういうことはちゃんと教えてもらいたいもんです。教えてもらうのは、非常に重要なことです。礼儀じゃないですか、少なくともね。殺されるのか、それとも命が助かるのか教えてもらうっていうのは」

「それは当局が決めることだ」ロシア兵が繰り返した。

サマードはドクターの背後に回ると、後頭部に銃を突きつけた。そして、「歩け」と命令した。

「当局が決めること、ですか……平和時っていうのは、なかなか文明的じゃありませんか」十二人の男に銃を頭に向けられ、家から連れ出されながら、ドクター・シックはそう言った。

＊

その夜遅く、丘の麓で、部隊は手錠を掛けたドクター・シックをジープに残し、カフェに移動した。

「ポーカーはやりますか？」店に入ると、陽気なニコライがサマードとアーチーにたずねた。

「なんでもやるよ、おれは」とアーチー。

「もっと適切にたずねるならば」サマードはすわりながら、にやっとする。「ポーカーは上手いか、と言うべきだね」

「で、どうなんです、イクバル大尉？」

「名人級だ」サマードは配られたカードを取ると、片手で扇形に広げた。

「さて」ニコライは皆にサンブーカを注ぎ足す。「われらが友イクバルは自信満々だから、少な目なところではじめたほうがいいかな。まずタバコではじめて、あとは成り行き次第にしよう」

タバコはメダルになり、メダルは銃になり、銃は無線機になり、無線機はジープになった。真夜中までに、サマードはジープ三台、銃七丁、メダル十四個、ゴーザンの妹の家に付属している土地、馬四頭とニワトリ三羽にアヒル一羽を譲り渡すという証書を手に入れた。

「友よ」ニコライ・ペソツキーの暖かく開けっぴろげな雰囲気は、心配げな沈鬱さに取って代わっていた。「こちらに取り返すチャンスを与えてもらわなきゃ。このままぜんぶ引き渡すなんてことは、できませんからね」

「おれはドクターが欲しい」サマードは、びっくりした表情で酔っぱらってすわっているアーチボルド・ジョーンズと目をあわさないようにしながら言った。「おれが勝った分の代わりに」

「いったい、いったい何のために？」ニコライは驚いて、椅子に体を沈めた。「何の役にたつんです――」

「個人的な理由だ。今夜あいつをもらいたい、おれたちだけにしてほしいんだ。そして、この件に関しては、報告しないでほしい」

ニコライ・ペソツキーは自分の両手を見てからテーブルを見回し、また両手を見た。それから、ポケットの鍵を取り出すとサマードに投げて寄越した。

外に出ると、サマードとアーチーはドクター・シックがダッシュボードにもたれて眠っていたジープに乗りこみ、エンジンをかけて闇のなかへ発進した。

村から三十マイル離れたところで、ドクター・シックは自分に迫りつつある未来をめぐる、声を殺した言い争いに目を覚ました。

「だけど、どうして？」とアーチー。

「なぜかというと、おれの考えでは、問題はまさに、おれたちは手を血で汚すことが必要だってことなんだ、わかるか？　あがないだよ。わからないか、ジョーンズ？　おれたちはこの戦争でろくなことをしてこなかった、おまえもおれも。大いなる悪と対決し損なっちまって、いまじゃもう遅い。ただし、おれたちにはあいつがいる、チャンスがあるんだ。聞くけどな、この戦争はなんのためだったんだ？」

「バカなこと、言わないでくれ」返事の代わりにアーチーは怒鳴る。

「将来おれたちが自由でいられるように、だよ。問題はつねに、どんな世界で子供たちに大きくなってもらいたいか、だ。でも、おれたちはなにもしてこなかった。おれたちは道義上の十字路に立ってるんだよ」

「あのなあ、おれにはおまえが何をゴタゴタ言ってるのかわからないし、わかりたくもない」アーチーはぶっきらぼうに言い返す。「まずこいつを放り出すんだ」――アーチーは半分目が覚めていないシックの方を指す――「軍の駐屯地を見つけ次第な。それから、おまえとおれはべつの道を行く。おれが関心のある十字路はそれだけだ」

「気がついたんだが、世代っていうのは」何マイルも何マイルも、どこまで行っても同じ平坦な土地を飛ばしながら、サマードはつづけた。「お互いに話しかけているんだ、ジョーンズ。直線じゃない。人生は直線じゃないんだよ――手相を観るようにはいかないんだ――円になっていて、語りかけてくる。だから、運命を読むことはできない。運命は体験しなきゃならないんだよ」サマードはまたもモルヒネが自分に教えを授けてくれるのを感じた――この世のすべてについて、壁に書かれたすべてについて――すばらしい啓示を。

「この男が誰か知ってるか、ジョーンズ？」サマードはドクターの後ろ髪をつかむと、顔を後部座席のほうへねじ曲げた。「ロシア兵たちが教えてくれた。こいつは科学者だ、おれのような――でも、こいつの科学はなんだと思う？　生まれてきていい人間といけない人間を選り分けることだ――人間をニワトリ扱いで繁殖させて、特定の条件にあわなければ抹殺する。こいつは未来を支配したいんだ。特定の人種を、不滅の人種を望んでいる、この世の最後をも生き抜くような。だけど、そんなこと、研究室でできるはずがない。信仰でこそなされるべきだし、それしか方法はないんだ！　アッラーのみが救い給う！　おれは信心深い男じゃない――信仰を支えにしたことはない――でも、真実を否定するほど馬鹿でもない！」

「ああ、だけど、おまえは言ったじゃないか、おまえたちの問題じゃないって、言っただろ。丘の上で――確か言ったよな」サマードの矛盾を突いたと思いこんで、アーチーは興奮しながらまくしたてた。「だから、だから、だから――だから、たとえこいつが……なにをやろうとだ――それはおれたちの問題だって言っただろ、おれたち西の人間の、おまえはそう言ったぞ」

ドクター・シックはふたたび血の涙を川のように流していたが、まだサマードに髪をつかまれたままで、舌を喉に詰まらせてげえげえ言いはじめた。

「気をつけろ、窒息させちまうぞ」アーチーが注意する。

「それがどうした！」サマードが反響する物のない景観に向かって怒鳴る。「こういう連中は生体の諸器官が思いどおりになると思っている。体について、科学は崇拝しても、その体を与えてくれたものを崇拝しようとはしない！　こいつはナチだ。いちばんたちの悪いやつだ」

「だけどおまえは言ったじゃないか——」アーチーは言い張る、あくまで譲るまいとしているのだ。「おまえには関係のないことだって、言ったよな。おまえの問題じゃないって。このジープで、誰かがこのイカれたドイツ野郎を片づける正当な理由を持っているとすればそれは——」

「フランス人だ。そいつはフランス人だよ」

「わかった、フランス人だ——で、誰に片づける正当な理由があるかと言えば、おそらくおれだな。おれたちが戦ってきたのは、イギリスの未来のためだ。イギリスのためなんだ。つまり」アーチーは脳の襞を探る。「デモクラシーとか、日曜のディナーとか、それから……それから……遊歩道とか桟橋とか、それにソーセージとマッシュポテトとか——そういったおれたちのもののためだ。おまえたちのじゃない」

「そのとおりだ」とサマード。

「なんだって？」

「おまえがやるべきだ、アーチー」

「じょうだんじゃない（アイ・シュッド・ココア）！」

「ジョーンズ、運命がおまえを見つめているんだぞ、それなのにここでおまえはサラミをしごくつもりか」サマードは意地悪く笑いながら言った。まだ助手席にいるドクターの髪を摑んだままだ。

「あわてるなよ」アーチーは目を道路へそむける。サマードがドクターの首をへし折らんばかりにねじ曲げたのだ。「いいか、おれはべつにそいつを殺す必要がないと言ってるわけじゃないんだぞ」

「じゃ、やれよ。やるんだ」

「だけど、なんでそんなにおれにやらせたいんだ？　知ってるだろ、おれは人を殺したことがない——こんなふうに、直接にはな。車のなかで人を殺したりすべきじゃない……そんなこと、おれにはできないよ」

「ジョーンズ、これは単に、いざというときに何をするかという問題なんだ。おれはこの問題に非常に興味がある。今夜は長らく抱きつづけた信念の実地適用だ。実験だよ、言ってみれば」

「おまえの言っていることはわからないよ」

「おれは、おまえがどんな人間か知りたいんだ、ジョーンズ。おまえになにができるか知りたい。おまえは臆病者か、ジョーンズ？」

アーチーはジープを乱暴に停めた。

「こんなふうにしたのは、おまえじゃないか、おまえだろ」

「おまえにはよりどころというものがない、ジョーンズ」サマードはつづける。「信仰もなければ、政治的信念もない。自分の国のことだって気にしていない。おまえの仲間がおれの仲間を征服したなんて、まさに謎だよなあ。おまえはサイファ（ゼロ、取るに足らない人間）だ、ちがうか？」

「なんだって？」

「そしてバカだ。おまえが誰か、どんな人間かって子供に聞かれたときに、なんて言うつもりだ？　おまえ、わかってるのか？　ほんとうにわかってるのか？」

「じゃあ、そんな空想家のおまえはいったいなんなんだ？」

「おれはムスリムで、男で、息子で、信ずる者だ。おれは最後の時を生き延びる」

「おまえは酔っぱらいで、その上——ヤク中だ。今夜だって、クスリをやってんだろう？」

「おれはムスリムで、男で、息子で、信ずる者だ。おれは最後の時を生き延びる」サマードは詠唱のように繰り返した。

「で、それはいったいどういう意味なんだよ？」アーチーは怒鳴りながらドクター・シックをつかまえた。血で覆われた顔を自分のほうへ、鼻と鼻がくっつかんばかりに近づける。

「おまえは」アーチーが吼える。「おれと来るんだ」

「行きます、でもムッシュー……」ドクターは手錠を掛けられた手首をあげてみせた。

アーチーは錆びた鍵でなんとか手錠を外し、ドクターをジープから引きずり出すと、道路から離れて闇のなかへと歩きはじめた。銃をピタリとドクター・マーク＝ピエール・ペレの頭蓋の下部に向けて。


「私を殺すつもりですか？」ドクター・シックは歩きながらたずねる。

「そうみたいだな、だろ？」とアーチー。

「命乞いをしてもいいですか？」

「やりたいならやりな」アーチーは相手を追い立てつづけた。


ジープのなかで、五分ほどたってから、サマードは一発の銃声を聞いた。思わず飛びあがった。そして、嚙みつく肉を探して手首をはっていた虫を叩きつぶした。頭を上げると、前方にもどってくるアーチーが見えた。血を流してひどく足をひきずっている。ヘッドライトを上げ下げすると、その姿は見えたり見えなくなったり、照らし出されたり闇に紛れたりした。まだ若い。光でブロンドの髪が透けるようだ。照らし出された丸い顔は大きな赤ん坊のようだった、頭を先にして、この世に生まれてくる。

サマード

1984, 1857

「クリケット診断——彼らはどちらを応援するのか？……まだ自分のルーツを見つめているのか、それとも自分がいまいるところか？」

——ノーマン・デビット（英国保守党の政治家）

6　誘惑に悩むサマード・イクバル

子供たち。サマードは病に感染するように子供たちに感染していた。そうだ。サマードは嬉々として二人の子供の父親となったのである――この上なく嬉々として――が、こんなことは予想していなかった。こんなことは誰も教えてくれない。この、子供を知るということについては。四十数年というもの、人生というハイウェイを楽しく旅してきながら、その道路にそって点々と、各サービスステーションの保育施設に社会の下位階級が、ビイビイ泣いたりゲエゲエもどしたりする下層階級が存在することに、サマードは気づいたことがなかったのである。彼らについてはなにも知らず、彼らと関係もなかった。ところが、八〇年代の初めに突然、サマードは子供に感染してしまったのである。他人の子供たちにも、自分の子供たちの友だちにも、そのまた友だちにも、さらにはテレビの子供番組の子供たちにも。一九八四年には、サマードの社会的・文化的交際範囲の少なくとも三〇パーセントが九歳以下であった――そして、こういった事情の結果、必然的にいまの地位に落ち着くことになったのである。サマードはＰＴＡ役員となっていた。

奇妙にシンメトリカルなプロセスによって、ＰＴＡ役員になることは、親になる過程を完璧に反映している。はじまりは無邪気なものだ。何気なくはじまる。毎年恒例のにぎやかなスプリング・フェアへ行き、ラッフル（番号つきの券を売り、当たった人に賞品を渡すくじ）の券を売る手伝いをし（美人で赤毛の音楽教師に頼まれて）、ウィスキーを当てる（学校のラッフルはみんな八百長だ）。そして、知らないうちに、毎週開かれる学校の評議委員会に出るようになり、コンサートを企画し、新しく音楽科を設ける計画について討議し、水飲み場を新しくするために寄付をしている——学校にしっかり巻きこまれている、学校と関係ができてしまう。そのうち、子供を校門でおろすのをやめる。いっしょになかへ入るようになるのだ。


「手をおろして」

「おろす気はないね」

「おろしてよ、頼むから」

「ほっといてくれ」

「サマード、どうしてもわたしに恥ずかしい思いをさせたいの？　手をおろして」

「おれは意見があるんだ。おれには意見を持つ権利がある。そしてその意見を表明する権利もな」

「そりゃそうだわ。だけど、そんなにしょっちゅう表明しなきゃならないもんなの？」

これはサマードとアルサナ・イクバルとのあいだで、小声で交わされた会話である。二人は、八四年七月のはじめ、水曜日に開かれる学校の役員会で後ろのほうにすわっていた。アルサナは、なんとかサマードの強情な左腕を下にもどそうと懸命だった。

「放せ、こいつめ！」

アルサナは小さな両手でサマードの手首を押さえ、ぎゅうぎゅうねじる。「サマード・ミアー、あなたにバカなまねをさせたくないだけだっていうのが、わからないの？」

密かな格闘がつづくなか、ぴちぴちのジーンズをはいて、ひどい縮れ毛で出っ歯の、痩せこけた白人の離婚女性である議長のケイティー・ミニヴァーは、必死にサマードと目をあわすまいとしていた。彼女は心密かにミセス・ハンソンを、サマードのすぐ後ろにいる、学校果樹園の木食い虫被害について発言している太った女性を呪った。その粗忽な行為のおかげで、サマードがしつこく挙げる手に気づかない振りをすることができなくなったのだ。遅かれ早かれサマードに発言させねばならない。ミセス・ハンソンに向かってうなずく合間に、彼女は、左側で書記のミセス・キルナーニが記している議事録にこっそり目を走らせた。自分の思いこみではないと確かめたかったのである。自分は不公平でもなければ民主主義に反してもいないし、さらにいまわしい人種差別主義者でもない（だって、レインボー連合（政治活動をしているマイノリティー・グループの連合）が出しているすばらしいパンフレット、『カラーブラインド』もちゃんと読んで、自己診断ではいい得点をあげているし）、深く浸透し社会的な枠組みと化している意識にものぼらないような類の人種差別をしているわけでもないのだと。いや、違う、違う。自分がおかしいわけではない。どこをとってみても、問題ははっきりしている。

13・0　ミセス・ジャネット・トロットは、運動場にジャングルジムをもう一つ設置することを提案。現在のジャングルジムは非常に多くの子供たちが使用しており、混みあって危険が生じることがあるため。ミセス・トロットの夫君である建築家ハノーヴァー・トロットは、学校のために無償でジャングルジムの設計と施工監督を担当してくれるとのこと。

13・1　議長は異議のないことを確認。提案は票決に付されるものとする。

13・2　ミスター・イクバルは、なぜ西洋の教育システムは頭や心の活動よりも体の活動を重視するのか、と質問。

13・3　議長は、この質問は本題と関係ないのではないかと疑問を呈する。

13・4　ミスター・イクバルは、氏が主張を詳述した書類を提出するまで票決を延期するよう要求、加えて、氏の二人の息子マジドとミラトに関しては、運動は頭を床につけた逆立ちだけで充分である、筋肉を鍛え、血液を送りこんで脳の体性感覚皮質を刺激する効果もあるから、と強調。

13・5　ミセス・ウルフは、ミスター・イクバルは夫人の娘スーザンも逆立ちを強制されたほうがいいと思っているのかと質問。

13・6　ミスター・イクバルは、スーザンの成績や体重を考えると、逆立ち健康法を実行したほうがいいかもしれないと返答。

「はい、ミスター・イクバル？」

サマードは襟をつかんだアルサナの指を振り払い、必要もないのに立ちあがると、クリップボードにはさんだ数枚の紙をめくり、目当ての一枚を取り出すと、前にかざして見せた。

「動議があります、動議があります」

かすかな不満のさざ波が集まった役員たちに走り、少しの間、姿勢を変えたり体を掻いたり足を組みかえたりカバンのなかを探ったり椅子の上のコートを置き直したり、といったざわめきがつづいた。

「またですか、ミスター・イクバル？」

「はいそうです、ミセス・ミニヴァー」

「あなたは今夜、もう十二の動議を出しているんですよ。誰かほかにも——」

「いや、これは非常に重要で、延ばすわけにはいかんのです、ミセス・ミニヴァー。ちょっとだけ——」

「ミズ・ミニヴァーです」

「ええ？」

「いえあの……ミズ・ミニヴァーなんです。今夜ずっとあなたは……だからその……つまり、ミセスじゃないんです。ミズです。ミズ」

サマードは不審げにケイティー・ミニヴァーを見やってから、そこで答えを見つけようとするかのように自分の書類を見つめ、また悩める議長に視線をもどした。

「失礼ですが？　結婚していないんですか？」

「離婚したんです、じつは、そう、離婚です。名前はそのままなんですけど」

「ああそうですか。それは大変でしたねえ、ミス・ミニヴァー。さて、私の動議は——」

「失礼ですが」ケイティーは手に負えない髪を指で梳きながら言う。「ええっと、ミスでもありません。すいませんけど。結婚はしてましたからね、だから——」

女性活動グループの二人の友人、エレン・コーコランとジャニーン・ランゼラーノがケイティーに励ますような笑顔を向ける。エレンは、泣いちゃだめよと頭を振る（だって、せっかく立派にやってるんだもの、ほんとに立派よ）。ジャニーンは「その調子」と声に出さずに口を動かし、こっそり親指を立てて見せる。

「どうもあまり聞いていて気分がよくないもので――結婚してるかどうかなんて、関係のないことだとは思いますけど――べつにあなたにばつの悪い思いをさせるつもりはないんです、ミスター・イクバル。ただ、気分の問題なんですけど――もしあなたが――だから、ミズなんです」

「ミズ――？」

「ミズです」

「で、それはミセスとミスを合体させたものかなんかですか？」サマードは心底興味を抱き、ケイティー・ミニヴァーの下唇のふるえには気づかずにたずねた。「夫を失った、あるいはべつのをつかまえる見こみがない女性を指すわけですかね？」

アルサナはうめいて、頭を両手に埋めた。

サマードは自分のクリップボードを見て、ペンでなにかに三度線を引き、また役員たちに顔を向けた。

「収穫祭のことです」

姿勢を変える。体を掻く。足を組みかえる。コートを置きなおす。

「で、ミスター・イクバル。収穫祭がどうしたんですか?」とケイティー・ミニヴァー。

「それこそ、まさに私が知りたいことです。いったい、収穫祭がどうしたっていうんですか? なんだっていうんです? なぜ収穫祭なんです? なぜ私の子供たちが収穫祭を祝わなければならないんですか?」

くっきりカットしたブロンドのボブヘアーに優しい顔を半分かくした上品な校長のミセス・オーウェンズが、ケイティー・ミニヴァーに、自分が話すと身振りで合図した。

「ミスター・イクバル、宗教的な祝いごとの問題は、秋の反省会できちんと話しあったはずです。あなたもお気づきかと思いますが、学校はすでにさまざまな宗教的、非宗教的な行事を受け入れています。たとえば、クリスマス、ラマダーン（イスラム教徒が日の出から日没まで断食する月）、中国の正月、ディワーリ（ヒンドゥー教の灯明の祭）、ヨーム・キップール（ユダヤ教、贖罪の日）、ハヌカー（ユダヤ教、宮清めの祭）、ハイレ・セラシエ（エチオピア皇帝）の誕生日、マーティン・ルーサー・キングの命日。収穫祭は、宗教的多様性に対する学校の取り組みの一環なんです、ミスター・イクバル」

「わかりました。ところで、ミセス・オーウェンズ、マナー校には異教徒は多いんですか?」

「異教徒って——いったいどういう意味で——」

「簡単なことです。キリスト教のカレンダーには三十七の宗教行事があります。三十七です。イスラム教のカレンダーには九つだけです。たった九つ。しかもそれらはこの凄まじいキリスト教の祝日の頻発によって押し出されているのです。というわけで、私の動議は簡単です。キリスト教のカレンダーから異教徒の祝日をすべて取り除いたら、だいたい」

――サマードは話を中断してクリップボードを見る――「三十日空くから、子供たちはそれを利用して十二月にはライラ・アルカドル（ムハンマドにコーランが下った日）、一月にはイード・アルフィトル（断食明けの祭）、四月にはイード・アルアドハー（犠牲祭）を祝うことが出来ます、たとえばね。そしてまず最初に消えるべき祝日は、私に言わせれば、収穫祭なのです」

「失礼ですが」ミセス・オーウェンズは、にこやかではあるが断固とした笑顔で、聴衆を前に気の利いた皮肉を放ってみせた。「キリスト教の祝日を地上から一掃することはわたしの権限をいささか越えています。そうでなければ、クリスマス・イブをなくしてしまって、プレゼントを靴下に詰めこむ重労働から解放されたいところですけど」

サマードはこの発言で広がったくすくす笑いを無視し、なおも主張をつづけた。「ですがね、私の言いたいのはここなんです。この収穫祭というのは、キリスト教の祭礼ではないでしょう。聖書のどこに、『汝、両親の戸棚より食料を盗み、それらを学校の集会へ持ち来たり、また、母親に魚の形をしたパンを焼かせしむるべし』なんて書いてあるんですか？　これは異教徒的な観念じゃないですか！　どこに書いてあるか教えてくださいよ、『汝、冷凍のフィッシュフィンガーを一箱、ウェムブリーに住むしわくちゃババアのところへ持っていくべし』なんてね」

ミセス・オーウェンズは眉をひそめた。皮肉には慣れていないのだ。教師がよく言う、「わたしたちは物置にいるんですか？　きっと、あなたは自分の家も物置みたいにしてるんでしょう！」なんていうのでもないかぎり。

「ですが、ミスター・イクバル、収穫祭をつづける価値のあるものにしているのは、まさにそういった慈善活動の面じゃありませんか？　お年寄りに食べ物を運ぶことは、わたしにはすばらしい考えに思えますけれど、聖書が奨励していようといまいと。クリスマスには七面鳥の食卓を囲みなさいなんて、確かに聖書のどこにも書いてありませんよ、でもだからといって、いけないと言う人はまずいないでしょう。正直なところ、ミスター・イクバル、わたしたちはこういったことをそういうふうに宗教的に捉えるよりは、むしろコミュニティーという観点から考えたいと思っているのです」

「人間にとっては神がコミュニティーなのです！」サマードは声を大にする。

「そうですねえ……じゃあ、この動議を票決に付しますか？」

ミセス・オーウェンズはそわそわと、手があがるか部屋を見まわした。「票決に付することを支持する人はいますか？」

サマードはアルサナの手を押した。アルサナはサマードの踵を蹴とばす。サマードはアルサナの爪先を踏みつける。アルサナは夫の横腹をつねる。サマードはアルサナの小指をぐっと後ろへ曲げ、アルサナは不承不承右手を挙げたが、左肘で手際よくサマードの股に一撃食らわせた。

「ありがとうございます、ミセス・イクバル」ミセス・オーウェンズはそう言い、ジャニスとエレンは、隷従を強いられているムスリム女性への哀れみと悲しみをたたえた笑顔でアルサナのほうを見た。

「学校の行事予定から収穫祭を除くという動議に賛成の方は――」

「異教徒がはじめたことだからという理由で」

「ある種異教徒的な……意味あいを含むからという理由で。手を挙げてください」

ミセス・オーウェンズは部屋を見渡した。一本は、美人で赤毛の音楽教師ポピー・バート＝ジョーンズのもので、高く挙げた手首から何本ものブレスレットがじゃらじゃらずり落ちている。それから、マーカスとジョイスのチャルフェン夫妻、年をくったヒッピーといった感じのカップルで、どちらもインド人まがいの服を着て、これ見よがしに手を挙げている。すると、サマードがクララとアーチーのほうをきっと見つめた。二人はひっそりとホールの反対側にすわっていたのだが、これによって、さらに二本の手がゆっくりと頭上に挙げられた。

「反対の方は？」

残る三十六本の手が宙にあがる。

「動議は否決されました」

「マナー校における魔女とゴブリンの太陽同盟はその決定を喜ぶことでしょう」サマードは腰をおろしながら言った。

役員会のあと、サマードが小さな小便器でいささか苦労しながら用を足してトイレから出てくると、美人で赤毛の音楽教師、ポピー・バート＝ジョーンズが廊下で声をかけてきた。

「ミスター・イクバル」

「はい？」

音楽教師は長くて色の白い、ちょっとシミの散った腕を差しのべた。「ポピー・バート＝ジョーンズです。マジドとミラトをオーケストラと合唱で指導しています」

サマードは、相手が振ろうとした死んだ右手を動く左手にかえた。

「あら！　ごめんなさい」

「いえいえ。痛くはないんです。動かないだけで」

「あら、よかった！　いえつまり、その、痛みがなくてよかったってことです」

彼女はいわゆる生まれついての美人というやつだった。二十八か、せいぜいで三十二というところ。ほっそりしているが骨張ってはいず、子供のようにカーブした胸郭で、すんなりした胸にきゅっと乳房が盛りあがっている。白の開襟シャツによくはきこんだリーヴァイス、グレイのスニーカー、濃い赤毛の豊かな髪をざっとポニーテールにまとめている。首筋には後れ毛。雀斑（そばかす）がある。ひどく愛想の良い、ちょっと間の抜けた笑顔を、いままさにサマードに向けていた。

「息子たちのことで、なにかお話が？　問題でも？」

「いえ、ちがいます……あのう、二人は問題ないです。マジドはいまひとつですけど、あれだけ成績がいいんですから、リコーダーの演奏なんてあの子にとってはそれほど重要じゃないんでしょう。ミラトはほんとうにサックスの才能があります。いえ、あたしはただ、あなたのご意見はいいところを突いていたと言いたかっただけです」彼女は親指で肩ごしにホールのほうを指して見せた。「さっきの役員会で。あたしも、収穫祭はバカげているってずっと思ってたんです。だって、もしお年寄りを助けたいなら、選挙で政府を変えなくちゃ。ハインツ・スパゲッティの缶詰めを送るんじゃなくてね」音楽教師はまたにっこりし、髪を一筋耳の後ろになでつけた。

「もっとたくさんの賛成が得られなくて、ほんとうに残念でした」サマードは二度目の微笑みになんだか嬉しくなり、五十七歳の出っぱった腹を引っこめた。「今日は、われわれはまったく少数派だったようですね」

「あのう、チャルフェンご夫妻があなたの後ろにすわっていたんですけど――とってもいい人たちなんです——インテリで」まるで熱帯の風変わりな病気かなにかのように、音楽教師は小声で言った。「ご主人は科学者で、奥さんはなにか園芸のほうのことをしてらして——でも二人ともあなたの意見に大賛成なんです。ちょっとお話ししたんですけどね、あなたはあの件を訴えつづけるべきだって言ってました。あのう、じつを言うと、この二、三ヶ月のうちに一度集まって、つぎの九月の役員会にまた動議を出す準備を進めたらどうかと思ってたんですけど——実際の時期が近づくし、もっと筋道立てて、たとえば、ビラを作ったりとかそんな感じで。じつは、あのう、あたしはインド文化にとっても興味があるんです。あなたが挙げていたお祭りは、とっても……変わってて面白いと思います。それに、芸術活動と結びつけることができますし、音楽と。興奮しちゃうようなものになりますよ」ポピー・バート＝ジョーンズは実際に興奮してきた。「それに、とってもいいと思うんです、子供たちには」

この女性が自分に何らかの性的な興味を抱くなどとてもあり得ないと、サマードはわかっていた。しかしそれでもなお、ついアルサナの姿をちらと確かめ、ポケットのなかで車のキーを落ち着かなくジャラジャラやりながら、心に冷たいものが居座ったのを感じていた。それは神への畏れだった。

「じつは私はインド人ではないんです」イギリスに移り住んで以来、同じ言葉を何度も繰り返してこなければならなかったが、いつもよりは格段に自分を押さえて穏やかに、サマードは言った。

ポピー・バート＝ジョーンズは驚き、かつがっかりした顔をした。「違うんですか？」

「違います。私はバングラデシュ出身なんです」

「バングラデシュ……」

「以前はパキスタンでした。その前は、ベンガル」

「ああ、わかりました。中身は同じ野球場なわけですね、じゃあ」

「そう、まったく同じスタジアムってわけです」

いささか間の悪い沈黙が訪れた。そのとき、サマードははっきりと、自分がこの十年間出会ったどの女よりこの音楽教師を求めていると悟ったのである。こんなものだ。欲望というやつは、犯行の下見をしようとさえしない。隣人が訪れたりしていないかどうか、調べようともしない――欲望は、ただドアを蹴倒して大きな顔であがりこむ。サマードは不安を感じた。そして、ポピー・バート＝ジョーンズ本人と彼女がほのめかしたあらゆる形而下形而上の見通しをあれこれ考えるにつれて、心の動きをグロテスクに反映して自分の表情が覚醒から狼狽（ろうばい）へと変わっていくのに気づいた。事態がもっとまずくなる前になにか言わなければ。

「いやあ……いい考えですね、動議をもう一度出すというのは」サマードは自らの意思に逆らって言った。いまや、意思ではなくなにか獣欲じみたものがサマードに話をつづけさせていた。「もし時間を割いていただけるなら」

「そうですね、あたしたちで考えてみたらいいわね。二、三週間のうちにお電話します。オーケストラのあとでお会いするのなんか、どうかしら？」

「それで……けっこうです」

「よかった！　じゃ、これで決まりですね。あのね、おたくの息子さんたちって、ほんとうにすばらしいわ――ぜんぜん普通の子と違っていて。チャルフェン夫妻にもそう言ったんです、そうしたら、マーカスはズバリ核心をついてくれました。マーカスによると、インド人の子供は、こんなこと言ってかまわないかしら、普通はもっとずっと――」

「ずっと？」

「おとなしいんですって。お行儀はいいんだけど、でもとても、なんていうか、服従心が強いのね」

サマードは内心おやおやと思った。アルサナがこれを聞いたらなんというか。

「でもマジドもミラトもなんていうかとっても……はっきりしてるんです」

サマードは笑顔を浮かべようと努めた。

「マジドの頭は九歳にしたらすばらしいわ――みんなそう言ってます。あの子はほんとうに非凡です。きっと誇りに思っていらっしゃるでしょうね。まるで小さな大人みたいで。服装だって……いままで九歳で、あそこまで――あそこまできちんとした恰好の子は見たことがありません」

双子は両方とも、自分の服の選択についてはつねにはっきりした意志を持っていた。だがミラトはアルサナをせっついて、赤いストライプの入ったナイキ、オシュコシュビーゴッシュや内側にも外側にも模様の入った変わったジャンパーを買わせるのに、マジドは、どんな天候でもグレイのセーター、グレイのシャツ、黒のネクタイにピカピカ光る黒の靴をはき、国家医療制度で買える眼鏡を鼻にのっけて、まるで小さな図書館員なのだ。アルサナはこう言ってみる、「おちびちゃん、アッマーのために青いのを着てくれない？」マザーケアーの原色の並んだコーナーに息子を連れこんで。「一枚だけでも青いのにしたら。あんたの目にぴったりよ。アッマーのために、ねえマジド。いったいどうしてブルーが気に入らないの？　空の色なのよ！」

「違うよ、アッマー。空はブルーじゃない。白い光があるだけなんだ。白い光のなかには虹の色がぜんぶ入っているんだけど、それが空中に浮かぶものすごい数の粒子を通して散乱すると、波長の短い色——青とか紫——そういった色が目に見えるんだ。空がほんとうに青いわけじゃないよ。ただそう見えるだけさ。これはレイリー（イギリスの物理学者）の散乱と言われているんだ」

冷徹な知性をもったへんな子供だ。

「ほんとうにご自慢でしょうね」ポピーは満面に笑みをたたえて繰り返す。「あたしだったらきっと自慢に思います」

「悲しいことに」サマードはため息をついた。（二分差の）次男への憂鬱な思いのおかげで、勃起から注意がそれる。「ミラトのほうは役立たずです」

ポピーはこの言葉にかちんときたようだった。「そんなことありません！　あたし、そんなこと思ってもみませんでした……たぶん、ミラトはマジドにちょっと圧倒されちゃってるんじゃないですか、でも、あの魅力的な個性！　確かに……勉強面ではもうひとつですけど。でも、誰でもあの子にはまいっちゃうんです――ほんとにハンサムな子だわ。もちろん」ポピーはサマードにウィンクして肩を叩いた。「遺伝子がいいんですね」

遺伝子がいい？　どういう意味だ、遺伝子がいいって？

「やあ！」アーチーが声をかけた。二人の後ろへ来ていたのだ。サマードの背中を強く叩く。「やあ！」アーチーはもう一度そう言うと、ポピーと握手した。教育のある人間と対するときの、エセ貴族風マナーで。「アーチー・ジョーンズです。アイリーの父親です、何の因果かね」

「ポピー・バート＝ジョーンズです。担当はアイリーの――」

「音楽でしょ、知ってます。しょっちゅうあなたのことを話してますよ。第一バイオリンにしてもらえなかったのはちょっとがっかりだったみたいですがね……きっと来年は、ね？　へえ！」アーチーはポピーからサマードへ視線を移した。二人から少し離れて立っているサマードの表情がへんだ、とアーチーは思った、どうもへんな表情だぞ。「ではあなたは、悪名高きイックボールと知りあいになったわけだ！　おまえ、さっきの役員会ではちょっとひどかったぞ、サマード、なあ？　そうですよねえ？」

「あらそうかしら」ポピーはにこやかに答えた。「あたしは、ミスター・イクバルはいいところをついていたと思いますけど。ミスター・イクバルの意見には、本当に、なるほどと思うことが多かったわ。あたしも、いろんなことをあんなによく知っているといいんですけど。悲しいことに、あたしは一つしか芸がないもので。あなたは、教授かなにかでいらっしゃるんですか、ミスター・イクバル？」

「いやいや」アーチーがいては嘘をつくわけにいかないので、サマードは悔しくてたまらない。「ウェイター」という言葉は喉で止まって出てこなかった。「いや、じつをいうとレストランで働いています。若い頃は研究に携わっていたんですが、戦争が起こって、そして……」サマードは言葉で締めくくる代わりに肩をすくめて見せ、ポピー・バート＝ジョーンズの雀斑の散った顔が大きな赤いとまどったクエスチョンマークになるのを、沈む心で見つめた。

「戦争？」まるでサマードがラジオ（ワイヤレス）とか自動ピアノ（ピアノラ）とか水洗便所（ウォータークローゼット）とか言いでもしたように、ポピーは聞き返す。「フォークランドですか？」

「いいえ」サマードはきっぱりと答えた。「第二次大戦です」

「あら、ミスター・イクバル、とても想像できないわ。うんとお若かったんでしょうね」

「私たちより年上の戦車がありましたよ」アーチーがにやっとした。

「まあ、ミスター・イクバル、驚いちゃうわ！　でも、肌の色が濃いほうが皺ができないって言いますものね」

「そうですか？」サマードは、ポピーのぴんと張りつめたピンクの肌が、死んだ表皮が幾層にも重なってシワシワになるさまを想像してみようとした。「私は、子供たちのおかげで年を取らないでいられるんだと思ってますが」

ポピーは笑った。「それもあるでしょうね。ところで！」ポピーの顔にさっと血が上った。恥ずかしそうに、でも自信にみちた表情で言う。「あなたって、とてもハンサムだわ。ぜったいに、オマー・シャリフに似てるって言われたことがあるでしょう、ミスター・イクバル」

「とんでもない」サマードは嬉しさに顔を火照らせる。「唯一似てるところといったら、私もブリッジが好きなことくらいですよ。とんでもないです……それから、サマードといいます」と付け加える。「どうか、サマードと呼んでください」

「こいつをサマードと呼ぶのは、またこんどにしてもらわなきゃ、ミス」アーチーはいつもかならず先生はミスと呼ぶことにしている。「もう行かなきゃならないんですよ。表で女房たちが待ってるんです。ディナー、ってやつみたいでね」

「お話しできて、嬉しかったです」ポピーはまた違うほうの手を取ろうとし、サマードが左手で握ると顔を赤くした。

「私もです。さようなら」

「ほら、行くぞ」アーチーはサマードを追い立てて戸口を出、坂になった道を正門へ降りていった。「しかし、肉屋のイヌみたいに元気いっぱいだな、あの娘！　ヒューッ。いいねえ、じつにいい。しかしまあ、おまえけっこう大胆にやってたじゃないか……で、おまえの言ってたあれはなんだ――私もブ、リ、ッ、ジ、が好きだ。知りあって何十年にもなるけど、おまえがブリッジやってるのなんか見たことないぞ。おまえがやるのはファイブカード・ポーカーのほうじゃないか」

「ほっといてくれ、アーチボルド」

「いやいや、実際、うまくやったじゃないか。だけど、おまえらしくはないな、サマード――ちゃんと神なんかも信じてるのに――肉欲の誘惑に惑わされるなんて」

サマードは肩に置かれていたアーチーの手を振り払った。「おまえはどうしてそう救い難く低俗なんだ？」

「おれはべつに……」

だが、サマードは聞いていない。すでに頭のなかでは、なんとか信じこもうとしながら二つの英語の言葉を繰り返していた。この十年に及ぶイギリス暮らしで覚え、ズボンのなかの厭わしき火照りから自分を守ってくれるのではないかと当てにしている言葉を。

汚れなき者にはすべてが清い。汚れなき者にはすべてが清い。汚れなき者にはすべてが清い。まあいいじゃないか。まあいいじゃないか。まあいいじゃないか。

しかしまあ、ちょっと巻きもどしてみよう。

1　汚れなき者にはすべてが清い

性、少なくとも性の誘惑は、ずっと以前から問題であった。神への畏れが最初にサマードの骨に沁み入りはじめた一九七六年頃のこと、手が小さく手首もか細い冷淡なアルサナと結婚したすぐあとのことだが、サマードはクロイドン自治区のモスクで、老いた導師に、許されるのかどうかたずねたことがある、男が……手で自分の……。

おずおずとした仕草が半分もすまないうちに、老いた学者は、テーブルの上に重ねられていた印刷物のなかから一枚取ると、黙ってサマードに渡し、皺だらけの指で三番の項目にきゅっと線を引いて見せた。

断食が無効となる九つの行為がある

1　飲食
2　性交
3　自慰（イスティムナ）、すなわち自らを慰めて射精にいたる行為
4　正しくないことを、全能の神アッラー、その預言者、または聖なる預言者の後継者たちの責に帰すること
5　埃を呑みこむこと
6　頭をすっぽりと水につけること
7　一日の最初の祈りのときにジャナーバ（体液で体が汚れている状態）、ハイド（月経中）、ニファース（産後で出血が続いている状態）の状態にある場合
8　液体を使った浣腸
9　嘔吐（おうと）

「ですが、導師」サマードはうろたえながら聞いた。「断食中でなかったら？」

老いた学者は重々しい表情で答えた。「イブン・ウマル（第二代正統カリフ）はその件についてた

ずねられ、こう答えたと言われておる。『単に男の体の一部をこすって分泌液を出すにすぎない。神経をこねくり回しているだけのことである』」

サマードはこの答えに勇気づけられたのだが、導師の言葉はなおも続いた。「しかし、ウマルはべつの機会にこうも言っている。『人が自分と交わることは禁じられている』」

「でも、どちらが正しいんですか？　これは合法行為（ハラール）ですか、禁止行為（ハラーム）ですか？　こんなことを言う人もいますが……」サマードはおずおずと唱える。「『汚れなき者にはすべてが清い』もし誠実でしっかりした信念を持った人間であるなら、べつに誰にも害は及ぼさないのですし、傷つけるわけでも……」

だが、導師はこれを聞いて笑い出した。「彼らの言いそうなことだ。アッラーよ、英国国教会信徒たちを憐れみたまえ！　サマードよ、男性性器が勃起すると、男の知性の三分の二は消えてしまうのだよ」導師は頭を振りながら言った。「それに、信仰の三分の一も。ハディース（ムハンマドと教友の言行録）に、預言者ムハンマド――彼に平安あれ！――のこういう一節がある。『おお、アッラー、私が耳にする悪、私が目にする悪、私の舌の悪、私の心の悪、そして私の隠し所の悪から私を守り給え』」

「ですが、やはり……やはりその人が汚れなき者であれば、そうしたら――」

「じゃあ、汚れなき者を見せてくれ、サマード！　汚れなき行為を！　ああ、サマード・ミアー……私の忠告は、右手を遠ざけておけということだね」

もちろん、サマードは、サマードらしく、西洋のプラグマティズムを最大限に活用し、家へ帰ると機能している左手で精力的に作業に取りかかった。「汚れなき者にはすべてが清い」を繰り返しながら。「汚れなき者にはすべてが清い」と繰り返すうち、ついにオーガズムが訪れる。ねばねばして、悲しく、がっくりした気分。そしてこの儀式は五年ほど続いた。家のいちばん上の、サマードが一人で寝ている（アルサナを起こさないように）小さな寝室で、午前三時にレストランからこそこそともどったあと、毎日欠かさず。密かに、音をたてず。信じてもらえないかもしれないが、サマードはこのことで苦しんでいた。この密かにひっつかんでしごいてこぼす行為のことで。自分は汚れているのではないか、自分の行為は汚れているのではないか、自分はけっして汚れなき者にはなれないのではないかという恐れに。そしていつも、神はちょっとした合図を、ちょっとした警告を、ちょっとした罰を（一九七六年には尿道の感染症、一九七八年には去勢された夢、一九七九年にはアルサナの大伯母に汚れてカバカバになったシーツを見つけられてしまったが、うまく誤解してくれた）送ってよこしているように思われたが、ついに一九八〇年に危機的状況を迎え、サマードの耳のなかでは、アッラーの声が巻き貝から響く波の音のように轟（とどろ）き渡り、取引をしなければと思ったのである。

2　まあいいじゃないか

取引とはこうだった。一九八〇年一月一日、食餌療法をやっている者が、新年を迎えるに際してチョコレートを食べるためにチーズをあきらめるように、サマードは酒を飲むために自慰をあきらめたのである。これは取引だった。サマードが神と行ったビジネス交渉だ。取引の主たる当事者はサマードで、神はサイレント・パートナー（事業に出資するだけで業務には立ち入らないパートナー）である。その日以来、サマードはそれなりの心の平和を楽しみ、またアーチボルド・ジョーンズと泡立つギネスをたっぷり楽しんできた。最後の一口を呑みこむときに、キリスト教徒のように空を見上げる癖さえ身につけた。こんなふうに考えながら。「おれは基本的に良い人間だ。サラミをしごいたりしないんだからな。カンベンしてくれよ。ご機嫌に一杯やってんだから。まあいい、いいじゃないか……」

だが、もちろん、サマードが、妥協や取引や協定や弱さや「まあいいじゃないか」を求めていたのなら、宗教を間違えていた。求めているのが共感や譲歩だとしたら、リベラルな解釈を望むなら、カンベンしてほしいのであれば、間違ったチームを応援していた。サマードの神は、英国国教会やメソジスト、あるいはカトリック教会の、チャーミングで白いひげを生やしたへボい神ではなかった。サマードの神は、カンベンしたりしない。一九八四年七月のあの日、美人で赤毛の音楽教師ポピー・バート＝ジョーンズを見たとたん、サマードはついにこの真実を悟ったのである。神が復讐を企てているのだとわかったのだ。万事休すだと。契約は破棄されたということを、穏健な条項など結局のところ存在しなかったのだということを、自分の通り道に、悪意をこめて故意に誘惑が投げこまれたということを、悟ったのである。つまり、すべての取引はご破算となったのだ。

　自慰が本格的に再開された。この二ヶ月、美人で赤毛の音楽教師に一度出会ってからまた会うまでのあいだは、サマードの人生でもっとも長くネトネト不快で臭い、罪の意識に満ちた五十六日間であった。どこにいようと、何をしていようと、あの女性に対する共感覚（ある音である色、ある色であるにおいを感じるような感覚）めいたものに突如襲われる。モスクで彼女の髪の色を聞き、地下鉄で彼女の手の感触を嗅ぎ、仕事場へ向かって何気なく通りを歩きながら彼女の微笑みを味わう。おかげでロンドンじゅうの公衆トイレを知悉（ちしつ）するようにもなった。シェトランド諸島に住む十五歳の少年でもやりすぎだと思いそうなほど自慰を繰り返すこととなったのだ。サマードの唯一の慰めは、自分がルーズベルトのように「新しい取引（ニュー・ディール）」をやってのけたということだった。しごく代わりに食べない。なんとかしてポピー・バート＝ジョーンズの面影やにおいを払い落とし、イスティムナの罪を清めるつもりだった。断食の季節ではなく、一年でももっとも昼が長い時期だったのに、日の出から日没まではいかなる物もサマードの唇を通過せず、小さな陶器のスピトゥーン（試飲の際、口に含んだワインを吐き出す容器）を使って、唾さえ呑みこむことはなかった。片方の口から食べ物がぜんぜん入らないので、もう片方から出てくるものも細くて貧弱で半透明なわずかばかりのしろもので、サマードはつい、罪は減っている、そのうちいくら「片目のジャック」を揉みしだいても空気しか出てこなくなるすばらしい日がやってくるのではないか、と思ってしまうほどだった。

だが、極度の飢え――精神的、肉体的、性的――にもかかわらず、サマードはちゃんと毎日レストランで十二時間働いた。じつのところ、レストランは唯一心安らかにいられる場所だった。家族と顔をあわせるのは耐えられない。オコンネルズへ行くのも耐えられない。こんな状態の自分を見せてアーチーを面白がらせるのは耐えられなかった。八月の中頃には、サマードは仕事の時間を十四時間に増やしていた。決まり切った仕事――ピンクの白鳥の形のナプキンを入れたバスケットを取り上げ、シヴァのプラスチックのカーネーションのあとに従い、ナイフやフォークの位置を直し、グラスを磨き、陶器の皿の指痕を拭う――のなにかが、サマードを癒してくれた。ムスリムとしてはどれほどひどかろうと、サマードを完璧なウェイターでないと言える者はいないだろう。彼は単純で退屈な作業を完璧の域にまで磨き上げたのである。少なくともここでは、他人に正しい道を示してやることができた。タマネギの揚げ物が時間がたっているのをどうやってごまかすか、どうやって少ないエビを多く見せるか、どうやってオーストラリア人の客に注文どおりの量のチリでは多すぎるとわからせるか。パレスのドアの外では、サマードは自慰を行う者であり、悪い夫であり、無関心な父親であり、まるでイギリス人みたいな人間だった。だが、このなかでは、この緑と黄色のペイズリー模様の壁に囲まれたパレスのなかでは、サマードは片手の天才だった。

「シヴァ！　花がないぞ。ここだ」

サマードのニュー・ディールがはじまって二週間たった。いつものパレスの金曜の午後、準備が進行している。

「この花瓶を忘れてるじゃないか、シヴァ！」

シヴァがやってきて、十九番テーブルの細長いアクアマリンの壺が空なのを確かめる。

「それに、十五番テーブルの薬味入れのマンゴーチャツネのなかにライムのピクルスが浮いてるぞ」

「ほんとか？」シヴァが素っ気なく言う。かわいそうなシヴァ。もう三十近い。それほどきれいじゃなくなった。まだここにいる。起こらなかったのだ、彼が自分の身に起こるだろうと思っていたようなことはなにも。確かにレストランを辞めはした、とサマードはおぼろげに覚えている、一九七九年に少しの間、警備の仕事をはじめるとか言って。だが、誰も生意気なパキなど雇いたいとは思わず、シヴァはもどってきた。前ほど押しが強くなくなり、前よりさらにやけっぱちに、うちひしがれた馬みたいになって。

「そうだよ、シヴァ。本当だ、真実だよ」

「それでむちゃくちゃカリカリきてんのかい？」

「むちゃくちゃカリカリとまでは言わないが……気にはなるね」

「だって、なにかで」とシヴァがさえぎる。「このところカッカきてるみたいだからさ。みんな気がついてるぜ」

「みんな？」

「おれたち、ボーイだよ。きのうは、ナプキンに塩がついてた。その前は、ガンジーが壁にまっすぐ掛かってなかった。先週ずっと、あんたは総統閣下（フューラー・ジー）みたいだったぜ」シヴァはアルデーシルのほうへ頭を動かして見せた。「ちょっとおかしいぞ。にこりともしない。なにも食わない。誰のやることにも目くじら立てる。ボーイ長がどうかしてると、みんなが調子狂うんだよ。サッカーのキャプテンみたいなもんなんだから」

「おまえがなにを言ってるのか、さっぱりわからないよ」サマードは口をへの字にしてシヴァに花瓶を渡した。

「わかってるはずだよ」シヴァは挑発するように言うと、空の花瓶をテーブルにもどす。

「たとえおれがなにかを気にしているとしても、ここでの仕事に影響させたりするはずがないだろ」サマードはうろたえながら花瓶をシヴァに返す。「他人に迷惑は掛けたくないからね」

シヴァはふたたび花瓶をテーブルにもどした。「やっぱり、なにかあるんだ。なあ、いいかい……そりゃあ、おれたちはいつも気があうってわけじゃないけど、ここじゃあ仲間だろ。いっしょに働いてどのくらいになる？　サマード・ミアー？」

サマードは突然シヴァを仰ぎ見た。サマードが汗を流し、立ち眩みを起こしそうな様子なのがシヴァには見て取れた。「ああ、そうなんだ……じつは……問題があって」

シヴァはサマードの肩に手を置いた。「じゃあ、カーネーションなんかほっぽっといて、あんたにカレーでも作ろう——二十分もすれば日が沈む。さあ、シヴァにぜんぶ話しちまえよ。べつに詮索したいわけじゃない、わかるだろ、おれだってここで働かなきゃならないんだし、あんたがおかしいと、こっちまでおかしくなるんだよ」

サマードはこのぶっきらぼうな申し出に妙に心を動かされ、ピンクの白鳥を置くとシヴァのあとについて厨房へ行った。

「動物、植物、鉱物？」

シヴァは調理台に向かうと鳥の胸肉をきれいな四角形に刻み、コーンフラワーに放りこんだ。

「なんだって？」

「それは、動物か、植物か、鉱物か？」シヴァは気短に繰り返した。「あんたを悩ませているものだよ」

「動物だ、主として」

「女か？」

サマードは手近の椅子にすわりこみ、頭を垂れた。

「女だな」シヴァは結論をくだした。「奥さんか？」

「妻に恥辱を与え、苦痛を与えることになるだろうけれど、いや……妻が原因ではないんだ」

「べつの女か。おれの得意とする分野だな」シヴァはカメラを回す身振りをし、「マスターマインド」（BBCテレビの人気クイズ番組）のテーマソングを歌ってから番組をはじめた。

「シヴァ・バグワティ、あなたは妻以外の女性と寝るのに三十秒与えられています。第一の質問：それは正しいことか？　答え：事情によりけり。第二の質問：私は地獄へ行くだろうか？」

サマードはいやな顔でさえぎった。「おれは……彼女とは寝てない」

「はじめたんだから、終わりまで行かせてもらいますよ（番組司会のマグナス・マグナッソンが、出題が時間切れでさえぎられても続行する際に言う決まり文句）。私は地獄へ行くだろうか？　答え――」

「もういいよ。忘れてくれ。頼むから、おれがこんなことを言ったのは忘れてくれ」

「ナスは入れるか？」

「いや……ピーマンだけでいい」

「よっしゃ」シヴァはピーマンを宙に投げ上げると包丁の先で受け止めた。「チキン・ブーナ一丁。で、どのくらい続いてるんだ？」

「なにも続いてないよ。彼女にはたった一度会っただけだ。知りあいとも言えるかどうか」

「で、なにをやっちまったんだ？　撫でまわしたのか？　ネッキングか？」

「握手だけだよ。彼女は息子たちの先生なんだ」

シヴァはタマネギとニンニクを熱した油のなかに投げこんだ。「心をかき乱されたってわけだ。で、どうした？」

サマードは立ちあがった。「心をかき乱されただけじゃないんだ、シヴァ。体全体がうずうずして、どう言い聞かせてもだめなんだ。これまで、こんなに自分の体が言うことをきかないなんてことはなかった。たとえばなあ、おれはしょっちゅう――」

「ああ」シヴァはサマードのズボンの前を身振りで示した。「それも気がついてたよ。なんで仕事の前にマスかいておかないんだ？」

「やってるよ……ちゃんと……やったって変わりはないんだ。おまけに、アッラーが禁じていることなのに」

「おいおい、信心なんてやめとけよ、サマード。あんたには、似合わないよ」シヴァはタマネギのせいで出た涙を拭った。「そういう罪の意識は健康的じゃないぞ」

「罪の意識じゃない。畏れだ。おれは五十七歳だ、シヴァ。この歳になると……信仰が気になりだす。手遅れにはしたくない。おれはイギリスに汚染された。いまはそれがわかる——おれの子供たち、女房、彼らも汚染された。おれは間違った連中とつきあってきたんじゃないかって気がする。軽薄だったかもしれない。信仰より知性を大事にしてきたかもしれない。で、いま、この決定的な誘惑が自分の前に置かれたような気がするんだ。おれを罰するためにな、わかるだろ。シヴァ、おまえは女に詳しい。助けてくれ。なんでこんな気持ちになるんだ？　彼女の存在を知ってたった二、三ヶ月にしかならない、たった一度しか話したことがないのに」

「あんた、言ったじゃないか。五十七歳だって。『中年の危機（ミッドライフ・クライシス）』ってやつだよ」

「人生の真ん中（ミッドライフ）？　どういう意味だ？」サマードはいらいらと問い返す。「バカ言うなよ、シヴァ。おれは百十四歳まで生きるつもりなんかないぞ」

「そういう言い方をするんだよ。この頃よく雑誌に出てるだろ。人生のそこそこの時期にさしかかるとだなあ、丘を越えちまったような気がしはじめる……だけど、若い子といちゃいちゃしてれば、その子と同じくらい若くいられるってことじゃないか」

「おれは人生におけるモラルの岐路に立っているんだぞ、それなのにおまえときたら、バカなことばっかりぬかして」

「こういうことはちゃんと知っとかなきゃいけない」シヴァはゆっくりと辛抱強く言って聞かす。「女性のオーガズム、ジー・スポット、精巣癌、閉経——ミッドライフ・クライシスもその一つだ。現代人は情報に詳しくなきゃ」

「おれはべつにそんな情報なんかほしくない！」サマードはそう叫ぶと立ちあがって厨房をぐるぐる歩く。「そこが問題なんだ！　おれは現代人になんかなりたくない！　おれは自分が考えていたような人生を送りたい！　東にもどりたいんだ！」

「ああ、そうだな……みんなそうだよな」シヴァは呟きながらピーマンとタマネギを鍋のなかで炒める。「おれは三歳で出てきた。おれがこの国じゃどうにもならないなんて、わかるかよ。だからといって、飛行機のチケット代なんてあるわけない。それに、十四人の召使いに給料払って掘ったて小屋に住みたいやつなんか、いるか？　もしカルカッタにいたら、シヴァ・バグワティがどんなふうになってたか、誰にわかる？　王子か乞食か？それにな、誰に」シヴァの昔の美しさがほのかに顔にもどってくる。「いったん取りこんだ西を自分のなかから引っこ抜くことができる？」

サマードはなおもぐるぐる歩く。「ここへ来るべきじゃなかった——すべての問題はこの点からはじまってるんだ。息子たちをこんなところへ連れて来るんじゃなかった、神から遠く離れたこんなところへ。ウィルズデン・グリーン！　菓子屋の窓には電話番号を書いたカード、学校じゃあジュディー・ブルーム（アメリカの児童文学作家、神の存在に疑義を差し挟む内容の作品で信心深い人々の批判を浴びる）、舗道にはコンドーム、収穫祭、魔性の女教師！」サマードは大声で並べ立てる。「シヴァ――大きな声じゃ言えないが、おれのいちばんの親友アーチボルド・ジョーンズは、神を信じてないんだ！　なあ、こんなおれは、子供たちにとってどんな見本になるだろう？」

「イクバル、すわれよ。落ち着けったら。いいかい、あんたは誰かを求めてるだけだ。人は人を求める。これはデリーからデットフォード（ロンドンの南東部にある地域）にいたるまでどこでも起こってることだ。それに、これで破滅ってわけじゃないし」

「この件に関しては、そう確信が持てるといいんだがなあ」

「つぎに彼女に会うのはいつなんだ？」

「学校に関係したことで会うんだが……九月の第一水曜だ」

「そうか。彼女はヒンドゥーか？　ムスリムか？　シークじゃないんだろうな？」

「それがいちばん問題なんだ」サマードは声を詰まらせる。「イギリス人なんだよ。白人だ。イギリス人なんだ」

シヴァは頭を振った。「おれはいろんな白人女とつきあったことがある。うまくいったこともあれば、いかなかったこともある。可愛いアメリカ人の女の子が二人いたなあ。すげえ美人のパリ娘にいかれたこともある。ルーマニアの娘（こ）と一年つきあったこともあるぞ。だけどな、イギリス娘とつきあったことはない。絶対うまくいかない。だめだ」

「どうしてだ?」サマードは親指の爪をがちがち嚙みながら、なにか大変な答えが返ってくるのを待った。天から布告がなされるのを。「なぜだめなんだ、シヴァ・バグワティ?」

「あまりに多くの、過去の歴史だよ」シヴァは謎めいた答えを返し、チキン・ブーナを皿に盛った。「過去の歴史ってやつだ」

＊

一九八四年、九月最初の水曜日。午前八時三十分。少々物思いに耽っていたサマードの耳に、オースティン・ミニメトロの助手席のドアが開いてまた閉まるのが聞こえた——どこか遠くの現実の世界で——で、左を向くと、ミラトが隣に乗りこんできた。というか、少なくとも首から下はミラトだった。頭はトミートロニックにすげ替わっている——大きな双眼鏡のように見えるベーシックなコンピューターゲームだ。サマードもやってみたことがあるのだが、なかでは、発光ダイオードの立体感のある道路の上で、息子の動かす小さな赤い車が緑や黄色の車とレースを繰り広げている。

ミラトは小さなお尻を茶色い合成皮革の座席に落ち着けた。「わあ！　冷たいよー！冷たいよー！　お尻が凍っちゃう！」

「ミラト、マジドとアイリーはどこだ?」

「もう来るよ」

「列車のスピードで来るのかカタツムリのスピードで来るのか、どっちだ？」

「うひゃーっ！」ヴァーチャルの世界で、自分の赤い車が妨害され、スピンしてやられてしまいそうになり、ミラトは甲高い声をあげた。

「頼むから、ミラト。そいつを外してくれ」

「だめ。イチ、ゼロ、ニ、ナナ、サン点なきゃいけないいんだ」

「ミラト、おまえもそろそろ数がわかってないといけないぞ。言ってごらん。いちまんにひゃくななじゅうさん」

「いっちまんにぴゃくうんこしっこ」

「外すんだ、ミラト」

「だめ。ぼくが死んじゃうじゃないか。ぼくを死なせたいの、アッパー？」

サマードは聞いていない。もしもこのドライブで何らかの目的を果たそうとするなら、なんとしても九時までに学校へ着いていなければならないのだ。九時には、彼女は教室に入ってしまう。九時二分には、あの長い指で出席簿を開いている。九時三分には、サマードには見えないところで、形よく半月形が浮かんだ爪で机をコツコツ叩いて拍子をとっているだろう。

「あの子たちはどこだ？　学校に遅れたいのか？」

「ううん」

「いつもこんなに遅いのか?」これはサマードがいつもやっていることではない――学校の送迎は、普通はアルサナかクララの役目だ。バート＝ジョーンズを一目見たいからこそ（あとたった七時間五十七分すれば会えるのだが、あと七時間五十六分、七時間……）、このあらゆるもののうちでもっとも忌むべき親の義務を引き受けることにしたのである。自分の子供たちとアーチーの子供を学校へ送り届ける任務に取り組みたい、というこの突然の望みになにもおかしなところはない、とアルサナを納得させるのには苦労した。

「だけどサマード、あなたが家に帰ってくるのは朝の三時なのよ。どうかしちゃったの?」

「おれは息子たちの顔を見たいんだ！　アイリーの顔を見たいんだ！　毎朝、あの子たちは大きくなっていく――おれはそれを見てない！　ミラトは二インチ大きくなってるんだぞ」

「べつに朝の八時半にってわけじゃないわよ。おかしなことに、四六時中大きくなってるの――アッラーを称えよ！　きっと奇跡の一種だわね。で、いったいどういうことなの?」アルサナは夫の垂れ下がった腹に爪を食いこませる。「なんだか、怪しい。臭うぞ――腐ったヤギの舌みたいに」

ああ、罪や裏切りや不安をかぎ分ける料理人アルサナの鼻はブレント自治区に並ぶものがなく、対するサマードには為す術（すべ）もない。妻は知ってるのだろうか?　憶測しているのだろうか?　こういった不安がサマードを一晩中悩ませ（サラミをしごいているとき以外は）、そして車のなかにもいちばんに持ちこまれ、子供に八つ当たりすることになったのだ。

「ちくしょうめ、あいつらはどこにいるんだ？」

「ちくしょうめえめえ！」

「ミラト！」

「悪いことば使った」ミラトは十四周まわって黄色い車を炎上させ、五百点のボーナスを勝ち取った。「いっつもなんだから。ジョーンズのおじさんもだよ」

「ああ、アッバーたちは悪い言葉を使ってもいいっていう特別な免許を持ってるんだ」

ミラトの顔は隠れていたが、憤慨を示すのにべつに表情は必要としなかった。「**そんなもの、あるわけが——**」

「わかった、わかった、わかった」サマードは自分の言葉を撤回することにした。九歳児と存在論を戦わせても面白くもなんともない。「ばれちゃったな。悪い言葉を使ってもいいっていう免許なんて、ないよな。ミラト、おまえのサクソフォーンはどこだ？　今日はオーケストラがあるんだろ」

「トランクだよ」ミラトの声には不信感と嫌悪感がにじんでいた。日曜の夜になったらサクソフォーンは車のトランクにしまう、そんなことも知らない男は社会のお荷物だ。「なんでアッバーがぼくたちを迎えに来るの？　ジョーンズのおじさんはいつも月曜にお迎えをしてくれるけど、アッパーはぼくたちのお迎えのことなんか、ぜんぜん知らないじゃないか。送ってくのだって」

「なんとかやれると思うよ、ご心配ありがとう、ミラト。べつに、ロケット工学ってわけじゃないからな。いったいあの二人はなにしてんだ！」サマードは警笛を鳴らしながら、九歳の息子に父親の行動がつねと異なっていることを見抜かれて、内心うろたえていた。

「それから、おまえもそのバカげたやつを外してくれないか！」サマードはトミートロニックに手を伸ばすと、ぐいとミラトの首にずり下げた。

「ぼくを殺しちゃったじゃないか！」ミラトが慌ててまたトミートロニックをのぞきこむと、ちょうど小さな赤い自分の分身がバリアにぶつかり、黄色い閃光（せんこう）を放って、破滅を表す光のショーのなかに消えるのが見えた。「ぼくが勝ってたのに、殺しちゃったな！」

サマードは目を閉じ、目玉をなるべく頭の奥の方へ転がしていこうとした。うまくいったら脳の力で自分を盲目にできるかもしれない、これまた西洋の堕落の被害者であるオイディプスのように。そうだ、おれはほかの女を望んでいる。そうだ、おれは自分の息子を殺した。おれは悪い言葉を使う。おれはベーコンを食う。おれはいつもサラミをしごいてる。おれはギネスを飲む。おれのいちばんの親友は異教徒の不信心者だ。おれは自分に、両手を使わないでこするなら大したことじゃないと言い聞かせる。だが、ああ、れっきとした、大したことなんだ。それはみんな、大した存在であるお方の大きな集計ボード上で、大したこととして扱われるのだ。最後の審判がやってきたらどうなるのだろう？　最後の審判のときに、どんな顔で自分に罪がないなどと言えるだろう？

……ガチャ、バタン。ガチャ、バタン。一つはマジド、一つはアイリー。サマードは目を開けるとバックミラーをのぞいた。後ろの座席に、待っていた二人の子供たちが乗っている。どちらも小さな眼鏡をかけて、アイリーはちりちりのアフロ（きれいな子ではない。遺伝子が混ざってしまったのだ。アーチーの鼻にクララのひどい出っ歯）、マジドは濃い黒髪を野暮ったく真ん中で分けてなでつけている。マジドはリコーダーを持ち、アイリーはバイオリンを持っている。だが、こうした基本的な点を除いては、すべてがいつもとは違っていた。サマードがひどい考え違いをしているのでないかぎり、このミニメトロではなにかが腐っている――なにかが起こっているのだ。二人とも頭のてっぺんから足の先まで黒ずくめだ。二人とも左腕に白い腕章を巻き、それには野菜を入れたかごを表す絵がぞんざいに描かれている。二人ともレポート用紙の束を抱えて、ペンを首から紐でぶら下げている。

「誰がこんな恰好をさせたんだ？」

沈黙。

「アッマーか？　それと、ジョーンズのおばさんか？」

沈黙。

「マジド！　アイリー！　口がないのか？」

またしても、沈黙。子供の沈黙。大人はなんとか子供を黙らせたいと思うくせに、そうなったらなったで、かえって気味が悪い。

「ミラト、これがどういうことか、おまえは知ってるのか？」

「くだらない」とミラト。「こいつらは、お利口さんでクソ生意気で、けったくその悪い、お偉いさんとくそブスばばあなんだ」

サマードは座席で体をねじって二人の抗議する者と向きあった。「これはなんのためだと、たずねたらいいのかね？」

マジドはペンを摑(つか)むと、きちんとした味も素っ気もない活字体で記した。〈お望みならば〉そしてその紙をちぎるとサマードに渡した。

「沈黙の誓いか。なるほど。君もか、アイリー？　君は賢いからそんなバカなことはしないと思っていたのに」

アイリーは自分の紙にちょっとの間なにか書くと、その書状を前へ差し出した。〈わたしたちはprostesting(プロステスティング)しています〉

「プロス・テスティングだって？　プロスというのはなにかね、なんでそれをテストしてるんだ？　こんな言葉、お母さんから教わったのかい？」

アイリーは説明の言葉を口にしかかりそうになったが、マジドは黙っていろと身振りで指示し、紙をひったくると最初のsを線で消した。

「ああ、なるほど。protesting（抗議）か」

マジドとアイリーが何度も頷く。

「ほほう、それはなかなか面白そうだ。きっと筋書きはぜんぶお母さんたちが考えたことだろう？　服装もか？　レポート用紙も？」

沈黙。

「まるで政治犯だな……何一つ口を割らない。わかった。君たちが何に対して抗議しているのか聞いていいのかな？」

二人の子供はしきりに腕章を指さす。

「野菜？　君たちは野菜の権利のために抗議してるのか？」

アイリーは返答をわめきたくなるのをこらえようと口を手で押さえ、マジドはせっかちにレポート用紙になにか書きはじめた。〈ぼくたちは収穫祭のことで抗議しています〉

サマードはうなった。「ちゃんと言っただろ。あんなバカげたものに、おまえたちを参加させたくないんだ。おれたちとはなんの関係もないことなんだぞ、マジド。どうしていつも自分とはべつの人間になろうとするんだ？」

引きあいに出されたいやな出来事を思い出しながら、どちらも黙って怒りを噛みしめた。数ヶ月前のマジドの九歳の誕生日、身なりの良い、こまっしゃくれた白人の少年の一団が玄関に現れ、マーク・スミスを訪ねてきたと言ったのだ。

「マーク？　いいえ、マークなんてうちにはいないわ」アルサナは彼らの背丈までかがんで、にこやかに答えた。「ここにいるのはわたしたち、イクバル一家だけよ。おうちを間違えたんじゃないの」

だが、アルサナが言い終わらないうちに、マジドが母を押しのけて戸口へ進んだ。

「やあ、みんな」

「やあ、マーク」

「チェスクラブに行って来るよ、ママ」

「わかったわ、マ、マ、マーク」——「アッマー」ではなく「ママ」というこの最後の一撃に涙が出そうになりながら、アルサナは答えた。「遅くならないようにね」

「**おまえにはマジド・メヘフーズ・ムルシェド・ムブタシム・イクバルというすばらしい名前をつけてやってるんだぞ！**」その晩家に帰ってきて、自室に逃げこもうと弾丸のように階段をかけ上るマジドの背中にむかって、サマードは怒鳴った。「**それなのに、おまえはマーク・スミスなんて呼ばれたがっているのか！**」

だが、これはもっとずっと深い不満の表れに過ぎなかった。マジドは本当にべつの家族を望んでいたのだ。ゴキブリじゃなく、ネコを飼いたかった。母親にはミシンの音を響かせるのではなく、チェロでも弾いてもらいたかった。家の脇にはよそのゴミがどんどん堆積していくのではなく、格子にはわせた花が育っていてほしかった。玄関ホールには従兄弟(いとこ)のクルシードの壊れた車のドアではなく、ピアノを置いてほしかった。休みには日帰りでブラックプールに伯母たちを訪ねるのではなく、フランスへ自転車旅行に行きたかった。自分の部屋にはレストランの余り物のオレンジとグリーンの渦巻き模様のカーペットではなく、ピカピカの木の床がほしかった。父親は片手のウェイターではなく、医者であってほしかった。そして今月、マジドはこれらすべての願望を、収穫祭に参加したいという一つの望みに転化していた。マーク・スミスならそうするであろうように。ほかのみんなならそうするであろうように。

〈だけど、ぼくたちは参加したいんだ。参加しなきゃ、居残りさせられる。オーウェンズ先生が、これは伝統的なものだって言った〉

　サマードは爆発した。「誰の伝統だ?」と怒鳴ると、マジドは涙をためて、また必死に書きはじめる。「くそいまいましい。おまえたちはムスリムだ、木の精じゃない!　話しただろ、マジド、おまえに与えられる立場について、話しただろ。おまえはアッバーといっしょにメッカ巡礼(ハジ)に行くんだ。もしアッバーが死ぬまでにあの黒い石に触ることができるとしたら、かならず長男もいっしょだ」

　マジドは返答を書いている途中で鉛筆を折り、あとの半分はむき出しの芯で書きなぐった。〈そんなのひどいよ!　ハジへ行くなんて無理だ。ぼくは学校へ行かなきゃならない。

メッカへ行く暇なんてない。ぜったいひどいよ！〉

「二〇世紀へようこそ。なにもかもひどいんだよ。ひどくないことなんか、あるか」

マジドはつぎのページをやぶり取ると、父親の目の前に突きつけた。〈アイリーのお父さんに、アイリーを行かせないように言っただろう〉

サマードは否定できなかった。先週の火曜日、収穫祭の週はアイリーを登校させないことで支持を表明してくれと頼んだのだ。アーチーはクララの怒りを恐れ、言を左右にしてなかなかうんと言わなかったが、サマードは親友をこう元気づけたのだ。「おれを見習うんだな、アーチボルド。おれの家でズボンをはいているのは誰だ？」アーチーはアルサナを思い起こした。足首でしぼったきれいな絹のズボンをはいていることが多い。そしてサマードはといえば、いつも刺繍をした長いグレイの綿布、ルンギーを腰に巻きつけている。どう見てもスカートだ。だが、アーチーはそんなことを口に出したりはしなかった。

〈行かせてくれないなら、ぼくたちは絶対口をきかない。ぼくたちは絶対に、絶対に、絶対に、絶対に、二度と口をきかない。もしぼくたちが死んだら、みんながアッバーのせいだって言うだろう。アッバーのせいだ。アッバーのせいだ。アッバーのせいだ〉

けっこう、とサマードは思う。おれの使いものになる片手に、さらなる血やねばっこい罪がくっつくってわけだ。

＊

　サマードは指揮についてはなにも知らなかったが、自分がなにを好きかはわかっていた。確かに、それほど複雑ではないのだろう、彼女がやっていることは。ただの四分の三拍子、単に人差し指で空中にリズムを描いているに過ぎない——だが、ああ、そうしている彼女の姿を眺めるのは、なんという喜びだったろう！　こちらに背を向けて、裸足の足の踵があがる——三拍目ごとに——サンダルの上で。オーケストラのぎこちないクレッシェンドを導こうと前へ体を傾けるたびに、お尻がわずかに突きだされ、ジーンズを押しあげる——なんという喜び！　なんという眺め！　彼女の元へ駆け寄って連れ去りたいという思いを抑えるのが精一杯だ。恐ろしかった、こうまで彼女に目が釘付けになる自分が。だが、理性的にならねば。オーケストラは彼女を必要としている——彼女なしでは、この「白鳥の湖」（どちらかというと油膜のなかをよたよた進むアヒルといった感じだが）の編曲を仕上げるのはとても無理だろう。とはいえ、なんともったいないことか——バスのなかで幼児が隣にすわった他人の胸を遠慮もなく摑むのを見ているようだ——なんともったいない、かくも美しいものが扱い方もわかっていない子供に無駄にされねばならないとは。こんなふうに思ったとたん、サマードは考え直した。「サマード・ミアーよ……女の胸を触る幼児を羨むなんて男として最低だぞ、子供を羨むなんて、未来を担う……」すると、その午後はじめてのことではなかったが、ポピー・バート＝ジョーンズがまたサンダルの上で踵をあげて、アヒルたちはついに環境災害に倒れた。サマードは自問した。「いったいおれはなんでここにいるんだ？」答えはまたも吐き気のようにしつこく返ってきた。「ここにいないではいられないからだ」

とんとんとんとん。サマードは譜面台を打つ指揮棒の音に感謝した。考えごとから気を逸らしてくれたからだ。頭がおかしくなってきそうな考えごとから。

「はい、みなさん、みなさん。やめましょうね。静かに。楽器を口から離して、弓は下へ。下ですよ、アニタ。はい、それでいいわ、床の上へね。はい、どうも。さて、皆さんはきっと気がついているでしょうけれど、今日はお客さまがいます」ポピーがこちらを振り向き、サマードはポピーの体のどこに視線を向けたものか、必死で探そうとした。自分の困った血が沸き立たないような部分を。「こちらはミスター・イクバルです。マジドとミラトのお父さんよ」

サマードは号令をかけられたように立ちあがった、幅広の襟のオーバーで興奮気味のズボンの前を注意深く隠して。ややぎこちなく手を振ると、また腰をおろす。

「さあみんなで『こんにちは、ミスター・イクバル』」

「**こんにちは、ミスター・イックボール**」二人を除いて全員の音楽家から、響きわたるコーラスが返ってきた。

「さあ、お客さまがいらっしゃるんですから、三回目をやってみましょうね？」

「はい、ミス・バート＝ジョーンズ」

「ミスター・イクバルは今日のお客さまというだけでなく、とても特別なお客さまなんです。ミスター・イクバルのおかげでね、来週からはもう『白鳥の湖』はやりません」

この言葉は、凄まじいどよめきに迎えられた。トランペットのブブーッという音やドラムの連打、シンバルなどのおまけつきで。

「はいはい、わかりました。これほど喜んで賛成してもらえるとは思わなかったわ」

サマードはにやっとした。彼女、ユーモアがあるじゃないか。機知がある、なかなか鋭い——だが、罪を犯す理由があればあるほど罪が小さくなるものでもあるまい。サマードはまたキリスト教徒のような考え方をしていた。まあいいじゃないか、と創造主に向かって言ったのだ。

「楽器をおろして。ほら、マーヴィン。はいありがとう」

「かわりになにをやるんですか、先生？」

「あのね……」以前にサマードが目をとめた、気後れと大胆さが入り混じったような笑顔をポピー・バート＝ジョーンズは浮かべた。「とっても面白いものよ。来週は試しにインド音楽をやってみようと思うの」

ジャンルがそこまで急激に変わったら自分の役割はどうなるのだろうと思ったシンバル

奏者が、最初に計画をおちょくる役をかってでた。「ええ？　あのイイイイイエエエアアアアエエエイイイアアオオオなんて曲をやるんですか？」ヒンドゥー映画の出だしや「インド」料理店の奥で耳にする旋律を、頭の振りもつけて、うまく真似してみせる。生徒たちは金管楽器がいっせいに鳴るような大きな笑い声をどっとあげ、みんなで繰り返しはじめた。イイイイエアアアオオオオアアアアーエエエオオオイイイイイイ……この声は、バイオリンでキイキイ真似る音と相まって、エロスの深淵に半分沈みこんでいたサマードの心にしみこみ、こんな幻想を抱かせた。大理石で覆われた庭、サマードは白い服を着て大きな木の陰に隠れ、サリーを着て額の中央にビンディーをつけたポピー・バート＝ジョーンズが、誘うように体をくねらせながら噴水に見え隠れするのを見つめている。

「これはちょっと――」と言いはじめたポピー・バート＝ジョーンズは、騒ぎに負けまいと、数デシベル声を張り上げた。「**これはちょっと、良くないんじゃないかしら――**」生徒たちが語調の強さに気がついて静かになったので、彼女の声も通常にもどった。「よその文化を冗談の種にするのは、良くないんじゃないかしらね」

楽団は、自分たちがそんなことをしていたとはつゆ知らずにいたのだが、これはマナー校の校則におけるもっとも忌むべき罪だと気づき、みんな視線を足元に落とした。

「そうでしょう？　そうでしょう？　あなたならねえ、ソフィー、もし誰かが『クィーン』をバカにしたらどんな気がするかしら？」

　ソフィーというのはあまり賢くない十二歳児で、頭のてっぺんから爪先まで、まさにそのロックバンドのグッズで身を固めている。ソフィーは、分厚い眼鏡の奥で目を光らせた。

「いやです、先生」

「やっぱり、いやよね？」

「はい、先生」

「フレディー・マーキュリー（「クィーン」のリードヴォーカル）があなたの文化に属しているからってバカにされたらね」

　サマードは、パレスのウェイターたちの間で流れていた噂を聞いたことがあった。このマーキュリーとかいう人物が、じつはファルークという名前の肌がうんと白いペルシャ人で、コック長がボンベイ近郊のパンチガニの学校でいっしょだった覚えがあるというものだ。だが、些細なことにこだわる必要がどこにある？　愛らしいバート＝ジョーンズが滔々と語るのをじゃまする気のないサマードは、情報を自分の胸だけに畳んでおいた。

「文化が違っているために、ほかの人たちの音楽が変に聞こえることがあります」ミス・バート＝ジョーンズは重々しい顔で言った。「でも、だからといって、その音楽があたしたちのものほど良くないということにはならないでしょう？」

「なりません、先生」

「あたしたちは、文化を通じてお互いのことを学べるわよね？」

「はい、先生」

「たとえば、ねえミラト、あなたはどんな音楽が好き？」

ミラトはちょっと考えてから、サクソフォーンを横で振るとギターをかき鳴らすように指を走らせた。「ボーン・トゥー・ラーン！　ダダダダダー！　ブルース・スプリングスティーンです、先生！　ダダダダー！　ベイビー、ウィー・ワー・ボーン――」

「そうねえ、なにかほかに――ほかにないの？　お家で聞いてるようなのは？」

ミラトは目を伏せた。自分の答えが正しいものでなかったようなので困っている。ミラトは父親のほうを見た。先生の後ろで必死の身振り手振りを繰り返し、バラタ・ナッティヤムの頭や手を突きだす動きを伝えようとしている。心が悲しみで重くなり、手足を赤ん坊たちに縛られてしまう前のアルサナが楽しんでいたダンスだ。

「スリラー！」父親の意図を理解したと思いこんだミラトは、大声で歌った。「スリラー・ナイト！　マイケル・ジャクソンです、先生！　マイケル・ジャクソン！」

サマードは両手に顔を埋めた。ミス・バート＝ジョーンズは、椅子の上に立って股を摑んで旋回する子供を、変な顔で見つめた。「わかったわ、ありがとう、ミラト。教えてくれて……どうもありがとう」

ミラトはにこっとした。「どういたしまして、先生」

子供たちが二十ペンス出してパサパサしたダイジェスティブ・ビスケット二枚と味のないスカッシュを一杯買おうと並んでいる間に、サマードは獲物を追う獣のようにポピー・バート＝ジョーンズの軽やかな足取りのあとを追い——音楽倉庫へ入った。小さな部屋だ。窓がない。逃げ道はなく、楽器で一杯だ。ファイリングキャビネットからは楽譜があふれ出している。最初サマードが彼女のものだと思った匂いは、古びた革のバイオリンケースとガットの練れた臭いが混ざったものだった。

「ここで」とサマードは紙の山が盛りあがった机を指さした。「お仕事をしていらっしゃるんですね？」

ポピーは赤くなった。「狭いでしょう？　音楽の予算は年々削られる一方で、今年はもう削るものがなくなるところまできたんです。結局机は倉庫へ入れられて、ここがオフィスっていうことになりました。ロンドン首都圏議会がなかったら、机もないところかもしれません」

「確かに狭いですねえ」なんとか彼女に手の届かない離れた位置に立つ場所はないものかと、サマードは必死で部屋を見回した。「なんだか、閉所恐怖症になりそうですね」

「そうなんです。ひどいでしょう——ですが、おすわりになりませんか？」

サマードは彼女の言葉が示しているらしい椅子を探した。

「あら、いやだ！　ごめんなさい！　ここだわ」紙や本やなにやかやをポピーが片手で床へ払い落とすと、あぶなっかしげなスツールが出てきた。「あたしが作ったんです――でも、しっかりしてますから」

「大工仕事がお上手なんですか？」サマードはまたも悪しき罪を犯すためのさらなる良い理由を探しながら、そうたずねた。「音楽家であるばかりでなく、職人でもあるのですね？」

「いえいえ――夜の講座にちょっと通っただけ――大したことないんです。そのスツールと足置き台を作ったんですけど、足置き台は壊れちゃって。あたしはとてもじゃないけれど――あらいやだ、大工さんの一人も思いつかないわ！」

「イエスがいるじゃないですか」

「でも、『あたしはイエスじゃない』なんて、ちょっと言えませんもの……もちろんあたしはイエスじゃないですけど、それはべつの意味で、ですから」

サマードはぐらぐらする椅子にすわり、ポピー・バート＝ジョーンズは自分の机の椅子にすわった。「つまり、あなたがいい人間じゃないってことですか？」

サマードは質問の予期しなかった重みによってポピーを狼狽させてしまったことに気づいた。ポピーは前髪を指で梳き、ブラウスの小さな鼈甲（べっこう）のボタンをいじくり、心もとない笑い声をあげた。「自分はそれほど悪い人間じゃないって思いたいですけど」

「で、それで充分なんですか？」

「あのう……あたし……」

「いやいや、すみません……」とサマード。「本気で言ったんじゃないんです、ミス・バート゠ジョーンズ」

「そうね……あたしはチッペンデール、ル、ル、ル（英国の高名な家具師）じゃない――これならいいでしょう」

「そうですね」彼女はクィーン・アン様式の椅子よりずっとすばらしい足を持っていると内心思いながら、サマードは優しく答える。「それならいいんじゃないですか」

「ところで、なんの話をしてたのかしら？」

サマードは机にちょっと身をのりだしてポピーの顔を見る。「なにかの話をしていたんでしたっけ、ミス・バート゠ジョーンズ？」

（サマードは目を使った。この目だよ、とよく言われたものだ――あのデリーに来たばかりの男の子、サマード・ミアーは、とみんな言ったものだ、たまらない目をしている、と）

「あたし探してたんだわ――ええっと――メモを探していたんです――どこかしら？」

ポピーは机の上のごちゃごちゃをかき回しはじめた。サマードは椅子にちゃんと腰掛けなおし、自分の思い違いでなければ彼女の指はどうも震えているらしい、という事実から得られる満足感を噛みしめた。これが好機到来というやつだろうか？　サマードは五十七歳だ——最後にこういう好機を迎えてからたっぷり十年はたっている——たとえ好機に出会ったとしてもそれと気づくかどうか自信がなかった。おい、じいさん、ハンカチをぺたぺた顔に当てながらサマードは自分に語りかけた。この耄碌じじいめ。さあ出て行くんだ——自分の罪深い分泌物（サマードは豚のように汗をかいていた）でびしょぬれになる前に出て行くんだ、事態をひどくしちまうまえに。だが、ひょっとしてあり得るだろうか？　この一ヶ月——しごいては漏らし、祈り、請い願い、取引をし、考えていた、いつも彼女のことを考えていたこの一ヶ月——彼女もおれのことを考えてくれていたなんてことが？

「そうだわ！　探してて……思い出したんですけど、あなたにお聞きしたいことがあったんです」

　はい！　サマードの右の睾丸に住み着いている擬人化された声が言った。どんな質問だろうと、答えは、はい、はい、はい。はい、ここのこのテーブルの上で愛しあいましょう。はい、二人で燃えあがりましょう。そうです、はい、ミス・バート゠ジョーンズ、はい、答えは絶対にどうしたって、はいです。だがなぜか、会話がつづく、サマードのタマ袋から四フィート上の理性的な世界では、答えはこういうことになった——「水曜日です」

　ポピーは笑った。「いえ、今日が何曜日かお聞きしたわけじゃありません——あたし、そこまでバカには見えないでしょう？　いえ、あたしが聞きたいのはなんの日かっていうことです、その、ムスリムにとって。マジドが特別な恰好をしているようだったので、なんのためなのか聞いたんですけど、なにも言わないんです。ひょっとしてあの子の気持ちを傷つけたんじゃないかと気になって」

サマードは眉をひそめた。ブラとシャツを通してくっきりと目立っている乳首の色合いと硬さを正確に見積もろうとしているときに、子供のことを思い出すのはいやなものだ。

「マジド？　どうぞ、マジドのことは気にしないでください。傷ついてなんかいませんよ」

「じゃあ、あたしの思ったとおりだったんですね」ポピーは嬉しげに言った。「あれは一種の、どう言ったらいいのかしら、声断ちみたいなものなんですか？」

「ええ……そうです、そうです」サマードは家庭内のジレンマが明るみに出ないことを祈りつつ、口ごもりながら答えた。「あれはコーランからきているもので……最後の審判の日、われわれは皆まず人事不省の状態に陥るということを表しているわけで。沈黙、ですな。そして、そのう、つまり、一家の長男は黒い服を着て、そのう、しゃべるのをやめるんです……一定の期間……つまりその清めがすむまでは」

おお、神よ。

「そうですか。ほんとうにすてきだわ。で、マジドがご長男なんですか？」

「二分の差でね」

ポピーはにっこりした。「たったそれだけで」

「二分差でも」サマードは辛抱強く説明する。なにしろ、そのわずかな時間がイクバル家の歴史上どれほどの重みを有するのか全然わかっていない人間を相手にしゃべっているのだから。「ぜんぜん違ってくるんです」

「で、その行事には名前はあるんですか？」

「アマル・ドゥルボル・ラグチェです」

「どういう意味なんですか？」

文字どおり訳せば、おれはめろめろだ。つまりね、ミス・バート＝ジョーンズ、おれの体の細胞すべてがあんたにキスしたいという欲望でめろめろになっているんだ。

「これは」落ち着いた声で、サマードはきっぱりと答える。「創造主への口を閉じた祈り、という意味です」

「アマル・ドゥルボル・ラグチェですね。まあ」とポピー・バート＝ジョーンズ。

「そうです」とサマード・ミアー。

ポピー・バート＝ジョーンズは椅子から身を乗り出した。「どう言ったらいいかしら。あたしには、すばらしい自制行為に思えます。西洋には、こういうのってないでしょう――こういう犠牲の精神って――あなたがたの節制とか克己とかに対する考え方は、本当にすばらしいと思ってるんです」

このとき、サマードは、首をつろうとする人間がやるように、すわっていたスツールを蹴飛ばすと、ポピー・バード＝ジョーンズのお喋りな唇を自分の熱い唇で捕らえた。

7 臼歯

そして、東洋の父親の罪の報いは西洋の息子らに降りかかることとなる。多くは時間をかけて、ハゲや精巣癌のように遺伝子に蓄積されるのだが、ときには即日のこともある。ときには同時であることも。少なくとも、どうしてこういうことになったか、それで説明がつくだろう。二週間後、古（いにしえ）のドルイドの収穫祭の日に、モスクには着ていったことのないシャツを（汚れなき者にはすべてが清い）そっとビニール袋につめこんで、あとで着替えて疑いを招くことなくミス・バート＝ジョーンズと会おう（四時三十分、ハールズデン・クロック）と準備するサマードの姿が見られ……一方では、マジドと転向者のミラトが、賞味期限切れのヒヨコマメ四缶とポテトチップスの詰めあわせ一袋、それにリンゴ数個を二つのリュックに入れて（まあいいじゃないか）、アイリーと落ちあう（四時三十分、アイスクリーム屋のヴァン）準備を整え、彼らが担当することになった老人、異教の慈善を施す相手、ケンサル・ライズのミスター・J・P・ハミルトンを訪ねようとしていたことの説明が。

関係者全員が知らないことだが、この二つの外出の下には古のレイライン（英国各地に存在するとされる先史時代の遺跡を結ぶ網の目状の道）が走っていた――すなわち、現代の言葉で言えば、これは再放送なのである。われわれは以前にここへ来たことがある。ちょうど、ボンベイやキングストン、あるいはダッカでテレビを見ているようなものだ。同じ古いイギリスのホームドラマが、かつての植民地で単調に果てしなく繰り返し吐き出される。移民というのはつねに、繰り返す傾向がとくに強い――これはあの西から東へ、東から西へ、島から島へと移動する経験と関連している。いったん到着しても、なおも行ったり来たりする。子供たちはぐるぐる行き来を繰り返す。これには適切な用語がない――原罪ではちょっときつすぎる、原トラウマのほうがいいかもしれない。トラウマというのは何度も繰り返されるものだ。そして、これがイクバル家の悲劇だった――彼らがなした一つの土地からべつの土地への、一つの信仰からべつの信仰への、母なる茶色の国から白い雀斑だらけの帝国の腕のなかへの突進を、繰り返さずにはいられないということが。彼らがつぎの曲にいくまでには、何度も再生が必要なのだ。父と二人の息子が家のなかでこそこそと服を詰めたり食料品を詰めたりしているのに気づかないアルサナが、大きな音をたてながら巨大なシンガーミシンでパンティーの股に開いた穴の回りにダブルステッチをかけているあいだに起こっていたのは、これだった。これは繰り返しの訪れである。大陸間移動である。再放送である。でも、いまのところは一時（いちどき）に一つずつにしよう、一時に一つずつに……。

＊

　さて、若者はどういう心構えで年寄りに会おうとするのだろう？　年寄りが若者に会う心構えと同じことだ。やや丁寧に、相手が道理をわきまえているとはあまり期待せず、こちらの言うことはなかなかわかってもらえないだろう、相手の理解を超えているだろう（頭上を越えて、というよりは足のあいだをすり抜けてしまう）ということをわきまえ、そして、相手が好みそうな物を、なにか適当な物を持っていかなくてはならないと考える。ガリバルディー・ビスケット（レーズン入り薄焼きビスケット）のような。

「お年寄りはあれが好きなのよ」双子に何を持ってきたかたずねられて、アイリーは説明した。三人は五十二番のバスの上部席で揺られながら目的地に向かっていた。「なかのレーズンが好きなのよ。お年寄りはレーズンが好きなの」

　トミートロニックをかぶったミラトがあざ笑う。「レーズンが好きなやつなんていないさ。死んだブドウなんて――ゲエッ。そんなもん、誰が食いたがるかよ？」

「お年寄りは食べるの」アイリーはビスケットを袋にもどしながら言い張る。「それに、死んでるんじゃないもん、干してあるんだよ」

「ああ、死んだあとにな」

「へんなこと言わないでよ、ミラト。マジド、へんなこと言うなって言って！」

マジドは眼鏡を鼻柱に押しあげ、巧みに話題を変えた。「ほかに何を持ってきたの？」

アイリーは袋に手をつっこんだ。「ココナッツ」

「ココナッ！」

「言っとくけど」アイリーはココナッツをミラトの手の届かないところへやりながら、ぴしゃりと言う。「お年寄りはココナッツが好きなの。ココナッツミルクをお茶に使えるし」

アイリーは、ゲエッと吐く真似をしているミラトに向かってさらにつづけた。「それから、固いフランスパンと、スライス・チーズと、それにリンゴもいくつか――」

「ぼくたちもリンゴをもってきたよーだ、チーフめ」ミラトがさえぎる。「チーフ」という言葉は、ノース・ロンドン・スラングの語源に秘められた説明のつかない理由によって、バカとかアホとかボンクラとかいった意味で使われる。どうしようもない負け犬ということだ。

「へんだ、あたしのリンゴのほうが数も多いし上等だもん、ホント。それに、ケンダル・ミントケーキとアキーと塩漬けのタラも」

「アキーと塩漬けのタラなんてだいっきらいだ」

「誰もあんたに食べろなんて言ってないでしょ」

「食いたくねえよ」

「だからさ、あんたが食べるんじゃないの」

「よかった、だって、食いたくねえからな」

「よかった、だってさ、たとえあんたが食べたがったって、食べさせてやんないもんね」

「助かったあ、だって、食いたくないもん。恥(シェイム)っかき」ミラトはそう言うと、トミートロニックを外しもせず、恥(シェイム)をくっつけた。よくやる、アイリーのおでこに手のひらでなすりつけるという方法で。「脳ミソに恥(シェイム)」

「ホント、気にしなくていいよ、あんたにはあげないんだから――」

「おおー、熱いぞ、熱いぞ！」ミラトは小さな手のひらをこすりつけながら叫ぶ。「これで恥(シェイム)がうつった！」

「ホント、あたしは恥(シェイム)っかきじゃないもん。恥(シェイム)っかきはあんたでしょ、これはミスター・J・P・ハミルトンにあげるんだから――」

「あ、ぼくたちが降りるとこだ！」マジドが叫んで、ぴょんと立ちあがり、ベルの紐を何度も引っ張る。

「いやまったく」と一人の老齢年金受給者がもう一人にいまいましげな口調で話しかける。「あいつらみんな帰ったらいいんだ、自分の……」

　だが、この世界でもっとも古いせりふはベルの音や足音でさえぎられ、チューインガムとともに座席の下へ引っこむこととなった。

「恥(シェイム)、恥(シェイム)、それがおまえの名前だよ」マジドが歌う。三人は階段を駆けおり、バスから降りた。

＊

五十二番バスは往復していた。まず、万華鏡のようなウィルズデンから、この子供たちのように南へ向かうことができる。ケンサル・ライズを通ってポートベローやナイツブリッジへ。そうすれば、さまざまな色のひしめきが、輝く白い町へと変化してゆくのを目にすることになる。あるいは、サマードがしたように北へ向かうこともできる。ウィルズデン、ドリスヒル、ハールズデン。そうすれば、不安な気持ちで（もしあなたがサマードのように不安を抱いているなら、肌の色の黒い人間に囲まれて道を渡ったということだけが町の印象として残っているのなら）白が黄色になり、茶色になるのを目にすることになる。やがてハールズデン・クロックが見えてくる、キングストンのヴィクトリア女王像のようにたつ——黒に囲まれた丈の高い白い石が。

サマードは驚いた、本当に驚いたのだった、彼女が囁いたのがハールズデンであったことに。キスしたあと——あのキスの味はまだ残っている——彼女の手を握り締め、どこで会えるかとたずねたのだ。ここから離れたところで、なるべく遠いところで（「子供たちが、妻が」とサマードは支離滅裂に呟いた）。「イズリングトン」とか「ウェスト・ハムステッド」、少なくとも「スイス・コテージ」という答えを期待していたら、代わりに「ハールズデンで、あたしはハールズデンに住んでるんです」。

「ストーンブリッジ・エステイトですか？」サマードはおそるおそるたずねた。アッラーが罰を与える創造的なやり口にたまげながら。新しい恋人の上にのっかった自分の背中に、ギャングの四インチのナイフが突き立てられている姿が目に浮かんだ。

「いいえ——でも、そう離れてはいませんけど。いいですか？」

サマードの口はその日、草の茂る丘の上の一匹オオカミのガンマンで、脳をぶっ殺すと同時に宣誓して権力を握ってしまったのだった。

「はい。ああ、もう！　もちろんです」

それから、サマードはもう一度彼女にキスし、そこそこ節度のあった態度を一変させて左手で彼女の胸をまさぐり、その動作に応えて相手が鋭く息をのむのを楽しんだ。

それから二人は、不貞をはたらく人間が自分たちをそんな人間だとは思いたくなくて交わす短い義務的な会話を交わした。

「本当はこんなことしちゃ——」

「どうしてこんなことになったのか——」

「やっぱりあたしたち、会って話しあわなきゃ、どうなったのか——」

「そのとおりです。どうなったのかということについて、話しあわなきゃ——」

「いまここでなにかが起こったんですから、でも——」

「妻や……子供たちに……」

「とりあえず先のことにしましょう……二週間後の水曜日では？　四時三十分でどう？　ハールズデン・クロックでね？」


このごちゃごちゃうっとうしい状況のなかで、少なくともサマードは時間配分に関しては喜ぶことができた。四時十五分にバスを降り、五分でマクドナルドのトイレに駆けこんで（ドアのところには黒人の見張り人がいる、黒人を閉め出すための黒人の見張り人が）、レストランの幅広ズボンから濃紺のスーツとウールのVネックにグレイのシャツという服装に着替え、シャツのポケットに入れておいた櫛で豊かな髪をきちんと撫でつける。これで四時二十分、それから五分で従兄弟のハキームとその妻のジーナットのところへ寄る。この夫婦はこの地区で一ポンド五十ペンスショップ（この価格以上の物は売らないという虚偽の前提のもとに商売しているが、よく見ると、それは並んでいる商品の最低価格であることが判明するという類の店）を経営しており、彼らがそうと知らずに自分にアリバイを提供してくれるよう仕組むつもりなのであった。

「まあ、サマード・ミアー！　今日はいやに素敵じゃない——なにかわけがありそうねえ」

ジーナット・マハル。ブラックウォール・トンネルみたいに口の大きな女だが、サマードはその口を当てにしようというのだ。

「ありがとう、ジーナット」サマードは、わざと隠そうとするような様子を見せる。「わけといわれても……言っていいものかなあ」

「サマード！　あたしの口は墓石と同じよ！　何を聞いても、死ぬまで誰にも言わないわ」

ジーナットが何を聞こうが、それはかならずや電話網を活気づかせ、アンテナや電波や衛星のいたるところにこだまし、この地球から遠く離れた惑星の大気圏にまで跳ね回って、ついには進んだ文明を持つ異星人に察知されることとなるのである。

「いや、じつは……」

「頼むから、早く教えてよ！」ジーナットはいまやカウンターの反対側から乗りださんばかり、内緒話を聞きたくてうずうずしている。「いったいどこへ行くの？」

「その……パーク・ロイヤルへ生命保険のことで人と会いに行くんだ。おれが死んだあと、アルサナが不自由な思いをしないようにしておきたくて——だけど！」きらきら輝く宝石をつけまくり、アイシャドーを濃く塗った聞き手に向かって、サマードは人差し指を振る。「あいつには知られたくない！　おれが死んだ場合を考えるなんて、あいつは嫌がるからね、ジーナット」

「ねえ、聞いた、ハキーム？　妻の将来を心配する男もいるのよ！　さあ――お行きなさい。引き留めちゃわるいものね。それから、心配しないで」出ていくサマードに声をかけながら、同時にジーナットは爪の長い手を電話に伸ばしている。「アルシには一言も言わないからね」

アリバイ完了。残る三分で、年のいった男が若い女の子に何を持っていったらいいのか考える。四本の黒い通りが交わるところで年のいった茶色の男が若い白い女の子に渡す物。なにか適当な……。

「ココナツ？」

ポピー・バート＝ジョーンズはもじゃもじゃした物体を両手で受け取ると、まごついた笑顔を浮かべてサマードを見上げた。

「これはね、いろんな要素が混ざりあってるんです」サマードは落ち着かない声で説明する。「果物みたいなジュースが入っているけど、ナッツのように固い。外側は茶色で古びているけれど、なかは白くてみずみずしい。でも、混ざりあうということは、悪いことじゃないと思うんです。私たちはこれをちょいちょい使うんです」何を言っていいかわからずに、サマードは付け足した。「カレーに」

ポピーはにっこりした。もともとの顔の美しさをいっそうくまなく際だたせるすばらしい笑顔だ。そしてその笑顔には、とサマードは思う、なにか善いものがある。なんの恥ずべきことも内包しない、いま自分たちがしていることと比べて善なる、汚れのないなにかが。

「すてきだわ」とポピーは言った。

＊

学校でもらった紙に書かれた住所まで五分の路上で、アイリーはまだ恥(シェイム)がひりひり焼けつくのを感じ、再試合を望んでいた。

「あれ、もーらった」ケンサル・ライズの地下鉄のそばにもたせかけてあったやや古ぼけたバイクを指さして、アイリーは言った。「あれも、もーらった。それから、あれも」こんどはそばの二台のモトクロス用自転車を指す。

ミラトとマジドも即座に行動にうつった。なにかを「もらう」というのは、新参の入植者のように通りにある自分のものではない物の所有権を主張することだが、二人にもお馴染みの、お気に入りの遊びだった。

「へェんだ！　そォんなガラクタァ、ほしくないよォ」ミラトはジャマイカ訛(なまり)で言う。子供たちはみんな、どこの出身であろうと、軽蔑を表すのにジャマイカ訛を使う。「あれもらった」角を曲がろうとする本当にかっこいい輝く赤い小型のMGを、ミラトは指さす。

「それから、あっ、ち、も、ォ！」叫びながら、マジドより一瞬早く、びゅーんと通り過ぎるB

ＭＷを指す。「おい、ぼくがもらったんだからな」ミラトはマジドに念を押すが、マジドは争わない。「勝手だなあ」

　アイリーは、このなりゆきにちょっと意気阻喪して、目を通りから路面に転じ、そこで突然インスピレーションを摑んだ。

「あれ、もーらったっと！」

　マジドとミラトは立ち止まり、いまやアイリーの物となった真っ白なナイキ（赤と青のチェック印のようなマークがついて、すばらしくすてきだ。ミラトが後で言ったように、死んじまいたくなるほど）を畏敬の表情を浮かべて見つめた。だが、見たところそれは、背の高いきりっと威圧感を感じさせる黒人の子供にくっついてクィーンズ・パークへ向かっているようであった。

　ミラトは恨めしそうにうなずいた。「いいなあ。ぼくがめっけてればよかったァ」

「もらった！」マジドが突然汚い指を一軒の店のウィンドウに向ける。そこには、もう若くはないテレビ俳優の顔が正面に印刷された長さ四フィートの化学セットがあった。

　マジドはウィンドウを叩いた。「わお！　あれ、もらったぞ！」

　短い沈黙がつづく。

「あれをもらうって？」ミラトが不審そうにたずねる。「あれを？　おまえ、化学セットをもらう気か？」

マジドが自分のはまった状況を悟るより前に、二つの手が猛烈な勢いでぴしゃっとマジドの額にうちおろされ、たっぷりとなすりつけた。マジドはアイリーに「ブルータスよ、おまえもか」と言うような嘆願の目を向けたが、無駄だということは承知していた。「ほぼ十歳」児の間には、誠意なんて存在しない。

「恥（シェイム）！　恥（シェイム）！　それがおまえの名前だよ！」

「だけど、ミスター・J・P・ハミルトンが」マジドは熱い恥（シェイム）の下からうめいた。「ぼくたちもう着いたんだよ。あの人の家はすぐそこだぞ。ここは静かな通りなんだから、こんなに騒いじゃいけないよ。相手は年寄りなんだ」

「でも、年寄りだったら、耳が遠い」ミラトが理屈をこねる。「もし耳が遠いなら、聞こえないはずだ」

「そんなことないよ。年寄りは嫌がるんだ。おまえはわかってないんだよ」

「きっと、うんと年を取ってて、袋から物を出すこともできないかもしれないよ」とアイリー。「袋から出して、手渡ししたほうがいいかも」

この提案は同意を得た。食べ物ぜんぶを、両手に乗せたり体のあちこちに挟んだりするには、しばらくかかった。これで、ドアが開いたときに、ミスター・J・P・ハミルトンを博愛心の大きさで「驚かす」ことができる。ミスター・J・P・ハミルトンは、玄関口で三人の浅黒い肌をした子供たちがさまざまな物をひっつかんで立っているのと顔をつきあわせて、充分に驚いた。子供たちが思っていたとおりの年寄りだが、思いがけなく背が高くてこざっぱりしている。老人はドアをわずかばかり開けると、青い静脈が連なる手をノブに掛けたまま、頭を突きだした。アイリーは品の良い老いたワシを連想した。羽毛のような毛が耳のなかからもシャツの袖口からも襟からもはみだしている。額に一房の白髪を落とし、指は鉤爪(かぎづめ)のようにぎゅっと丸まったままだ。身なりは良い、不思議の国の老いた英国の鳥といった感じ——スエードのチョッキ、ツイードのジャケット、金鎖のついた時計。

そして、カササギのように光っている、周囲の白と赤にもくすむことのない青い目のきらめき、シグネットリングの小さな輝き、ちょうど心臓の上につけられた銀色の四個のメダル、そして胸ポケットからのぞく海軍郵便物の銀色の縁。

「悪いが」トリ男が声を発した。子供の耳にさえ、階級が違う、時代が違うとわかる声だ。「うちの玄関から立ち退いてくれないかね。わしは金など持っておらんから、何を盗ろうと思っているのか売りつけようと思っているのか知らんが、失望することになるぞ」

マジドが前へ進んだ。老人の視界のうちに入ろうとしたのだ。レイリー散乱のように青い左の目は子供たちを飛び越えた彼方を見ているし、右の目は皺に埋もれてほとんど開いていなかったのである。「ミスター・ハミルトン、覚えていませんか、ぼくたち、学校から派遣されたんです。ここにあるのは——」

老人は言った。「じゃ、さようなら」、まるで汽車で旅立つ親戚のおばさんに別れを告げるように。そしてもう一度「さようなら」が告げられると、閉ざされたドアの二枚の安っぽいステンドグラス越しに子供たちが見守るなか、熱でゆらめいてでもいるかのようにぼやけたミスター・ハミルトンの背の高い姿は、廊下をゆっくりと向こうのほうへ去って行き、やがて茶色の点々となって家具調度の茶色の点々と混じりあい、ほとんど消えてしまった。

ミラトはトミートロニックを首へずり落とし、顔をしかめ、決然と小さなこぶしを呼び鈴にたたきつけると、ぐっと押した。

「もしかしたら」とアイリー。「食べ物はほしくないのかもしれない」

ミラトは呼び鈴から手をちょっと離した。「ほしいに決まってるだろ。自分で頼んだんだから」ミラトは怒鳴り、また全力をこめてベルを押した。「神のお恵みの収穫だ、そうだろ？　ミスター・ハミルトン！　ミスター・J・P・ハミルトン！」

すると、あのゆっくりした消滅の過程が巻きもどされはじめ、老人は階段やドレッサーの原子から自らを再構成して、いま一度実物大にもどり、ドアから顔を覗かせた。

ミラトはかっかしながら、学校のお知らせを老人の手に突きつけた。「神のお恵みの収穫だよ」

だが、老人は水浴びする鳥みたいに頭を振った。「いやいや。自分の家の玄関でなにか買えと脅されるなんてまっぴらだよ。君たちが何を売っているのかは知らんが——ああ神よ、百科事典ではありませんように——この歳になると、情報は多いより少ない方がいいんだ」

「だって、これはタダだよ！」

「ほほう……そうか……どうしてだ？」

「神のお恵みの収穫なんです」マジドが繰り返す。

「地域の助けあいです。うちの先生に頼んだんでしょう、ミスター・ハミルトン、あたしたちがこうして派遣されてるんだから。もしかして、忘れてませんか」アイリーが大人っぽく付け加えた。

ミスター・ハミルトンは記憶を取りもどそうとでもするように、悲しげな顔でこめかみを押さえ、それからゆっくり、ゆっくり玄関のドアを全開にし、秋の陽光のなかへよたよたと一歩踏み出した。「ああ……どうぞ入ってくれたまえ」

三人はミスター・ハミルトンの後について、タウンハウスのうすぐらいホールに足を踏み入れた。古びて欠けたヴィクトリア朝風の装飾品があふれ、そこにもっと最近の生活をしのばせるものが散在している——壊れた子供の自転車、放り出されたスピーク・アンド・スペル（教育玩具）、家族それぞれのサイズの泥で汚れた四足のゴム長。

「さてと」広い庭が見渡せる美しい出窓のある居間に着くと、老人は機嫌良く口を開いた。

「何があるのかな?」

子供たちは持ってきたものを虫の食った長椅子の上に並べた。マジドが買い物のリストを読み上げるように内容を披露し、ミスター・ハミルトンはタバコに火をつけ、震える指で町なかのピクニックのご馳走を調べた。

「リンゴだって……おやおや、だめだなあ……ヒヨコマメ……だめだめ、ポテトチップス……」

こんなふうに、どれも順に手に取られては非難を浴び、しまいに老人は目に涙をわずかばかりにじませながら子供たちを見上げた。「どれも食べられない……固すぎてね、どれも固すぎるよ。食べられるといったら、せいぜいそのココナツのなかのミルクくらいかな。だがまあ……お茶にしようじゃないか。いっしょにお茶をどうだね?」

子供たちはぽかんと老人を見つめた。

「さあさあ君たち、すわりなさい」

アイリーとマジドとミラトは、不安げな様子でのろのろと長椅子にすわった。すると、カチャカチャいう音がして、三人が見上げると、ミスター・ハミルトンの歯が舌の上に乗っている。まるで口の中から口が飛び出したみたいだ。つぎの瞬間、歯は奥へ引っこんだ。

「あらかじめ砕いておかなくては、なにも食べられんのだよ。自分が悪いんだ。長い間ほったらかしにしてきたんでね。きれいな歯なんて——軍隊じゃたいして重要視されないからなあ」老人は震える手で、ぎこちなく自分の胸をどんと叩いてみせる。「わしは軍隊の人間だったんだ。ところで、君たち若い者は何回くらい歯を磨くのかね？」

「一日に三回です」アイリーは嘘をつく。

「嘘つき！」ミラトとマジドが声をそろえる。「パンツに火がつく！」

「二回半です」

「おやおや、どっちだね？」ミスター・ハミルトンは片手でズボンを撫でつけ、もう片方の手でお茶のカップを持ち上げた。

「一日に一回です」アイリーはおとなしく答えた。老人がまともに関心を持っているようなので、本当のことを言わざるをえなくなったのだ。「たいていは」

「そのうち後悔するようになるぞ。で、君たち二人は？」

マジドは寝ている間に歯を磨いてくれる歯磨きマシーンのもっともらしい作り話を考えていたのだが、ミラトが本当のことを言ってしまった。「同じだよ。一日に一回。そんなとこかな」

ミスター・ハミルトンは物思わしげに椅子に身を沈めた。「人間というやつは、ときに歯の重要さを忘れてしまう。われわれは下等動物とは違う――しょっちゅう歯が生え替わったりするような動物とはな――われわれは哺乳類なんだ。そして哺乳類は、歯についてはチャンスは二度だけだ。もっと砂糖はいるかね？」

子供たちは、二度しかないチャンスのことを考えて、断った。

「だが、すべての物事同様、これにも両面ある。きれいな白い歯がいつもいいことだとは限らない、なあ？　たとえばだ、わしがコンゴにいたとき、黒い連中を見つける唯一の方法はやつらの白い歯だった、わかるかな。あれはひどかったなあ。なにせ、ケツの穴を掘るみたいに真っ暗なんだ。やつらは歯のせいで死ぬことになった、わかるか？　哀れなやつらだ。いやむしろ、わしの方がおかげで生き延びることができたというべきかな、べつの見方をすれば。わかるかな？」

子供たちは黙ってすわっていた。やがてアイリーが泣き出した、声を出さずに。

ミスター・ハミルトンはつづけた。「これが戦争における勝敗の決め手というやつだ。ちらっと白く光ったら、バン！　とまあこんな具合だ……ケツの穴を掘るみたいに真っ暗なんだ。ひどい時代だった。立派な若者たちが死んで横たわってる、わしの目の前で、わしの足元で。腹が開いて、腸がわしの靴にのっかってるんだ。まるでこの世の終わりだったよ。ドイツ軍に入れられた、スペードのエースみたいに真っ黒な見事な男たち。哀れなバカどもは、なぜ自分がこんなところにいるのかもわかってない、誰のために戦っているのかも、誰を撃っているのかも。銃が決着をつける。瞬く間にね、君たち。情け容赦なく。

ビスケットはどうかね？」

「あたし、もう帰りたい」アイリーが小さな声で言う。

「うちのお父さんも戦争に行ったんだよ。イギリスのために戦ったんだ」ミラトが赤い顔で意気ごんで告げた。

「ぼほう、君はサッカーチームのことを言っているのかね、それとも軍隊かね？」

「イギリス軍です。戦車を操縦してました。ミスター・チャーチルです。この子のお父さんといっしょに」マジドが説明した。

「勘違いしてるんじゃないかね」ミスター・ハミルトンは相変わらず品のいい口調で切り返す。「わしの記憶によれば、確か褐色の外国人（ワグ）は一人もいなかったがなあ――この頃はこんな言い方をしてはいけないんだよな？　だが、いなかったよ……パキスタン人は一人も……いたとしたら、あの連中に何を食べさせていたんだろう？　いやいや」老人はブツブツ呟きながら、いまこの場で歴史を書き直す機会でも与えられたかのように疑問を検討した。「問題外だね。あんなこってりしたもの、わしの胃は受けつけなかっただろうよ。パキスタン人はいなかったね。パキスタン軍かなんか、そんなところにいたんじゃないのか。哀れなイギリス軍は、わしらみたいな古強者（ふるつわもの）だけで充分手を焼いていたんだからな」

ミスター・ハミルトンは一人穏やかに笑い、頭を巡らすと、庭の一隅を占める桜の木が枝を揺るがすのに黙って見入った。かなりたってこちらに向き直った老人の目には、また涙が浮かんでいた――顔に平手打ちでもくったように、たちまち涙がわきあがる。「いいかい、君たち子供は嘘をついちゃいけない、そうだろう？　嘘をつくと歯が腐るぞ」

「嘘じゃありません、ミスター・J・P・ハミルトン、本当に軍隊にいたんです」とマジド。いつも調停役、交渉役なのだ。「お父さんは手を撃たれたんです。メダルも持ってます。英雄だったんです」

「そして、歯が腐ると——」

「本当なんだよ！」ミラトが怒鳴り、あいだの床においてあったお茶のトレイを蹴飛ばした。「このノータリンのクソジジイめ」

「そして、歯が腐ると」ミスター・ハミルトンは話をつづけながら天井を見上げて微笑む。「ああ、もう元にはもどらない。誰も以前のように見てくれなくなる。可愛い女の子は見向きもしてくれなくなる、愛情のためだろうと金のためだろうと。だがな、まだ若いうちなら、大事なのは第三臼歯だ。一般には親知らずと呼ばれておるようだが。君たちは何よりもまず、親知らずをなんとかせねばならない。わしの失敗はここだった。君たちにはまだ生えんだろうが、わしの曾孫たちはいまちょうど生えかけなんだ。親知らずの問題点は、口のなかに生えるだけの余地があるかどうかわからないということだ。親知らずだけは、体のほうがそれに合わせて成長しなければならないんだ。親知らずを生やすためには、充分大きくなってなきゃいけない、わかるか？　そうでなければ——いやはや、めちゃくちゃに生えるか、あるいは全然生えてこなくなる。骨のなかに封じこめられたままになる

——歯牙埋伏（しがまいふく）というんだったかな、確か——そして恐ろしい、恐ろしい感染症を引き起こす。早目に抜いちまえ、孫娘のジョスリンにな、あの子の息子たちにはそうしろと言ってるんだが。絶対にそうしなきゃいけない。あらがってもだめなんだ。わしもそうしておけばよかったと思うよ。早くにあきらめて、分散投資で危険を避けておけばよかったとな、言ってみれば。つまりあれは自分の父親の歯なんだ。親知らずというのは父親から受け継ぐ、これは確かだよ。だからだなあ、親知らずを生やすには、充分大きくなってなきゃいけない。わしの場合は、充分に大きくはなかったのかもしれん……親知らずは抜いちまって、一日に三回歯を磨く、わしの忠告を聞きたいというなら、こうだな」

ミスターＪ・Ｐ・ハミルトンが、自分の忠告を聞いてもらえたかどうか確かめようと目線を下げた頃には、三人の浅黒い肌をした訪問客はすでにいなかった。リンゴの袋を持って（老人はリンゴをフードプロセッサーにかけるようジョスリンに頼もうかと思案していたのだが）、足をもつれさせながら、緑の空間を求めて、町の緑の多い区域へ、自由に息のできるところへ行こうと駆けだしていたのだ。

＊

さて、子供たちは町をよく知っていた。そして町が狂人を育むことも知っていた。子供たちはミスター・ホワイトフェイスを知っていた。インド人で、顔を白く、唇を青く塗り、タイツをはいてハイキング用のブーツを履き、ウィルズデンの通りを歩いている。ミスター・ニュースペーパーも知っていた。背の高いやせた男で、くるぶしまであるレインコートを着て、ブレントの図書館にすわりこんでは、その日の新聞をブリーフケースから出し、丹念に裂いてゆく。マッド・メアリーも知っていた。赤ら顔の黒人のヴードゥー魔術師で、キルバーンからオックスフォード・ストリートまでを縄張りにしているが、呪いはウェスト・ハムステッドのゴミ箱からかける。ミスター・トゥーペも知っている。眉毛がなく、部分カツラ（トゥーペ）を、頭ではなく首から下げた紐につけている。だが、こうした人々は自らの狂気を公表している――彼らのほうがましだ、ミスター・J・P・ハミルトンほど恐くはない――彼らはその狂気をちゃんと誇示している、半分狂って半分まともな状態で玄関から顔を覗かせたりしない。彼らはシェークスピアが描くようなまともな狂人で、思いがけないときに筋の通ったことを言う。ノース・ロンドンというところは、議員たちがこの地区の名前をニルヴァーナに変えようと決議したことがあるくらいで、通りを歩いていて、突然、顔を白く塗った唇の青い人間から、あるいは眉毛のない人間から発せられた賢者の言葉を聞くことなど、珍しくはない。通りの向こうから、または地下鉄車両の向こう端から、彼らは分裂病的な才能を用いて偶然のなかに繋がりを見いだし（一粒の砂のなかに全世界を認め、なにもないところから物語を紡ぎだし）、謎を掛け、韻を踏んで語りかけ、叱りつけ、相手が誰でどこへ行こうとしているのか（たいていはベイカー街だが――現代の予言者のほとんどはメトロポリタン線に乗っている)、なぜなのかを教えてくれる。だが、町としてはこうした狂人たちを歓迎するわけにはいかない。彼らはこちらを困らせようとしている、どうやら恥ずかしい思いをさせようとしているらしい、と直感的にわかるのだ。電車の通路をよろめきながら近づいてくる、出目で赤鼻をてらてら光らせて、いまにも「なに見てんだい」と言いそうな姿を見ると。いったいなにを見てんだよ。一種の先制防御の手段として、ロンドンの人々は見ないことを学ぶ。けっして見てはいけない。つねに目線をあわせるのを避けるのだ、「なにを見てるんだ」といういやな質問や惨めで情けないその答え――「べつになにも」――を回避できるように。しかし獲物が進化するにつれて(われわれは獲物なのである、不運な通勤者になんとか独自の真実を伝えようとつきまとう狂人たちの)、ハンターもまた進化し、本物のプロは手垢のついたキャッチフレーズ「なに見てんだい?」に飽きてきて、もっと変わった範疇に踏みこみはじめる。マッド・メアリーを例にとってみよう。そう、原理は相変わらずいっしょだ。問題はやはり目があうことであり、それが危ないということなのだが、いまや彼女は百ヤード、二百ヤード、あるいは三百ヤードも離れたところから視線をあわせ、もし相手も同じく視線を向けてこようものなら、通りを怒鳴りながら近づいてくる。ドレッドヘアーや羽やケープをなびかせ、ヴードゥーの杖を手に。相手のところまで来ると、唾を吐きかけてわめきはじめる。サマードはこういうことを承知していた――以前に関わりを持ったことがあったのだ、サマードと赤ら顔のマッド・メアリーとは。バスのなかで隣にすわられるという不運に見舞われたことさえある。ほかの日ならいつだって、サマードは負けずにやり返すことができただろう。だが、今日は罪の意識を感じ、無防備であった。今日は日が落ちるなか、ポピーと手をつないでいた。サマードは、マッド・メアリーとその猛烈な真実の吐露に、その醜い狂気に立ち向かうことができなかった――もちろんまさにそのせいで、彼女はサマードにつきまとっていたのである。チャーチ通りを執念深くくっついてきたのだ。

「危ないから、見ちゃだめです」サマードは言った。「まっすぐ歩きつづけて。まさかあいつがこんなに遠くハールズデンまでやって来るとは思いませんでしたよ」

ポピーは想像の馬に乗って大通りを駆ける多彩な色の渦の方へチラと目を走らせた。

ポピーは笑い声をあげた。「誰なんですか、あ、れ？」

サマードは足を早めた。「マッド・メアリーです。あいつはちょっとおかしいなんてもんじゃない。危険なんです」

「あら、そんなこと言うもんじゃないわ。あの人がホームレスで精神状態に……問、題、があ、るからって、他人を傷つけたがるとは限らないでしょ。かわいそうな人。あんなになるなんて、どんな人生を送ってきたんでしょうねえ？」

サマードはため息をついた。「まず第一に、あいつはホームレスじゃありません。あいつはウェスト・ハムステッドの車輪付き大型ゴミ箱（ホイーリービン）を片っ端から盗んでは、それを使ってえらくへんてこなシロモノをフォーチュン・グリーンに建ててるんです。第二に、あいつはかわいそうな人じゃありません。みんなあいつを恐れてます、当局をはじめとしてね。あいつがラームチャンドラの店を呪ったら一ヶ月たたないうちにつぶれてしまって以来、ノース・ロンドンじゅうの商店がただで食べ物を提供してるんです」道の反対側でマッド・メアリーが足を早めるのにあわせてギアを入れ替えるサマードの恰幅のいい体からは、汗が噴き出している。

息を切らしながら、サマードは囁いた。「それに、あいつは白人が嫌いなんです」

ポピーは目を見張った。「本当？」ポピーは、思いもよらなかったというように聞き返し、振り向いて見つめるという致命的な過ちを犯してしまった。たちまち、マッド・メアリーが二人に迫ってきた。

ねっとりした唾の固まりがサマードの目の間、鼻梁（びりょう）の上を直撃した。サマードはそれを拭い、ポピーを引き寄せ、マッド・メアリーを避けてセント・アンドリュー教会の中庭に逃げこもうとしたが、ヴードゥーの杖が二人の前にうちおろされ、小石と砂埃を飛ばしながら線を引き、越えられなくした。

マッド・メアリーはゆっくりと言葉を発した。顔は恐ろしいしかめっ面で、左側が麻痺しているように見えるほどだ。「あんた……なにか……見てたか？」

ポピーはやっと声を絞り出す。「いいえ！」

マッド・メアリーはポピーのふくらはぎをヴードゥーの杖で叩き、サマードのほうを向いた。「おい、あんた！　あんたは……なにか……見てたか？」

サマードは首をふった。

突如、彼女は叫んだ。**「黒い男よ！　どこへ行こうとやつらに行く手をさえぎられるぞ！」**

「やめてちょうだい」ポピーはつっかえながら言った。明らかにおびえている。「あたしたち、もめごとはいやなの」

「黒い男よ！」（彼女は韻を踏んだ二行連句で話すのを好む）**「この女**（ビッチ）**はおまえが焼かれるのを見たがっている！」**

「私たちは誰のじゃまもしているつもりはないが――」とサマードは話しはじめたが、二発目の痰にさえぎられた。こんどは頬をやられた。

「丘や谷のなか、やつらはついてくる、やつらはついてくる、丘や谷のなか、悪魔はおまえを呑みこむ、呑みこむ」これはわきぜりふを歌い上げるように。それとともに体は左右に動いて踊る。両腕を広げて、ヴードゥーの杖をしっかりとポピー・バート＝ジョーンズの顎の下にあてたままで。

「殺すか奴隷にするよりほかに、やつらはあたしらの体になにしてくれた？　傷つけるか怒らせるよりほかに、やつらはあたしらの心になにしてくれた？　どんな堕落をもたらした？」

　マッド・メアリーはポピーの顎を杖で持ち上げ、たずねた。「どんな堕落だ？」（ホワッツ・ザ・ポルーション）

　ポピーは泣き声で答えた。「ごめんなさい……わからないわ、なんて言ったらいいのか――」

　マッド・メアリーは口を引き結び、またサマードに注意をもどした。

「どう解決すればいい？」（ホワッツ・ザ・ソルーション）

「わからない」

　マッド・メアリーはサマードのくるぶしのあたりを杖でたたいた。「どう解決すればいい、黒い男よ？」（ホワッツ・ザ・ソルーション）

　マッド・メアリーは美しい、目立つ女だった。気高い額、高い鼻、衰えを知らない漆黒の肌、女王様でも憧れるような長い首。だが、問題はあの不安を抱かせる目だ、いまにも崩れ落ちる瀬戸際のところで怒りを放ち、じっとサマードに注がれている。サマードにはわかっていた、その目が自分に語りかけていることを、自分だけに。ポピーはなんの関係もない。マッド・メアリーはわかって見つめているのだ。マッド・メアリーは自分と同じ旅人を見つけたのだ。サマードのうちに狂人を（すなわち、予言者を）見出したのだ。見つけたにちがいない、怒れる男を、自慰をする男を、息子たちから遠く離れた砂漠に取り残された男を、国境の狭間に落ちこんで異郷で暮らす異邦人を……もし充分向こうまで押してやったら、突然開眼するであろう男を。でなければどうして、通りにあふれる人のなかから自分を選んだりするだろう？　このサマードを見出したからに決まっている。どちらも同じ出身だからに決まっている、自分もマッド・メアリーも。つまり二人とも、遠くから来たのだ。

「サティヤーグラハ」サマードは自分が落ち着いているのに驚きながら言った。

マッド・メアリーは自分の質問に答えが返ってくるのに慣れていず、びっくりしてサマードを見た。「どう解決すればいい（ホワッツ・ザ・ソルーション）？」

「サティヤーグラハ。これはサンスクリットで『真理の堅持』という意味だ。ガンジーの言葉だよ。いいかね、彼は『受身の抵抗』だの『市民的不服従』なんて好きじゃなかったんだ」

マッド・メアリーは顔を引きつらせて、そうせずにいられないというように小声で悪態をつきはじめたが、これはマッド・メアリーが耳を傾けているんだ、マッド・メアリーの頭が本人のしゃべる以外の言葉を分析しようとしているんだと、サマードには感じられた。

「こういった言葉は彼には充分じゃなかった。彼は弱さと呼ばれるものが力となることを示したかったんだ。行動しないことがもっとも大きな勝利になることもある、ということを理解していたんだよ。彼はヒンドゥー教徒だった。私はムスリムだ。ここにいる私の友人は——」

「ローマカトリック教徒です」ポピーがふるえる声で言った。「もと」

「で、あんたは？」サマードは切り出した。

マッド・メアリーはこんちくしょう、嫌なヤツめ、ごろつきー、と何回かわめいて地面に唾を吐き、サマードはそれを敵意が静まる徴候と受け止めた。

「私が言いたいのは……」

サマードは、物音を聞きつけてセント・アンドリュー教会の入り口に不安げな面（おも）もちで姿を見せはじめた数人のメソジストたちの方を見た。自信がみなぎってきた。サマードのうちにはつねに説教師がひそんでいた。何でも知っている、歩く講演者（ウォーカー・トーカー）だ。多少の観客と新鮮な空気がたっぷりあれば、この世の知識はすべて、壁に記された知識はすべて自分のものだという確信が持てる。

「私が言いたいのは、人生は大きな教会だということだ、そうじゃないか？」サマードは、身を震わせる信者たちでいっぱいの醜い赤煉瓦（れんが）の建物を指さす。「広い通路のある」黒や白や茶色や黄色が行き来する大通りの、独特の臭いのする雑踏を指さす。キャッシュ・アンド・キャリー（現金売り、持ち帰り制の安売り店）の外に立って、教会の中庭で摘んできたデイジーを売るアルビノの女を。「この通路を、友人と私は、あんたさえよければ歩きつづけたいと思うんだが。あんたが考えていることはわかるよ」サマードはいまや、べつの偉大なるノース・ロンドンの街頭説教師、ケン・リヴィングストン（大ロンドン市議会の労働党代表）からインスピレーションを得ていた。「私自身、大変な思いをしている――この国じゃあ、私たちはみんな大変な思いをしている。私たち皆にとって、新しくもあり古くもあるこの国で。私たちは分断された人間なんだよ、なあ」

ここでサマードは、十五年以上ものあいだ、誰もマッド・メアリーにしなかったことをした。手を触れたのだ。ほんの軽く、肩に。

「私たちは分断された人間だ。私自身はといえば、私の半分は、足を組んで静かにすわり、自分の力の及ばないことはなりゆきに任せておきたいと願っている。でも、もう半分は、聖なる闘いを挑みたがっている。ジハードだ！　確かにこういうことを通りで議論することはできるだろうがね、私が思うに、結局のところ、あんたの過去は私の過去じゃないし、あんたの真実は私の真実じゃないし、あんたの解決策は――私の解決策じゃない。だから、あんたが私になにを言わせたいのか、私にはわからない。真理の堅持が一つの提案だ。この答えで不満なら、ほかにたくさんたずねる人はいるんじゃないか。個人的には、私の希望はこの世の最後にある。預言者ムハンマドは――彼に平安あれ！――復活の日、誰もが人事不省に陥ると言っている。耳も聞こえずものも言えない。無駄口はたたけない。口が利けなくなるんだ。それは、どれほどの救いだろうなあ。では、失礼するよ」

サマードはポピーの手をしっかりと握って歩み去った。マッド・メアリーはちょっとのあいだあっけにとられて立っていたが、すぐに教会の入り口に走っていくと、信徒たちに向かって唾を吐きかけた。

ポピーは脅されて流した涙を拭い、ため息をついた。「危機に直面してもあの冷静さ。感心しました」

サマードの心に幻想が姿を現わした。曾祖父のマンガル・パンデーがマスケット銃を振り回す姿だ。伝統を保持し、新しいものと戦っている。

「我が家の血筋です」サマードは答えた。


そのあと、サマードとポピーはハールズデンを通ってドリスヒルをぶらつき、それから、ウィルズデンに近づきすぎているような気がしたので、太陽が沈むのを待ってサマードがベタベタするインド菓子を一箱買うと、二人でラウンドウッド・パークに行って花の名残りを愛(め)でた。サマードはしゃべりにしゃべった。押さえがたい肉体的欲求をなんとかごまかそうとしゃべるのだが、かえって欲求を募らせることになってしまう。サマードはポピーに一九四二年頃のデリーについて話した。ポピーはサマードに一九七二年頃のセント・オールバンズについて話した。ポピーはぜんぜん自分とはあわなかった幾人ものボーイフレンドたちについて不満をこぼし、一方サマードは、アルサナを批判するどころかその名を口にすることさえ憚(はばか)られ、子供たちについて語った。ミラトが猥褻(わいせつ)なものや「Aチーム」とかいうのが出てくる騒々しいテレビ番組が大好きなことに対する懸念、マジドが充分に陽の光を浴びているだろうかという心配。この国は自分の息子たちに何をしているのだろう、それを知りたいと思っているのだと。何をしているのだろう？

「あたし、あなたが好きです」最後に彼女はそう言った。「とっても。だって、すごく面白いんですもの。自分が面白いって、気がついてます？」

　サマードは微笑みながら首を振った。「自分がひどく面白い人間だなんて、思ったことありませんでしたよ」

「あら――あなたって、ほんとに面白いわ。あのラクダについておっしゃったことなんか……」ポピーは笑いだす、相手を引きこむような笑いだ。

「何ですって？」

「ラクダについてです――歩いていたときに」

「ああ、あの『人間はラクダみたいなものだ。人生を委ねられるのは百人のなかでせいぜい一人だ』」

「そう！」

「あれはユーモアじゃあありません。ブハーリー（諸国を巡ってムハンマドの言行録を集大成した学者。『サヒーフ集』を編んだ）です。第八部、百三十ページ」とサマード。「これはいい助言です。私自身、これは真実だと思い知りました」

「あら、でもやっぱり、面白いわ」

ポピーはベンチの上でサマードに身を寄せ、耳にキスした。「あたし、あなたのこと、本気で好きなの」

「私はあなたの父親であってもおかしくない年齢ですよ。結婚もしてます。しかもムスリムです」

「わかったわ、つまり、『恋人紹介』に申し込んだとしたら、あたしたちはとても組み合せてもらえないってわけね。だからどうだっていうの（ソウ・ホワット）？」

「いったいどういう言い方ですか、それは。『だからどうだっていうの（ソウ・ホワット）？』だなんて。イギリス英語ですか？　そうじゃないでしょう。この頃じゃあ、まともな英語をしゃべるのは移民だけなんだから」

ポピーはくすくす笑った。「それでも、言っちゃう。だから——」

だが、サマードは手でポピーの口を押さえ、まるで殴ろうとでもするかのように、ちょっとのあいだ見つめた。「だからすべてが問題（ソウ・エヴリシング）なんです、だからすべてが問題（ソウ・エヴリシング）なんです。この状況は、おかしくも何ともありませんよ。何一つ、いいことはない。これがいいか悪いか、あなたと議論したいとは思いません。私たちがここにこうしている、その明らかな目的に忠実でいましょう」サマードは思い切って言った。「形而下の問題です、形而上じゃなく」

ポピーはベンチの向こうはしに身をずらし、両肘を膝について前屈みになった。「わかってるの」ポピーはゆっくりと答えた。「そういうことでしかないってことは。でも、そんなふうに言われるなんて」

「すいません。私が悪かった――」

「あなたが罪悪感を感じているからってね、あたしの方はべつに――」

「そうです、すいません。私はその――」

「お帰りになったらいいんですから、もしあなたが――」

半端な考えばかりだ。ぜんぶあわせたってはじめよりひどい。

ポピーの顔が輝き、あの半分悲しげで半分間の抜けた笑顔を浮かべた。

「私は帰りたくない。あなたがほしいんだ」

「夜を過ごしたいんだ……あなたといっしょに」

「よかった」ポピーは答えた。「じつはね、あなたが隣であの甘いお菓子を買っているあいだに、これをあなたに買っておいたの」

「なんです？」

ポピーがハンドバッグに頭を突っこみ、口紅や車のキーや小銭などをかきまわしている間に、二つのことが起こった。

1・1　目を閉じたサマードは、汚れなき者にはすべてが清い、という言葉を、次いでその直後に、まあいいじゃないか、という言葉を聞いた。

1・2　サマードが目を開くと、野外演奏ステージのそばにいる二人の息子の姿がくっきりと目に映った。それぞれが白い歯で艶のあるリンゴを囓(かじ)りながら手を振っている、にこにこと。

すると、ポピーが顔を上げた。得意げに手に赤いプラスチックの物体を持っている。

「歯ブラシよ」とポピーは言った。

8　有糸分裂

通りがかりに何気なくオコンネルズ・プールハウスへ、おそらくは心地よい祖父のお国訛が飛び交うのを期待したり、あるいはまた、脇で跳ね返ってコーナーポケットに入る赤いボールを求めて迷いこんだ一見（いちげん）客は、この店がアイルランド系でもなければ玉突き場（プールハウス）でもないのを知って、たちまちがっかりする。布張りの壁、ジョージ・スタッブズの競走馬の絵の複製、どこか異国の、東洋の手書き文字の断章を入れた額、そういったものをかなり困惑しつつ見回すことになる。スヌーカー（白の玉一つで二十一の玉をポケットに落とす玉突き）の台を探して、代わりに、顔にひどいニキビのある背の高い茶色い肌の男が、カウンターの後ろに立って卵とマッシュルームを炒めているのを発見する。そして、アイルランドの旗とアラブ首長国の地図が一枚ずつ、結びあわされて壁から壁へと渡され、自分とほかの客とを仕切っているのを見て首を傾げる。それから、自分に注がれているいくつかの視線に気づく。居丈高な視線もあれば、怪しむような視線もある。哀れな一見客はつまずきながら出ていく。用心しいしい後ろ向きに。途中でヴィヴ・リチャーズ（西インド諸島のクリケット選手）の等身大の人型を倒しながら。常連客たちは笑う。オコンネルズは一見さん相手の店ではないのだ。

オコンネルズは、家族持ちの男がべつの種類の家族を求めて来る場所であった。血縁とは異なり、ここではこの共同体における自分の地位を自分で獲得せねばならない。数年間はただひたすらチンタラと無為な時を過ごし、ぼうっとすわって、だべって、塗料が乾くのを見守っていなければならない――男が無頓着に生殖に注ぎこむよりも遥かに大きな努力がいる。まず、店を知らねばならない。たとえば、なぜオコンネルズは、アラブ人に経営される玉突き台のないアイルランド風玉突き場(プールハウス)なのか、という理由。それに、膿疱(のうほう)だらけのミッキーが、なぜフレンチフライと卵と豆、あるいは卵とフレンチフライと豆、または豆とフレンチフライと卵とマッシュルームの取りあわせなら料理しても、どんなことがあってもフレンチフライと豆と卵とベーコンの取りあわせは出さないのか、ということも。だが、そういった情報を得ようと思ったら、店に通わなくてはならない。これについてはまた後で。いまのところは、ここがアーチーとサマードにとって、自宅同様くつろげる場所なのだというだけで充分である。十年というもの、二人は六時(アーチーが仕事を終える時間)から八時(サマードが仕事を開始する時間)のあいだ、この店に腰を落ち着けて、ありとあらゆることを話しあってきた。ヨハネの黙示録の意味から配管工の料金まで。そして女についても。仮定としての話だ。オコンネルズの卵黄のシミがついた窓の前を女が通ると(大胆にも店のなかまで踏みこもうというような女は、いままで一人もいない)、二人はにやっとし、それから思いめぐらす――その夜のサマードの宗教的感受性の度合いによって——彼女をすぐさまベッドから叩き出すかどうかといった突っこんだ話から、ストッキングとタイツの優劣まで。そしてかならず大激論にいたる。小さい胸（つんと立っている）対大きい胸（ぺしゃっと横に垂れる）。だが、生身の女が問題になったことはなかった、本物の肉と血でできた濡れてべとべとの女は。いままではなかった。そして今回、ここ数ヶ月の前例のない事態のために、いつもより早めのオコンネルズ・サミットが召集されたのである。サマードはついにアーチーに電話して、恐るべきこの苦境のすべてをうち明けたのだった。サマードは正しくない行いをし、いまもしつづけている。子供たちに見られてしまい、いまでは子供たちの姿がいつも見えている、幻覚のように、昼も夜も。アーチーはちょっと黙りこみ、それから言った。「なんてこった。じゃ、四時に会おう。なんてこった」こういう男だ、アーチーというのは。危機に際しても落ち着いている。

だが、四時十五分になってもまだアーチーは現れなかった。サマードはやるせなさのあまり、指の爪をぜんぶ肉のところまで嚙んでしまい、カウンターに突っ伏した。ひしゃげたバーガーが入れてある熱いガラスケースに鼻を押しつけ、アントリム郡の八つの観光スポットを紹介した絵葉書とにらめっこしながら。

シェフ兼ウェイター兼オーナーのミッキーは、一人一人の客の名前を覚えていて、客がいつもと違うのを察知できることを誇りにしているのだが、卵切りを梃子にしてサマードの顔を熱いガラスから遠ざけた。

「あんたはいったいどうしたんだ、え？　え？　あんたの様子を見てたんだよ、サミー、店に入ってきてからずっと。まるでクソみたいに冴えない顔してるじゃねえか。ミッキーおじさんに話してみな」

「相変わらずさ。おれのことより、調子はどうだ？」

「やあ、ミッキー、調子はどうだ？」

「おい」

サマードは唸った。

「ほらほら。そんなの、やめろって。わかってるだろう。おれは思いやりをウリにするサーヴィス産業をやってんだ。にっこり笑って客と接する。このクソ頭がもうちょっと小さかったら、ミスター・バーガーのアホどもみたいに、小さな赤いネクタイをして小さな赤い帽子をかぶるところだ」

これはメタファーではない。ミッキーの頭はやたら大きいのだ。まるでミッキーのニキビが余分なスペースを要求し、建築許可を受けたとでもいった具合だった。

「どうしたんだよ？」

サマードはミッキーの大きな赤ら顔を見上げた。

「アーチボルドを待ってるだけだ、ミッキー。気にしないでくれ。おれはべつに、どうもしないよ」

「ちっと、早いんでないか？」

「え？」

ミッキーは後ろの時計を見た。文字盤には固くなった石器時代の卵がこびりついている。

「ちっと早いんでないかって言ったんだ。あんたとアーチーにしたらな。いつもは六時だろ。フライドポテト、豆、卵、マッシュルームの盛りあわせ、それにオムレツのマッシュルーム添え。もちろん、季節によっていろいろだがね」

サマードはため息をついた。「おれたち、ちょっと話があるんだ」

ミッキーは目をむいた。「またあのマンギー・パンディーだかなんだかの話をはじめるんじゃないだろうな？　誰が誰を撃ったとか、誰が誰を吊したとか、うちのじいさんはパキを支配したとかなんたらかんたらって、屁でもないようなことをさ。あんたのせいで客が帰っちまう。あんたは——」ミッキーは彼の新たなバイブルをめくった。『考えるべきこと（フード・フォー・ソート）：フードサーヴィス産業に従事する雇用主と従業員のためのガイドライン——顧客戦略及び消費者との関係』「あんたはほかのみんなに料理を味わう体験をしようという気をなくさせてしまう繰り返し行動をとっているんだ」

「いやいや。曾祖父の話は今日の話とは関係ない。ほかの話があるんだよ」

「そいつはありがたい。繰り返し行動とはまさにそのとおりだ」ミッキーは親近感をこめて本を叩いた。「ここにぜんぶ書いてある。この四ポンド九十五ペンスはいままでいちばん払った価値があったな。金といえば、今日は賭けるのか？」ミッキーは身振りで下を示した。

「おれはムスリムだ、ミッキー。もうやらないよ」

「確かにそうだ。おれたちはみんな同胞だ——だけどな、男はこうやって生きていかなきゃならん。そうだろ？　だって、そうじゃないか？」

「おれにはわからん、ミッキー。そうなのか？」

ミッキーはサマードの背中を強く叩いた。「もちろんだ！　おれは兄弟のアブドゥルに言ったんだが——」

「どのアブドゥルだ？」

これはミッキーの一家及び親族の伝統だった。息子には皆アブドゥルと名付けて、ほかの男より高い地位を得ることの空しさを教えようというのだ。これは結構なことではあったが、成長の過程では混乱が起こりがちだった。だが、子供というのは創造性に富んでいる。何人ものアブドゥルたちは、イギリス風の名前を一種の緩衝剤としてつけ足している。

「アブドゥル＝コリンだ」

「そうか」

「アブドゥル＝コリンが、ちょっと原理主義にかぶれてるのは知ってるだろう——卵、豆、フライドポテト、トースト——長いひげに豚なし酒なし女なし、よくやるよ——はいお待ち」

アブドゥル＝ミッキーは、炭水化物が山盛りの皿を、頬のこけた、そのうち体全体が呑みこまれてしまうんじゃないかと思うほどズボンを上へ引っぱりあげた老いぼれのほうへ押しやった。

「それでだなあ、先週どこでアブドゥル＝コリンを見かけたと思う？　なんと、ハロー通りのミッキー・フィンでなんだ。おれは言ったね。『おや、アブドゥル＝コリン、おまえに会うとは、こりゃまた珍しいことだなあ』すると、あいつは答えた、あのひげ面でまじめくさってな。あいつは——」

「あのなあミッキー——その話はまた後で聞かせてもらってもかまわないかな……つまりその……」

「いや、かまわん、かまわんとも。べつにどうでもいいことだ」

「アーチボルドが来たら、おれはピンボールの後ろのボックスにすわってるって言ってくれないか。ああ、それと、いつものを頼む」

「ああ、いいよ」

十分ほどすると、ドアが開き、ミッキーが第六章「スープにハエが入ってるぞ：衛生問題に関する敵意に対処するには」から目を上げると、アーチボルド・ジョーンズが安物のスーツケースを手にカウンターに近づいてきた。

「やあ、アーチ。折りたたみの仕事はどうだね？」

「ああ、まああってとこだ。サマードは来てるかい？」

「来てるかだって？　来てるかだって？　なかなか抜けないくっせえ臭いみたいに、三十分もぐずぐずしてるよ。クソみたいにしけた面でさ。ウンコすくいを持ってきて、きれいにしてやりたくなるよ」

アーチーはスーツケースをカウンターに置くと眉をひそめた。「様子がおかしいだろ？　ここだけの話だがな、ミッキー、おれはあいつのことがどうも心配なんだ」

「山にでも向かって話してみるんだな」第六章の、皿は熱い流水ですすぐべきという主張に気分を悪くしていたミッキーは言った。「でなきゃ、ピンボールの後ろのボックスに行ってみな」

「ありがとう、ミッキー。ああ、オムレツと――」

「わかってるって。マッシュルームだろ」

アーチーはオコンネルズのリノリウムの通路を歩いていった。

「やあ、デンゼル。こんばんは、クラレンス」

デンゼルとクラレンスは、とてつもなく無礼で汚い言葉を使う八十代のジャマイカ人だ。デンゼルは信じられないほど太っていて、クラレンスは恐ろしく細い。二人とも家族は死んでしまい、二人ともつばの狭い中折れ帽(トリルビー)をかぶり、二人で隅にすわって残された時間のすべてをドミノに費やしている。

「あのクソ野郎めェ、なんて言いやがったァ？」

「こんばんはだとよォ」

「ドミノやっとるのがわからんのかねェ？」

「わかるわけねェさ！　あいつァ顔の代わりにオマンコがくっついとるんだァ。細かいこたァは見えやしねェ」

アーチーは例によって知らん顔をしながら、ボックス席にサマードと向かいあってすわった。「わからないんだが」アーチーはすぐに電話の会話の続きをはじめた。「おまえが言ってるのは、息子たちの姿を想像で見てるってことなのか、それとも実際に見てるってことなのか？」

「単純なことなんだ。最初は、一番最初は、二人がそこにいた。ところがそれ以来なあ、アーチー、この何週間かというもの、彼女といるといつも双子が見えるんだ——まるで幻のように！　二人で……してるときでさえ、見えるんだ。おれに向かってにこにこしてる」

「ただの働き過ぎじゃないのか？」

「聞いてくれ、アーチー。おれにはあの子たちが見えるんだ。これはしるしだ」

「サム、まずは事実を検討してみよう。実際にあの子たちがおまえを見たというのはいつのことで——おまえはそのとき、どうしたんだ？」

「何ができる？　『やあ、おまえたち。ミス・バート＝ジョーンズに挨拶しなさい』って
おれは言ったよ」

「で、あの子たちはなんて言った？」

「こんにちはって言った」

「で、おまえはなんて言った？」

「なあアーチボルド、いちいちこんな無意味な質問を挟んでもらわなくても、おれには何が起こったかちゃんと説明できると思わないか？」

「フライドポテト、豆、卵、トマト、マッシュルームの盛りあわせ、一丁あがり！」

「サム、あれはおまえのだ」

「とんでもないこと言わないでくれ。おれのじゃないよ。おれはトマトなんかぜったい頼まない。哀れなトマトが皮をむかれてぐたぐたに茹でられたあげく、ぐちゃぐちゃにソテーされてるなんてお断わりだ」

「でも、おれのでもないぞ。おれはオムレツを頼んだんだから」

「だけど、おれのじゃないぞ。で、つづけてもいいかな？」

「もちろん」

「おれは息子たちを見つめたよ、アーチー……美しい息子たちを見つめた……そしておれの心にひびが入った——いや、それ以上だ——粉みじんになった。無数の破片に砕け散り、

それぞれの破片が、致命傷のようにおれを突き刺した。おれは考えつづけた。息子たちにどうやってものを教えることができるだろう、自分自身方角がわからなくなっているときに、どうやって息子たちにまっすぐな道を示すことができるだろう？」

「おれは」アーチーがためらいながら口をはさむ。「問題は女なんだと思ってたんだが。彼女のことで、どうしたらいいのかわからないっていうんなら、そう……このコインを投げてみたらいいんじゃないか。表ならつきあいつづける、裏なら別れる——少なくとも、決められるだろう——」

サマードは、いいほうの手をこぶしに固めてテーブルを叩いた。「コインなんか投げるつもりはない！　それに、もう遅いんだ。わからないか？　やっちまったことはどうしようもない。おれは地獄行きだ。それはわかってる。だから、息子たちを救うことに全力をつくさなくちゃならんのだ。おれは選択しなければならない、道義上の選択だ」サマードは声を低めた。そしてサマードが口に出す前から、アーチーには相手が何の話をしようとしているのかわかっていた。「おまえも辛い選択をしたことがあるよな、アーチー、ずっと前に。おまえは上手く隠してるが、どんな経験だったか忘れちゃいないはずだ。その証（あかし）として、おまえの足には弾の破片が入ってる。おまえはヤツと戦い、勝った。おれは忘れちゃいない。あのことでは、ずっとおまえに敬服しているんだぞ、アーチボルド」

アーチーは床に目を落とした。「おれはどっちかっていうと——」

「いいか。おまえにとっていやなことをほじくり返して楽しんでいるわけじゃない。ただなあ、おれの立場をわかってもらいたいんだよ。で、ここでまた、いつもの質問だ。自分の子供たちをどんな世界で成長させたいか？　この問題に関して、おまえは一度行動を起こしたよな。こんどはおれの番だ」

アーチーは、四十年前と同様、サマードが言っていることがさっぱりわからないまま、しばし爪楊枝(つまようじ)をもてあそんだ。

「だけど……なんでやめちまわないんだ、そのう、彼女と会うのを」

「やめようとしてるよ……してるさ」

「それほどいいってことか？」

「いや、その、べつにそういうことじゃ……つまりだなあ、確かに楽しくはあるけれど……だが、汚らわしいことをしてるわけじゃない……キスして、抱きしめるだけだ」

「じゃ、ぜんぜん――」

「厳密に言えば、ぜんぜん」

「だけど、何らかの――」

「アーチボルド、おまえはおれの息子たちのことを気にしてるのか、それともおれの精子のことを気にしてるのか、どっちだ？」

「息子たちのほうだ」とアーチー。「もちろん、息子たちのほうだよ」

「あの子たちには反抗の芽が出てきてるんだ、アーチー。おれにはわかる――いまは小さいが、だんだん大きくなる。あのなあ、この国で子供たちがどうなっていくのか、おれにはわからんのだ。どっちを見ても、状況は同じだ。先週、ジーナットの息子がマリファナを吸ってたんだと。ジャマイカ人と同じじゃないか！」

アーチーは眉を上げた。

「ああ、べつに悪気があって言ったんじゃないんだ、アーチボルド」

「気にしてないよ。だけどな、知りもしないで判断するもんじゃないぞ。ジャマイカ人と結婚して、おれの関節炎にはものすごい効き目があった。まあ、これは余計なことだが。つづけてくれ」

「ああ、たとえばアルサナの姉妹たちだが――どこの子供もみんな、頭痛の種だ。モスクには行かない、お祈りもしない、変なしゃべり方をする、変な恰好をする、クズみたいな物ばかり食べる、どこの誰ともわからない相手と寝る。伝統なんか意に介さない。こういったことは同化と呼ばれているが、じつは堕落にほかならないんだ。堕落だ！」

アーチーはなんと言っていいかわからないまま、ショックを受けた顔をして見せ、次いで、とんでもないことだという表情を浮かべて見せた。アーチーという男は、みんなでうまくやっていくのが好きだった。アーチーはどちらかといえば、人はともに暮らすべきだ、つまり、なんとなく平和に仲良く暮らすべきだと思っていた。

「フライドポテト、豆、卵、マッシュルームの盛りあわせ一丁あがり！　オムレツのマッシュルーム添え一丁あがり！」

サマードは手をあげてカウンターのほうを振り向いた。「アブドゥル＝ミッキー！」そう叫んだサマードの声には、わずかにおどけたロンドン訛（コックニー）が感じられた。「ここだよ、おやっさん、こっちにくれ」

ミッキーはサマードの顔を見て、カウンターに身を乗り出すとエプロンで鼻をふいた。「よくわかってるはずだろう。この店じゃあセルフサーヴィスなんだ、お客さん。ここはあのウォルドーフなんかじゃないんだからな」

「おれが取ってくるよ」アーチーがすっと席を離れた。

「あいつはどんな具合だ？」ミッキーが声をひそめてたずねながら、皿をアーチーのほうへ押しやる。

アーチーは眉をひそめた。「わからん。また伝統の話ばかりしてる。息子たちのことを心配してるんだな。こういう時代じゃあ、子供は簡単に変なほうへ行っちまう。あいつにどう言っていいものやら、おれにはわからんよ」

「おれに言う必要はないぞ」ミッキーは頭を振った。「おれなんて、本を書けるくらいだ。おれの末息子を見てみろ。アブドゥル＝ジミーだよ。来週、少年裁判所に出頭だ。フォルクスワーゲンのマークをかっぱらったのさ。あいつに言ったんだ。おまえはアホか？　そんなことしてなんになる？　どうしても盗みたいってんなら、車を盗めばいいだろうに、なんでだ？　あいつは、ビーティー・ボーイズ（正しくはビースティ・ボーイズ、米国のニューウェーヴ系ロックグループ）だかなんだかそんなわけのわからんもんと関係があるんだと抜かしたよ。だから、言ってやったんだ。そんなやつら、見つけたらぶっ殺してやるって。本気でな。伝統のことなんかまるで頭にない、道徳観念もないってのは、問題だよなあ」

　アーチーはうなずき、熱い皿を摑もうと、重ねたナプキンを手に取った。

「おれの忠告がほしいなら――ほしいはずだ、なにしろ、カフェのオーナーと客というのは特別な絆で結ばれているもんだからな――二つの選択肢があるとサマードに言ってやれ。息子たちを母国へ送り返すか、つまり、インドへだな――」

「バングラデシュだ」ポテトを一本サマードの皿からくすねながらアーチーは訂正する。

「どこでもいいよ。なにしろ息子たちをそこへ送り返して、ちゃんと育ててもらえばいいんだ、じいちゃんばあちゃんにさ。息子に自分たちの文化ってえもんを学ばせ、ちゃんと節操ってえもんを持って育つようにさせるんだ。でなきゃ――ちょっとまってくれよ――**フライドポテト、豆、パテ、マッシュルームの盛りあわせ！　二丁！**」

　デンゼルとクラレンスが、ゆっくりゆっくり二枚の熱い皿ににじり寄る。

「このパテ、ヘンだぞォ」とクラレンス。

「あいつァ、わしらに毒を盛ろうとしてんだァ」とデンゼル。

「このマッシュルームもおかしい」とクラレンス。

「あいつァ、善良な人間に悪魔の食べ物を食わそうってんだァ」とデンゼル。

ミッキーは卵切りでデンゼルの指を叩いた。「おらおら。モーカムさんとワイズさんよ。なんかべつのセリフ考えたらどうだ、え？」

「でなきゃ、なんなんだ？」アーチーが聞きたがる。

「あいつァ老いぼれを殺そうってんだァ。か弱い老いぼれを」二人してよたよた座席へもどりながら、デンゼルが呟く。

「あのクソッタレの二人組め。あいつら、すごいケチで、火葬の費用を払うのも惜しくて、生きながらえてんだ」

「でなきゃ、なんだ？」

「なにがだ？」

「二番目の選択肢は何だ？」

「ああ、あれか。二番目の選択は、わかりきってるじゃないか」

「そうか？」

「受け入れるんだよ。受け入れるっきゃないだろ。おれたちはみんな、いまじゃあイギリス人だ。好むと好まざるとにかかわらず、ルバーブがカスタードに言ったようにな。ところで、二ポンド五十ペンスだ、アーチボルド。昼食券の黄金時代は終わったぞ」

昼食券の黄金時代は十年前に終わっている。この十年間、ミッキーは「昼食券の黄金時代は終わったぞ」と言いつづけてきた。アーチーはオコンネルズのこういうところが好きなのだ。すべてが記憶に刻まれ、なにも失われることはない。歴史が改訂されたり新たな解釈がなされたりすることはないし、翻案されたりごまかされたりすることもない。時計にこびりついた卵のように確固として単純なのだ。

アーチーが八番テーブルにもどると、サマードはジーヴズ（ウッドハウスの小説に出てくる執事）のようになっていた。不機嫌とは言わないまでも、機嫌がいいとは言えない状態だ。

「おいアーチボルド、ガンジス川で曲がる角を間違えたのか？　おれの悩みを聞いてくれてたんじゃないのか？　おれは堕落し、息子たちも堕落しかけている。おれたちはみんなたちまち地獄の業火（ごうか）で焼かれちまう。これは急を要する問題なんだ、アーチボルド」

アーチーは晴れやかな笑みを浮かべ、ポテトをもう一つ失敬した。「問題は解決だ、サマード」

「問題は解決だって？」

「問題解決。つまり、おれが見るところ、おまえには選択肢が二つある……」

＊

二〇世紀の初め頃、タイの女王が、廷臣や従者、メイド、足洗い係、毒味係などを従えて船で航海していたとき、船尾が波に襲われ、女王はターコイズブルーの日本海に投げだされて、助けを求める声も空しく溺れてしまった。船上の誰一人として、女王を助けようとはしなかったのである。外部の者には不可解であったが、タイ人にとってはすぐに察しがつくことだった。しきたりによって、今日でもそうなのであるが、何人たりとも女王に手を触れることはかなわなかったからである。

宗教が人間にとって阿片(あへん)だというなら、しきたりというのはさらに禍々(まがまが)しい麻薬である。なにしろ、ほとんど禍々しさを感じさせないのだから。宗教がきつく締めたバンドと脈打つ静脈と針だとしたら、しきたりはもっとずっとさりげない調製物である。すりつぶしたケシの実入りのお茶、コカインを混ぜた甘いココア。おばあちゃんが作ったっておかしくないようなものなのだ。サマードにとっては、タイの人々にとってそうであったように、しきたりとは文化であり、文化はルーツに繋がり、これらは善いこと、汚れなき原理であった。だからといって、サマードがそういった原理によって生きることができる、それらを守ったりそれらが要求しているように生きることができる、というわけではない。だが、ルーツはルーツであり、ルーツとは善いものなのだ。地下茎のできる雑草もあるとか、歯がぐらぐらになる最初の徴候は歯茎の奥で進む腐食、変性だ、などと彼に言っても無駄である。ルーツこそ救いであり、溺れる者に投げるロープなのだ、その「魂を救う」ために。そして、自分自身が沖へ流されれば流されるほど、ポピー・バート＝ジョーンズという名の海の精（セイレーン）に深みへと引き込まれれば引き込まれるほど、なんとか息子たちのためにルーツを陸に据えねばならない、どんな嵐にも根こそぎにされないほど深いルーツを据えねばと、サマードの決意は固くなるのだった。言うは易く、行うは難し。ポピーのウサギ小屋のようなアパートでサマードがイクバル家の預金を調べてみると、息子二人分としては足りないということが明らかになった。二人を送り返そうと思うと、祖父母に送る養育費が二倍、学校の費用が二倍、被服費も二倍かかる。実際のところ、飛行機の切符代だけでも二人分となるとかつかつだ。ポピーは言った。「奥さんはどうなの？　実家はお金持ちなんでしょう？」だが、サマードは自分の計画をまだアルサナには明かしていなかった。ちょっと試してみようと、庭仕事をしていたクララに、さりげなく仮定の話としてたずねてみたことがある。もし誰かが、アイリーのためを考えて、あの子をもっと良い生活環境へ連れ去ったとしたらどうする？　クララは花壇から立ちあがると、サマードの顔を黙って興味深げに見つめた。それから長々と大きな笑い声をあげた。そんなことをする男は、とようやくクララは言うと、大きな植木ばさみをサマードの股から数インチのところで振りかざした。チョキ、チョキ、チョキ。チョキ、チョキか、サマードは思った。取るべき道は明らかだった。

「どちらか片方？」

ふたたびオコンネルズで。六時二十五分。フライドポテト、豆、卵、マッシュルームの盛りあわせ一皿。そして、マッシュルームオムレツのエンドウ添え（季節のメニュー）が一皿。

「片方だけ？」

「アーチボルド、大きな声を出すなよ」

「だけど――片方だけなのか？」

「そう言っただろう。チョキ、チョキだ」サマードは皿の目玉焼きをまんなかでぶった切った。「それよりほか仕様がない」

「だけど――」

アーチーはもう一度、できるかぎり頭をひねってみた。いつも同じことだ。なぜ、みんなでうまくやっていけないのか、ともに暮らしていけないのか、つまり、なんとなく平和に、仲良く。だがアーチーは、そんなことは一言も口にしなかった。ただこう言っただけだ、「だけど――」それからまた、「だけど――」

そしてとうとう、「だけど、どっちを？」

そしてそれは（飛行機代と養育費と当初の学費を計算すると）三千二百四十五ポンドの問題だった。金の件が片づくと――そう、サマードは家をまた抵当に入れた。自分の土地を危険にさらす、移民にとっては最大の過ちだ――あとは子供の選択だった。最初の一週間はマジドにするつもりだった。ぜったいマジドだ。マジドは頭がいい、マジドのほうが早く馴染むだろう、言葉も早く覚えるだろうし。それに、ミラトをこの国に留めておくことについては、アーチーが既得権益を有していた。ミラトはウィルズデン・アスレチック・サッカー・クラブにおけるここ数十年で最高のセンターフォワード（十五歳以下では）だったのである。そこでサマードはマジドの服をこっそり持ちだしては荷作りし、個人用のパスポートを用意し（マジドは十一月四日にジーナットおばさんと発つことになる）、学校側にそれとなく吹きこんだ（長い休暇というわけで。持っていく宿題を出していただけませんか。などなど）。

　だが、つぎの週になると気が変わってミラトになる。なんといってもマジドはサマードのお気に入りだ、成長を見守りたい。それに、どっちみち道徳的指導がより必要なのはミラトのほうだ。そこでミラトの服が持ち出され、ミラトのパスポートが手配され、ミラトの名前がしかるべき筋に囁かれる。

　つぎの週は水曜日までマジドで、それからミラトに変わった。アーチーの昔馴染みのペンフレンド、ホルスト・イーベルガウフツがつぎのような手紙をよこしたのだが、いまではホルストの書簡に不思議と予言的な性格があることを熟知しているアーチーが、サマードに見せたのだ。

一九八四年九月十五日

親愛なるアーチボルド

しばらくご無沙汰が続いていましたが、我が家の庭での素敵な出来事についてどうしてもお知らせしたく、ペンを取りました。これは、ここ数ヶ月というもの、私にひとかたならぬ喜びを与えてくれている出来事です。手短に要領よくお話しすると、私はついに斧を手にして、奥の隅にあった古い樫の木を切り倒したのですが、どれほどの変化が起こったか、語る言葉が見つからないほどです！　いまでは、力の弱い種もずっと多くの太陽を浴びてすっかり生い茂り、刈り取ることさえできるようになりました——私の記憶にあるかぎりはじめて、今年は子供たちのそれぞれが窓のところにシャクヤクの花瓶を飾っています。私はずっと何年も、自分は庭仕事が不得手なんだと思いこんできたんです——あの堂々たる老木が庭の半分に根を張り、なにも育たなくしていただけだというのにね。

手紙は続いていたが、サマードはそこで読むのを止めた。苛立たしげに彼は言った。

「おれにこの手紙から何を汲み取れと言うんだ……いったい？」

アーチーは心得顔で鼻の脇を叩いた。「チョキ、チョキだよ。ミラトにすべきだな。予言だ。イーベルガウフツは信頼できるぞ」

そしてサマードは、いつもは予言だの鼻叩きだのは意に介さないのに、不安のあまりこの助言を受け入れた。ところがポピーが（息子たちの問題のせいで、サマードの心から自分の存在が薄れつつあると鋭敏に感じ取って）急に興味を示し、マジドにすべきだと夢で悟ったと主張し、またマジドになった。サマードはどうしようもなくなったあげく、アーチーにコインを投げてもらう始末だったが、そう簡単に結果には従えなかった――三回やって最初に二回でたほう、五回やって最初に三回出たほう――サマードは結果を信じることができなかった。つまりこんなふうにして、信じられないかもしれないが、アーチーとサマードは二人の男の子の運命をくじで決めようとしていたのだ。問題をオコンネルズの壁に弾ませ、どちら側か出るかと子供たちを投げ上げていたのである。

彼らを弁護するために、一つはっきりさせておくべきだろう。いかなる点においても、誘拐という言葉は使われなかった。実際、もし自分がやろうとしていることにこの言葉が使われたとしたら、サマードはびっくり仰天、目が覚めたらパン切り包丁を持って寝室にいるのに気がついた夢遊病患者のように、すべてを投げ出してしまったことだろう。まだアルサナに話していないということは承知していた。午前三時の便を予約したことも承知していた。だが、この二つの事実が繋がると、あるいは組みあわさると、誘拐という言葉になるということは、まったく自覚していなかった。だから、十月三十一日午前二時に、キッチンテーブルに突っ伏して激しく嗚咽するアルサナの姿を目にしたとき、サマードは本当に驚いたのである。「ああ、こいつはおれがマジドに何をしようとしているか気づいたに違いない」とは（ついに、最終的にマジドに決まったのだ）、サマードは思わなかった。サマードはヴィクトリア時代の犯罪小説に出てくる髭を生やした悪党ではないし、悪事を企んでいる意識などなかったのである。最初に頭に浮かんだのはむしろ、「きっとポピーのことに気づいたんだ」であり、状況に対応するために、不貞を働く男が誰でも本能的にやることをした。最初に攻撃を仕掛けたのだ。

「へえ、やっと家へ帰ったらこのざまかね？」――バッグをこれ見よがしにどすんと下へ落とす――「一晩中あの地獄のようなレストランで働いたあげく、帰ったらおまえのメロドラマを見せられるのか？」

アルサナは身をよじって泣いている。サマードは妻のサリーの隙間で揺れるたっぷりした贅肉からごろごろいう音が発散していることにも気がついた。アルサナは夫に向かって両手を振るとその手で耳をおおった。

「そんなに泣く必要があることなのか？」サマードは不安を隠そうと努めた（彼は怒りを予期していたのであって、涙となるとどう扱っていいかわからなかった）。「頼むよ、アルサナ。そこまで泣くことはないだろう」

アルサナはまたもや、あっちへ行けと言わんばかりに夫に向かって手を振り、それから体をちょっと起こした。すると、ごろごろいう音は有機体から発しているのではないことがわかった。アルサナはなにかの上に突っ伏していたのだ。ラジオだ。
「いったいどうして――」
アルサナはラジオを体の下からテーブルのまんなかへ押しやり、音量を上げろと身振りでサマードに促した。お馴染みの、ブッブッブッブーと四回鳴る音。イギリス人が征服した土地ならどこへでもつきまとう音が台所に鳴り響き、容認発音（標準英語の発音）でつぎのようなニュースが流れるのをサマードは聞いた。

　こちらはBBCワールド・サーヴィス、三時をお知らせします。インドの首相であるミセス・インディラ・ガンジーが本日暗殺されました。ニューデリーの自宅の庭を歩いている際に、一斉蜂起したシーク教徒ボディーガード数名によって狙撃されたものです。この暗殺が、「ブルー・スター作戦」、六月に行なわれたアムリッツァーにあるシーク教徒のもっとも神聖な神殿への襲撃に対する報復であることは、あきらかです。シーク教徒たちは、自分たちの文化が攻撃されていると思い――

「たくさんだ」サマードはスイッチを切った。「どっちにしろ、彼女はたいしていい人間じゃなかった。あの連中はろくでもない人間ばかりだ。それに、あの掃き溜めみたいなインドで何が起ころうと、かまわないいじゃないか。まったく……」そして、こんなふうに言う前から、なぜ今夜はこうなんだろう、こんなに意地の悪い気持ちになるんだろう、とサマードは思っていた。「おまえは本当に感傷的すぎるよ。あのなあ、もしおれが死んでも、おまえはそんなに涙を流すかな？　流さんだろう――会ったこともないどこかの腐った政治家の方を気にかけるんだからなあ。自分が無知なる大衆のいい例だってわかってるのか、アルシ？　ちゃんとわかってるか？」サマードは子供に言い聞かせるように話しながら、アルサナの顎を持ち上げた。「おまえなんか見下して、しょんべんをひっかけかねないような金と権力のあるヤツのために泣くなんて。きっと来週になったら、ダイアナ妃の爪が折れたからって泣きわめくんだろうよ」

アルサナは口中に唾をできるだけ溜めると、サマードに向かって飛ばした。

「バヒンチュート！　あんな人のために泣いてるんじゃないわよ、このバカ。友だちのために泣いてんのよ。これがきっかけで、向こうじゃ、町なかで血が流れる、インドでもバングラデシュでもね。暴動が起きるわ――ナイフや銃で。目の前で人が殺される、わたしは見たことあるの。マヘシャール、最後の審判の日みたいになるわ――通りで人が死んでいくのよ、サマード。あなたも知ってるでしょ、わたしも知ってる。そして、デリーは一番ひどい状態になる、いつだってそうだもの。デリーには親戚もいるし、友達もいるし、昔の恋人たちだって――」

ここでサマードは妻をひっぱたいた。一つには昔の恋人という言葉のため、一つにはずいぶん久しぶりにババヒンチュート（訳：簡単に言えば、自分の姉妹とファックする男）などと呼ばれたためである。

アルサナは顔を背けもせず、静かに言った。「わたしはね、あの気の毒な人たちがかわいそうなのと、自分の息子たちが助かったという思いで泣いてるのよ！　父親ときたら無関心で威張るだけだけど、少なくとも、あの子たちは町なかでネズミみたいに殺されることだけはないんだから」

またいつもの言い争いだ。いつもの守備位置、いつものセリフ、いつもの非難の応酬、いつものライトフック。素手で。ゴングが鳴る。サマードは自分のコーナーから踏み出す。「いいや、あの子たちはもっとひどい目にあうだろう。ずっとひどい目に。道徳的に腐りきった国で、頭がおかしくなりかけの母親と暮らしていればな。まったくどうかしてるよ。ただでさえフルーツケーキなのに、レーズンが全然足りない。自分を見てみろ、自分の姿を見てみろよ！　どれだけ太ってるか見てみろ！」サマードは妻の体の一部をひっつかんでから、汚染されるといけないとでもいうように放した。「自分の恰好を見てみろ。ランニングシューズにサリーだと？　で、それはなんだ？」

それはクララのヘッドスカーフだった、アフリカの。長いきれいなオレンジのケンテ（ガーナの手織り布）で、アルサナは豊かな髪をそれで包んでいたのだ。サマードがスカーフをはぎ取って部屋の向こうに投げると、アルサナの髪が背中に流れ落ちた。

「おまえは自分が何者かも、どこから来たのかも自覚してないじゃないか。もう家族には会えないよ――おまえを見せるのが恥ずかしい。『なんでわざわざベンガルまで女房をもらいに行ったんだ』って聞かれるよ。『パトニー（ロンドンの南西部）へ行けばよかったじゃないか』ってな」

アルサナは悲しげに微笑んで頭を振った。サマードは平静さを装いながら金属のやかんに水を入れてレンジ台にがちゃんとのっけた。

「で、あれが、あなたが身にまとう麗しき腰布（ルンギー）ってわけね、サマード・ミアー」アルサナは意地悪く言うと、ポピーのロサンジェルス・レイダーズの野球帽が花を添えている、サマードの青いタオル地のジョギングウェアの方へ顎をしゃくってみせた。

サマードは言った。「違いはここの中身だよ」妻の顔は見ずに、左の鎖骨のすぐ下を叩く。「おまえは、おれたちがイギリスにいることを感謝してるって言ったな、それはおまえがこの国をそのまま受け入れてるからだ。いいか、あの子たちは自分の国にいるほうがずっとまともな暮らしができる、こんな――」

「サマード・ミアー！　やめてちょうだい！　うちの一家を、生命が危険にさらされるようなところへもどすっていうんなら、わたしの死骸を踏み越えて行ってよね！　クララから聞いたわよ、聞きましたからね。あなたに変なことをたずねられたって。何を企んでるの、サマード？　ジーナットから生命保険の話も聞いたわ……誰が死ぬって？　なにか臭うんだけど？　言っときますけどね、わたしの死骸を乗り越えてでなきゃ――」

「だけど、もしおまえがもう死んでいるとしたら、アルシ――」

「やめてよ！　やめて！　わたしは頭がおかしくなんかないわよ。あなたがおかしくしようとしてるんじゃない！　アルデーシルに電話したのよ、サマード。あなたはずっと十一時半に仕事を終えているって教えてくれた。いまは午前二時よ。わたしは頭がおかしくなんかありませんからね！」

「いや、もっと悪い。おまえは心が病んでるんだ。おまえは自分をムスリムだと言う――」

アルサナはぱっと振り向いてサマードを直視した。サマードはやかんから吹きあがる蒸気に目を注いでいる。

「いいえ、サマード。違う、違うわ。わたしは自分を何教徒だとも思わない。自分が何者だなんて言ったりしない。自分をムスリムだと言ってるのは、あなただわ。アッラーと約定を交わすのはあなた。アッラーが話しかけるのはあなただわ、最後の審判の日が来たら。あなたよ、サマード・ミアー。あなた、あなた、あなた」

　第二ラウンド。サマードはアルサナをひっぱたく。アルサナはサマードの腹にライトフックをかまし、ついで左の頬骨にブローを加える。その後アルサナは裏口に走るが、サマードは妻の腰をつかまえ、ラグビーの要領でタックルして引きずり倒すと、尾骨に肘で一撃。サマードより重いアルサナは、のしかかられたまま膝をついて起きあがり、夫をはじき飛ばしてから庭へ引きずり出し、地面に倒れた夫を二度蹴とばす――額に強烈な蹴りを二度――だが、厚いゴムの靴底ではほとんどダメージを与えることができず、一瞬ののち、サマードはふたたび膝をついて体を起こした。だが、おかげで自由な状態となったアルサナの膝が、出るまで引っ張ってやろうとした。二人はお互いの髪を摑み、サマードは血が素早くサマードの股に食いこんだ。サマードは髪を放さざるを得ず、闇のなかでアルサナの口めがけてパンチを繰り出したが、当たったのは耳だった。この頃には、双子が半分寝ぼけ眼でベッドから起きてきて、台所の長窓のところに突っ立って闘いを見守り、一方で隣近所の人たちの防犯灯が投射され、イクバル家の庭をスタジアムのように照らし出していた。

「アッバーだ」試合の状況をしばし検分したあと、マジドが言った。「ぜったいアッバーだ」

「へええ、まさか」光に目をぱちぱちさせながらミラトが言う。「アッマーがアッバーをぶちのめすほうにオレンジキャンディーを二つ賭けるよ」

「おおおおお！」双子は声をあわせて叫んだ。花火見物でもしているようだ。そしてまた、「あああああ！」

庭の熊手の助けをちょいと借りて、アルサナが闘いの決着をつけたのだ。

「さあこれで、朝には仕事に行かなきゃいけない者も、ちゃんと眠れるだろうよ！　くそいまいましいパキめ」誰かが叫んだ。

数分たつと（二人はいつもこういった争いのあとは抱きあうのだ、愛情と虚脱感の狭間で）、サマードがまだちょっと脳震盪を起こしたまま庭から入ってきて、「寝なさい」と言い、息子たちそれぞれの濃い黒髪をくしゃくしゃ撫でた。

ドアまで行って、サマードは立ち止まった。「おまえはおれに感謝するだろう」と、マジドに向かって言う。マジドはちょっとにっこりし、ひょっとしたらアッバーはあの化学セットを買ってくれるつもりなのかもしれない、と思った。「最後にはおれに感謝するだろう。この国は良いところがない。こんな国にいたら、おれたちはお互いに引き裂きあうことになる」

それからサマードは階段をあがり、ポピー・バート＝ジョーンズに電話した。目を覚ました相手に、これ以上、午後のキスはないし、やましい思いを抱いての散歩も、こそこそタクシーに乗ることもない、と告げた。情事は終わったのだ。

イクバル家の者はみな予言者なのかもしれない。アルサナの災いを嗅ぎつける鼻は、かつてないほど正しかったのである。みなの前で首が切られ、眠ったまま家族が焼かれ、カシミール・ゲートの外側に死体がぶら下がり、体の一部を失った人々がよろめいた。ムスリムの体の一部をシーク教徒が切り取る。シーク教徒の体をヒンドゥー教徒が。脚、指、鼻、足の指、歯。そこらじゅうで歯が、国中に歯がまき散らされ、砂と混じる。十一月四日までに千人が死んだ。その日アルサナは風呂から出て、洗面所の戸棚の上から「デリー特派員」が雑音混じりの声でそう告げるのを聞いたのである。

恐ろしいことだ。だが、サマードが思ったように、ゆったりと風呂に浸かって外国のニュースを聞ける者もいれば、暮らしは立てていかねばならないし、情事は忘れねばならないし、子供はかどわかさねばならないし、という者もいる。サマードは白の幅広ズボンに体をねじこみ、飛行機の切符を確かめ、アーチーに計画確認の電話をすると、仕事に向かった。

地下鉄のなかでは、若くてかわいらしい、浅黒いスペイン系の、両の眉毛の繋がった少女が泣いていた。ちょうどサマードの向かい側にすわり、大きなピンクのレッグウォーマーをつけて、手放しに泣いている。誰もなにも言わない。誰もなにもしない。みんな、少女がキルバーンで降りてくれるよう望んでいる。だが、少女はずっとそのままだった。すわって、泣いている。ウエスト・ハムステッド、フィンチリー・ストリート、スイス・コテージ、セント・ジョンズ・ウッド。ところが、ボンド・ストリートで少女は、リュックサックからぱっとしない顔の若い男の写真を取り出すと、サマードやほかの乗客に見せた。

「どうして彼、あたしを捨てた？　彼、あたしの心、めちゃめちゃにした……ニール、って名前だって言った、ニール。ニール、ニール」

終点のチャリングクロスでサマードが見ていると、少女はプラットホームを横切って、ウィルズデン・グリーンへもどる電車に乗った。ロマンチック、と言えるかもしれない。彼女が「ニール」と言った言い方。過ぎ去った情熱、喪失感ではち切れそうだった。ああいったあふれんばかりの女性の嘆き。サマードはポピーからも似たようなものを予期していたのだった、なんとなく。電話をかけたときには静かなさめざめとした涙を、そして後から数通の手紙、おそらくは移り香の漂う涙のシミのついたものを。彼女の悲しみのなかで自分は成長できたであろう、おそらくニールがいまそうなっているであろうように。彼女の悲しみは、サマードを自身の救済へと一歩近づけてくれる悟りの顕現となったことであろう。だが、代わりにサマードに与えられたのは、ただ「クソッタレ（ファック・ユー）、このクソッタレ男（ユー・ファッキン・ファック）」という言葉だけだった。

「言っただろ」頭を振って、お城の形に畳む黄色いナプキンの籠をサマードに渡しながら、シヴァが言う。「そんなのやめとけって、言っといただろ？　いろんな歴史が絡みすぎてるのさ。いいかい、彼女が腹を立てているのは、あんたに対してだけじゃない、な？」

サマードは肩をすくめ、塔を作りはじめた。

「違うんだ。歴史だよ、歴史。茶色の肌の男がイギリス女を捨てるってやつ、ネルーの言う『大英帝国（マダム・ブリタニア）よ、サイナラ』ってやつさ」シヴァは、自分を磨くために、社会人大学（オープン・ユニバーシティー）に通っているのである。「こういうことは難しいんだ、クソいまいましく難しい。問題はプライドだな。十ポンド賭けてもいいが、彼女はおまえのことを召使い代わりにしたかったんだ、ブドウの皮むき係ってとこだな」

「いや」とサマードは否定する。「そんなことはない。いまは暗黒時代じゃないんだ、シヴァ。一九八四年なんだぞ」

「わかってないなあ。あんたから聞いたところによると、彼女は昔ながらのケースだよ、昔ながらの」

「ちょっとほかにも気になることがあるんだ」サマードは呟いた（いまごろ息子たちはジョーンズ家にお泊まりで、無事にベッドに寝かされていることだろう、あと二時間したら、アーチーがミラトの目を覚まさせないようにマジドを起こすんだな、と密かに計算しながら）。「家族のことなんだが」

「そんな時間はない！」アルデーシルが怒鳴る。いつものように気づかれないよう背後に忍び寄って、サマードの城の胸壁を検分しにきたのだ。「家族のことなんか気にしてる時間はないですよ。誰もが気にしている。誰もがあの故郷の争乱から家族を避難させようとしている——私だってお喋りな姉のチケット代に千ポンドも支払わなくちゃならない——しかし、それでも仕事はしなければならない、物事を進めていかなければならない。今夜は忙しいんですよ、イトコくん」黒のタキシード姿でレストランじゅうを歩き回ってスタッフを鼓舞しているアルデーシルは言う。「頑張ってください」

今日は週のうちでもいちばん忙しい夜、土曜日だ。客が波状に押し寄せてくる。観劇前の客、観劇後の客、パブのあとの客、クラブのあとの客。最初の集団は品が良くて会話が多い。二番目の集団はショーの曲をハミングしている。三番目の集団は騒々しく、四番目の集団は物珍しげでがさつだ。当然、劇場の客がウェイターには好かれる。彼らは穏やかでチップをはずみ、料理の背景をたずね——東洋での起源や歴史について——若手のウェイターたち（彼らが旅するもっとも東の場所といえば、毎日、ホワイトチャペルやスミスフィールド、ドッグズ島の家へ帰ることなのであるが）は、こういった質問すべてにうまく答えをでっちあげ、年輩のウェイターならば、黒のボールペンでピンクのナプキンの裏に恭しく誇らかに答えを書きこむ。

『アイル・ベット・シー・イズ！』というのが、ここ数ヶ月ナショナル・シアターでやっているショーで、三〇年代を舞台にした五〇年代半ばのミュージカルの再演だった。家出してさまよう途中、貧しい少年と出会う金持ちの少女の物語で、少年もまた家を離れてスペイン内乱で戦おうとしている。二人は恋に落ちる。音楽にはさほど関心のないサマードでさえ、捨てられたプログラムを拾ったりいくつものテーブルで歌われるのを聞いて、ほとんどの歌は知っていた。気に入っていた。実際、うんざりするような仕事から気を紛らわせてくれたのである（それ以上だ——今夜、歌は救いだった。アーチーがちゃんとマジドを予定どおり午前一時にパレスの外に連れてくるだろうかと心配でたまらない気持ちを、和らげてくれる)。ほかの厨房スタッフが、乱切りにしたり漬けこんだり輪切りにしたり砕いたりしながら作業のリズムのようにして歌うのといっしょに、サマードも歌を小さく口ずさんだ。

——パリのオペラも見たし、東洋の不思議も見た

「おいサマード・ミアー、ラジャーのマスタードシードを探してるんだけど」

——夏はナイルのそばで過ごし、冬はスキー場で

「マスタードシードは……たしかムハンマドが持ってたのを見たけどなあ」

——ダイアモンドもルビーも毛皮もベルベットのケープも持っていた

「言いがかりだ、言いがかり……マスタードシードなんて見てないぞ」

——ハワード・ヒューズにブドウの皮をむかせたこともある

「悪いがな、シヴァ、あいつが持っていないって言うんなら、おれは知らないなあ」

——でも、愛がなければ、そんなことが何になるの？

「じゃあ、これは何だよ?」シヴァはシェフの隣からこちらへ来るとサマードの右肘のそばにあったマスタードシードの袋を取り上げる。「おいおい、サム——しっかりしろよ。今夜は頭が雲のなかじゃないか」

「悪かったな……いろいろ心配事があって……」

「あの女友達のことか、え？」

「大きな声で言うなよ、シヴァ」

「――わたしは甘やかされてるってみんな言う、厄介なだけのいやな金持ち女だって」大西洋の向こう側のヒンドゥー語っぽいへんてこなアクセントでシヴァが歌う。「ほいほい、コーラスだ。――だけど、与えられた愛は、二倍にしてお返しするわ」

シヴァは小さなアクアマリンの壺をひっつかみ、逆さになった底へ向かってフィナーレを歌い上げた。「――だけど、いくらお金を積んだって、愛しい人はわたしのものになりはしない……この忠告を受け入れるべきだぞ、サマード・ミアー」シヴァは、サマードが最近また金を借りたのは不倫の資金だと思っているのだ。「これはいい忠告だ」


数時間後、アルデーシルがまたも自在ドアから姿を見せると、歌をさえぎって第二の檄を飛ばした。「諸君、諸君！　もうたくさんです。さあ、いいですか。いまは十時半。みんなショーを見てきたんです。お腹を空かせているのです。幕間にはせいぜいでちっぽけなカップのアイスクリームと、それにボンベイのジンをどっさり。となると、ご承知のようにカレーがほしくなる、そこで、諸君、われわれの出番なのです。二テーブル分十五人のお客が入ってきて奥にすわっています。さて、お客さまに水を頼まれたら、どうします？　どうしますか、ラヴィンド？」

ラヴィンドというのは新人で、シェフの甥、十六歳でおどおどしている。「お客さまに言います――」

「いや、ラヴィンド、口を開く前にだよ、どうする?」

ラヴィンドは唇を噛む。「わかりません、アルデーシル」

「頭を振るんです」アルデーシルは頭を振ってみせる。「いかにもお客様のためを考えて心配してるんだという顔をしてね」アルデーシルは表情を作ってみせる。「で、なんて言いますか?」

「『水では辛さはおさまりません』」

「で、何ならおさまりますか、ラヴィンド?　お客様が感じていらっしゃる焼けつくような感覚を和らげるのはなんですか?」

「ライスのお代わりです、アルデーシル」

「それから?　それから?」

ラヴィンドは困り果てた様子で汗がにじんできた。さんざんアルデーシルに馬鹿にされてきたサマードは、他人が犠牲になるのを黙って見ていられず、身をかがめてラヴィンドのじっとりした耳に答えを囁いた。

ラヴィンドの顔が感謝の念に輝く。「ナンのお代わりです、アルデーシル!」

「そうです。ナンは唐辛子を吸い取りますし、もっと大事なことは、水はただだけれどナンは一ポンド二十ペンスですからね。ところで、イトコくん」アルデーシルはサマードのほうを向き、骨張った指を振った。「若者はどうやって学ぶんでしょうね？　このつぎはこの子に自分で答えさせなさい。あなたにはあなたの仕事があるでしょう。十二番テーブルの女性客たちがボーイ長をご指名です、サーヴィスはボーイ長じゃなきゃいけないってね。だから——」

「私を指名？　でも、今夜は厨房にいようと思ってたんです。それに、専属執事（パーソナル・バトラー）じゃあるまいし、指名だなんて。やることがいっぱいあるんですから——この店では、そんなことはしていないでしょう」

このとき、サマードは狼狽していた。午前一時の誘拐や、双子を引き裂いたあとの見通しのことしか考えられず、熱い皿や湯気を上げるダールの鉢、粘土窯で焼いた油のはじけるチキンといった、片手のウェイターを取りまくさまざまな危険に対処できる自信がなかったのだ。サマードの頭は息子たちのことでいっぱいだった。今夜は半分夢を見ているような状態だったのである。サマードはまたしても、どの指の爪も肉のところまで噛んでしまい、いまやどんどん半透明の三日月形へ、血が出る芯へと近づきつつあった。

サマードは言った。自分が言うのが聞こえた。「アルデーシル、私はこの厨房でやることがごまんとあるんです。それに、なんだって——」

すると、答えが返ってきた。「なんといってもボーイ長は最高のウェイターですし、当然そういった特別待遇を頼むからには、お客様は私に——私たちに——チップをくださるんです。ああだこうだ言わないでくださいよ、イトコくん。十二番テーブル、サマード・ミアー」

そこで、サマードは少し汗をかきながら、腕に白いタオルを掛けて、有名な挿入歌を声を出さずにハミングしながらドアを押し開けて出ていった。

——女の子のためなら、男はなんでもするだろう。どんなに甘い香水でも。どんなに大きな真珠でも。

十二番テーブルまでは遠い。距離ではない。距離はたった二十メートルだが、濃厚な匂いやざわざわした話し声や注文の声の間を通っていくのは、時間がかかる。イギリス人たちの叫び声のなかを抜けていくのは。二番テーブルの横を通ると、灰皿がいっぱいでべつのに替えねばならない。黙って無造作に取り上げ、新しいのを置く。四番テーブルで止まる。注文してもいない、正体不明の皿が来ているのだ。五番テーブルで討議する。ややこしくなってもかまわないから、六番テーブルとくっつけたいらしい。七番テーブルは、中華料理であろうとなかろうと、卵チャーハンがほしいと言っている。八番テーブルはへべれけで、もっとワインを！　もっとビールを！　ジャングルを通り抜けようとするのは大変だ。際限のない要求（エンドレスニーズ）と必要のない目的（ニードレスエンズ）に奉仕するのは。望みや要求を発するピンクの顔は、いまやサマードには日除け帽をかぶった紳士のように思える、テーブルに足を乗せ、膝に銃を横たえた。ベランダではご婦人方がお茶をすすりながら、茶色の肌の少年たちにダチョウの羽で扇(あお)がれて涼んでいる——。

——どんな距離でも旅するだろう、法廷で槌音(つちおと)を聞くことになろうとも。アッラーにかけて、どれだけ感謝していることか（はい、お客様、ちょっとお待ちを、お客様）、どれだけ嬉しいことか、マジドが、少なくともマジドは、およそ四時間後、東へと飛んでいくのだと思うと。この場所から。この要求から。この絶え間のないしつこい望みから。この忍耐心も思いやりも存在しない場所から。みんながほしい物をいますぐ、すぐさま（もう二十分も野菜を待ってるんだ）ほしがる場所から。恋人や子供や友人や神までもが、ほとんどなんの代償もなしにすぐさま現れると期待されている場所から。ちょうど十番テーブルが、注文した手長エビのタンドリーがすぐ出てくるのを期待しているように……。

——彼女が選ぶオークションには、何枚のレンブラントが、クリムトが、デ・クーニングが？

信仰のすべてを捨ててセックスをとり、セックスのすべてを捨てて権力をとるこの人々、神を畏れる気持ちではなく自負を、知識ではなく皮肉を、慎ましく覆った頭ではなく長いぎょっとするようなどぎついオレンジの髪を——。

十二番テーブルにいたのはポピーだった。ポピー・バート＝ジョーンズだった。そしていまやその名前だけで充分だったのに（不安の頂点に達していたのだから、サマードは。これから自分の息子たちを二つに引き裂こうとしているのだ、不安な気持ちでぎこちなく、唾でぬらしたメスをシャム双生児の厚い皮膚にはじめて走らせる外科医のように）、名前だけでもサマードの心は爆発しただろうに。名前だけでも小さな漁船に突進する魚雷となって、サマードの考えごとなど水の外に吹っ飛ばしてしまったことだろう。ところが、状況は名前どころではなかった。どこかの考えなしの馬鹿の口から名前がこぼれたり、あるいは古い手紙の末尾に記されているのを見つけてはっとするどころではない、ポピー・バート＝ジョーンズ本人の雀斑だらけの肉体がちゃんとそこにあったのだ。冷たく頑な顔で、姉といっしょにすわっている。惚れた女の姉というのはたいていそうしたものだが、容姿はポピーの不美人版だった。

「なにか言いなさいよ」マールボロの箱をいじりながら、ポピーが唐突に言う。「気の利いた返事はできないの？　ラクダがどうとか、ココナツがどうとか言わないの？　なにも言うことないわけ？」

サマードには、なにも言うことはなかった。ただハミングするのをやめ、頭をきっちりしかるべき角度に傾け、ペン先を紙につけて注文を聞く態勢を整えた。まるで夢をみているようだった。

「じゃあ、いいわ」ポピーはきつい口調で言うと、サマードを上から下まで眺め、タバコに火をつけた。「好きにしたらいいでしょ。けっこう。まずはじめに、ラム・サモサとヨーグルトなんとかね」

「それから、メインは」ポピーより背が低くて、ポピーほどぱっとしない、髪がもっとオレンジ色で、しし鼻の姉が口をはさむ。「ラム・ドーンソックとライス、フレンチフライ添えが二つ。お願いね、ウェイターさん」

＊

少なくとも、アーチーは正しい時間に来た。正しい年の正しい日付、正しい時間に。一九八四年十一月五日午前一時。レストランの外で、長いトレンチコートを着て、自分のヴォクソールの前に立ち、片手で新品のピレッリのタイヤを触りながら、もう片方の手で、ボガートのように、はたまたお抱え運転手のように、あるいはボガートのお抱え運転手のように、タバコをすぱすぱ吸っている。サマードはやって来ると、アーチーの右手を握りしめ、友の手の冷たさに多大の恩義を感じた。サマードは思わず友の顔に白い息を吹きかけながら言った。「このことは忘れないよ、アーチボルド。今晩おまえがおれにしてくれたことは、ぜったい忘れないからな、友よ」

アーチーはぎこちなく体を動かした。「サム、先に――ちょっと言っとかなきゃならんことが――」

だが、サマードはすでにドアに手をのばしていたので、アーチーの説明は、後部座席で三人の子供が震えている光景を友が目にしたあとの、気の抜けたオチのようになってしまった。

「みんな起きちまったんだよ、サム。三人とも同じ部屋で寝てたんだ——お泊まり会だもんな、やっぱり。しょうがなかったんだよ。パジャマの上からコートを羽織らせて——クララに物音が聞こえると困るからね——三人とも連れてくるしかなかったんだ」

アイリーは寝ていた。頭は灰皿に、足はギアボックスに乗せて丸くなっている。だが、ミラトとマジドは大喜びで父親に手をのばし、幅広ズボンを引っ張って顎の下をつついた。

「やあ、アッバー！　ぼくたちどこへ行くの、アッバー？　秘密のディスコパーティー？本当に行くの？」

サマードはアーチーをにらみつけた。アーチーは肩をすくめた。

「みんなで空港へ行くんだよ。ヒースローへ」

「わあ！」

「それからね、空港へ着いたら、マジドは——マジドは——」

まるで夢を見ているようだった。止めようと思う間もなく涙があふれるのをサマードは感じた。「二分年上の長男」に手をのばすと、サマードは息子の眼鏡のつるが片方折れてしまうくらい、胸にしっかと抱きしめた。「そうしたらマジドは、ジーナットおばさんと旅行に行くんだ」

「もどってくるの？」これはミラトだ。「もしもどってこなかったら、サイコーなんだけどなあ！」

マジドは父親のヘッドロックから身をもぎ離した。「遠いところ？　月曜までにもどってこられるかな――理科でやってる光合成がどうなってるか見とかなきゃならないんだ――二つの草を用意してね、一つは戸棚に入れて、一つは太陽があたるようにしてある――だから、見とかなくちゃ、アッバー、確かめなきゃ、どっちが――」

何年かのちには、いや、飛行機が出て数時間後にはもう、これはサマードが忘れてしまおうと努める歴史となる。記憶から薄れるままにしておきたい歴史に。すっと水中に没する石。ひっそりとコップの底に沈む義歯。

「学校に間にあうように帰れるの、アッバー？」

「さあさあ」アーチーが運転席から重々しく声をかける。「急がないと、間にあわないぞ」

「月曜には学校へ行けるさ、マジド。約束するよ。さあ、ちゃんとすわってくれ。アッバーのためにね、頼むから」

サマードは車のドアを閉め、屈みこんで、双子の息子が窓に熱い息を吐きかけるのを見守った。片手を上げると、ガラス越しに息子たちの唇に触れる、ガラスにくっついたむき出しのピンクの部分に。双子の唾液が汚い窓の水滴と混ざりあった。

9　反乱！

アルサナにとって、人間の真の違いは肌の色ではなかった。性別でもなければ、信仰でもない。シンコペーションのリズムに乗ってちゃんとダンスができるかどうかでも、こぶしを開いて金貨を一つかみ見せることができるかどうかでもない。真の違いはもっとずっと根本的なものだ。それは地にある。それは天にある。全人類は明確に二つのグループに分けることができる、アルサナにとっては。非常に単純なアンケートに答えてもらえばいいだけだ。火曜日に『女性自身(ウーマンズオウン)』を見れば出ているような。

（a）あなたが眠る頭上にある空が、数週間もぱっくり口を開けっぱなしというようなことが起こるでしょうか？
（b）あなたの歩く大地が、揺れて裂けたりすると思いますか？
（c）日中あなたの家に影を投げかける不気味な山が、ある日わけもなく噴火する可能性があるでしょうか？（ほんの少しでも可能性があると思うなら答えの欄にマルをしてください）

もし一つまたはすべての質問に対する答えが「はい」ならば、あなたの人生は真っ暗闇。いつもほとんど魔の刻と背中合わせ、不安定でぼろぼろだ。真の意味で気苦労がないとも言える。人生は軽く、キーホルダーやヘアピンのようにすぐなくなってしまうのだから。そして無気力。午前中ずっと、一日中ずっと、一年中ずっと、同じイトスギの下にすわって土の上に8の字を描いていればいいじゃないか。さらにいうならば、人生は災厄だ、カオスだ。政府なんか気の向くままにぶん投げたらいい。嫌いなやつは盲目にしてやればいい。狂人になってみたらどうだ。わけのわからないことをわめきながら町をうろつき、両手を振り回し、髪をかきむしったらいい。あなたを止められるものは、なにもない――あるいはむしろ、なんでもあなたを止められる、いついかなるときにでも。この感覚。これが人生における真の違いなのである。しっかりした地面の上に、安全な空の下に生きる人々は、こんなことをなにも知らない。警報が鳴っているときでさえ、町が火の玉となって燃えあがっているときでさえ、お茶を注いでディナーのために正装しつづけたドレスデンのイギリス人捕虜のように。緑豊かで快適な、穏やかな土地に生まれたイギリス人は、災厄を想像する基本的な能力が欠けているようだ、人的災害の場合でさえも。

バングラデシュ、もとの東パキスタン、もとのインド、もとのベンガルの人々は違う。彼らはいつ来るかわからない災厄の見えない指の下で暮らしている。洪水、サイクロン、ハリケーン、泥流。一年の半分は、国の半分が水の下だ。時計仕掛けのように定期的に世代がまるごと消滅する。平均寿命は楽観的にみて五十二。そして世界の終末の話、大勢の人間が無差別に死ぬ話になると、かれらは、そう、その特別な分野においては自分たちが先導をつとめるだろう、自分たちが最初に死ぬことになるだろう、厄介な極地の氷冠が溶けはじめたら最初にアトランティスのごとく海底に沈むのは自分たちだろうと、冷静に認識している。世界中でもっともバカげた国だ、バングラデシュは。神のまったくの悪ふざけ、神が試みたブラックコメディーだ。ベンガル人にアンケートを渡す必要はない。実際の災厄が彼らの現実生活なのだ。たとえば、アルサナのスイート・シックスティーンの誕生日（一九七一）からアルサナが夫にまともにものを言うのを止めた年（一九八五）にかけて、バングラデシュでは、広島、長崎、ドレスデンをあわせたよりさらに多くの人が風や雨で死んだ。百万の人々が、そもそもの初めから軽く扱うよう習い覚えた命を失ったのである。

　そして、本当のところを言えば、裏切りや、嘘や、誘拐という基本的事実よりもむしろ、これこそ、アルサナがサマードを非難する真の理由だった。マジドも自分の命を軽く扱うことを覚えねばならないということが。たとえ、チッタゴン丘陵という、低い平らな国ではいちばん標高の高い場所にいて比較的安全とはいえ、それでも、マジドがかつての自分のように生きねばならないと思うのはたまらなかった。命をパイサ・コインのように軽く扱い、洪水のなかを考えなしに突っ切り、真っ黒な空に怯えて震える……。

当然、アルサナはヒステリックになった。当然、息子を取りもどそうとした。関係当局に当たってみた。関係当局はこんなことを言った。「正直なところ、奥さん、われわれは入ってくるほうを気にしてるんでして」とか、「本当のことを言いますとね、その旅行を手配したのがご主人だというのなら、われわれにできることはあまり――」、で、アルサナは受話器を置く。数ヶ月たつと、アルサナは電話するのを止めた。絶望的な気持ちでウエムブリーやホワイトチャペルへ行き、親戚の家にすわりこんでは泣いたり食べたり慰められたりと、すばらしき週末を送ったが、心の底では、カレーはまともでも、慰めはすべてそのまま受け取るわけにはいかないとわかっていた。大きな家に住み、黒人や白人の友達を持ち、夫はオマー・シャリフみたいで、プリンス・オブ・ウェールズのようなしゃべり方をする息子がいるアルサナ・イクバルが、いまや自分たち同様、不信や不安に悩み、着古したシルクのように悲しみを身にまとうようになっていることを、密かに喜ぶ者もいたのだ。そこには一種の満足感があった、ジーナット（例の件におけるアルサナの役割はけっして明かさなかった）が肘掛け椅子の腕越しに同情をこめてアルサナの手を取ったときだって。「ああ、アルシ、どうしても思ってしまうんだけど、出来のいいほうの子を連れていかれちゃうなんて、なんて悔しいんでしょう！　あの子は本当に頭が切れて、立ち居ふるまいも品があったのに！　あの子なら、ドラッグとか変な女の子の心配をする必要もないし。あれだけ本を読むから、眼鏡代がかかるくらいのもんで」

そう、そこにはある種の喜びが存在した。人間を見くびってはいけない。自分に降りかかったのではない苦しみを見ることで得られる喜びを見くびってはいけない。悪いニュースを伝えることで、爆弾が落ちるのをテレビで見ることで、電話の向こうの押し殺したすすり泣きを聞くことで得られる喜びを。苦しみだけならただの苦しみである。だが、苦しみ＋距離＝娯楽、覗き行為、人間的興味、ドキュメンタリー（シネマヴェリテ）風映画、腹を抱えた大笑い、同情的な微笑み、驚きの表情、隠された軽蔑、こんなものになりうるのだ。アルサナはこれらすべてを、それ以上のものを、最近起こったサイクロンについて知らせてやろう、同情を示そうと電話が殺到したときに――一九八五年五月二十八日――電話線の向こう端に察知した。

「アルシ、電話しないではいられなかったの。ベンガル湾にすごい数の死体が浮いているっていうじゃないの……」

「ラジオで最新のニュースを聞いたところなんだけど――一万人だって！」

「それでね、生存者は屋根に乗って流されていて、サメやワニが食いつこうと狙ってるんだって」

「きっとたまらないでしょうねえ、アルシ、状況がわからない、はっきりしないなんて……」

まる六日間、アルサナには状況がわからず、はっきりしなかった。この間、ベンガルの詩人ラビンドラナート・タゴールの本を読みふけり、彼が保証してくれること（夜の闇は袋、はじけて黄金の夜明けがあふれ出す）を信じようと努めたが、結局のところアルサナは現実的な女で、詩は慰めにはならなかった。この六日のあいだ、アルサナの人生は闇で、ほとんど魔の刻に近かった。だが、七日目に光明が訪れた。マジドは無事だという知らせが届いたのだ。モスク内の高い棚の上という危険な場所に置いてあった花瓶が、最初の風の最初の一吹きで飛ばされて落ちたのに当たって、鼻をつぶされただけだという（どうか、この花瓶にも注目していただきたい、これこそ、マジドの鼻面をその天職へと向けさせることになる花瓶なのである）。これより二日前にこっそりジンをきこしめし、一家のおんぼろワゴン車に乗りこんでダッカへ遊びに出かけた使用人たちだけが、いまや腹を上にしてジャムナ川に浮き、銀色のひれの魚にまん丸の目できょとんと見上げられることになったのであった。

サマードは大得意になった。「ほらな？　あいつはチッタゴンにいたって、なんの危険もない！　もっと良いことには、あいつはモスクにいたんだぞ。キルバーンで暴れて鼻をつぶすより、モスクで鼻をつぶすほうがいいじゃないか！　まさにおれが願ったとおりだ。あいつは昔ながらのやり方を学んでいる。昔ながらのやり方を学んでいないか？」

アルサナはちょっと考えた。そして言った。「たぶんそうね、サマード・ミアー」

「たぶん、っていうのは、どういう意味だ？」

「たぶんそうね、サマード・ミアー、ひょっとしたらそうじゃないかも」

　アルサナは夫に対し、はっきりと受け答えしないことにしようと決めたのである。このあと八年にわたるのだが、夫にはけっしてはいと言わず、いいえとも言わないでおこうと決めたのだ、夫も自分と同じ状態で暮らさせてやろうと――けっしてわからない、はっきりしない状態に置いて、サマードの心の安定を質にとって脅かしてやるのだ。「二分年上のナンバーワンの長男」の帰還によって完済してもらうまでは、もう一度このぽっちゃりした手で息子の濃い髪に触れるまでは。これがアルサナの誓いだった。サマードへの呪いだった。そして、これはこの上ない復讐だった。サマードは、ときにほとんど崖っぷちまで追いつめられた。包丁を握りそうなところまで、薬の戸棚へ行きそうなところまで。だが、サマードは、誰かほかの人間に満足を与えるのがわかっていて自殺することなどできない、不屈の男だった。サマードは踏みとどまった。アルサナは眠っているときも寝返りをうっては呟いた。「あの子を返してよ、バカ野郎……気が変になりそうだっていうんなら、わたしの可愛い子を返してよ」

　だが、サマードが白い腰布（ドーティー）を掲げたくなったとしても、マジドを連れもどす金はなかった。サマードはこういう状況でも暮らしていけるようになった。そのうち、通りやレストランで誰かに「はい」とか「いいえ」とか言われても、どう対応していいかわからなくなってしまった。この二つのエレガントでささやかな言葉が何を意味するか忘れてしまったのである。この二つの言葉をアルサナの口から聞くことはけっしてなかった。イクバル家では、どんな質問であろうと、はっきりした答えが得られることは二度となくなったのだ。

「アルサナ、おれのスリッパを見なかったか？」

「ひょっとしたらね、サマード・ミアー」

「今何時だ？」

「三時かもしれないけどね、サマード・ミアー、でも、アッラーは四時かもしれないってお思いかも」

「アルサナ、リモコンはどこに置いた？」

「引き出しのなかかもしれないしね、サマード・ミアー、ソファの後ろかもしれない」

とまあ、こんな具合。

五月のサイクロンからしばらくたって、イクバル一家は「二分年上の長男」から手紙を受け取った。練習帳にきちんとした字で書かれ、最近の写真が一枚入っていた。手紙がきたのははじめてではなかったが、サマードはこの手紙になにか違うものを感じた。なにか喜ばしい、自分のなした評判の悪い決断を良いものだったと認めてくれるような。どこかトーンが違う。成熟が感じられる。東洋の知恵の芽生えが。まず庭で丹念に読んでみてから、サマードは大得意で台所へ持っていって、ペパーミントティーを飲んでいるクララとアルサナに読んで聞かせた。

「ほら、聞いてくれ、ここにはこんなふうに書いてある。『きのう、おじいちゃんがタミン（下働きです）をベルトで、お尻がトマトより赤くなるほどぶちました。タミンはロウソクを盗んだ（これは本当です。ぼくは盗むところを見たんです！）、そしてこれがその報いだとおじいちゃんは言いました。アッラーが罰を与えることもあれば、人間が与えなければならないこともあるが、賢い人間にはアッラーの番か自分の番かわかるんだ、とおじいちゃんは言います。ぼくもそのうち賢い人間になりたいと思います』聞いたかい？　あの子は賢い人間になりたがっている。あの学校で、何人の子が賢い人間になりたいと思ってるだろうな？」

「誰もいないかもしれないわね、サマード・ミアー。でも、みんなそう思ってるかも」

サマードは妻をにらみつけ、つづけた。「それから、ここだ、鼻のことを書いている。『あの花瓶は、落っこちて人の鼻をつぶす可能性のあるようなとんでもない場所に置かれるべきではなかったと思います。誰かの責任なのですから、その人は罰せられるべきです（といっても、お尻を叩く罰ではいけません、それが大人ではなく小さな子供である場合をのぞいては。十二歳以下なら構いませんが）。ぼくは大人になったら、花瓶が危ないところに置かれることなどないようにし、ほかの危険なことについても抗議しようと思います（ところで、ぼくの鼻はもうすっかりだいじょうぶです！）』な、わかるだろ？」

クララが眉をひそめる。「わかるって、何が？」

「あの子は明らかに、モスクにおける図像の存在を認めていない、異教的で不必要かつ危険な装飾はすべて嫌いなんだ！　こういう少年はきっと大物になる、そうだろう？」

「そうかもしれないわね、サマード・ミアー。そうじゃないかもしれない」

「役人になるかもしれないわね、それとも法律家かも」とクララ。

「くだらない！　おれの息子は神に仕えるんだ、人間にじゃない。あの子は自分の義務を恐れない。本物のベンガル人になることを、まっとうなムスリムになることを恐れてはいない。ほら、ここに、この写真のヤギは死んでいるんだと書いてるぞ。『ぼくはヤギを殺すのを手伝いました、アッバー』だとさ。『二つに裂かれてもまだしばらく動いていました』これが怖がってる子の書き方かな？」

　怖がってはいませんね、と誰かが言わねばならないようなので、クララは気のない口調でそう言い、サマードが差し出した写真に手を伸ばした。いつものグレイの服を着たマジドが、古い家を背景に不運なヤギと並んで立っている。

「あら！　この子の鼻ったら！　つぶれたところを見てよ。この子、ローマ鼻になってる。まるで小さな貴族、小さなイギリス人ね。ほら、ミラト」クララは写真を、兄ほど大きくも高くもないミラトの鼻の下にもってきた。「あんたたち二人、もうそっくりの双子ってわけにはいかなくなったね」

「あいつ」ミラトは投げやりに写真を見て言った。「アホってかんじだ」

ウィルズデン界隈（かいわい）の街言葉にぜんぜん精通していないサマードは、生真面目にうなずいて息子の髪をなでた。「そうやっておまえが兄弟二人の違いを認めるのはいいことだ、ミラト、あとになってからよりいまのほうがな」サマードはアルサナをにらみつけた。こめかみのそばで人差し指をくるくる回し、頭の横を叩いてみせている。頭がヘ、ン、な、ん、じゃ、な、い、の。「ほかのやつらはバカにするかもしれんがな、おまえとおれにはわかっている、おまえの兄は荒野から人々を導き出すことになるとな。あの子はいくつもの部族を束ねるリーダーとなるだろう。あの子は生まれながらの族長（チーフ）なんだ」

ミラトはこれを聞いて大笑い、とめどもなく笑い転げて足がよろめき、ふきんで滑って流しにぶつかり、鼻をつぶしてしまった。

＊

二人の息子。一人は姿が見えず、完璧で、九歳という愛すべき年齢のまま写真立てにおさまり、その下ではテレビが八〇年代のゴタゴタを吐き出している——アイルランドの爆弾、イギリスの暴動、大西洋の向こう側の膠着状態——そういったゴタゴタの上に、その子供は手の届かない存在として汚れることなく立っていた。微笑みを絶やさないブッダのごとき地位にまで昇華し、澄み切った東洋の黙想に染まっている。なんでもできる生まれながらのリーダー、生まれながらのムスリム、生まれながらの族長（チーフ）――つまり、幻にほかならなかった。父親の妄想という水銀によって形をなし、母の涙という食塩水で定着された影のような銀板写真だ。この息子はものを言わず、遠いところにいて、「立派にやっているとされている」、まるで女王陛下の植民地である島の一つのように。永遠にもとの純真さのまま、ずっと思春期前の状態で。この息子を、サマードは見ることができなかった。そして、サマードは長らく、自分が見ることのできないものを崇めてきたのだ。

自分が見ることのできる息子については、余計なことばかりする頭痛の種の息子については、この件に関してはサマードに口を開かせないのがなによりだ、ミラトの困った点については。だがまあ、いってみようか。ミラトは二番目の息子である。バスのように遅れて来たのだ。料金の安い郵便のように、のろまみたいに、あと追いをする子供のように、産道を通るはじめてのレースで負けてしまい、いまでは生まれつき定まった素質として、まったくの追随者なのだ。アッラーのこみ入った意図により、二分という決定的な差で敗れ、それはもう取りもどすことができない。すべてが見える凹面鏡のなかでも、至高の存在なるものの冷たい眼差し（まなざし）においても、父親の目からみても。

ミラトよりもっとふさぎがちな子供なら、もっと考えこむ子供なら、以後の人生をこの二分を追い求めては惨めな思いをし、極めがたい源泉を探り、ついにはそれを父親の責に帰することに費やしたであろう。だが、父が自分のことをなんと言おうと、ミラトはそこまで気にしなかった。自分が追随者でもなければアホ（チーフ）でもなく、ボンクラでもないし、根なし草でもなく、二流の人間でも、バカでもないと知っていたのだ――父親がなんと言おうと。街では、ミラトは不良、悪ガキと言われ、いつも中心にいて、靴のように頻繁にイメージが変わった。キュートで、信頼できるやつ、ワル。仲間を引き連れてサッカーをやりに丘を駆けあがるかと思うと、丘を駆け下りてスロットマシーン荒らしに行く。学校を抜け出して、ビデオ屋に行く。ミラトお気に入りの店、悪辣（あくらつ）なコカインの売人が経営するロッキー・ビデオでは、十五歳ならポルノが借りられ、十八歳未満お断りのやつは十一歳から、殺しの実演映画はカウンターの下で五ポンドで手にはいる。ミラトが父親（ファーザー）というものについて本当に学んだのはこの店である。ゴッドファーザー、血の契りを結んだ兄弟分、パチーノデニーロ、恰幅のいい黒服の男たち、早口で、間違っても（クソいまいましい）ウェイターの仕事なんかしない、二本のちゃんと機能する、銃を持つ手がある男たち。ちょっと危険な目にあうために、賢い人間になるために、洪水のもとで、サイクロンのもとで生きる必要などないということを、ミラトは学んだ。こちらから探しに行けばいいのだ。十二歳にして、ミラトは探しに出かけた。ウィルズデン・グリーンはブロンクスでもなければサウス・セントラルでもなかったが、少しばかり見つかったし、それで充分だった。

ミラトはクソ生意気で、でかい口を叩いた。びっくり箱のように、十三歳になったらすばらしい容姿が飛び出すようにセットして、自分のなかにぎゅっと押しこめていた。十三になると、ミラトはニキビ面の男の子たちのリーダーを卒業し、女たちのリーダーとなった。ウィルズデン・グリーンの笛吹き男(パイドパイパー)だ。魅せられた少女たちがミラトのあとを追う、舌を垂らして、胸をつんとつきだして。そして傷心の澱(よど)みに落ちていく……それもこれもすべて、ミラトがいちばん**大物**で、いちばん**ワル**だったから、少年時代を**大文字**で過ごしたからだった。ミラトはいちばんにタバコを吸い、いちばんに酒を飲み、そして**アレ**を——**アレをだ！**——十三歳半で喪失した。**確かに**、ミラトはそれほど**さわり**も、**ふれ**もしなかった。なんだか**べちょべちょ**で**わけがわからないまま**。どうなるのかも知らずに**アレ**を失ってしまったのだ。それでもミラトは**アレ**を喪失した。なぜなら、疑いもなく**ぜったい**に、ミラトは誰よりもいちばんすばらしく、いかなる少年非行の基準に照らしても、ティーンエイジャー集団におけるきらめく光であり、**ドン**であり、**ベスト**であり、**犬の金玉**(サイコー)であり、ストリート・ボーイであり、族のリーダーであったからだ。実際、ミラトの唯一の問題点と言えば、問題を起こすことが大好きだ、ということだった。しかもそれに長けていた。でも、そんなことはどうでもいい。ミラトは最高だった。

とはいえ、多くの協議がなされた——家で、学校で、イクバル／ベーガム一族のあまたある係累のあちらこちらの台所で——ミラトの問題について。十三歳の御しがたいミラト、モスクで屁をひり、金髪を追いかけ、タバコのにおいを漂わす。しかも、それはミラトだけではなく、子供たちみんなだった。ムジーブ（十四歳、他人の車を勝手に乗り回したという犯罪歴あり）、カンデーカル（十六歳、白人の女の子とつきあっていて、夕方になるとマスカラをつける）、ディペーシュ（十五歳、マリファナ）、クルシード（十八歳、マリファナと極端なバギーパンツ）、カレダ（十七歳、中国人の少年と婚前性交）、ビマル（十九歳、演劇で学位を取ろうとしている）。いったい子供たちはみんなどうなってしまったのだろう？　大洋を渡るという壮大な実験の第二世代たちの、何が間違ってしまったのだろう？　彼らは望みうるすべてを持っているではないか？　ちゃんとした庭もあれば、食事もきちんと取れる、マークス・アンド・スペンサーでこざっぱりした服も買えるし、Aクラスの最高の教育も受けているんじゃないのか？　親の世代はベストを尽くしたのではなかったか？　みんな理由があってこの島国に来たんじゃなかったのか？　安全に暮らすために。彼らは安全ではないだろうか？

「安全すぎるんだ」とサマードは説明する、泣いたり怒ったりしているマーやバーバー、困り果てた老いたるダドゥーやディダの誰彼を辛抱強く慰めながら。「あの子たちは、この国で安全すぎるんだ。あの子たちは、われわれがこの手で作り出した大きなプラスチックの風船のなかで暮らしている。あの子たちの人生は、すべてちゃんと計画されてしまっている。私としては、ご存じのとおり、聖パウロに価値なんて認めませんよ、でも、かの金言は正しい、まさにアッラーの言葉だ。子供じみたことは捨て去れ。大人同様に試されることなくして、どうやってわれわれの息子は男になれるんです？　ねえ？　考えてみると、マジドを送り返したのは本当に良かったと思ってます。お薦めしますよ」

　こう言われると、泣いたり嘆いたりしていた人々はみな悲しげに、マジドとヤギの大切な写真を見上げる。石の牛が鳴くのを待つヒンドゥー教徒のように、写真からオーラが立ちのぼるのが見えるような気がするまで、みなうっとりと見つめる。逆境のなかから、地獄や洪水のなかから徳と勇気が、真のムスリムの少年が、自分たちの持っていない子供が。気の毒ではあるものの、アルサナには多少面白くもあった。形勢は逆転し、誰もアルサナに同情して泣いているのではなく、みな自分と自分の子供たちのために、恐るべき八〇年代が親子双方に与えている影響を嘆いているのだ。こうした集まりは、最後の望みをかけた首脳会談を思わせた。通りで暴徒が荒れ狂い、窓を割っているなか、閉じられたドアの後ろで開かれる政府や教会のせっぱ詰まった会合を。距離が自ずと定まってくる。単に父子や老若、こちら生まれとあちら生まれのあいだにとどまらず、家のなかにいる者と外で暴動に加わる者とのあいだでも。

「あまりに安全で、楽すぎるんだ」サマードは繰り返し、大伯母のビビがミスター・シーン（汚れ落とし）で優しくマジドを拭う。「一ヶ月故郷に返せば、どの子もまともになるさ」

　だが、実際のところ、ミラトは故郷に帰る必要などなかった。分裂したかのように、片足はベンガル、もう片方はウィルズデンに置いて立っていたのだ。心のなかでは、ミラトはこちらにいるのと同様、あちらにもいた。同時に二つの場所で暮らすのに、パスポートは必要ない。兄の人生と自分の人生をともに生きるのに、ビザはいらない（つまるところ、彼は双子だったのである）。最初に気づいたのはアルサナだった。アルサナはクララにうち明けた。「なんてことかしらね、あの子たちはあやとりのように結びついてる、シーソーのようにつながっているの。片方を押さえると、もう一方があがる。ミラトが見たものはなんでもマジドにも見えちゃうし、逆も同じなのよ！」だが、アルサナが気づいたのは些細な事柄だけだった。同じ病気、同時に起こった事故、大陸の両側で起こったペットの死。一九八五年、サイクロンで高いところのものが揺られて落ちるのをマジドが見つめていたときに、ミラトがフォーチュン・グリーンの墓地の高い塀の上で運試しをしていたことや、一九八八年二月十日、マジドがダッカで荒れ狂う群衆のなかを、ナイフや拳をかざして選挙の日程を決めようと躍起になっている連中がやみくもに襲ってくるのをかわしながら歩いているときに、ミラトが悪名高いキルバーンの酒場、ビディー・マリガンズの外で、三人の荒れ狂った俊足の酔っぱらいアイルランド人と向きあっていたことは知らなかった。へえ、偶然の一致では納得できないって？　事実、事実、事実がお望みだって？　黒いフードをかぶって大鎌を持った大男との遭遇が必要だって？　オーケー。一九八九年四月二十八日、竜巻がチッタゴンの台所を空へ吹っ飛ばし、なにもかもそっくり持っていったとき、マジドだけは奇跡的に床で体を丸めていて無事だった。さて、ミラトはというと、五千マイル離れたところで、伝説的な最上級生、ナタリア・キャヴェンディッシュ（彼女の体は本人も知らない暗い秘密を抱えていた）の上に覆い被さっていた。コンドームの箱は開けもせずに尻のポケットのなか。だが、なぜかミラトは感染しなかったのである。リズミカルに上下したり、深く突っこんだり横向きになったりして、死とダンスしていたのに。

三日間

一九八七年十月十五日

明かりが消え、風が二重ガラスに激しく吹きつけても、ＢＢＣという神のお告げの絶大なる信者であるアルサナは、寝間着でソファにすわり、考えを変えようとはしなかった。

「あの天気予報のミスター・フィッシュがだいじょうぶだって言うんなら、ぜったいだいじょうぶなのよ。ＢＢＣなんだから、なんてったって！」

サマードはあきらめた（お気に入りのイギリスものの確固たる信頼性についてアルサナの考えを変えさせるのは、まず不可能なのだ。彼女のお気に入りにはつぎのようなものがある。アン王女、ブルータック（家具の固定などに用いる粘土）、子供のためのロイヤル・バラエティー・ショー、エリック・モーカム（コメディーコンビ、モーカムとワイズの）、BBCのラジオ番組「女性の時間（ウーマンズ・アワー）」）。サマードは台所の引き出しから懐中電灯を取りだし、二階へミラトを探しに行った。

「ミラト？　返事してくれ、ミラト！　いるのか？」

「いるかもしれない、アッバー、いないかもしれない」

　サマードは声がした浴室へ行き、顎のところまで汚いピンクの泡に浸かって『ヴィズ』（アダルト・コミック誌）を読んでいるミラトを見つけた。

「へえ、父さん、すごいや。懐中電灯だ。ぼくが読めるようにこっちを照らしてよ」

「こんなもん、やめとけ」サマードは息子の手からコミックを取り上げた。「すごいハリケーンが来てるっていうのに、おまえのちょっとおかしい母親ときたら、屋根が落っこちてくるまでここですわってるつもりだ。風呂から出るんだ。納屋へ行って木と釘を見つけてきてほしいんだ、そうすれば二人で――」

「でも、アッバー、ぼくは素っ裸だぜ！」

「細かいこと言うな――これは緊急事態なんだ。さっさと――」

　なにかが裂ける途方もない音、なにかが根本から裂け、壁にたたきつけられたような音が外から聞こえた。

　二分後、イクバル一家はそれぞれしどけない格好で集まって突っ立ち、台所の長窓から、芝生の、これまで納屋があった部分を見つめていた。ミラトは三度踵を打ち鳴らし、街の訛で芝居気たっぷりに言った。「おやまあ。わが家にまさるところはないわ。わが家にまさるところはないわ（『オズの魔法使い』のドロシーのセリフ）」

「さてと。これで動く気になったかね？」

「たぶんね、サマード・ミアー、たぶん」

「くそっ！　国民投票にかける気はないからな。みんなでアーチボルドの家に行くぞ。あそこならまだ電気がついてるかもしれない。それに大勢のほうが安全だ。おまえたち二人とも——服を着て、絶対必要なものを持て、生き死ににかかわるようなものだけをな。それから車に乗るんだ！」

風の勢いで閉まろうとする車のトランクを開けたままで支えながら、サマードは妻と息子が絶対必要な、生き死ににかかわるものだと決定した品々を見て、初めは面白く思い、次いでがっくりしてしまった。

ミラト

『明日なき暴走』（レコードアルバム）——スプリングスティーン
『タクシードライバー』の「おれに話してんのかい」シーンのデ・ニーロのポスター
『パープル・レイン』（ロック・ムービー）のベータ版のビデオ

「縮んでぴったり」のリーヴァイス501（赤ラベル）
コンバースの黒のベースボール・シューズ
『時計仕掛けのオレンジ』（本）

アルサナ
ミシン
タイガーバーム軟膏三瓶
子羊の足（冷凍）
フット・バス
『リンダ・グッドマンの星占い』（本）
葉っぱ巻きタバコ(ビッディーシガレット)の大箱
『ディヴァールジート・シンの月光のケララ』（ミュージカル・ビデオ）

サマードはトランクをバタンと閉めた。

「ペンナイフも、食べ物も、明かりになるものもなしか。結構なこった。イクバル家で従軍経験があるのは誰か、すぐわかるな。コーランを持っていこうとは、どっちも考えなかったのか。緊急事態ではいちばん重要なものだぞ。心の支えだ。おれは家にもどってくる。

車のなかにいろ、ぜったいに動くんじゃないぞ」

台所に入ると、サマードは懐中電灯であたりを照らした。やかん、レンジトップ、ティーカップ、カーテン、そして隣家のマロニエの木の上に、まるでツリーハウスみたいに納屋がご機嫌でのっかっているシュールな光景が目にはいる。流しの下に入れて置いたのを思い出してアーミーナイフを取りだし、金箔装丁でベルベットの房のついたコーランを居間から持ってきて、いざ出ようとしたところで、風を肌で感じてみたい、恐るべき破壊をちょっと見てみたいという誘惑にとらわれた。風が弱まる合間を待ち、サマードは台所のドアを開け、おっかなびっくり庭に出た。そこでは、郊外の住宅地の黙示録的光景が、凄まじい稲光に照らし出されていた。カシ、ヒマラヤスギ、シカモア、ニレが、庭という庭で倒れている。塀は倒れ、庭用の椅子やテーブルがバラバラになっている。サマードの家の庭だけが、波板で囲ってあって木もなく、変な臭いのハーブばかり植えてあるとしょっちゅうバカにされていたこの庭だけが、比較的被害を受けていなかった。

サマードが心楽しく、しなやかに撓む東洋のアシと強情な西洋のカシについての寓話を考えていたちょうどそのとき、風がふたたび強まり、サマードを横へ飛ばしてから二重窓にぶちあたり、やすやすと粉々にしてしまった。ガラスが内側に飛び散り、つぎに逆風で台所のものがぜんぶ外へ舞い散らされた。サマードは飛んできたザルを耳にひっかけ、コーランを胸にしっかり抱きしめて車に急いだ。

「運転席でなにをやってるんだ？」

アルサナはしっかりとハンドルを握りしめ、バックミラーに映るミラトに話しかけた。

「誰か夫に、わ、わたしが運転するって言ってもらえないかしら。わ、わたしはベンガル湾のそばで育ったの。母親がこんな風のなかで運転するのを見てきてる。でも、夫はね、デリーでなよなよした大学生のお坊ちゃんたちと遊び歩いていたのよ。夫には、助手席にすわって、わたしがしなさいって言わないかぎりオナラもしないでいてもらいたいわ」

風速百十マイルの風が情け容赦なく高層ビルに吹きつけるなか、アルサナは時速三マイルで人気のない真っ暗な大通りを進んだ。

「イギリスで、こんなことになるなんて！　こんなことをしなくても済むようにと思ってイギリスに来たのに。もうあのミスター・カニなんてぜったい信じないから」

「アッマー、ミスター・フィッシュだよ」

「これからはね、あいつはミスター・クラブでいいの」アルサナは暗い顔で言い返す。

「BBCだろうと、BBCじゃなかろうと」

アーチーの家でも電気は止まっていたが、ジョーンズ家は高潮から放射性降下物にいたるまで、起こりうるすべての災害に備えが出来ていて、イクバル一家が着いたときには、家にはいくつものガスランプやロウソク、常夜灯がともされ、玄関や窓は手回し良くハードボードで補強され、庭木の枝はロープで結わえてあった。

「なんといっても準備だよ」ドアを開けて、寄る辺ない人々を迎えいれるDIYキングよろしく、両腕に荷物を抱えた決死の表情のイクバル一家を迎えいれながら、アーチーはのたまった。「つまり、自分の家族を守らなくちゃいけないってことだ、な？　べつにおまえがそうできなかったっていうわけじゃあ——つまりその——おれはそう思うってことだ、おれは風に立ち向かうぞってな。前に言ったかしらんが、イックボール、何度も言ってることだが、耐壁を点検するんだ。最上の状態でないなら、やられちまう。ほんとだぞ。それから、空気スパナを家に常備しとかなきゃいかん。ぜったいにだ」

「いや、さすがだ、アーチボルド。入らせてもらってもいいかな？」

アーチーは脇へどいた。「もちろん。ほんと言うとね、来るだろうと思ってたんだ。おまえはビットとネジの区別もつかないんだからな、イックボール。理論はバッチリだけど、実践はさっぱりだ。さあ、入ってくれ。常夜灯に気をつけて——いい考えだろう？　やあ、アルシ、いつもきれいだね。やあ、ミルボイド、不良少年。で、サム、言っちまえよ、被害はどうなんだい？」

サマードはおとなしくこれまでの被害を列挙した。

「ははあ、問題はガラスじゃないな——あれは問題ない、おれが取り付けたんだから——窓枠だよ。崩れた壁から剝がれたんだ、きっと」

サマードはそうかもしれないとしぶしぶ認めた。

「人生悪いことだって起こるさ。ま、起きちまったことはしょうがない。クララとアイリーは台所だ。ガスバーナーを使ってるんだ。すぐ食いもんができるよ。それにしても、なんて嵐だ、なあ？　電話も使えない。電気もこない。こんなのはじめてだ」

台所は、どことなく無理のある落ち着きを見せていた。クララは豆かなにかをかきまわしながら、小声で「バッファロー・ソルジャー」を鼻歌で歌っている。アイリーはノートの上に屈みこんで、十三歳の子供らしくわき目もふらずに日記をつけていた。

午後八時三十分。ミラトが入ってきた。すごーくステキだけど、ほんとにしゃくにさわるヤツ！　いつものぴちぴちジーンズ。わたしのことは見てくれない（いつもそう、「優しい」気分のとき以外は）。わたしはバカに恋してるんだ（おろかなわたし）！　カレも兄と同じ頭脳を持っていたらなあ……なあんてね。わたしは赤ちゃんみたいな恋をして、赤ちゃんみたいにぽちゃぽちゃ太って――やだやだ！　嵐は相変わらずクレージー。もう行かなくちゃ。あとでまた書こう。

「やあ」とミラト。

「やあ」とアイリー。

「クレージーだよな？」

「うん、どうかしてる」

「父さんはひきつけ起こしそうだよ。家はメタクソ」

「おんなし。このあたりもめちゃくちゃだよ」

「おれがいなかったら、おまえたちはどうなるんだろうね、お嬢さん」アーチーがこう言いながらハードボードに釘をまた一本打ちつける。「この家の補強は、ウィルズデン一だぞ。ここにいると、嵐がきているなんて思えないなあ」

「そうなんだよね」ミラトがスリリングな眺めの見納めにと窓の向こうでのたうつ木々に目をやるうちに、アーチーは木と釘で完全に空を見えなくしてしまった。「そこが問題なんだよな」

サマードがミラトの耳のあたりをぶんなぐる。「生意気な口をきくんじゃない。おれたちはな、自分のしてることはわかってるんだ。忘れたのか、アーチボルドとおれは、いっしょに極限状況をくぐってきたんだぞ。五人乗りのタンクで戦場のただなかへ出てみろ、いつ命を落とすかわからないんだ、ケツのすぐそばを弾がかすめるんだから。おまけにその過酷きわまりない状況のなかで、敵もつかまえるんだ。言っとくがな、ハリケーンなんてちっぽけなハエだ。これよりひどいことはいくらでも——はい、はい、なかなか面白いですねえ」サマードはぶつぶつ言う。二人の子供と二人の妻が、ぐうぐう寝たふりをしてみせたのだ。「豆がほしい人は？　皿によそいますよ」

「誰かさんの話って」とアルサナ。「ものすごおく退屈なのよね、一晩中老いぼれ兵士の自慢話を聞かされてもねえ」

「なあ、サム」アーチーがウィンクする。「マンガル・パンデーの話をしてくれよ。あれはいつ聞いても笑えるからな」

ノオォォォと抗議の叫びがあがり、みなが、喉をかき切ったり自分で自分の首を絞める真似をしてみせる。

「マンガル・パンデーの話は」とサマードが抗議する。「笑い話じゃない。彼はくしゃみを引き起こすむずむずだ。いまのわれわれは、彼あってこそなんだ。彼は現代インドの創設者、歴史上の重要人物だよ」

アルサナが鼻を鳴らす。「くだらない。どんなバカだって知ってるわ、重要人物といえばガンジーだって。でなきゃネルー。アクバル（ムガル帝国第三代皇帝）もそうかもしれないけど、背中が曲がって鼻が大きくて、わたしは嫌い」

「まったく！　くだらんことを言うんじゃない。おまえが何を知ってるっていうんだ？実際のところ、単なる市場経済の問題じゃないか、宣伝とか、映画化権のな。問題は、大きな白い歯の洒落た男どもがやりたがる役かとか、そんなことだ。ガンジーにはミスター・キングズリーがいる――ガンジーにしては威勢がよすぎるが――でも誰がパンデーなんかやりたがる？　パンデーはそんなに洒落てないよな？　もろインド人の顔だ、鼻が大きくて、眉毛が濃い。だから、おまえたちのような恩知らずにマンガル・パンデーのことを始終話してやらなくちゃならない。つまりだ、おれが話さなければ、誰も話す者がいないってことだよ」

「ねえ」とミラト。「ぼくが手短にやってあげるよ。ひいじいさんは――」

「あんたにはひいひいおじいさんよ、ばかね」アルサナが訂正する。

「なんでもいいよ。イギリス人をヤッ(ファック)ちまおうと心を決め――」

「ミラト！」

「たった一人でイギリス人に謀反を起こそうとして、ラリッたあげくに自分の指揮官を撃とうとして、失敗、自分を撃とうとして、失敗、gets hung(つるされる)――」

「hanged でしょ」クララがうっかりと言う。

「hanged, hung どっちだっけ？　辞書を持ってこよう」アーチーがハンマーを置いて台所のカウンターから降りる。

「なんでもいいよ。これで話は終わり。くーだらない」

　このとき、巨大な木が――ノース・ロンドン特有の、幹のまわりに小さめの木を三本突きだしたような格好で見事な緑の枝葉を茂らせる、故郷を離れたカササギたちの町での住まいとなっている木――こういった種類の木が、犬のフンとコンクリートから身をもぎ離し、一歩前によろめき、気絶してくずおれた。樋を、二重ガラスを、ハードボードを突き破り、ガスランプをなぎ倒し、いまのいままでアーチーがいたところへ倒れこんだのだ。アーチーはちょうどその場を離れたところだった。

最初に行動を起こしたのはアーチーだった。コルクタイルの台所の床に燃えあがった小さな火に、タオルを投げたのだ。ほかのみんなは震えて泣きながら、お互い怪我はないか確認している。そのあとアーチーは、自らのＤＩＹの覇権に対するこの一撃に見た目にもわかるほど震えながらも、自然の力に負けてなるものかと、ふきんで枝を縛り、ミラトとアイリーに、家中まわってガスランプを消すよう言いつけた。

「焼け死ぬのはごめんだからな、そうだろ？　黒のビニール袋とガムテープを探してこよう。こいつをなんとかしなきゃな」

サマードは疑わしげだった。「なんとかするだって、アーチボルド？　木が半分台所に突っこんでるっていう事態を、ガムテープでどうにかできるもんかねえ」

「ねえ、あたし恐い」少しのあいだ沈黙が続き、嵐が一時和らいだときに、クララが口ごもりながら言った。「静かなのはかならず悪い徴候なんだって。おばあちゃんがね——神よ、彼女の霊に安らぎを——いつもそう言ってたの。静かなのは、神さまがちょっと一息入れてまた叫ぼうとしてるのよ。ほかの部屋に行ったほうがいいんじゃないかしら」

「こっち側にあったのはこの木だけだ。ここにいたほうがいい。ここなら、悪いことはもう起きちまったんだから。それに」アーチーは優しく妻の腕を撫でた。「きみたちボーデン家の人間は、これよりずっとひどい事態を見てきてるじゃないか！　きみのお母さんなんて、ものすごい地震の最中に生まれたんだろ。一九〇七年、キングストンがめちゃくちゃになってるときに、ホーテンスはこの世に飛び出したんだ。こんなちっぽけな嵐、お母さんなら気にしないよ。まったくタフな人だ、あの人は」

「タフなんじゃない」立ちあがって、割れた窓から外のひどいありさまを眺めながら、クララは静かに言った。「運が強いのよ。運と信仰」

「みんなで祈るべきだ」サマードが意匠を凝らしたコーランを取り上げた。「今夜このような災厄を及ぼした創造主の力を認めるべきだよ」

サマードはページを繰りはじめ、望みの箇所を見つけると、威厳をもって妻の鼻先に突きつけたが、アルサナはバタンと閉じて夫をにらみつけた。神を信じないアルサナだが、神の言葉はちゃんと守り（いい教育、ちゃんとした両親、だものね）、欠けているのは信仰だけ、緊急の場合にまずやることはわきまえていた。引用だ。「『おまえたちが崇拝するものをわたしは崇拝しないし、おまえたちもわたしが崇拝するものは崇拝しない。わたしは断じておまえたちが崇拝するものを崇拝するつもりはないし、おまえたちもまたわたしが崇拝するものを崇拝するつもりはないであろう。おまえたちにはおまえたちの宗教があり、わたしにはわたしの宗教がある。第一〇九章、N・J・ダウッド訳』ところで、だれか」とアルサナはクララのほうを見る。「わたしの夫に、あなたはミスター・マニロウ（米国のシンガーソングライター）じゃないし、世界中を歌わせちゃうような歌も持ってないんだって、思い出させてやってくれないかしら。あの人はあの人のメロディーを口笛で吹く、わたしはわたしのメロディーを吹くわ」

サマードはふんといった表情で妻に背を向け、両手をしっかと本に重ねた。「誰がいっしょに祈ってくれるかな？」

「悪いな、サム」くぐもった声が返ってくる（アーチーは頭を戸棚に突っこんでゴミ袋を探しているのだ）。「おれもいまいち趣味じゃないんでね。教会へも行ったことがないんだぜ。悪く思わないでくれ」

凪が凪いだまま、さらに五分が過ぎた。それから静けさははじけ飛び、アンブロージア・ボーデンが孫娘にいった言葉そのまま、神が叫んだ。雷鳴が死にかけている男のあがきのように家の上空で轟（とどろ）き、死に際の呪詛のように稲光が走り、サマードは目を閉じた。

「アイリー！　ミラト！」クララが、そしてアルサナも叫んだ。返事はない。戸棚のなかで棒立ちになって、頭をスパイスの棚にぶつけながら、アーチーが言った。「もう十分になるぞ。なんてこった。子供たちはどこにいるんだ？」

＊

一人はチッタゴンで、友達に、腰布（ルンギー）をとってワニで有名な沼を歩いて突っ切ってみろ、と挑まれていた。ほかの二人は家を抜け出し、嵐の目を肌で感じてみようと、腿まで浸かる水のなかを進むような具合に、風に逆らって歩いていた。二人はウィルズデンの運動場に入り、こんな会話を交わした。

「信じらんないや！」

「ほんと、クレージー！」

「クレージーなのはおまえだよ」

「どういうことよ？　あたしはマトモだよ！」

「いや。マトモじゃない。いっつも、おれのこと見てるだろ。それに、なに書いてたんだよ？　おまえって、ほんと、イモだな。いつだって、なんか書いてやがる」

「なんでもないよ、べつに。ただの日記だよ」

「おまえ、おれにそうとう気があるだろ」

「聞こえない！　大きな声で言ってよ！」

「おれに気があんだろ！　ものすごく！　聞こえただろ」

「違うよ！　うぬぼれすぎなんじゃないの」

なんでもかんでもでかいんだ。おまえはちょっとでかくなりすぎた。でかい女は嫌いなんだ。おれをつかまえるのは無理だぜ」

「ばかなこと言わないで！」

「あんたなんか、ぜったいつかまえたくないよ、うぬぼれや」

「それに、おれたちにどんな子供が生まれるか、考えてみろよ」

「可愛いと思うけど」

「茶色っぽい黒。黒っぽい茶色。アフロヘアーで、鼻ぺちゃ、出っ歯で雀斑だらけ。ヒサンだぜ！」

「よく言うよね。絵を見たことあるけど、あんたのおじいさんの――」

「ひいひいじいさんだよ」

「デカ鼻で、ものすごい眉毛で――」

「あれは画家の印象だよ、バカ」

「それに、子供はクレージーになっちゃうね――あのジイサンはクレージーだったもん――あんたの家族はみんなクレージーだ。遺伝だね」

「はいはい。なんでもいいけどさ」

「それから、言っとくけど、あんたなんか、べつに何とも思ってないからね。鼻は曲がってるし。トラブルのかたまりだし。誰がトラブルのかたまりなんかほしがる？」

「へえ、じゃ、気をつけるんだな」ミラトはそう言うと、前に乗りだし、出っ歯と接触すると一瞬舌をすべりこませ、それから身を引いた。

「これが、おまえがつかまえようとしてるトラブルさ」

一九八九年一月十四日

ミラトはエルヴィスのように両足を広げ、財布をカウンターにたたきつけた。「ブラッドフォード一枚だ、いいな（イエー）？」

切符係の男は疲れた顔をガラスに近づけた。「頼んでいるのかね、君は、それとも命令してるのか？」

「おれはただ、いいな（イエー）？　って言っただけだ。ブラッドフォードまで一枚、いいな（イエー）？　なにか問題ある、ええ（イエー）？　英語、話せっか？　ここはキングズクロスだ、なあ（イエー）？　ブラッドフォード一枚、そうだろ？」

ミラトの仲間（ラジク、ラニール、ディペーシュ、ヒファン）はくすくす笑い、後ろで小刻みに体を揺すりながら、バックコーラスのようにイェーと唱和した。

「お願いします（プリーズ）、は？」

「なにをお願いしますって、ええ？　ブラッドフォード一枚だ、いいな？　わかったか？　ブラッドフォードまで一枚だよ、バカ」

「で、往復かね？　子供でいいのか？」

「ああそうだ、おっさん。おれは十五だからな、だろ？　もちろん往復だ、おれにだって、ほかのみんなみたく、帰る家があるからな」

「そうすると、七十五ポンドだな、それと、お願いします、だ」

　この言葉はミラトとその仲間の不興を買った。

「なんだって？　勝手なこと言いやがって！　七十——ひょええ。そんなのイ、ン、チ、キだ。七十五ポンドなんて払わないからな！」

「でも、それが規定の運賃なんだ。つぎはかわいそうなバアサンでも襲って金をとるんだろう」切符係はミラトの両耳から下がり、手首にも、指にも、首の周りにも下がっているずっしりした金のアクセサリーをじろじろ見た。「宝石店に押しこんだりしないうちに、ここで止めとくんだな」

「勝手なこと抜かしやがって！」ヒファンが甲高い声をあげる。

「こいつ、悪態ついてやがる、だよな？」ラニールが確認する。

「こいつに教えてやったほうがいいぜ」ラジクが警告する。

　ミラトはちょっと待った。タイミングがすべてだ。それから、向きを変え、尻を宙に突き出し、切符係のほうへ向かって高々と長い屁をこいた。

　仲間はすかさず「同性愛者（ソモカーミ）！」

「おれがなんだって？　おまえら――なんて言ったんだ？　このクソガキども。英語でいえないのか？　おまえらのパキ語じゃなきゃ、しゃべれんのか？」

　ミラトがあまりに激しく拳をガラスに打ちつけたので、ブースの向こう端でミルトンキーンズ行きの切符を売っている男にまで振動が届いた。

「まず第一に、おれはパキじゃない、このもの知らずのクソバカ。第二に、べつに通訳は必要じゃない、いいか（イエー）？　おれがはっきり教えてやるよ。てめえはクソッタレのホモだ、そうだろ（イェー）？　ホモ野郎、オカマ、ホモコマシ、腐れチンポ」

　同性愛についての婉曲表現の多様さほどミラトの仲間たちが誇るものはなかった。

「ケツねらい、オカマファッカー、便所の常連」

「あいだにガラスがあるのを神に感謝するんだな」

「そうだ（イエー）、そうだ（イエー）、そうだ（イエー）。おれはアッラーに感謝する、な（イエー）？　アッラーがてめえをとことんやっつけてくれるのを祈るぜ、ええ（イエー）？　おれたちはブラッドフォードへ、てめえみたいなやつらを懲らしめに行くんだ、わかったか（イェー）？　バカ（チーフ）！」

　十二番ホームのなかほどで切符を持たずに電車に乗ろうとしていると、キングズクロスの警備員が、ミラトの一団をとめてたずねた。「おまえたち、なにかトラブルを起こそうとしてるんじゃないだろうな？」

　質問はもっともだった。ミラトの一団はトラブルそのものに見えた。そして、当時、このトラブルそのものに見える集団には呼び名があった、彼らは一つの種族だった、ラガスタニという。

　これは新しい種族で、最近、街のさまざまな集団の一つとして加わったばかりだった。ベックス、ビーボーイズ、インディー・キッズ、ワイド・ボーイズ、レイヴァーズ、ルード・ボーイズ、アシッドヘッズ、シャロンズ、トレイシーズ、ケヴズ、ネイション・ブラザーズ、ラガズ、パキズ。彼らは自分たちが最後の三つのカテゴリーの文化的雑種であることを明らかにしている。ラガスタニは、ジャマイカ訛、ベンガル語、グジャラート語、英語が奇妙に入り混じった言葉を話す。彼らの精神、彼らの主張などと言えるものがあるとしたら、それもまた同じく雑種である。アッラーは重要な役割を演じているが、至高のものというよりは、集団の保護者的な存在、必要とあらば自分の持ち場で戦うたくましい男である。カンフーおよびブルース・リー作品もまた、その哲学の中核である。これに加えて、生かじりのブラックパワー（パブリック・エネミーのアルバム『ブラック・プラネット』に具現されているような）もあるが、彼らの使命は主に、その無敵（インヴィンシブル）の尻を据えてインド人になりきること、ワル（バッド）の尻を据えてベンガル人になりきること、Pファンクの尻を据えてパキスタン人になりきることだった。ラジクは以前、チェスをはじめたとかV

ネックを着ているとかいってからかわれた。ラニールは、教室の後ろにすわって先生の言うことをきちんとぜんぶノートに書き取ってバカにされた。ディペーシュとヒファンは学校で民族衣装を着ていてからかわれた。ミラトでさえ、ぴちぴちのジーンズとホワイトロックのことでバカにされた。だが、もう誰も彼らをバカにすることはない、彼らがトラブルそのものに見えるからだ。彼らはいかにもトラブルそのものに見えた。当然、ユニホームがあった。みな金のアクセサリーを下げ、バンダナを額に巻くか腕や足の付け根に結わえるかしている。ズボンはだぼだぼ、左足はなぜかいつも膝までまくり上げられている。スニーカーも同じく目立つ。舌が長くて足首がすっぽり隠れてしまう。野球帽は欠かせない。目深（まぶか）にかぶって、脱ぐことはない。そして、すべてが、すべてが、すべてがナイキである。この五人がどこへ行こうと、巨大なものが、大きな企業認定マークがはためいて通り過ぎたという印象を与える。そして、その歩き方も独特だ。体の左側がでれっと麻痺して、右側に運んでもらわなければならないといった感じ。足をひきずる歩き方の一種美化されたファンキー版、イエーツがかの凶暴なミレニアル・ビーストの歩みとして想像したような、ゆったりしたぶらぶら歩きである。ミレニアムに十年早く、ハッピーなLSD常用者（アシッドヘッド）が「サマー・オブ・ラブ」を踊り浮かれる一方で、ミラトの一団はブラッドフォードへ向かってのたりのたり歩いていたのである。

「トラブルは起こさないよ、な？（イエー）」とミラトは警備員に答える。

「行くだけだから――」とヒファンが口を開く。

「ブラッドフォードへ」とラジク。

「用事があるんだよ、わかったか(イエー)？」ディペーシュが説明する。

「じゃな！　さよなら(ビダーヨ)！」ヒファンが叫び、一団は電車に滑りこみ、警備員に向かって中指を突き上げ、閉まるドアに尻を突き出す。

「窓側の席を取れよ、いいか(イエー)？　よし。タバコでも吸わなくちゃな。おれはかっかきてるぜ、な(イエー)？　こんどのことはよお。あのとんでもないやろうときたら。あいつは、外側(ココ)は茶色でも中身(ナッツ)は白だぜ――あんなヤツは懲らしめてやらなきゃ、なあ(イエー)？」

「あいつが、ほんとにあそこに来るのか？」

　重大な質問はいつもすべてミラトに向けられ、ミラトはいつも仲間全員を対象に答える。

「まさか。あいつは来ないよ。ブラザーたちが集まるだけだ。これは抗議行動なんだぞ、バカ(チーフ)、自分に対する抗議行動に、なんであいつが出てくるんだよ？」

「ちょっと言ってみただけだよ」ラニールは傷ついた表情だ。「やっつけてやる、そうだろ(イエー)？　もしあいつがそこにいたらな。あんな汚らしい本」

「あれは侮辱だ！」ミラトは窓に向かってガムを吐き出す。「おれたちはこの国でずっと長いあいだ侮辱を受けてきた。それがこんどは自分たちの仲間から侮辱されてるんだ。ラスクラット！　あいつはバードルだ、白人の操り人形だ」

「おれのおじさんに言わせると、あいつは字も満足に書けないんだとさ」ヒファンが怒りに満ちた口調で言う。全員のなかでいちばんまっとうに信心深いのだ。「それなのに、アッラーについて語ろうって言うんだからな！」

「アッラーがあいつを懲らしめてくれるさ、そうだろ（イェー）？」ラジクが叫ぶ。いちばん頭が悪く、神をモンキー・マジックとブルース・ウィリスの混じったようなものだと思っている。

「神があいつのタマを蹴とばしてくれるさ。あんな汚らわしい本」

「おまえは読んだだか？」フィンズベリー・パークを通過する頃、ラニールがたずねる。

しばしの沈黙。

ミラトが口を開いた。「確かに、ちゃんと読んだわけじゃないさ——でも、あのくだらない本のことはぜんぶ知ってるんだ、わかったか（イェー）？」

もっと正確に言えば、ミラトは本を読んでいなかった。作者についてもなにも知らず、本についてもなにも知らない。ほかの本といっしょに積み上げられていたら見分けがつかないだろうし、一連の作家たち（この嫌われ者の作家たちの一覧は魅力的である。ソクラテス、プロタゴラス、オヴィディウス、ユヴェナリス、ラドクリフ・ホール、ボリス・パステルナーク、D・H・ロレンス、ソルジェニツィン、ナボコフ、みな顔写真撮影（マグ・ショット）のために、自分の番号を掲げて、フラッシュに目を細めている）のなかから問題の作家を選び出すこともできないだろう。だが、ミラトにはほかに知っていることがあった。自分、ミラトは、実際はどこの出身であろうとパキである、ということ。自分はカレーのにおいがするのだということ。自分の性別もはっきり自覚していないのだということ。ほかの人間の仕事を奪うか、あるいは職なしになって国に食べさせてもらうのだということ。あるいは職を身内にばかり与えてしまうのだということ。歯医者や店の経営者、カレー屋の店員にはなれても、サッカー選手や映画製作者にはなれないということ。自分の国に帰るべきなのだということ。帰れないならこの国でなんとか稼いで食べていくのだということ。自分は象を崇拝し、ターバンをまいているのだということ。このミラトのような容貌で、ミラトのようなしゃべり方をし、ミラトのような感性を持つ人間は、最近殺された、というのでもないかぎり、けっしてニュースには登場しないのだということ。つまり、自分はこの国では顔を持っていない、声も持っていないのだということを知っていた。ところが先々週、突然ミラトのような容貌の人間たちが、どのチャンネルにもどのラジオにもどの新聞にも登場したのである。彼らは怒っていた。ミラトはその怒りを認め、怒りも自分を認めたと思い、両手で怒りをつかんだのだ。

「じゃあ……読んでないんだな？」ラニールがおちつかなげにたずねた。

「だってさ、おれがあんなクソみたいなもん、買うわけないだろ。まさかね」

「おれだって」とヒファン。

「そのとおり」とラジク。

「まったくぞっとするぜ」とラニール。

「なんと、十二ポンド九十五だぜ！」とディペーシュ。

「それに」ミラトは、質問調ではあるものの、話は終わりだという口ぶりで言った。「冒瀆だってことを知るためにそんなくだらないものを読む必要はない、そうだろ？」

＊

ウィルズデンでは、サマード・イクバルが夕方のニュースについて、まさに同じ感情を声高にぶちまけていた。

「読む必要なんかない。問題の箇所の写しがあるんだからな」

「誰かわたしの夫に」とアルサナはニュースキャスターに話しかける。「アルファベットを覚えて以来本なんて読んだことないんだから、その本に何が書いてあるのかも知らないんじゃないのって、言ってやってくれないかしら」

「ニュースを見てるんだから、頼むから黙っててくれ」

「なんだか金切り声が聞こえるけど、わたしの声じゃないみたいね」

「わからないのか、おまえは？　これはこの国でいままでおれたちの身に降りかかったいちばん重要なことだ。重大な問題なんだ。くしゃみを起こすむずむずだ。こいつはすごいぞ」サマードは音量ボタンを親指で何度か押した。「この女――モイラとかなんとかってやつ――もそもそした話し方だな。なんでまともな話し方もできないやつがニュースを読んでるんだ？」

モイラは文の途中で不意に顔を上げて言った、「……著者は冒瀆を否定し、この本は人生にたいする世俗的な見方と宗教的な見方の葛藤を描いているのだと反論しています」

サマードは鼻を鳴らした。「なにが葛藤だ！　おれには葛藤なんかないぞ。問題なくうまくやってる。灰色の細胞はすべていい状態。感情面での問題もない」

アルサナは嫌みな笑い声を上げる。「わたしの夫なんて、頭のなかで毎日第三次世界大戦をやってるわ。ほかのみんなだって――」

「いや、いや、ちがうね。葛藤なんてない。あいつが何をごちゃごちゃ言ってるって？理屈でこの苦境から抜け出そうったってだめさ。理屈！　もっとも過大評価されている西洋の美徳だ！　とんでもない。実際は、あいつはまさしく無礼だ――侮辱したんだよ――」

「あのねえ」アルサナが口をはさむ。「わたしたちの仲間じゃねえ、なにかで意見が食い違っても、ちゃんと解決するわよ。たとえば、モホナ・ホセインはディヴァールジート・シンが嫌いなの。彼の映画はみんな嫌い。嫌い抜いてるの。女みたいな睫毛をしたべつのバカが好きなのよ！　でも、わたしたちはお互い歩み寄るわ。わたしは彼女のビデオを一本だって燃やしたりしたことはないわよ」

「まるで問題が違うだろ、ミセス・イクバル、まったく別問題だ」

「あら、女の集まりってどうしても感情的になるのよ——サマード・イクバルにはわかってないみたいだけど。でも、わたしはサマード・イクバルとは違う。わたしは自分を抑えるもの。わたしはわたし。ひとはひと」

「これは、ひとはひとですむ問題じゃない。自分の文化を守る、自分の宗教を汚されないように守るという問題だ。といっても、おまえにわかるわけがないけどな。いつもヒンドゥーのオバカ映画にかまけてて、自分の文化に関心を持つ暇なんかないんだからなあ！」

「自分の文化？　それって、なんなんですか？」

「おまえはベンガル人だろう。ベンガル人らしくふるまえ」

「で、そのベンガル人ってどんなものなんですか、だんなさま？」

「テレビの前からどいて、調べてみるんだな」

アルサナは「バルティック——ブレイン」の巻、二十四巻セットのリーダーズダイジェスト百科事典の三巻目を取り出し、該当する部分を読み上げた。

バングラデシュの住民の大部分はベンガル人である。ベンガル人は主として数千年前に西方からこの地方に移住し、この地で土着のさまざまな種族と混血したインド‐アーリア人の子孫である。少数民族としては、チッタゴン丘陵地区に住むモンゴロイドであるチャクマとモウグ、主に今日のインドからの移住者の子孫であるサンタル、そして分離後にインドから移住した、ベンガル人以外のイスラム教徒であるビハリスなどがある。

「あらあら！　インドーアーリア人だって……結局わたしは西洋人みたいね！　ティナ・ターナーでも聞いて、つんつるてんの革のスカートをはいたほうがいいのかも。へーえ。これでよくわかるじゃない」アルサナはイギリス人のような言い回しでまくし立てる。「どこまでさかのぼってみたって、この地上で混じりっけなしの人間を一人見つけるよりはね、混じりっけなしの信仰を見つけるよりはね、ちゃんとあう掃除機の袋を見つけるほうが簡単よ。誰かイギリス人だって言える人がいる？　本物のイギリス人だって？　そんなのおとぎ話よ！」

「おまえは自分でなにをしゃべってるのかわかってないんだ。おまえの頭じゃわからんのだ」

アルサナは百科事典を差し出した。「あら、サマード・ミアー、あなたはこれも燃やしたいの？」

「いいか。おれはいま、ふざけるどころじゃないんだ。重要なニュースに耳を傾けてるんだよ。ブラッドフォードで大変な事態になってるんだ。だから、たのむから――」

「あら、大変！」アルサナが金切り声をあげた。顔からは薄笑いが消え、テレビの前に膝をつき、燃える本の向こうに見つけた顔を指でなぞる。明るいブラウン管の向こうから微笑みかけている顔、写真立てにおさまった第一子の下に映し出された変なことばかりしでかす第二子の顔を。「あの子、なにやってるのよ？　どうかしちゃったの？　自分をなんだと思ってるの？　いったいあんなところでなにしてるのよ？　学校にいるはずなのよ！　子供たちが本を燃やすような時代になったっていうの？　わたしには信じられない！」

「おれとはなんの関係もないぞ。くしゃみを起こすむずむずですよ、ミセス・イクバル」サマードは冷たく言い放って、肘掛け椅子に身を沈める。「くしゃみを起こすむずむず」

その夕方、ミラトが家に帰ると、裏庭で盛大な焚き火が燃えさかっていた。ミラトの世俗的な所有物――この四年分の前(プレ)ラガスタニ、後(ポスト)ラガスタニのクールな品々、レコードアルバム、ポスター、特製Tシャツ、二年間にわたって集めたクラブのチラシ、優美なエア・マックスのスニーカー、２０００ＡＤマガジンの二十号から七十五号まで、チャック・D（パブリック・エネミーのメンバー）のサイン入り写真、めったに手に入らないスリック・リック（ジャマイカ系イギリス人のラッパー）の『ヘイ・ヤング・ワールド』、『ライ麦畑でつかまえて』、ギター、『ゴッドファーザー』の一と二、『ミーン・ストリート』『ランブルフィッシュ』『狼たちの午後』『黒いジャガー／アフリカ作戦』――こういったものすべてが火葬用の薪の上に積み上げられ、いまやブスブスいぶる灰の山になり、紙やプラスチックの臭いを振りまいて、すでに涙のあふれている少年の目をさらに刺激した。

「ちょっとものを教えとかなきゃね」これより数時間前、重い心でマッチを擦りながら、アルサナは呟いたのだった。「すべてが神聖か、なにも神聖なものはないか、どっちかだわ。他人のものを燃やすんなら、あの子だってなにか神聖なものを失うことになる。誰でも報いを受けるんだから、遅かれ早かれね」

一九八九年十一月十日

壁が崩れようとしていた。歴史的な事件だ。歴史的な瞬間だ。本当のところ誰がその壁を築き誰が崩そうとしているのか、これはいいことなのか悪いことなのかどちらでもないのか、誰も知らなかった。壁がどのくらいの高さなのか、どのくらいの長さなのか、なぜ壁を乗り越えようとして人が死んでいったのか、これからはもう人が死ななくなるのか、誰も知らなかった。だが、勉強になることは確かだし、集まるにはもってこいの口実だった。それは木曜の夜で、アルサナとクララが食べ物を用意し、みんなそろってテレビで歴史を見つめた。

「もっとライスのほしい人は？」

一番いい位置を狙って押しあいながら、ミラトとアイリーが皿を突きだす。

「いまはどうなってる？」自分の席に駆けもどりながら、クララがたずねる。手にしたジャマイカ風揚げだんごの深皿から、アイリーが素早く三個失敬する。

「同じだよ」ミラトが不満そうに答える。「同じ、同じ、同じ。壁の上で踊ったり、ハンマーでぶちこわしたり。そんなことだよ。なにかべつのを見たいな、ねえ？」

アルサナはリモコンをひったくり、クララとアーチーのあいだに体をねじこむ。「いけません」

「勉強になるわよ」クララがわざとらしく言う。肘掛けに下敷きと紙を置き、なにか啓発的なことを耳にしたらすぐさま書き留めようと待ちかまえている。「あたしたちみんなが見ておかなきゃならないことなのよ」

アルサナはうなずき、不格好な揚げ物(バージ)が二つ、喉を滑り落ちていくまで待つ。「それをこの子に言ってやりたいの。大事件なのよ。またとない歴史的瞬間よ。そのうち、あんたの子供たちにズボンをひっぱられて、そのときどこにいたのって聞かれたら——」

「テレビで見てたけど、クソも出ねえくらい退屈だったって言ってやるよ」

ミラトは「クソも出ねえくらい」で頭を一発やられ、生意気な物言いをしたというのでもう一発くらった。核兵器廃絶運動のバッジ、一面になにか書いたパンツ、ビーズで飾った頭といういつもの格好で、なぜか壁の上にいる人々と同じように見えるアイリーは、信じられないというような悲しげな顔で頭を振った。アイリーはあの年頃だった。アイリーがなにを言おうと、それは天才のごとく、数世紀にわたる沈黙を破ることになる。何に触れようが、それは最初のひと撫でとなる。信じるものはすべて、信仰によって形作られるのではなく確信から刻みあげたものなのだ。アイリーが考えることはすべて、そういったことが考えられる最初なのである。

「あんたのそういうとこって、ほんとに問題よ、ミル。外の世界に一切関心がないんだから。あたしはこれってすごいと思う。みんな自由なんだよ！　こんなにいろいろあったあとなんだから、すごいと思わない？　東側の共産主義の暗雲の下で何年も過ごしたあとで、西側の民主主義の光のなかへ出てくるんだ、一つになって」アイリーは「ニュースナイト」を忠実に引用してみせた。「あたしは、民主主義って人間の最高の発明だと思うなあ」

内心、クララの娘はこのところひどく偉ぶっていると思うアルサナは、ジャマイカ風魚の唐揚げの頭を掲げて抗議した。「それは違うわ。そんな間違いを言っちゃだめ。ジャガイモの皮むきが人間の最高の発明よ。あれか、犬の糞すくいかどっちかね」

「あいつらが望んでるのは」とミラト。「ハンマーでチンタラやるのはやめて、プラスチック爆弾を手に入れてぶっ飛ばしちまうことだよ、気に入らないもんをさ、わかるか？　さっさとな、ちがうか？」

「なんでそんな言い方するのよ？」ぴしゃりと言い返しながらアイリーはだんごをがつがつ食べる。「そんな言い方、あんたらしくないよ。ばかみたい！」

「それから、だんごには気いつけたほうがいいぜ」ミラトは腹を叩く。「太るとみっともないぞ」

「ふん、ほっといてよ」

「だけどなあ」アーチーが鶏の手羽をむしゃむしゃやりながら呟く。「これはほんとに、そんないいことなのかなあ。だってなあ、思い出してもらいたいが、おれとサマードは、おれたちはその場にいたんだ。そして、本当のところ、二つに分けるにはそれ相当の理由があったんだ。分断して征服するってやつだよ、お嬢さん」

「なによ、お父さん。なんか飲んだの？」

「べつになにも飲んじゃいない」サマードが厳しい口調で答える。「君たち若いもんは、なぜそういうことがなされたのかってことを忘れてしまう、その意義を忘れちまう。おれたちはその場にいた。みんなが一つのドイツを歓迎してるわけじゃないんだ。あの頃は時代が違ったんだよ、お嬢さん」

「たくさんの人たちが自由を祝って騒いで、どこが悪いの？　見てごらんなさいよ。みんなどれだけ嬉しそうか」

サマードは嬉しそうな人々が壁の上で踊るのを見、ばかばかしいと思う気持ちと同時に、その下になにかもっと苛立つものを、嫉妬といえるようなものを感じた。

「反逆的行為それ自体を否定するわけじゃないよ。古い秩序を投げ捨てようとするなら、なにかそれに代わるしっかりしたものを提供できるようでなきゃいけないってことを言いたいだけだ。ドイツが理解しなきゃいけないのは、そこだよ。たとえば、おれの曾祖父のマンガル・パンデーを例にとると――」

アイリーがこの上なく雄弁なため息をついてみせた。「遠慮しときたいなあ、またいつもと同じ話だったら」

「アイリー！」とクララ。注意すべきだと思ったのだ。

アイリーはむっとし、ぷんとふくれた。

「だって！　おれは何でも知ってるぞ、みたいに話すんだもん。なんでも自分のことにもってっちゃう――でもね、今日は、ドイツの話をしてるんだから。きっとね」アイリーは言いながらサマードのほうを向く。「おじさんよりあたしのほうがドイツについてはよく知ってるよ。さあ、なんでも聞いて。今学期ずっとドイツのことを勉強してたんだから。ああ、それからね、おじさんたちがその場にいたわけないよ。おじさんとお父さんは一九四五年に帰ってきたんでしょ。壁は一九六一年までなかったんだから」

「冷戦か」サマードは、アイリーを無視して、苦々しげに言う。「熱い戦争のことはもう話題にならないんだからな。人が殺される戦争のことは。その戦争で、おれはヨーロッパのことを学んだんだ。本では学べないことだ」

「おいおい」口論をうやむやにかき消そうとアーチーが口をはさむ。「『ラスト・オブ・

ザ・サマー・ワイン』があと十分ではじまるのはわかってるだろうな？　ＢＢＣ２で」

「さあ」アイリーは膝をついて立ちあがり、サマードと向きあいながら、なおも言いつのる。「なんか質問してよ」

「本と体験のあいだの溝は」サマードが重々しく朗読するように言う。「孤立した海である」

「ああそう。おじさんたちの言うことったら、いつもクソ――」

だが、クララが素早くぴしゃりと耳をひっぱたいた。「アイリー！」

アイリーはまた腰をおろした。しゅんとなるどころか腹を立てている。アイリーはテレビの音量を上げた。

二十八マイルにおよぶ傷跡――東西に分断された世界のもっとも醜いシンボル――は、もはやなんの意味も持たなくなりました。リポーターである私も含め、ほとんどの人たちが、生きているあいだにこんな光景を目にしようとは思ってもいなかったのです。ところが昨夜、真夜中になると同時に、壁の両側に集まっていた数千の人々が、どよめきながら検問所になだれこみ、壁を上り、乗り越えはじめました。

「ばかだなあ。どっと人間が流入してきて問題になるぞ」サマードはテレビに向かって言いながら、だんごをケチャップにつける。「百万の人間を豊かな国に迎え入れるなんてことができるか。災厄を招きよせているようなものだ」

「この人、自分を誰だと思ってるのかしら？　ミスター・チャーチルかなんか？」アルサナがバカにしたように笑う。「元祖ドーヴァーの白い崖、パイとマッシュにウナギゼリー、ロイヤルバラエティーにブリティッシュブルドッグってとこね？」

「傷跡」とクララが書き留める。「この言葉でよかったわよね？」

「なんとまあ。君たちは誰も、いまどれほどすごいことが起こってるかわからないのか？　この何日かで一つの体制が終わるんだ。政治の黙示録、炉心溶解（メルトダウン）だよ。歴史的瞬間（アン・ヒストリック）だぞ」

「みんなそう言ってるな」アーチーはTVタイムズをめくっている。「ところで、『クリプトン・ファクター』（体力、知力を競うクイズ番組）はどうだ、ITVの？　あれはいつも面白いよな？　ちょうどやってるぞ」

「あのなあ、『アン・ヒストリック』って言うのはやめてくれよ」うっとうしい政治の話にいらいらしながらミラトが言う。「なんでちゃんとアって言えないんだ、みんなが言うようにさ？　なんでいつだってそう気取ってんだよ？」

「もう、やめてよね（フォア・ファック・セイク）！」（彼女は彼を愛している、だが、彼はどうも我慢ならない）「それでどんだけのちがい（ファッキン・ディファレンス）があるってのよ？」

サマードが椅子から立ちあがる。「アイリー！　ここは私の家で、君は客なんだ。この家でそういう言葉は許さないぞ！」

「いいわよ！　じゃあ、街へ出て、ほかのプロレタリアートたちと使うことにするから」

「あの子ったら」玄関のドアがバタンとしまると、アルサナが舌打ちした。

「百科事典（アン・エンサイクロペディア）と下水溝をいっしょにのみこんでるんだから」

　ミラトが母親に向かって口をへの字に曲げる。「やめてくれよな。ア・エンサイクロペディアでいいじゃないか？　なんでこの家の人間は誰も彼もが気取り（プティン・オン・ファッキン・エアーズ）やがんだよ？」

　サマードはドアを指さした。「いいか、母親にそういう口のきき方をするもんじゃない。おまえも出て行け」

「あのねえ」ミラトが自分の部屋へつむじ風のように去ると、クララが静かに口を開いた。「子供が自分の意見を持とうとする気持ちをくじくのはよくないと思うんだけど。子供が自由にものを考えるのはいいことだわ」

　サマードは皮肉っぽく答えた。「で、君に……何がわかるんだ？　君もたっぷりと自由にものを考えているわけか？　一日中家のなかで、テレビを見ながら？」

「なんですって？」

「おっしゃることはごもっともですがね、世のなかは複雑なんだ、クララ。あの子たちがわかってなくちゃならないことが一つあるとすれば、それは生きていくにはルールが必要だってことだ、勝手気ままじゃなくね」

「サマードの言うとおりだよ」アーチーは真面目な面もちで口をはさみ、空になったカレーの器にタバコの灰を落とす。「感情的なことなら——そう、君の分野だけど——」

「へえ——女の仕事ってわけ！」カレーで口をいっぱいにしながら、アルサナが叫ぶ。

「それはどうもありがとう、アーチボルド」

アーチーはなんとか話をつづけようとする。「だけど、経験には勝てないだろ？　だってさ、君たち二人はまだ若い、ある意味ではね。かたやおれたちは、つまりだな、おれたちは経験の泉だ、子供たちが使うことのできる。つまりその、子供たちが必要を感じたときにね。おれたちは百科事典みたいなものだ。君たちじゃあ、おれたちみたいなわけにはいかない。どうみたってね」

アルサナは手のひらをアーチーのおでこにあて、軽く撫でた。「おバカさんね。馬車やウマ、ロウソクみたいに、自分が時代遅れになっちゃってるのがわからないの？　あの子たちにとって、あなたはきのうのフィッシュアンドチップスの紙みたいに古ぼけて臭いんだってことがわからないの？　わたしはお宅の娘さんに、重要な一点で賛成だわ」アルサナは立ちあがり、クララのあとに続こうとする。クララは最後の侮辱に部屋を出て、涙ながらに台所へ行ってしまったのだ。「あなたたち二人の言うことといったら、あのご存じの言葉が当てはまることばっかりね」

取り残されたアーチーとサマードは、お互いに目玉をぐるっと回して家族から見捨てられたことを認めあい、にやっと笑った。二人はちょっとの間、黙ってすわり、アーチーの親指が慣れた仕草で画面を切り替えていく。「歴史的瞬間」、「ジャージー島を舞台にした歴史ドラマ」、「三十秒でいかだを組み立てる二人の男」、「中絶に関するスタジオ討論」、そしてまた「歴史的瞬間」にもどる。

かちっ。

かちっ。

かちっ。

かちっ。

かちっ。

「家か？　パブか？　オコンネルズか？」

アーチーは思わずポケットに手をつっこんで輝く十ペンスコインを探そうとしてから、そんな必要はないと気がついた。

「オコンネルズだよな？」とアーチー。

「オコンネルズだよな？」とサマード。

10　マンガル・パンデーの歯根管

結局、オコンネルズ。かならず、オコンネルズだ。なんといっても、オコンネルズでは家族と無縁でいられるのだから。財産や地位とも、過去の栄光や未来の希望とも——なにも持たずにドアをくぐれば、そこにいるみんなと同じになれる。外の世界は一九八九年かもしれない、一九九九年かも、二〇〇九年かも。それでも相変わらず一九七五年の、一九四五年の、一九三五年の自分の結婚式に着たVネックを着て、カウンターにすわっていられるのだ。ここではなにも変わらない、同じことがまた語られ、思い起こされるだけだ。だから年寄りはここが好きなのだ。

つまりは時間に関係している。その不動性だけではなく、純粋で真鍮（しんちゅう）のようにどっしりした量に。質よりはむしろ量。これはちょっと説明が難しい。方程式のようなものがあればいいのだが……たとえばこんな。

ここで費やされた時間÷ほかの場所で有意義に過ごせたかもしれない時間×楽しさ×マゾヒズム＝自分が常連である理由

なぜいつもここへもどってきてしまうのか、フロイトの孫のいないいないばあゲーム(フォルト・ダー)のように同じ惨めな筋書きにもどってしまうのか、合理的な解釈、説明になるようなものがあればいいのだが。だが、結局落ち着くところは時間だ。一定の時間を過ごすと、一つの場所に多くの時間を注ぎこむと、信用評価がぐっとあがり、時間銀行を破産させてやりたくなる。注ぎこんだ時間をぜんぶ返してもらうまで、その場所にとどまりたくなる——たとえそんなことにはけっしてならなくても。

そして、費やした時間には、認識が、歴史がともなう。一九七四年、サマードがアーチーに再婚を勧めたのはオコンネルズでだった。一九七五年、六番テーブルの下、自分の吐瀉物のなかで、アーチーはアイリーの誕生を祝った。ピンボール・マシーンの隅にはシミがあるが、それは一九八〇年、サマードがはじめて流した一般市民の血だ。酔っぱらいの人種差別主義者相手に強烈な右フックをくらわせたのである。一九七七年、自分の五十回目の誕生日が古い難破船のようにウィスキーの深みからゆらゆらとこちら目指して浮かびあがってきた夜、アーチーは下の階にいた。そして一九八九年の大晦日(おおみそか)に二人がやってきたのもこの店だった(イクバルの家族もジョーンズの家族も、この二人とともに九〇年代を迎えたいとは言わなかったのだ)、ミッキー特製新年の炒め料理を喜んで賞味しようと。卵三個、豆、トースト二切れ、マッシュルーム、それに季節の七面鳥の大振りな一切れ、これで二ポンド八十五ペンス。

季節の七面鳥は特別のおまけだ。アーチーとサマードにとって、ここへ来る理由はまさに、生き証人になること、専門家になることであった。二人がここに来るのは、この場所を知っているからだった。内も外も知っている。そして、なぜ一定の衝撃で割れるガラスがほかの場合では割れないのか自分の子供に説明できなかったり、民主的な世俗主義と信仰のバランスをある状況のなかでどうとったらいいのかわからなかったり、ドイツが分割されたときの状況を思い出せなかったりするときに、少なくともある一つの場所、ある一つの時代についてはじかに体験している、自分の目で見て知っていると思えるのは、気分のいいものだ――いや気分最高なのだ、権威であること、好きに時間を過ごせるということは。このときだけは。このときだけは。「オコンネルズ・プールハウスの戦後における復興と発展」ということになると、アーチーとサマード以上に詳しい歴史家、専門家は、世界広しといえどもいなかったのである。

一九五二年　アリ（ミッキーの父親）とその三人の兄弟が、三十ポンドと父親の金の懐中時計を手に、ドーヴァーにやって来る。全員、皮膚の状態が見苦しい。

一九五四年―一九六三年　結婚。さまざまな種類の半端仕事。アブドゥル＝ミッキーとほかの五人のアブドゥル、そのいとこたちの誕生。

一九六八年　ユーゴスラヴィア人のドライクリーニング屋で配達員として三年働いて、多少の金を手にしたアリと兄弟たちは、その金でアリズ・キャブ・サーヴィスというタクシー会社をはじめる。

一九七一年　タクシー会社は大成功。だが、アリは満足できない。自分が本当にやりたいのは「食べ物を提供すること、人を幸せにすること、ちょこちょこ人と顔をつきあわせて話をすること」なのだと心を決める。アリはフィンチリー通りの廃墟となった駅の隣の、閉鎖されたアイルランド人の玉突き場（プールハウス）を買い取って、改修に着手する。

一九七二年　フィンチリー通りではアイルランド系の店でなければまともに商売にはならない。そこで、自身は中東出身であり、また、はじめるのはプールハウスではなくカフェであるにもかかわらず、アリはもともとのアイルランド名をそのまま使うことに決める。調度品類はすべてオレンジとグリーンに塗り、競走馬の絵をかけ、商売上の名前を「アンドルー・オコンネル・ユスフ」と登録する。兄弟たちは、神へ敬意を表すべくコーランの一節を壁に掲げるようにすすめる、異文化混交の商売を「暖かく見守ってもらえるように」。

一九七三年五月十三日　オコンネルズが営業を開始する。

一九七四年十一月二日　サマードとアーチーが家に帰る途中でオコンネルズを見つけ、炒め料理を食べようと立ち寄る。

一九七五年　アリは料理のシミを防ぐために壁を布で覆うことを決める。

一九七七年五月　サマードはスロットマシーンで十五シリングかせぐ。

一九七九年　アリは心臓の周囲にたまったコレステロールによる心臓発作で命を落とす。遺族は、アリの死は不浄な豚肉製品を消費したせいであると断定。ブタはメニューから追放される。

一九八〇年　重要な年である。アブドゥル＝ミッキーがオコンネルズを引き継ぐ。ソーセージで失った金を取りもどすために、地下に賭博室が設置される。大きな玉突き台が二つ使われる。「死」のテーブルと「生」のテーブルである。金を賭けたい者は「死」のテーブルで。宗教的な理由、またはからっけつだからという理由により金を賭けたくない者は、フレンドリーな「生」のテーブルで遊ぶ。このやり方は大当たり。サマードとアーチーは「死」のテーブルである。

一九八〇年十二月　アーチーはピンボールで過去最高の得点を出す。五一九九八点。

一九八一年　アーチーはセルフリッジ百貨店の床に落ちていたヴィヴ・リチャーズの

人形(ひとがた)を見つけ、オコンネルズに持ってくる。サマードは曾祖父マンガル・パンデーの絵を壁にかけてくれと頼む。ミッキーは、パンデーの「目がくっつきすぎている」からという理由で拒否。

一九八二年　サマードは宗教的な理由から「死」のテーブルで遊ぶのをやめる。サマードは絵をかけてくれと頼みつづける。

一九八四年十月三十一日　アーチーは「死」のテーブルで二六八・七二ポンド勝つ。ポンコツ車のためにすばらしい新品のピレッリのタイヤをセットで買う。

一九八九年大晦日、午後十時三十分　サマードはついにミッキーを説得して肖像画をかけてもらうことに。ミッキーはなおもその肖像画が「客の食欲をなくす」と思っている。

「やっぱり、これを見たら客は食欲がなくなるんじゃないかなあ。まして、大晦日だぜ。すまないけどな。気を悪くしないでくれ。もちろん、おれの意見なんて、神の言葉でもなんでもないだろうさ、言ってみたらな。だけどそれでも、おれの意見はおれの意見だ」

ミッキーは安物の額の裏に針金を取り付け、埃まみれのガラスをエプロンでさっと一拭きすると、気の進まないそぶりで、肖像画をオーブンの上のフックに掛けた。

「やっぱりなあ、どうも人相が悪いんだよなあ。あの口ひげ。どう見ても意地が悪そうだ。

それに、あのイヤリングはなんだ？　この人はホモじゃないんだろ？」

「冗談じゃない。あの頃は、男が宝石をつけるのは珍しくなかったんだ」

　ミッキーは納得しかねる様子で、五十ペンス入れたのにピンボールができなかったから返金しろ、と言ってくる客に向けるような視線をサマードに向けた。ミッキーはカウンターから出ると、新しい角度から絵を眺めた。「あんたはどう思う、アーチ？」

「いいね」アーチーはきっぱりと言う。「おれはいいと思うよ」

「頼むよ。ここにかけといてくれたら、恩に着るよ」

　ミッキーは頭を一方に傾げ、またもう一方に傾げた。「さっきも言ったように、べつにあんたを傷つけようっていうんじゃないんだ。ただ、ちょっと暗いような気がしてなあ。この人のべつの絵かなんか、持ってないのか？」

「残ってるのはこれ一枚なんだ。ぜったい恩に着るよ、本当だ」

「そうだなあ……」ミッキーは思いめぐらしながら、卵を返す。「あんたは常連だしなあ、たしかに。それに、ずっとかけてくれって言いどおしだったしなあ、かけとかないわけにはいかないかなあ。一般の意見はどうかな？　あんたはどう思う、デンゼル？　クラレンスは？」

　デンゼルとクラレンスはいつものように隅にすわっている。唯一大晦日を思わせるものといえば、デンゼルの中折れ帽（トリルビー）からぶらさがった薄汚いティンセルの切れ端と、クラレンスの口から葉巻とともに突きだしている羽根飾りのついたカズー笛くらいのものだ。

「なんだァ？」

「この、サマードがかけといてくれって言ってる男をどう思うか、って聞いたんだよ。サマードのじいさんなんだと」

「曾祖父だ」サマードが訂正する。

「ドミノやってるのが見えねェのかァ？　老いぼれから楽しみを奪おうってェのかァ？　なんの絵だってェ？」デンゼルはしぶしぶ向きを変えて絵を眺める。「あれかァ？　へん！　嫌いだねェ。悪魔の仲間みたいな顔してらァ！」

「あんたの親戚かァ？」クラレンスがサマードに、いつもの女みたいな甲高い声でたずねる。「それでわかる、なァ、よォくわかる！　まァるでロバのおそそみたいな顔しとる」

デンゼルとクラレンスは、どっといやらしい笑い声をあげる。「これじゃあなァ、胃袋が食いもンを消化しなくなっちまう、まったくよォ！」

「ほら！」ミッキーは勝ち誇ったように叫んで、サマードに向き直る。「客が食欲をなくしちまう――おれがいまさっき言っただろ」

「頼むから、あの二人の言うことなんか聞かないでくれよ」

「そうだなあ……」ミッキーは料理しながら身をよじる。懸命に考えごとをしようとすると、いつも無意識に体の助けを借りてしまうのだ。「あんたのことは尊敬してるし、それに、それに親父の友達だったし、だけど――べつに軽んずるわけじゃないけど――あんたもけっこうトシだしなあ、サマード、若い客のなかにはひょっとしたら――」

「なにが若い客だよ？」サマードはデンゼルとクラレンスのほうを示す。

「ああ、確かにそうだ……だけど、お客はいつも正しいんだよ、わかってもらえるかな」

サマードは心底傷ついた。「おれは客だぞ。おれは客だ。おれはおまえの店に十五年通ってるんだ、ミッキー。これは誰に聞いたってかなり長いと思うけどな」

「ああ。だけど、大事なのは多数の側だ、そうだろ？　ほかのことならたいてい譲るよ、まあなんというか、あんたの意見にさ。息子たちはあんたのことを『教授』って言ってるが、当然だ、うなずけることだよ。おれはあんたの判断を尊重する、七日のうちの六日はね。だが、要はだな、もしあんたが船長でほかの乗組員全員が反乱を起こそうと思ったら、なあ……あんたはやられっちまう、そうだろ？」

ミッキーは、わざわざフライパンのなかでこのたとえを実演してみせた。十二個のマッシュルームが一個のマッシュルームを押しやって、縁から床へ落としてしまう光景を見せたのだ。

デンゼルとクラレンスの高笑いがまだ耳に響いていたサマードの体を、怒りの奔流が貫いて、喉元に突き上げ、止める間もなく噴きだした。

「そいつをよこせ！」サマードはカウンターの上に手を伸ばし、レンジ台の上方にメランコリックな角度でかかっているマンガル・パンデーを取ろうとした。「頼むんじゃなかった……恥だよ、マンガル・パンデーの思い出に泥を塗ることになる、こんなところにかけておいたら――こんな不信心で汚らわしい店に！」

「なんだって？」

「よこせったら！」

「おいおい……まあ待てよ――」

ミッキーとアーチーはサマードを止めようと手をのばしたが、傷つき、この十年分の屈辱ではち切れんばかりになったサマードは、強力に押しとどめようとするミッキーに負けまいと抗いつづけた。しばらくもみあったものの、やがてサマードの体から力が抜け、汗まみれで降参した。

「なあ、サマード」とミッキーは、サマードが思わず泣きそうになったほどの愛情をこめて、相手の両肩に手を置いた。「これがあんたにとってそこまで大事なことだとは思わなかったんだ。もう一度考えてみようや。絵を一週間かけておいて、様子を見てみるってのは、どうだ？」

「ありがとう」サマードはハンカチを出して額を拭った。「ありがたい。ありがたいよ」

ミッキーは、サマードの肩胛骨の間をよしよしと叩いた。「まったく、この人のことは何年間も、さんざん聞かされたからなあ。この絵をこうして壁にかけといたっていいかもしれん。おれにとっちゃあ、どうでもいいことだしな。コム・シ・コム・サ（まあまあ）って、フランス野郎が言うじゃないか。つまり、しょうがないってことだ。しょーがない。ところで、その七面鳥の特別料理は現金でもらうからな、アーチボルド。昼食券の黄金時代は終わったんだ。やれやれ、つまらんことで大騒ぎだ……」

サマードは曾祖父の目をじっと見つめた。二人はこの闘いを何度も経験している、サマードとパンデーは。後者の世評のための闘いだ。二人とも、マンガル・パンデーに対する現代の意見は二つの陣営のどちらかに分かれるということを知りすぎるほど知っている。

正当に認められていない英雄

サマード・イクバル

A・S・ミシュラ

つまらんことで大騒ぎ

ミッキー

マジドとミラト

アルサナ

アーチー

アイリー

クラレンスとデンゼル

一八五七年から現在にいたるイギリスの学会

なんどもなんども、アーチーと繰り返しこの問題を議論した。何年にもわたり、二人でオコンネルズに腰をおろし、同じ議論を蒸し返した、ときにはこの件に関するサマードのたゆまぬ調査から得られた新たな情報を付け加えて——だが、一九五三年頃にパンデーに関する「真実」を発見して以来、アーチーの意見は変わらない。パンデーにとって唯一名誉と呼べるものは、アーチーが苦労して指摘しようとしたように、「パンディー」という語の語源となることによって英語に貢献したということだけなのである。興味がおありの読者は、OEDにこの項目でつぎのような定義が出ている。

Pandy /ˈpandi/ n. 2（話）（歴）または -dee。十九世紀中頃（ベンガル軍の高位カーストのインド人兵のあいだで最初に反乱の引き金を引いた者の姓であると思われる） 1 一八五七—九のセポイの反乱に加わったインド人兵 2 反乱者、裏切り者。3 軍事行動における馬鹿者、臆病者。

「顔にくっついてるパイみたいに明々白々じゃないか」アーチーはそう言うと、勝ち誇ったようにバタンと辞書を閉じる。「それに、こんなことは、辞書なんか見なくたって知ってることだ——おまえだって、知ってるはずだ。よく聞く言い方だもんな。おまえとおれが軍隊にいたときだって同じように使われてた。おまえは前におれに信じこませようとしたけどな、真相はかならずあらわれるもんだ。『パンディー』という言葉が意味するのはただ一つだ。もしおれがおまえなら、自分の家系についてはあまり触れないようにするけどな、一日二十四時間、誰彼かまわずしゃべりまくったりしないでね」

「アーチボルド、そんな言葉が存在するからといって、それがマンガル・パンデーの人物像を正しく表しているということにはならないぞ。最初の定義はお互いに納得できるよな。曾祖父は反乱者だった、おれは誇りをもってそう言えるよ。事が計画どおりに運ばなかったということは認めるがね。だが、裏切り者？　臆病者だ？　おまえが見せてくれた辞書は古いやつだ――こういった定義は、いまでは通用しないだろ。パンデーは裏切り者でもなければ、臆病者でもない」

「ほほう。あのなあ、まあいろいろ話しあったわけだが、おれの考えはこうだ。『火のないところに煙は立たぬ』だよ」アーチーは、自分が締めくくりとした金言の知恵に感じ入った表情である。「おれの言いたいこと、わかるか？」この金言は、ニュース、歴史的事件、ややこしい日常の過程にぶつかったときの、アーチーお気に入りの、事実と虚構を選別する分析的道具の一つであった。火のないところに煙は立たぬ。アーチーがこの確信によりかかる姿にはあまりに無防備なものがあって、サマードはあえて迷いをさましてやろうという気にはなれなかった。深い傷を負っても血が出ないことがあるのと同様、火なしで煙が立つこともあるなどと、なんでこの男に言えるものか。

「もちろん、おまえの言ってることはわかるさ、アーチー、わかるよ。だが、おれの言いたいことは、これはずっと同じなんだけどな、この件について最初に話しあって以来、おれの言いたいのは、これは完全な話じゃないってことだ。ああそうだよ、この件については何回か、二人で徹底的に研究しつくしたさ、だが、事実は変わらない。完全な話というのは、誠実さと同じくらい珍しく、ダイアモンドと同じくらい貴重なものだ。もし幸運にも完全な話を見出すことができたら、それは錘(おもり)のごとくずっしり頭に居座る。完全な話は難しい。長たらしい。長大な叙事詩だ。神が語る話に似ている。信じ難いほど詳細な情報に満ちている。そんなもの、辞書には出てないよ」

「わかった、わかった、教授。じゃあ、おまえの見解を聞かせてもらおうじゃないか」

　暗いパブの片隅で、年のいった男たちが、ビールのジョッキや塩入れをずっと昔に死んだ人間やうんと離れた場所の代用に仕立てて、身振りを交えながら議論しているのをよく見かける。こういうとき、彼らは、生活のほかの部分ではすべて失ってしまった活力を発揮する。彼らは輝く。話をすっかりテーブルに取り出してみせる――ここにはチャーチル＝フォーク、あそこにはチェコスロバキア＝ナプキン、こちらには冷たい豆の山で代用したドイツ軍の集積が見られる――みんな甦(よみがえ)ったのだ。だが、アーチーとサマードが八〇年代にこうしたテーブル上の議論を重ねていた際には、ナイフとフォークだけでは足りなかった。一八五七年のあの蒸し暑い晩夏がそっくりそのまま、反乱と虐殺のあの年がそのまま、かの二人の即席歴史家によってオコンネルズにたぐりこまれ、半ば甦らされたのだ。ジュークボックスからスロットマシーンにいたる空間はデリーとなった。ヴィヴ・リチャーズは黙ってパンデーのイギリス人上官、ヒアセイ大尉になり、クラレンスとデンゼルはドミノをつづけながら、同時にイギリス軍内の苛立つインド人兵士集団の役を割り振られた。それぞれが持論を持ち寄り、他方にわかるように広げて組み立ててみせる。シーンが設定され、弾道が検証され、意見が衝突する。

言い伝えによると、一八五七年の春、ダムダムの工場で、新種のイギリスの弾丸の製造がはじまった。インド人兵が使うイギリス製の銃のために考案されたその弾丸は、当時の弾丸のほとんどがそうであったように、銃身にこめる際にはケーシングをかみ切らねばならないようにできていた。その弾丸にはなにも変わったところはないように思われたのだが、やがて目ざとい工場の作業員が、弾丸にグリースが塗られていることを発見したのである——ブタの脂から作られたグリースが。ムスリムにとってはとんでもないことだ。そしてヒンドゥーにとって聖なるものであるウシの脂のものも。それは罪のない間違いだった——盗んだ土地で、罪がないなどという言葉が使えるものならば——イギリスの不名誉な大失態だ。だが、そのニュースが伝わったとたん、どれほどの熱い騒ぎが人々を包みこんだことか！　新しい弾薬などというまことしやかな口実のもと、イギリス人はカーストを、名誉を、神や世間に対する立場を——つまり、人生を生きる価値のあるものにするすべてを破壊するつもりなのだ。こういった噂は隠してはおけない。噂はその夏、野火のようにインドの乾いた大地に広がった。生産ラインを流れ、通りにあふれ、町の家や田舎の掘ったて小屋を通り抜け、兵舎から兵舎へと飛び、しまいに国中が反乱への欲求に燃えあがった。噂は、マンガル・パンデーの見苦しい大耳にも届いた。バッラクプルという小さな町の無名のインド人兵士であった彼は、練兵場に威風堂々と足を踏み入れ——一八五七年三月二十九日——ある歴史を作るべく、群衆のなかから足を一歩前へ踏み出したのである。「バカなまねをして物笑いになるためじゃないのか、どっちかっていうと」アーチーが口をはさむ（この頃では、以前のようにパンディー学(オロジー)をそのままバカみたいにのみこんだりはしない）。

「おまえは彼の犠牲的行為を完全に誤解してるよ」サマードは答える。

「なにが犠牲的行為だ？　彼は自殺さえまともにできなかったんだぞ！　おまえの問題点はだな、サム、証拠に注意を払おうとしないことだ。この件についてはいろいろ調べたんだ。真実は真実だ、それがどれほど苦いものであろうと」

「なるほど。じゃあなあ、おまえはおれの一族の行為についてなかなか詳しいみたいだから、どうか、教えていただきたいもんだ。おまえの見解を聞かせてもらおうじゃないか」

さて、今日、一般的な学生は、戦争のきっかけとなったり革命を誘発したりする複雑な力関係や動き、奥深い流れなどがあることを知っている。しかし、アーチーの学校時代には、世界はもっとずっと脚色されやすくできているように思えた。当時の歴史はいまとは違い、一方では物語を、もう一方ではドラマを視野に入れて教えられ、どれほど嘘くさかったり、年代順が正確でなかったりしてもかまわなかったのだ。この伝でいくと、ロシア革命は皆がラスプーチンを憎んだから起こったのであり、ローマ帝国の衰亡はアントニーがクレオパトラとやっちゃったからであり、ヘンリー五世がアジャンクールで大勝利をおさめたのはフランス人が自分たちの服装にあまりにうっとりとしすぎていたためであり、一八五七年にセポイの乱が起こったのはマンガル・パンデーという酔っぱらいのバカが弾丸を一発ぶっ放したためであった。サマードの抗議にもかかわらず、つぎの文章を読むたびに、アーチーはいっそうこれが正しいと思うのである。

場所はバッラクプル、ときは一八五七年三月二十九日。日曜の午後ではあったが、練兵場の埃っぽい大地では、安息日の平安とはほど遠いドラマがはじまろうとしていた。そこには口々にしゃべりながら落ち着きなく徘徊（はいかい）するインド人兵士たちの統率の取れない集団がいた。きちんと服を着た者から半裸の者までさまざまで、ある者は武器を持ち、ある者は丸腰、だが、すべての者が興奮でわき返っていた。第三十四連隊の列のおよそ三十ヤード前に、マンガル・パンデーという名のインド人兵士が、ふんぞり返って行ったり来たりしていた。彼は大麻(バング)で半ば酩酊状態、そして宗教的熱狂で完全に酩酊していた。顎を突きだし、手には弾をこめたマスケット銃を持ち、半分ダンスのようにこれ見よがしに行ったり来たりしながら、鼻にかかった甲高い声で一本調子に叫んでいた。「出てこい、このごろつきども！　集まるんだ、みんな！　イギリス人どもはおれたちに挑戦してる。あの弾薬筒を嚙んだら、おれたちはみんな不信心者になっちまうぞ！」

　その男は、実際のところ、大麻と「神経の異常」が重なった、マレー人がアモク（急に興奮して殺人を犯す精神錯乱）になるような状態だった。男の口から出る叫びの一つ一つが、突然燃えあがった炎のように、聞き入る仲間のインド人兵士たちの頭を突き抜け、神経を駆けめぐった。群衆が増えるにつれて、興奮はいやが上にも高まった。人間火薬庫が、一言でいえば、爆発寸前となっていたのである。

　そして、それは爆発した。パンデーは上官の中尉を撃ったが、外してしまった。するとパンデーは大きな刀、湾刀(タルワール)を取りだし、卑劣にも中尉が背を向けたところに振りおろし、肩を斬りつけた。べつのインド人兵が止めようとしたが、パンデーは戦いつづけた。そこへ応援がやってきた。ヒアセイという大尉が、息子を従えて駆けつけてきたのだ。二人とも武装していて、名誉を重んじる、祖国のためには死もいとわない人間だった（「ヒアーセイ（うわさ）とはまさにその名のとおり！　ばかばかしい。でっちあげだ！」）。事ここにいたって、万事休すであることを見て取ったパンデーは、その大きな銃を自分の頭に向けると、左足でドラマチックに引き金を引いた。失敗だった。数日後、パンデーは裁判を受け、有罪を宣告された。国の反対側、デリーの長椅子の上から、パンデーの処刑がヘンリー・ハヴロック将軍という男（サマードにとって非常に腹立たしいことに、パレス・レストランのすぐ外、トラファルガー広場のネルソンの右に銅像として立つという栄誉に浴している男だ）によって指示されたが、将軍は、この処刑によって最近とみに世上に広まっている無分別な反乱の噂が終息することを切に希望すると――指示を記した書類の追伸で――付け加えた。しかし、遅すぎた。パンデーが即席の絞首台に吊されて焼けつくような風に揺れている頃、軍をやめた元第三十四連隊の仲間たちは、デリーを目指していた、のちにこの世紀で、いやすべての世紀を通じてもっとも血なまぐさい、失敗に終わる反乱の一つを起こすことになる反乱勢力に加わろうと心を決めて。

この見解は――フィチェットという当時の歴史家によるものだが――サマードに怒りの発作を起こさせるに充分なものだった。恃（たの）むに足るものが自らの血しかない場合、その一滴一滴が大事なのだ、恐ろしく大事なのだ。油断なく防御しなくてはならない。攻撃する者や誹謗（ひぼう）する者に対して守らなくてはならない。守って戦わなくてはならない。だが、フィチェット描くところの大麻に酔った無能なパンデーは、伝言ゲームのように、つづく歴史家たちにつぎつぎ引き継がれ、伝言がつづくに連れて、真実は変化し、ねじ曲がり、遠ざかっていった。大麻を、インド大麻のドリンクを薬として多少飲んだところでそんな酩酊状態を引き起こしたりすることはまずあり得ないということも、厳格なヒンドゥー教徒であるパンデーがそんなものを飲むことはまずないということも、問題ではなかった。その朝パンデーが大麻を摂取したという確たる証拠など一片たりともサマードには見つけられなかったということも、問題ではなかった。例の話はなおも、巨大な誤った引用のごとくべっとりとイクバル家の評判にくっついて離れず、ハムレットがヨリックを「よく」知っていると言ったあの思い違いと同じく確固としていて、取り除くことはできないように思われた。

「もうたくさんだ！　何度そんなものを読んでくれたって同じだよ、アーチボルド」（アーチーはいつもビニール袋いっぱいブレント図書館の本を抱えてくる、反パンデーを喧伝する、誤った引用をどっさり）「これじゃあまるで、大きな蜂蜜の壺に手を突っこんだところを捕まった子供たちみたいだ。みんながおれに同じ嘘をつこうとする。おれはこういった種類の中傷には興味ないね。人形劇や悲劇的な茶番に興味はないんだ。おれの興味を引くのは行動だよ」ここでサマードはきっぱり口を閉じる真似をしてみせる。鍵を投げ捨てる真似を。「実際の行動だ。言葉ではなく。言っとくがな、アーチボルド、マンガル・

パンデーはインドに対する正義の名において、自分の命を犠牲にしたんだ。酔っぱらっていたからでも、気が変だったからでもない。ケチャップを取ってくれ」

これは一九八九年、大晦日のオコンネルズでのことで、議論は白熱状態だった。

「たしかに、彼は、おまえたち西洋人に好まれるタイプの英雄ではない——あの名誉の死は別として、なにもうまくいかなかったしな。だけど、考えてみろ。ここに彼がすわっている」サマードはドミノで勝ちかけていたデンゼルを指さす。「裁判で、死が待っているのを知りながら、共謀者の名前を言うのを拒否して——」

「それはだなあ」アーチーは自分の集めた懐疑論者の山を叩く。マイケル・エドワーズ、P・J・O・テーラー、サイード・モイヌル・ハク、などなど。「おまえが何を読んだかによるね」

「いや違う、アーチー。それはよくある間違いだよ。真実は何を読んだかによるのではない。真実の性質に立ち入るのはやめようや。そうすれば、おまえはおれのチーズで線を引く必要はないし、おれもおまえのチョークを食べないでいられる」

「わかった、じゃあ、パンデーだ。彼は何を成し遂げた？　なにもない！　彼がやったのは反乱をはじめたことだけだ——それも、気をつけてくれよ、定説になっている日付よりずっと前にだ——そして、下品な言い方を許してもらえれば、それは軍事的に言えばクソにもならない大失敗だった。計画するんなら、本能のままには振る舞わないだろ。彼のおかげで不必要な戦闘犠牲者がうまれた。イギリス側にも、そしてインド側にも」

「お言葉を返すがね、それが事実だとは思えない」

「いや、おまえは間違ってるね」

「お言葉だが、おれは自分が正しいと思うね」

「こんな具合さ、サム。ここに」——ミッキーが皿洗い機に入れようとしていた汚れた皿をアーチーは集める。——「過去百と何十年かのあいだにおまえのパンデーについて書いた人たちが、全員いると思ってみろ。さて、これがおれと同意見の人たちだ」アーチーは十枚の皿をテーブルの自分の側に置き、一枚をサマードのほうに押しやる。「そして、それがおまえに味方する頭のおかしい男だ」

「Ａ・Ｓ・ミシュラ。尊敬されるインドの役人だ。頭のおかしい男じゃない」

「そうだな。だけど、おれの皿と同じだけの数をおまえが手にするには、もうあと百と何十年かはかかるだろうし、たとえおまえが自分でそれだけの数の皿を用意するとしてもだ、可能性としては、それだけの皿をいったん手にしたとしても、どっちにしろ、どんなバカだって、そんなもの食いたいとは思わんだろうよ。比喩的に言わせてもらえばね。おれが言ってること、わかるか？」

結局はＡ・Ｓ・ミシュラ一人ということになる。サマードの甥の一人、ラジヌーが、八一年の春、在学していたケンブリッジ大学から手紙をよこした。そこには、おじの興味を引きそうな本を見つけたとさりげなく記してあった。その本では、自分たちの共通の祖先であるマンガル・パンデーなる人物についての雄弁な擁護論が展開されている、というのである。現存する唯一の本は大学の図書館にあって、著者はミシュラという名前。おじ貴はこのことについて、もうお聞きおよびだろうか？　もしまだならば、これをいい機会に（と、ラジヌーは控えめな追伸を付け加えていた）、おじ貴の顔を見られるとうれしいが？

サマードは、その翌日にはもう電車で到着してプラットホームに降り立ち、土砂降りの雨のなかで優しく応対する甥に熱っぽく挨拶し、握手した手を数回振ってから、まくし立てた。

「意義深い日だ」サマードは何度も繰り返し、そのあいだに二人はびしょぬれになった。「うちの一族にとって意義深い日だ、ラジヌー、真実のための意義深い日だよ」

びしょぬれの体で大学図書館に入ることはできない。二人は午前中を階上の堅苦しげなカフェで体を乾かして過ごした。ちゃんとしたご婦人方がちゃんとしたお茶を飲むような場所だ。ラジヌーはじつによくできた聞き手で、辛抱強くすわっておじが熱狂的にしゃべりまくるのに耳を傾け――ああ、なんと重要な発見か。ああ、この一瞬をどれだけ待ったことか――うなずくべきところではうなずき、サマードが目の隅の涙を拭うと優しく微笑んだ。「これはすごい本だよなあ、ラジヌー？」サマードは甥に懇願するようにたずねた。

ラジヌーは、ひどく興奮したインド人がクリームティー（ジャムとクロテッドクリームをつけたパンとお茶）だけで三時間ねばったあげく、椅子にべっとり濡れた痕を残していくのを歓迎しない苦い顔のウェイトレスに、気前よくチップを置いた。「ちゃんと認められているんだろう？」

ラジヌーは、内心では、あの本は出来の良くない、つまらない、忘れられた学術文献だと思っていたが、おじのことが好きだったので、にっこりしてうなずき、もう一度しっかり微笑んだ。

図書館へ行くと、サマードは入館者記録に記入するよう求められた。

名前：サマード・ミアー・イクバル
大学：他大学（デリー）
研究プロジェクト：真実

ラジヌーはこの最後の記入事項を面白く思い、ペンを取って、「と悲劇」と付け加えた。「真実と悲劇」司書は無表情に読み上げ、入館者記録を返してよこした。「どういった種類の？」

「ご心配なく」サマードが愛想よく答える。「自分たちで探しますから」

その本を取るには脚立（きゃたつ）が必要だったが、充分それだけの価値はあった。ラジヌーから本を渡されると、サマードは指がわななくのを感じ、本のカバーを見、形や色を見て、これこそ自分が夢見てきたものなのだと思った。それはずっしり重く、ページ数が多く、黄褐色のなめし革で装丁され、非常に貴重でほとんど手を触れられていないということを示すように、うっすら埃で覆われていた。

「しおりを挟んでおいたんです。読むべきところはたくさんあるけど、おじさんが最初に見たがるだろうなと思ったところがあって」ラジヌーは本を机の上に置いた。バタンと片方の表紙を机に打ちつけながら本を開き、サマードは指示されたページを読んだ。内容は期待を思いがけないほど上回っていた。

「それは単に画家の印象だけど、似てるところは――」

「黙っててくれ」サマードは指で絵をなぞった。「これがおれたちの血だ、ラジヌー。まさかお目に掛かるとは思わなかったよ……この眉毛！　この鼻！　おれの鼻はこの鼻だ！」

「おじさんの顔はこれとそっくりですよ。もっとさっそうとしてるけど、もちろん」

「それから、これはなんだ――下に書いてあるのは。くそっ！　老眼鏡はどこへやったんだろう……読んでくれないか、ラジヌー、字が細かすぎる」

「この説明文？　『マンガル・パンデーは一八五七年の争乱で最初の一発を放った。彼の自己犠牲は、異国の支配者に対して武器を取れと国民に告げるサイレンとなり、ついに世界史上類を見ない大規模な暴動を引き起こしたのである。直ちに結果には結びつかなかったものの、彼の奮闘は引き継がれ、一九四七年に勝ち取られることとなる独立への基盤となった。愛国心の代償として、彼は命を奪われた。だが、最後の息が絶えるまで、暴動を準備、教唆した者の名前を明かすことを拒んだのである』」

サマードは脚立の一番下の段にすわりこんで、泣いた。

「では、ちょっと整理してみよう。つまりおまえは、パンデーがいなかったらガンジーもいなかったと言うんだな。おまえの頭のおかしいじいさんがいなかったら、独立すらもなかったと――」

「ひいじいさんだ」

「いや、最後まで言わせてくれ、サム。そんなことを、おまえは本気でおれたちに」――アーチーは無関心なクラレンスとデンゼルの背中を叩く――「信じろっていうのか？　あんた、信じるか？」アーチーはクラレンスに聞く。

「わしゃァ信じるさァ！」なんの話かわからないまま、クラレンスは答える。

デンゼルはナプキンで鼻をかむ。「真実は明らかになるんだ。わしゃァ、なァんも信じたくねェ。悪しきこたァ聞かず、悪しきこたァ見ず、悪しきこたァ言わず。こいつがわしのモットーさァ」

「彼はくしゃみを起こすむずむずだよ、アーチボルド。単純なことだ。おれはぜったい信じるね」

しばし沈黙が訪れた。アーチボルドは自分のティーカップのなかで三個の角砂糖が溶けるのを見つめた。それから、いささかためらいがちに、口を開いた。「あのなあ、おれにも自分なりの考えがあるんだけどな。本に書いてあるのとはべつの、ってことだが」

サマードは頭を下げる。「どうぞ、聞かせてくれたまえ」

「怒らないでくれよ。あのなあ……ちょっと考えてみてくれ。なぜパンデーのように厳格に信仰を守る人間が大麻（バング）なんかのむんだ？　まじめな話、こう言えばおまえをつくことになるのはわかってる。だけど、なぜだろう？」

「この件に関するおれの意見は知ってるじゃないか。彼はのまない。のんでない。あれはイギリスの宣伝だ」

「それに、かれは射撃の腕も確かだった……」

「それは疑いない。A・S・ミシュラは、パンデーが特別守備隊で一年訓練を受けていて、とくにマスケット銃の練習をしたと記した記録の写しを提示している」

「わかった。それなら、なぜ彼は打ち損なったんだ？　なんでだ？」

「銃に欠陥があったというのが唯一可能な説明だと、おれは信じている」

「うん……それもあるな。だけどなあ、ひょっとしたら、ひょっとしたらべつの理由かもしれない。ひょっとしたら、彼はむりやりあの場へ出ていって騒ぎを起こすように仕向けられたのかもしれない、つまり、無理にやらされたんだ、ほかの男たちに。で、かれはそもそも誰も殺したくはなかったんだ、な。そこで、酔っぱらってるふりをした、軍隊の仲間たちが撃ち損なったと信じるように」

「いままで聞いたうちで一番ばかばかしい意見だな」サマードはため息をついた。卵のしみのついたミッキーの時計の秒針が、真夜中まであと三十秒のカウントダウンを開始する。

「おまえしか思いつかないような意見だ。バカげてるよ」

「なんで？」

「なんでだと？　アーチボルド、あのイギリス人どもは、あのヒアセイ大尉やハヴロックやほかのやつらは、すべてのインド人にとって不倶戴天(ふぐたいてん)の敵だったんだぞ。なんで忌み嫌う相手の命を助けてやらなきゃいけないんだ？」

「単に殺せなかったのかもしれない。かれは、そういうタイプじゃなかったのかも」

「人を殺す人間と殺さない人間と二通りのタイプがあるなんて、ほんとにそう思ってるのか？」

「そうかもしれない、サム。そうじゃないのかも」

「おまえの言い方はまるでうちの女房みたいだぞ」サマードはうんざりしたように言うと、卵の最後のひとかけを平らげた。「いいか、アーチボルド。男は男で男なんだ。家族は脅かされ、信仰は危うくなり、生き方をめちゃめちゃにされ、自分の世界全体が危機に瀕してるんだぞ——ぜったい殺すさ。やるっきゃない。戦わずして新たな体制に負けてしまったりするもんか。彼には殺すべき人間がいるんだから」

「そして、彼が救うべき人間もいる」とアーチー・ジョーンズは、たるんでぽちゃぽちゃのこんな顔に可能だとは彼の友には思いもよらなかった、謎めいた表情を浮かべた。「うそじゃない」

「五！　四！　三！　二！　一！　ジャマイカ、アイリー！」デンゼルとクラレンスはそう叫んで、熱いアイリッシュコーヒーをお互いに掲げて乾杯し、すぐさま九回目のドミノゲームにもどった。

「新年（ハッピー・ファッキン・ニュー・イヤー）、おめでとう！」ミッキーがカウンターの向こうからわめいた。

（下巻に続く）

本書は『ホワイト・ティース　上』（二〇〇一年六月　新潮社）を文庫化したものです。

WHITE TEETH
by
Zadie Smith

中公文庫

ホワイト・ティース（上）

2021年6月25日　初版発行

著　者　ゼイディー・スミス

訳　者　小竹由美子

発行者　松田陽三

発行所　中央公論新社
〒100-8152　東京都千代田区大手町1-7-1
電話　販売 03-5299-1730　編集 03-5299-1890
URL http://www.chuko.co.jp/

ＤＴＰ　ハンズ・ミケ
印　刷　三晃印刷
製　本　小泉製本

Published by CHUOKORON-SHINSHA, INC.
Printed in Japan　ISBN978-4-12-207082-0 C1197

各書目の下段の数字はISBNコードです。978－4－12が省略してあります。

中公文庫既刊より

ウ-8-1
国のない男
カート・ヴォネガット
金原瑞人 訳
戦後アメリカを代表する作家・ヴォネガットの、シニカルな現代社会批判が炸裂する遺作エッセイ。この世界で生きる我々に託された最後の希望の書。〈解説〉巽 孝之
206374-7

オ-1-2
マンスフィールド・パーク
オースティン
大島一彦 訳
貧しさゆえに蔑まれて生きてきた少女が、幸せな結婚をつかむまでの物語。作者は優しさと機知に富む一方、鋭い人間観察眼で容赦なく俗物を描く。
204616-0

オ-1-3
エマ
オースティン
阿部知二 訳
年若く美貌で才気にとむエマは恋のキューピッドをきどるが、他人の恋も自分の恋もままならない――「完璧な小説家」の代表作であり最高傑作。〈解説〉阿部知二
204643-6

オ-1-5
高慢と偏見
オースティン
大島一彦 訳
理想的な結婚相手とは――。不変のテーマを、細やかに描いたラブロマンスの名作を、読みやすい新訳でおくる。愛らしい十九世紀の挿絵五十余点収載。
206506-2

オ-3-1
一杯のおいしい紅茶
ジョージ・オーウェルのエッセイ
オーウェル
小野寺健 編訳
イギリス的な食べ物を、貧乏作家の悲哀を、酔うことを、自然や動物を、失われゆく庶民的なことごとへの愛着を記し、作家の意外な素顔を映す上質の随筆集。
206929-9

ク-1-1
地下鉄のザジ
レーモン・クノー
生田耕作 訳
地下鉄に乗ることを楽しみにパリにやって来た田舎少女ザジは、あいにくの地下鉄ストで奇妙な体験をする――。現代文学に新たな地平をひらいた名作。
200136-7

サ-7-1
星の王子さま
サンテグジュペリ
小島俊明 訳
砂漠に不時着した飛行士が出会ったのは、ほかの星からやってきた王子さまだった。永遠の名作を、カラー挿絵とともに原作の素顔を伝える新訳でおくる。
204665-8

シ-1-2
ボートの三人男
J・K・ジェローム
丸谷才一 訳
テムズ河をボートで漕ぎだした三人の紳士と犬の愉快で滑稽、皮肉で珍妙な物語。イギリス独特の深い味わいの傑作ユーモア小説。〈解説〉井上ひさし
205301-4

タ-8-1
虫とけものと家族たち
ジェラルド・ダレル
池澤夏樹 訳
ギリシアのコルフ島に移住してきた変わり者のダレル一家がまきおこす珍事件の数々。溢れるユーモアと豊かな自然、虫や動物への愛情に彩られた楽園の物語。
205970-2

チ-1-3
園芸家12カ月 新装版
カレル・チャペック
小松太郎 訳
園芸愛好家が土まみれで過ごす、慌ただしくも幸福な一年。終生、草花を愛したチェコの作家チャペックによる無類に愉快なエッセイ。〈新装版解説〉阿部賢一
206930-5

チ-1-4
ロボット RUR
カレル・チャペック
阿部賢一 訳
人造人間の発明で、人類は真の幸福を得たはずだった——。「ロボット」という言葉を生み、発表から一〇〇年を経てなお多くの問いを投げかける記念碑的作品を新訳。
207011-0

テ-3-2
ペスト
ダニエル・デフォー
平井正穂 訳
極限状況下におかれたロンドンの市民たちを描いて、カミュの『ペスト』以上に現代的でなまなましいと評される、十七世紀英国の鬼気せまる名篇の完訳。
205184-3

テ-3-3
完訳 ロビンソン・クルーソー
ダニエル・デフォー
増田義郎 訳・解説
無人島に漂着したロビンソンは、持ち前の才覚と粘り強さを武器に生活を切り開く。文化史研究の第一人者が不朽の名作を世界経済から読み解く、新訳・解説決定版。
205388-5

ハ-6-2
チャリング・クロス街84番地 増補版
〈レーン・ハンフ 編著
江藤淳 訳
ロンドンの古書店に勤める男性と、ニューヨーク在住の女性脚本家との二十年にわたる交流を描く書簡集。後日譚「その後」を収録した増補版。〈巻末エッセイ〉辻山良雄
207025-7

ハ-13-1
新訳 メトロポリス
テア・V・ハルボウ
酒寄進一 訳
機械都市メトロポリスの崩壊は、ある女性ロボットの誕生に始まる。近代ドイツの黄金期を反映した耽美に満ちたSF世界が新訳で登場！ 詳細な訳者注・解説を収録。推薦・萩尾望都
205445-5

各書目の下段の数字はISBNコードです。978-4-12が省略してあります。

ホ-3-2
ポー名作集
E・A・ポー
丸谷才一 訳
理性と夢幻、不安と狂気が綾なす美の世界――短篇の名手ポーの代表的傑作「モルグ街の殺人」「黄金虫」「黒猫」「アシャー館の崩壊」全八篇を格調高い丸谷訳でおさめる。
205347-2

ホ-3-3
ポー傑作集 江戸川乱歩名義訳
E・A・ポー
渡辺温
渡辺啓助 訳
全集から削除された幻のベストセラー、渡辺兄弟のゴシック風名訳が堂々の復刊。温(おん)について綴った江戸川乱歩と谷崎潤一郎の文章も収載。〈解説〉浜田雄介
206784-4

ホ-3-4
赤い死の舞踏会 付・覚書（マルジナリア）
E・A・ポー
吉田健一 訳
疫病に戦慄する人々を描いた表題作のほか処女作「メッツェンガアシュタイン」など短篇小説十篇と、蔵書の行間に書き込んだ思考の断片「覚書」を収録。
207061-5

い-87-4
夜の果てへの旅（上）
セリーヌ
生田耕作 訳
全世界の欺瞞を呪詛し、その糾弾に生涯を賭け各地を遍歴し、ついに絶望的な闘いに傷つき倒れた〈呪われた作家〉セリーヌの自伝的小説。一部改訳の決定版。
204304-6

い-87-5
夜の果てへの旅（下）
セリーヌ
生田耕作 訳
人生嫌悪の果てしない旅を続ける主人公の痛ましい人間性を描き、「かつて人間の口から放たれた最も激烈な、最も忍び難い叫び」と評される現代文学の傑作。
204305-3

モ-9-1
白檀(びゃくだん)の刑（上）
莫言(モオ イエン)
吉田富夫 訳
膠州湾一帯を租借したドイツ人に妻子と隣人の命を奪われた孫丙は、復讐として鉄道敷設現場を襲撃する。哀切な猫腔の調べにのせて花開く壮大な歴史絵巻。
205366-3

モ-9-2
白檀の刑（下）
莫言
吉田富夫 訳
捕らわれた孫丙に極刑を下す清朝の首席処刑人・趙甲。生涯の誇りをかけて、一代の英雄にふさわしい未曾有の極刑を準備する。現代中国文学の最高峰、待望の文庫化。
205367-0

あ-92-1
夜ふかしの本棚
朝井リョウ／円城塔
窪美澄／佐川光晴
中村文則／山崎ナオコーラ
六人の作家が心を震わせた五十九冊をご紹介。腹が立つほど面白い名作、なぜか苦手なあの文豪……夜ふかしを誘う魔法の読書案内。〈本にまつわるQ&A付き〉
206972-5

い-3-3
スティル・ライフ
池澤　夏樹
ある日ぼくの前に佐々井が現われ、ぼくの世界を見る視線は変った。しなやかな感性と端正な成熟が生みだす青春小説。芥川賞受賞作。〈解説〉須賀敦子
201859-4

い-3-4
真昼のプリニウス
池澤　夏樹
世界の存在を見極めるために、火口に佇む女性火山学者。誠実に世界と向きあう人間の意識の変容を追って、小説の可能性を探る名作。〈解説〉日野啓三
202036-8

い-3-5
ジョン・レノン ラスト・インタビュー
池澤　夏樹訳
死の二日前、ジョンがヨーコと語り尽くした魂のメッセージ。二人の出会い、ビートルズのこと、至福に満ちた私的生活、再開した音楽活動のことなど。
203809-7

い-3-6
すばらしい新世界
池澤　夏樹
ヒマラヤの奥地へ技術協力に赴いた主人公は、人々の暮らしに触れ、現地に深く惹かれてゆく。人と環境の関わりを描き、新しい世界への光を予感させる長篇。
204270-4

い-3-8
光の指で触れよ
池澤　夏樹
土の匂いに導かれて、離ればなれの家族が行きつく場所は――。あの幸福な一家に何が起きたのか。『すばらしい新世界』から数年後の物語。〈解説〉角田光代
205426-4

い-117-1
ＳＯＳの猿
伊坂幸太郎
株誤発注事件の真相を探る男と、悪魔祓いでひきこもりを治そうとする男。二人の男の間を孫悟空が飛び回り、壮大な「救済」の物語が生まれる！〈解説〉栗原裕一郎
205717-3

お-51-1
シュガータイム
小川　洋子
わたしは奇妙な日記をつけ始めた――とめどない食欲に憑かれた女子学生のスタティックな日常、青春最後の日々を流れる透明な時間をデリケートに描く。
202086-3

お-51-2
寡黙な死骸 みだらな弔い
小川　洋子
鞄職人は心臓を採寸し、内科医の白衣から秘密がこぼれ落ちる…時計塔のある街で紡がれる密やかで残酷な弔いの儀式。清冽な迷宮へと誘う連作短篇集。
204178-3

各書目の下段の数字はISBNコードです。978－4－12が省略してあります。

お-51-3
余白の愛
小川洋子
耳を病んだわたしの前に現れた速記者Y、その特別な指に惹かれたわたしが彼に求めたものは。記憶と現実の危うい狭間を行き来する、美しく幻想的な長編。
204379-4

お-51-4
完璧な病室
小川洋子
病に冒された弟と姉との最後の日々を描く表題作、海燕新人文学賞受賞のデビュー作「揚羽蝶が壊れる時」ほか、透きとおるほどに繊細な最初期の四短篇収録。
204443-2

お-51-5
ミーナの行進
小川洋子
美しくて、かよわくて、本を愛したミーナ。あなたとの思い出は、損なわれることがない――懐かしい時代に育まれた、ふたりの少女と、家族の物語。谷崎潤一郎賞受賞作。
205158-4

お-51-6
人質の朗読会
小川洋子
慎み深い拍手で始まる朗読会。耳を澄ませるのは人質たちと見張り役の犯人、そして……。しみじみと深く胸を打つ、祈りにも似た小説世界。〈解説〉佐藤隆太
205912-2

お-63-2
二百年の子供
大江健三郎
タイムマシンにのりこんだ三人の子供たちが出会う、悲しみと勇気、そして友情。ノーベル賞作家の、唯一のファンタジー・ノベル。舟越桂による挿画完全収載。
204770-9

き-41-1
優しいおとな
桐野夏生
日本の福祉システムが破綻し、スラム化したかつての繁華街〈シブヤ〉で生きる少年・イオン。希望なき世界のその先には何があるのか。〈解説〉雨宮処凛
205827-9

き-41-2
デンジャラス
桐野夏生
一人の男をとりまく魅惑的な三人の女。嫉妬と葛藤が渦巻くなか、文豪の目に映るものは。「谷崎潤一郎」に挑んだスキャンダラスな問題作。〈解説〉千葉俊二
206896-4

し-46-1
アンダスタンド・メイビー（上）
島本理生
中三の春、少女は切ない初恋と大いなる夢に出会う。それは同時に、愛と破壊の世界へ踏み込むことでもあった――。直木賞候補作となった傑作、ついに文庫化！
205895-8

し-46-2
アンダスタンド・メイビー（下） 島本理生
憧れのカメラマンのアシスタントとなり、少女から大人への階段を歩み始めた黒江。ある事件を発端に、母親の秘密、隠され続けた自身の過去が明らかになる。
205896-5

し-46-3
Ｒｅｄ 島本理生
元恋人との快楽に溺れ抑圧から逃れようとする塔子。その先には、どんな結末が待っているのだろう——。『ナラタージュ』の著者が官能に挑んだ最高傑作！
206450-8

す-24-1
本に読まれて 須賀敦子
バロウズ、タブッキ、ブローデル、ヴェイユ、池澤夏樹……。こよなく本を愛した著者の、読む歓びが波のようにおしよせる情感豊かな読書日記。
203926-1

つ-6-13
東海道戦争 筒井康隆
東京と大阪の戦争が始まった!! 戦闘機が飛び、重装備の地上部隊に市民兵がつづく。斬新な発想で現代を鋭く諷刺する処女作品集。〈解説〉大坪直行
202206-5

つ-6-14
残像に口紅を 筒井康隆
「あ」が消えると、「愛」も「あなた」もなくなった。ひとつ、またひとつと言葉が失われてゆく世界で、執筆し、飲食し、交情する小説家。究極の実験的長篇。
202287-4

つ-6-17
パプリカ 筒井康隆
美貌のサイコセラピスト千葉敦子のもう一つの顔は、男たちの夢にダイヴする〈夢探偵〉パプリカ。人間心理の深奥に迫る禁断の長篇小説。〈解説〉川上弘美
202832-6

つ-6-20
ベトナム観光公社 筒井康隆
新婚旅行には土星に行く時代、装甲遊覧車でベトナムへ戦争大スペクタクル見物に出かけた。戦争を戯画化する表題作他初期傑作集。〈解説〉中野久夫
203010-7

つ-6-21
虚人たち 筒井康隆
小説形式からその恐ろしいまでの〝自由〟に、現実の制約は蒼ざめ、読者さえも立ちすくむ、前人未到の長篇問題作。泉鏡花賞受賞。〈解説〉三浦雅士
203059-6

各書目の下段の数字はISBNコードです。978－4－12が省略してあります。

つ-6-24
アルファルファ作戦
筒井康隆
老人問題への温かい心情を示した表題作はじめ、著者の諷刺魂が見事に発揮されたSF集――おとなの恐怖と笑いに満ちた傑作九篇。〈解説〉曽野綾子
206261-0

ま-51-1
おばちゃんたちのいるところ Where The Wild Ladies Are
松田青子
追いつめられた現代人のもとへ、八百屋お七や皿屋敷のお菊が一肌ぬぎにやってくる。お化けの妖気が心のしこりを解きほぐす、ワイルドで愉快な連作短篇集。
206769-1

な-75-1
R帝国
中村文則
国家を支配する〝党〟と、謎の組織「L」が存在するR帝国。戦争が始まり、やがて世界は思わぬ方向へと暴走していく。世界の真実を炙り出す驚愕の物語。
206883-4

み-48-1
笑うハーレキン
道尾秀介
全てを失った家具職人の東口と、家無き仲間たち。そこに飛び込んできたのは、謎の女と奇妙な修理依頼――巧緻なたくらみとエールに満ちた傑作長篇！
206215-3

み-51-1
あの家に暮らす四人の女
三浦しをん
父を知らない佐知と母の暮らしに友人の雪乃と多恵美が加わり、笑いと珍事に溢れる牧田家。ゆるやかに流れる日々が心の孤独をほぐす。織田作之助賞受賞作。
206601-4

よ-43-1
静かな爆弾
吉田修一
テレビ局に勤める早川俊平はある日公園で耳の不自由な女性と出会う。音のない世界で暮らす彼女に恋をする俊平だが。静けさと恋しさとが心をゆさぶる傑作長編。
205451-6

よ-43-2
怒り（上）
吉田修一
逃亡する殺人犯・山神はどこに？　房総の港町で暮らす愛子、東京で広告の仕事をする優馬、沖縄の離島へ引越した泉の前に、それぞれ前歴不詳の男が現れる。
206213-9

よ-43-3
怒り（下）
吉田修一
田代が偽名を使っていると知った愛子、知らない女とカフェにいる直人を見た優馬、田中が残したものを発見した泉。三つの愛の運命は？　衝撃のラスト。
206214-6